Der Schnee deckt alles zu

Joachim Körber (Hg.)

Der Schnee deckt alles zu

Böse Weihnachtsgeschichten

Robert Bloch · Agatha Christie
Frances Fyfield · Anke Gebert
Anne Perry · Georges Simenon u. a.

Scherz

Besuchen Sie uns im Internet:
www.scherzverlag.de

2. Auflage 2002
ISBN 3-502-51805-X

Umschlaggestaltung: Atelier Seidel, Altötting (MEV)
Umschlagbild: Stone
Gesamtherstellung: Ebner Ulm

Inhalt

Maigrets Weihnachtsfest

Georges Simenon

1

Es war jedes Mal dasselbe. Beim Zubettgehen hatte er seufzend gesagt:

»Morgen werde ich mich ordentlich ausschlafen.«

Und Madame Maigret hatte ihn beim Wort genommenn, als hätte sie in all den Jahren nichts gelernt, als wüsste sie nicht, dass man derartigen Bemerkungen keinerlei Bedeutung beimessen durfte. Auch sie hätte lange schlafen können. Sie hatte keinen Grund gehabt früh aufzustehen.

Dennoch war es noch nicht ganz hell gewesen, als er gehört hatte, wie sie sich vorsichtig im Bett bewegte. Er hatte sich nicht gerührt und sich gezwungen regelmäßig und tief zu atmen wie jemand, der schläft. Das Ganze glich einem Spiel. Es war rührend, wie sie sich behutsam der Bettkante näherte und nach jeder Bewegung innehielt, um sich zu vergewissern, dass er nicht aufgewacht war. Es gab einen Augenblick, auf den er immer wartete: wenn sich die Sprungfedern des Bettes, von dem Gewicht seiner Frau befreit, mit einem leise, seufzenden Geräusch dehnten.

Dann nahm sie ihre Kleider vom Stuhl, brauchte eine Ewigkeit, um die Badezimmertür zu öffnen, und in der weiter entfernten Küche bewegte sie sich dann endlich normal.

Er war wieder eingeschlafen. Nicht sehr tief, nicht für lange. Trotzdem lange genug für einen verworrenen und bewegenden Traum. Hinterher gelang es ihm nicht mehr, sich daran zu erinnern, aber er wusste, dass es bewegend gewesen war, und irgendwie befand er sich danach in sentimentaler Stimmung.

Durch die Vorhänge, die sich nie ganz zuziehen ließen, schimmerten die ersten blassen Lichtstrahlen hindurch. Er blieb noch einen Augenblick auf dem Rücken liegen, die Augen geöffnet. Der Kaffeeduft stieg ihm in die Nase und als er hörte, wie sich die Wohnungstür öffnete und wieder schloss, wusste er, dass Madame Maigret eilig hinuntergegangen war, um warme Hörnchen für ihn zu holen.

Er aß morgens nie etwas, sondern trank nur schwarzen Kaffee. Aber auch das war ein Ritus, eine Idee seiner Frau: An Sonn- und Feiertagen wurde von ihm erwartet, dass er bis in die späten Morgenstunden im Bett blieb, während sie für ihn an der Ecke der Rue Amelot Hörnchen holte.

Er stand auf, zog seine Pantoffeln an, schlüpfte in seinen Morgenmantel und öffnete die Vorhänge. Er wusste, dass er das nicht tun sollte, dass es sie traurig machen würde. Um ihr eine Freude zu machen, wäre er zu großen Opfern bereit gewesen, nur im Bett bleiben, wenn er dazu keine Lust mehr hatte, das konnte er nicht.

Es schneite nicht. Es war lächerlich, noch enttäuscht zu sein, er, ein Mann jenseits der fünfzig, nur weil an einem Weihnachtsmorgen kein Schnee fiel. Aber ältere Leute sind nie so ernsthaft, wie es die jungen Leute glauben.

Der bedeckte, scheußlich weiße Himmel schien auf den Dächern zu lasten. Der Boulevard Richard-Lenoir war wie leer gefegt und auf der anderen Straßenseite über der großen Toreinfahrt wirkten die Buchstaben der Inschrift »Entrepôts Legal, Fils & Cie« pechschwarz. Das E sah, Gott weiß warum, traurig aus.

Er hörte seine Frau wieder in der Küche hin und her gehen, sich auf Zehenspitzen ins Esszimmer schleichen, weiterhin darauf bedacht, leise zu sein, ohne zu ahnen, dass er schon am Fenster stand. Er sah auf seine Uhr auf dem Nachttisch und stellte fest, dass es erst zehn, Minuten nach acht war.

Am Abend zuvor waren sie ins Theater gegangen. Sie hätten gerne, wie alle anderenn, hinterher im Restaurant einen Happen gegessen, aber überall waren die Tische für das Weihnachtsessen vorbestellt gewesen, und so waren sie Arm in Arm zu Fuß nach Hause gegangen. Es war kurz vor Mitternacht gewesen, als sie zu Hause ankamen, fast auf die Minute genau, um mit der Bescherung zu beginnen.

Für ihn gab es wie immer eine Pfeife. Sie bekam das neueste Modell einer elektrischen Kaffeemaschine, die sie sich gewünscht hatte, und traditionsgemäß ein Dutzend fein gestickter Taschentücher.

Er hatte mechanisch seine neue Pfeife gestopft. Einige Häuser auf der anderen Seite des Boulevards hatten Jalousien vor den Fenstern, andere nicht. Nur wenige Menschen waren noch wach gewesen. Hier und dort hatte Licht gebrannt, wahrscheinlich, weil einige Kinder in aller Frühe aufgestanden waren, um zum Weihnachtsbaum und zu ihrem Spielzeug zu stürzen.

Sie würden zusammen in ihrer ruhigen Wohnung einen friedlichen Vormittag verbringen. Maigret würde, ohne sich zu rasieren, lange im Morgenmantel herumtrödeln, er würde in der Küche mit seiner Frau plaudern, die währenddessen das Mittagessen zubereiten würde.

Er war nicht traurig. Nur hatte sein Traum – an den er sich immer noch nicht erinnern konnte – in ihm ein Gefühl äußerster Empfindsamkeit hinterlassen. Und vielleicht war es im Grunde nicht sein Traum, sondern das Weihnachtsfest. An diesem Tag musste man vorsichtig sein und seine Worte genau abwägen, so wie Madame Maigret ihre Bewegungen kontrolliert hatte, um aus dem Bett zu steigen. Denn auch sie war in einer viel rührseligeren Stimmung als gewöhnlich.

Ach was, man durfte nicht daran denken. Nichts sagen, was daran erinnern könnte. Nicht zu oft auf die Straßen schauen, gleich, wenn die Kinder sich draußen ihr neues Spielzeug zeigen würden.

In den meisten, wenn nicht sogar in allen Häusern lebten Kinder. Man würde kreischende Trompeten, Trommeln und Pistolen hören. Kleine Mädchen wiegten bereits ihre Puppen in den Armen.

Vor ein paar Jahren hatte er, etwas leichthin, gesagt:

»Warum sollte man zu Weihnachten nicht einmal eine kleine Reise machen?«

»Wohin?«, hatte ihm seine Frau mit ihrem unbestechlichen Sinn für Realität geantwortet.

Zu wem hätten sie fahren sollen? Sie hatten nicht einmal Angehörige, die sie hätten besuchen können, außer ihrer Schwester, die zu weit weg wohnte. In einer fremdenn Stadt im Hotel absteigen? Oder in einem Gasthof, irgendwo auf dem Lande?

Ach was, es war Zeit, dass er seinen Kaffee trank, und danach würde er sich wohler fühlen. Bevor er nicht seine erste Tasse Kaffee getrunken und seine erste Pfeife geraucht hatte, war ihm nie wohl in seiner Haut.

Gerade in dem Moment, als er seine Hand zur Tür ausstreckte, wurde diese geräuschlos geöffnet, und Madame Maigret erschien mit einem Tableett, sah auf das leere Bett und schaute dann enttäuscht ihren Mann an, so, als wollte sie im nächsten Augenblick anfangen zu weinen.

»Du bist aufgestanden!«

Sie hatte sich bereits gewaschen und frisiert und hatte eine saubere Schürze umgebunden.

»Und ich hatte mich so darauf gefreut, dir dein Frühstück ans Bett zu bringen!«

Er hatte schon hundertmal versucht, ihr vorsichtig klarzumachen, dass das kein Vergnügen für ihn war, dass es ihm vielmehr Unbehagen bereitete und ihm das Gefühl gab, krank oder körperbehindert zu sein. Trotzdem blieb für sie ein Frühstück im Bett weiterhin der vollkommene Sonn- oder Feiertag.

»Möchtest du dich nicht wieder hinlegen?«

Nein! Ihm fehlte dazu der gute Wille.

»Na gut, dann ... frohe Weihnachten!«

»Frohe Weihnachten! ... Bist du mir böse?«

Sie waren im Esszimmer. Das Silbertablett stand auf dem Tisch, die Kaffeetasse dampfte, die goldbraunen Hörnchen waren mit einer Serviette zugedeckt.

Er legte seine Pfeife weg und aß ihr zuliebe ein Hörnchen, blieb jedoch stehen und bemerkte, während er aus dem Fenster schaute:

»Es schneit ein wenig.«

Es war kein richtiger Schnee, was da wie feiner, weißer Staub vom Himmel fiel und ihn daran erinnerte, wie er als kleiner Junge die Zunge herausgestreckt hatte, um ein paar solche Körnchen zu erhaschen.

Sein Blick blieb auf der Tür des gegenüberliegenden Hauses links neben den Lagerhallen haften. Zwei Frauen verließen gerade ohne Hut das Haus. Die eine von ihnen, eine Blondine von etwa dreißig Jahren, hatte sich einen Mantel um die Schultern gelegt, während die andere, die ältere von beiden, in ein Umschlagtuch gehüllt war.

Die Blonde schien zu zögern und war nahe daran, wieder umzukehren. Die Dunkelhaarige, die sehr klein und mager war, bestand darauf weiterzugehen und Maigret schien es, als deutete sie auf die Fenster seiner Wohnung. Hinter ihnen erschien die Concierge im Türrahmen, die der Mageren anscheinend zu Hilfe kam. Nun entschloss sich die junge Frau zum Überqueren der Straße, nicht ohne sich noch einmal unsicher umzudrehen.

»Was siehst du?«

»Nichts . . . Frauen . . .«

»Was machen sie?«

»Es sieht so aus, als kämen sie zu uns.«

Beide nämlich blickten vom Boulevard aus direkt zu ihm herauf.

»Man wird dich doch hoffentlich nicht am Weihnachtstag stören. Ich bin nicht einmal mit dem Haushalt fertig.«

Darauf wäre niemand gekommen, denn außer dem Tablett lag nichts herum, und auf den polierten Möbeln war kein Stäubchen zu sehen.

»Bist du sicher, dass sie hierher kommen?«

»Wir werden ja sehen.«

Für alle Fälle zog er es vor, sich zu kämmen, die Zähne zu putzen und schnell das Gesicht zu waschen. Er war noch im Zimmer und zündete sich gerade seine Pfeife wieder an, als es an der Tür läutete. Madame Maigret war wohl sehr abweisend, denn erst nach geraumer Zeit kam sie zu ihm ins Zimmer zurück.

»Sie wollen dich unbedingt sprechen«, flüsterte sie. »Sie sagen, es sei vielleicht wichtig und sie brauchten einen Rat. Ich kenne eine von ihnen.«

»Welche?«

»Die kleine Dünne, Mademoiselle Doncœur. Sie wohnt in der gleichen Etage wie wir im Haus gegenüber und arbeitet den ganzen Tag in der Nähe des Fensters. Sie ist eine sehr ordentliche Person, die für ein Modehaus am Faubourg Saint-Honoré feine Stickereien anfertigt. Ich frage mich schon eine Weile, ob sie nicht in dich verliebt ist.«

»Warum?«

»Weil es oft genug vorkommt, dass sie aufsteht und hinter dir herschaut, wenn du weggehst.«

»Wie alt ist sie?«

»Zwischen fünfundvierzig und fünfzig. Ziehst du dir keinen Anzug an?«

Warum sollte er nicht das Recht haben, sich im Morgenmantel zu zeigen, wenn er schon am Weihnachtsmorgen um halb neun gestört wurde? Dennoch zog er darunter eine Hose an und öffnete dann die Tür zum Esszimmer, wo die beiden Frauen standen.

»Entschuldigen Sie bitte, Mesdames . . .«

Vielleicht hatte Madame Maigret tatsächlich recht. Mademoiselle Doncœur errötete nämlich nicht, sondern wurde blass, lächelte, blickte sodann ernst, lächelte wieder, öffnete den Mund ohne sofort die richtigen Worte zu finden.

Die Blonde dagegen hatte sich völlig in der Gewalt und gab unwirsch zu verstehen:

»Ich wollte gar nicht kommen.«

»Möchten Sie sich nicht setzen?«

Er bemerkte, dass die Blonde unter ihrem Mantel ein Hauskleid trug und keine Strümpfe anhatte, während Mademoiselle Doncœur angezogen war, als begebe sie sich zur Messe.

»Sie fragen sich vielleicht, woher wir die Kühnheit nehmen, uns an Sie zu wenden«, begann Mademoiselle Doncœur, wobei sie nach jedem Wort suchte. »Wie jeder hier im Viertel wissen wir natürlich, mit wem wir als Nachbarn die Ehre haben . . .«

Jetzt errötete sie leicht und starrte das Tablett an.

»Wir halten Sie davon ab zu Ende zu frühstücken.«

»Ich war schon fertig damit. Worum geht es?«

»Heute Morgen, oder besser gesagt, heute Nacht, geschah in unserem Haus etwas so Merkwürdiges, dass ich es für unsere Pflicht hielt, mit Ihnen darüber zu sprechen. Madame Martin wollte Sie nicht stören. Ich sagte ihr . . .«

»Sie wohnen ebenfalls gegenüber, Madame Martin?«

»Ja, Monsieur.«

Man sah ihr an, dass sie nicht glücklich über diesen Schritt war, zu dem man sie gedrängt hatte. Mademoiselle Doncœur dagegen war in Schwung gekommen.

»Wir wohnen auf derselben Etage, Ihrer Wohnung genau gegenüber.« (Sie errötete aufs Neue, als hätte sie ein Geständnis gemacht.) »Monsieur Martin befindet sich oft auf Geschäftsreise, er ist nämlich Handelsvertreter. Seit zwei Monaten liegt die kleine Tochter der Martins infolge eines dummen Unfalls im Bett.«

Höflich wandte sich Maigret der Blonden zu.

»Sie haben eine Tochter, Madame Martin?«

»Das ist nicht ganz richtig. Es ist nicht unsere Tochter, sondern unsere Nichte. Ihre Mutter ist vor etwas mehr als zwei Jahren gestorben und seitdem lebt das Kind bei uns. Sie hat sich auf der Treppe das Bein gebrochen und hätte nach sechs Wochen wieder gesund sein müssen, wenn es keine Komplikationen gegeben hätte.«

»Ihr Mann ist zur Zeit nicht in der Stadt?«

»Er müsste sich in der Dordogne aufhalten«, mischte sich Mademoiselle Doncœur ein.

»Ich bin ganz Ohr, Mademoiselle Doncœur.«

Madame Maigret hatte einen Umweg durch das Badezimmer gemacht, um in die Küche zu gelangen, wo man sie nun mit Kochgeschirr hantieren hörte. Hin und wieder blickte Maigret zum grauen Himmel.

»Heute Morgen bin ich wie gewöhnlich früh aufgestanden, um zur ersten Messe zu gehen.«

»Sind Sie hingegangen?«

»Ja. Ich bin gegen halb acht wieder nach Hause gekommen, da ich drei Messen besucht habe. Dann habe ich mir mein Frühstück gemacht. Sie hätten Licht in meinem Fenster sehen können.«

Er gab ihr zu verstehen, dass er darauf nicht geachtet hatte.

»Ich beeilte mich, um Colette ein paar Süßigkeiten zu bringen, weil es für die Kleine doch ein so trauriges Weihnachtsfest ist. Colette ist die Nichte von Madame Martin.«

»Wie alt ist sie?«

»Sieben Jahre. Nicht wahr, Madame Martin?«

»Sie wird im Januar sieben.«

»Um acht Uhr habe ich an die Wohnungstür geklopft.«

»Ich war noch nicht aufgestanden«, sagte die Blonde. »Manchmal schlafe ich ziemlich lange.«

»Nun, ich habe also geklopft und Madame Martin hat mich einen Augenblick warten lassen, um sich einen Morgenrock überzuziehen. Ich hatte beide Hände voll und fragte sie, ob ich Colette meine Geschenke überreichen könne.«

Er merkte, dass die Blonde sich unterdessen genau im Zimmer umgesehen hatte, wobei sie ihm von Zeit zu Zeit einen scharfen Blick voller Misstrauen zuwarf.

»Wir haben zusammen die Tür zu ihrem Zimmer geöffnet.«

»Hat das Kind ein eigenes Zimmer?«

»Ja. Die Wohnung besteht aus zwei Zimmern, einer Toilette, einem Esszimmer und einer Küche. Aber ich muss Ihnen dazu sagen ... Nein! Ich werde gleich darauf zurückkommen. Wo war ich stehen geblieben? ... Ach ja, wir öffneten die Zimmertür. Da es im Zimmer dunkel war, knipste Madame Martin das Licht an.«

»War Colette schon wach?«

»Ja. Man sah gleich, dass sie schon länger wachlag und wartete. Sie wissen doch, wie Kinder am Weihnachtsmorgen sind. Wenn sie sich nicht das Bein gebrochen hätte, wäre sie sicherlich aufgestanden, um nachzuschauen, was der Weihnachtsmann ihr gebracht hatte. Ein anderes Kind hätte vielleicht gerufen. Aber sie ist bereits eine junge Dame. Man merkt, dass sie viel nachdenkt, dass sie weiter ist als andere Kinder in ihrem Alter.«

Madame Martin schaute nun ebenfalls aus dem Fenster und Maigret versuchte herauszubekommen, welche ihre Wohnung war. Es musste die auf der rechten Seite ganz am Ende des Hauses sein, wo zwei Fenster erleuchtet waren.

Mademoiselle Doncœur fuhr fort:

»Ich wünschte ihr ein frohes Weihnachtsfest. Wörtlich sagte ich zu ihr: ›Schau, mein Liebling, was der Weihnachtsmann bei mir für dich abgegeben hat.‹«

Die Finger von Madame Martin wurden unruhig, verkrampften sich.

»Und wissen Sie, was sie mir geantwortet hat, ohne das, was ich ihr mitgebracht hatte – es waren übrigens nur ein paar Kleinigkeiten –, anzusehen?

›Ich hab ihn gesehen.‹

›Wen hast du gesehen?‹

›Den Weihnachtsmann.‹

›Wann hast du ihn gesehen? Und wo?‹

›Hier, heute Nacht. Er ist in mein Zimmer gekommen.‹

Genau das hat sie uns gesagt, nicht wahr, Madame Martin? Bei einem anderen Kind hätte man darüber gelächelt, aber ich habe Ihnen ja gesagt, dass Colette bereits eine junge Dame ist. Sie meinte es ernst.

›Wie konntest du den Weihnachtsmann sehen? Es war doch dunkel!‹

›Er hatte eine Lampe.‹

›Hat er das Licht angeknipst?‹

›Nein, er hatte eine Taschenlampe. Schau, Mama Loraine . . .‹

Ich muss dazu sagen, dass die Kleine Madame Martin Mama nennt, was ganz natürlich ist, da sie keine Mutter mehr hat und Madame Martin diesen Platz jetzt einnimmt . . .«

Maigret bekam so langsam Ohrensausen von all dem konfusen Gerede. Er war noch nicht dazugekommen, seine zweite Tasse Kaffee zu trinken. Soeben war seine Pfeife ausgegangen.

»Hat sie tatsächlich jemanden gesehen?«, fragte er zweifelnd.

»Jawohl, Herr Kommissar. Und aus diesem Grund habe ich darauf bestanden, dass Madame Martin mit Ihnen spricht. Wir haben nämlich den Beweis dafür. Die Kleine schlug mit einem verschmitzten Lächeln ihre Bettdecke zurück und zeigte uns eine wunderschöne Puppe, die sie fest im Arm hielt. Gestern befand sich diese Puppe noch nicht im Haus.«

»Sie haben ihr keine Puppe geschenkt, Madame Martin?«

»Ich wollte ihr eine schenken, nicht eine so schöne, die ich gestern Nachmittag in den Galeries Lafayette gekauft habe. Ich hielt sie hinter meinem Rücken versteckt, als wir in das Zimmer gingen.«

»Das heißt also, dass irgendjemand heute Nacht in Ihre Wohnung eingedrungen ist?«

»Das ist noch nicht alles«, beeilte sich Mademoiselle Doncœur zu sagen, die jetzt so richtig in Fahrt war. »Colette ist ein Kind, das sich weder irrt noch lügt. Wir haben sie genau ausgefragt, ihre Mama und ich. Sie ist sicher, jemanden gesehen zu haben, der wie ein Weihnachtsmann angezogen war, mit einem weißen Bart und einem weiten, roten Mantel.«

»Wann genau ist sie aufgewacht?«

»Sie weiß es nicht. Irgendwann im Laufe der Nacht. Sie öffnete die Augen, weil sie glaubte, ein Licht zu sehen. Und tatsächlich brannte ein Licht im Zimmer, wodurch ein Teil des Bodens gegenüber dem Kamin beleuchtet wurde.«

»Ich weiß nicht, was das bedeuten soll«, seufzte Madame Martin. »Vielleicht weiß mein Mann weiter . . .«

Mademoiselle Doncœur ließ sich nicht ablenken. Man merkte, dass sie es war, die das Kind ausgefragt hatte, ohne auf das geringste Detail zu verzichten, genauso wie sie es war, die daran gedacht hatte, zu Maigret zu gehen.

»›Der Weihnachtsmann‹, sagte Colette, ›bückte sich und schien sich, auf dem Boden hockend, mit irgendetwas abzumühen.‹«

»Hatte sie keine Angst?«

»Nein. Sie beobachtete ihn und heute Morgen sagte sie uns, er habe versucht, ein Loch in den Fußboden zu bohren. Sie glaubte, er wollte durch dieses Loch zu den Leuten, den Delormes, gelangen, die unter uns wohnen. Die Delormes haben einen kleinen Jungen von drei Jahren. Sie fügte hinzu, dass der Kamin sicherlich zu eng dafür sei. Der Mann muss sich beobachtet gefühlt haben. Anscheinend stand er auf und kam ans Bett, auf das er eine große Puppe setzte, wobei er den Finger auf den Mund legte.«

»Hat sie ihn hinausgehen sehen?«

»Ja.«

»Durch den Fußboden?«

»Nein, durch die Tür.«

»In welches Zimmer führt diese Tür?«

»Sie geht direkt auf den Flur. Das Zimmer ist früher vermietet worden. Es ist sowohl mit der Wohnung als auch mit dem Hausflur verbunden.«

»War das Zimmer nicht abgeschlossen?«

»Natürlich war es das«, schaltete sich Madame Martin ein. »Ich lasse das Kind doch nicht in einem Zimmer schlafen, das nicht abgeschlossen ist.«

»Ist die Tür aufgebrochen worden?«

»Wahrscheinlich. Ich weiß es nicht. Mademoiselle Doncœur hat sofort vorgeschlagen, zu Ihnen zu gehen.«

»Haben Sie ein Loch im Boden entdeckt?«

Madame Martin zuckte mit den Achseln, als wäre sie am Ende ihrer Weisheit, aber das ältere Fräulein antwortete für sie.

»Nicht gerade ein Loch, aber man sieht sehr genau, dass die Dielen hochgehoben worden sind.«

»Sagen Sie, Madame Martin, haben Sie eine Ahnung, was sich unter diesen Dielen befunden haben könnte?«

»Nein, Monsieur.«

»Wie lange wohnen Sie schon in dieser Wohnung?«

»Seit meiner Heirat vor fünf Jahren.«

»Gehörte das Zimmer damals schon zur Wohnung?«

»Ja.«

»Wissen Sie, wer vor Ihnen dort gewohnt hat?«

»Mein Mann. Er ist achtunddreißig Jahre alt. Als ich ihn heiratete, war er bereits dreiunddreißig und hatte eine eigene Wohnung; wenn er von seinen Reisen nach Paris zurückkam, wollte er in seinen eigenen vier Wänden wohnen.«

»Meinen Sie nicht, dass er Colette überraschen wollte?«

»Er befindet sich sechs- oder siebenhundert Kilometer weit weg von hier.«

»Wissen Sie, wo er ist?«

»Höchstwahrscheinlich in Bergerac. Seine Reisen werden im Voraus geplant und es kommt selten vor, dass er sich nicht daran hält.«

»In welcher Branche arbeitet er?«

»Er ist Vertreter für Zenith-Uhren in Zentral- und Südostfrankreich. Es ist ein bedeutendes Unternehmen, wie Sie sicherlich wissen, und er hat eine ausgezeichnete Stellung.«

»Er ist der beste Mann der Welt!«, rief Mademoiselle Doncœur und verbesserte sich dann errötend:

»Nach Ihnen!«

»Also, wenn ich Sie richtig verstehe, ist heute Nacht jemand, als Weihnachtsmann verkleidet, bei Ihnen eingedrungen!«

»Jedenfalls behauptet das die Kleine.«

»Sie haben nichts gehört? Liegen Ihr Zimmer und das des Kindes weit auseinander?«

»Dazwischen befindet sich das Esszimmer.«

»Lassen Sie die Verbindungstüren nachts nicht auf?«

Das ist nicht nötig. Colette ist nicht ängstlich und gewöhnlich wacht sie nicht auf. Wenn sie mich rufen möchte, kann sie eine kleine Kupferglocke benutzen, die auf ihrem Nachttisch steht.«

»Sind Sie gestern Abend weggegangen?«

»Nein, Herr Kommissar«, antwortete sie schroff und beinahe ärgerlich.

»War niemand bei Ihnen?«

»Gewöhnlich empfange ich in Abwesenheit meines Mannes keinen Besuch.«

Maigret blickte kurz zu Mademoiselle Doncœur hinüber, deren Gesicht unbewegt blieb. Also musste das wohl der Wahrheit entsprechen.

»Sind Sie spät zu Bett gegangen?«

»Gleich nachdem das Radio die Mitternachtsmesse gesendet hatte. Bis dahin hatte ich gelesen.«

»Sie haben nichts Ungewöhnliches gehört?«

»Nein.«

»Haben Sie die Concierge gefragt, ob sie für einen Fremden die Tür geöffnet hat?«

Wiederum mischte sich Mademoiselle Doncœur ein:

»Ich habe mit ihr gesprochen. Sie behauptet, nein.«

»Und heute Morgen fehlte nichts bei Ihnen, Madame Martin? Sie haben nicht das Gefühl, dass jemand im Esszimmer war?«

»Nein.«

»Wer ist jetzt bei dem Kind?«

»Niemand. Sie ist es gewohnt, allein zu sein. Ich kann nicht den ganzen Tag über im Haus sein. Ich muss einkaufen, auf den Markt gehen . . .«

»Ich verstehe. Colette ist Waise, nicht wahr?«

»Ihre Mutter ist tot.«

»Ihr Vater lebt also noch? Wo ist er? Wie heißt er?«

»Er ist der Bruder meines Mannes, Paul Martin. Wo er allerdings ist . . .«

Sie machte eine unbestimmte Handbewegung.

»Wann haben Sie ihn das letzte Mal gesehen?«

»Das ist jetzt mehr als einen Monat her. Es war in der Zeit um Allerheiligen herum. Er beendete gerade eine mehrtägige Klausur.«

»Pardon?«

Sie antwortete etwas ungehalten:

»Da wir jetzt ohnehin in unserer Familiengeschichte herumwühlen, kann ich Ihnen das auch sofort erzählen.«

Man merkte, dass sie Mademoiselle Doncœur böse war, die sie für die Situation verantwortlich machte.

»Der Lebenswandel meines Schwagers ist, vor allem seit dem Tod seiner Frau, nicht mehr einwandfrei.«

»Was wollen Sie damit genau sagen?«

»Er trinkt. Er hat schon vorher getrunken, aber nicht so übermäßig und nicht derart, dass er deswegen Dummheiten machte. Er arbeitete regelmäßig. Er hatte sogar eine ziemlich gute Stellung in einem Möbelgeschäft am Faubourg Saint-Antoine. Seit dem Unfall ...«

»Sie meinen den Unfall seiner Tochter?«

»Ich spreche von dem Unfall, der zum Tod seiner Frau geführt hat. An einem Sonntag hatte er sich in den Kopf gesetzt, das Auto eines Kollegen zu leihen, um mit seiner Frau und dem Kind aufs Land zu fahren. Colette war noch ganz klein.«

»Wann genau war das?«

»Vor ungefähr drei Jahren. Sie fuhren zum Essen in ein Ausflugslokal in der Nähe von Mantes-la-Jolie. Paul konnte sich nicht zurückhalten und trank Weißwein und der ist ihm zu Kopf gestiegen. Auf der Rückfahrt nach Paris sang er aus vollem Halse. Der Unfall ereignete sich nahe der Brücke von Bougival. Seine Frau war sofort tot. Er selbst erlitt einen Schädelbasisbruch und es ist ein Wunder, dass er noch lebt. Colette blieb dabei unverletzt. Seitdem ist er kein Mensch mehr. Wir haben die Kleine zu uns genommen. Wir haben sie praktisch adoptiert. Von Zeit zu Zeit besucht er sie, aber nur, wenn er mehr oder weniger nüchtern ist. Danach trinkt er gleich wieder weiter ...«

»Wissen Sie, wo er sich aufhält?«

Eine unbestimmte Geste.

»Überall. Einmal sahen wir ihn an der Bastille, wie einen Bettler. Er konnte kaum gehen. Manchmal verkauft er auf der Straße Zeitungen. Ich erzähle das vor Mademoiselle Doncœur, weil leider das ganze Haus darüber Bescheid weiß.«

»Glauben Sie nicht, dass es ihm in den Sinn gekommen sein könnte, sich als Weihnachtsmann zu verkleiden, um seine Tochter zu besuchen?«

»Genau das habe ich gleich zu Mademoiselle Doncœur gesagt. Sie hat trotzdem darauf bestanden, mit Ihnen darüber zu sprechen.«

»Weil er keinen Grund gehabt hätte, Fußbodendielen hochzuheben«, gab diese etwas spitz zurück.

»Wer weiß, ob Ihr Mann nicht früher als vorgesehen nach Paris zurückgekommen ist und ob . . .«

»Irgend so etwas wird es bestimmt sein. Mich beunruhigt das auch nicht. Wäre Mademoiselle Doncœur nicht gewesen . . .«

Schon wieder! Sie hatte den Boulevard sicher nicht aus freien Stücken überquert!

»Können Sie mir sagen, in welchem Hotel Ihr Mann aller Wahrscheinlichkeit nach abgestiegen ist?«

»Im Hôtel de Bordeaux in Bergerac.«

»Haben Sie nicht daran gedacht ihn anzurufen?«

»In unserem Haus haben nur die Leute in der ersten Etage ein Telefon und die lassen sich nicht gerne stören.«

»Hätten Sie etwas dagegen, wenn ich im Hôtel de Bordeaux anriefe?«

Sie willigte zunächst ein, zögerte dann jedoch:

»Er wird sich fragen, ob etwas passiert ist.«

»Sie können selbst mit ihm sprechen.«

»Gewöhnlich rufe ich ihn nicht an.«

»Sie möchten lieber im Ungewissen bleiben?«

»Nein. Wie Sie meinen. Ich werde mit ihm sprechen.«

Er nahm den Hörer ab und meldete das Gespräch an. Zehn

Minuten später war er mit dem Hôtel de Bordeaux verbunden. Er reichte Madame Martin den Hörer.

»Hallo! Ich möchte mit Monsieur Martin sprechen, bitte ... Monsieur Jean Martin, ja ... Das macht nichts ... Wecken Sie ihn ...«

Sie erklärte, die Hand auf der Hörmuschel:

»Er schläft noch. Man holt ihn.«

Sie legte sich offensichtlich die Worte zurecht.

»Hallo! Bist du's? ... Wie bitte? ... Ja, fröhliche Weihnachten! ... Es ist alles in Ordnung, ja ... Colette geht es sehr gut ... Nein, ich rufe dich nicht nur deswegen an ... Aber nein! Nichts Unangenehmes, mach dir keine Sorgen ...«

Sie wiederholte die letzten Worte, indem sie jede einzelne Silbe betonte:

»Ich sagte, du sollst dir keine Sorgen machen ... In der letzten Nacht ist etwas Seltsames vorgefallen ... Jemand war, als Weihnachtsmann verkleidet, in Colettes Zimmer ... Aber nein! Er hat ihr nichts getan ... Er schenkte ihr eine große Puppe ... *Puppe,* ja ... Und er hat sich am Boden zu schaffen gemacht ... Er hob zwei Dielen hoch, die er dann eilig wieder an ihren Platz legte ... Mademoiselle Doncœur wollte, dass ich mit dem Kommissar von gegenüber spreche ... Ich rufe aus seiner Wohnung an ... du verstehst das nicht? ... Ich auch nicht ... Soll ich ihn dir geben? ... Ich frag ihn mal ...«

Und zu Maigret gewandt:

»Er möchte mit Ihnen sprechen.«

Maigret hörte am anderen Ende der Leitung eine angenehme Stimme, die Stimme eines besorgten und offenbar ratlosen Mannes.

»Sind Sie sicher, dass meiner Frau und der Kleinen nichts passiert ist? ... Das ist so verwirrend! ... Wenn es nur die Puppe wäre, würde ich an meinen Bruder denken ... Loraine wird Ihnen von ihm erzählen ... Das ist meine Frau ... Fragen Sie sie nach Einzelheiten ... Aber er hätte die Fußbodendielen nicht hochgehoben ... Glauben Sie, es wäre besser, wenn ich sofort nach Hause käme? Ich könnte den Nachmittagszug gegen drei Uhr nehmen ... Wie bitte? ... Ich kann mich darauf verlassen, dass Sie auf sie aufpassen ...?«

Loraine nahm den Hörer wieder.

»Siehst du! Der Kommissar ist zuversichtlich. Er versichert, dass nicht die geringste Gefahr besteht. Es lohnt sich nicht, dass du deine Reise unterbrichst, gerade jetzt, wo du vielleicht nach Paris versetzt wirst ...«

Mademoiselle Doncœur schaute sie unverwandt an und es lag nicht viel Zärtlichkeit in ihrem Blick.

»Ich verspreche dir, dich anzurufen oder dir ein Telegramm zu schicken, wenn es etwas Neues geben sollte. Sie ist ruhig und spielt mit ihrer Puppe. Ich bin noch nicht dazugekommen, ihr das Geschenk zu geben, das du ihr geschickt hast. Ich gehe sofort zu ihr ...«

Sie legte auf und sagte:

»Sehen Sie!«

Und dann nach einem kurzen Schweigen:

»Bitte entschuldigen Sie, dass wir Sie gestört haben. Es ist nicht meine Schuld. Ich bin sicher, es handelt sich um einen üblen Scherz oder um einen Einfall meines Schwagers. Wenn er getrunken hat, weiß man nie genau, was ihm durch den Kopf geht.«

»Werden Sie ihn heute nicht sehen? Glauben Sie nicht, dass er seine Tochter besuchen wird?«

»Das kommt drauf an. Wenn er getrunken hat, nein. Er ist darauf bedacht, sich ihr in diesem Zustand nicht zu zeigen. Wenn er kommt, nimmt er sich zusammen, um so anständig wie möglich zu erscheinen.«

»Darf ich Sie um die Erlaubnis bitten, ein wenig mit Colette zu plaudern?«

»Ich kann Sie nicht daran hindern. Wenn Sie glauben, es sei nützlich ...«

»Ich danke Ihnen, Monsieur Maigret«, rief Mademoiselle Doncœur mit einem vertraulichen und gleichzeitig dankbaren Blick.

»Es ist ein so interessantes Kind! Sie werden sehen!«

Rückwärts gehend gelangte sie zur Tür. Wenige Augenblicke später sah er die beiden hintereinander den Boulevard überqueren, wobei Mademoiselle Doncœur dicht hinter Madame Martin herging und sich noch einmal umdrehte, um einen Blick auf die Fenster des Kommissars zu werfen.

In der Küche wurden Zwiebeln gebraten. Madame Maigret kam heraus und sagte liebenswürdig:

»Bist du zufrieden?«

Er durfte nicht einmal so tun, als verstünde er. Man ließ ihm an diesem Weihnachtsmorgen nicht die Muße, an das alte Ehepaar, das sie waren, zu denken, das niemanden hatte, den es verwöhnen konnte.

Es war Zeit sich zu rasieren, um Colette zu besuchen.

2

Mitten in seiner Morgentoilette, als er gerade dabei war, seinen Rasierpinsel nass zu machen, hatte er beschlossen zu telefonieren. Er hatte sich nicht die Mühe gemacht, seinen Morgenmantel überzuziehen, sondern saß im Pyjama in dem Sessel des Esszimmers, in *seinem* Sessel nahe beim Fenster, und wartete auf die Verbindung, während er den Rauch beobachtete, der langsam aus den Schornsteinen emporstieg.

Das Läuten des Telefons dort am Quai des Orfèvres hatte für ihn nicht denselben Klang wie das anderer Telefone. Er meinte, die großen, leeren Korridore, die offenen Türen der leeren Büros und den Telefonisten zu sehen, der Lucas mitteilte:

»Der Chef ist am Apparat.«

Er kam sich ein wenig vor wie eine Freundin seiner Frau, für die das höchste Glück – das sie fast jeden Tag genießen konnte – darin bestand, bei geschlossenen Fenstern, zugezogenen Vorhängen und beim sanften Licht einer Nachttischlampe den Vormittag im Bett zu verbringen und auf gut Glück die eine oder andere ihrer Freundinnen anzurufen.

»Wie, es ist zehn Uhr? Wie ist draußen das Wetter? Es regnet? Waren Sie schon draußen? Haben Sie eingekauft?«

So versuchte sie am Telefon etwas vom bewegten Treiben draußen zu erfahren, während sie sich immer behaglicher in ihr leicht verschwitztes Bett kuschelte.

»Sind Sie's, Chef?«

Maigret hatte ebenfalls Lust, Lucas zu fragen, wer mit ihm zusammen Dienst machte, was sie so trieben und wie es heute Morgen im Haus aussah.

»Gibt's etwas Neues? Viel Arbeit?«

»Fast nichts. Das Übliche . . .«

»Könntest du einige Erkundigungen für mich einziehen? Ich glaube, du kannst das telefonisch erledigen. Besorge dir zunächst die Liste aller Häftlinge, die in den letzten zwei Monaten, oder besser in den letzten drei Monaten, freigelassen wurden.«

»Aus welchem Gefängnis?«

»Aus sämtlichen Gefängnissen. Kümmere dich nur um diejenigen, die eine Strafe von mindestens fünf Jahren verbüßt haben. Versuche herauszubekommen, ob einer darunter ist, der irgenndwann einmal am Boulevard Richard-Lenoir gewohnt hat. Hast du verstanden?«

»Ich notiere.«

Lucas war bestimmt verblüfft, aber er ließ sich nichts anmerken.

»Noch etwas: Wir müssen einen gewissen Paul Martin ausfindig machen, einen Alkoholiker ohne festen Wohnsitz, der sich häufig im Viertel der Bastille herumtreibt. Nicht festnehmen oder behelligen! Finde heraus, wo er die Weihnachtsnacht verbracht hat. Die Kommissariate werden dir dabei helfen können.«

Im Gegensatz zu besagter Freundin war es ihm eigentlich gar nicht recht, zu Hause im Pyjama in seinem Sessel zu sitzen, unrasiert, ein vertrautes und unbewegliches Bild mit rauchenden Schornsteinen vor Augen, während der brave Lucas am anderen Ende der Leitung seit sechs Uhr morgens im Dienst war und seine Butterbrote wohl bereits ausgewickelt hatte.

»Das ist noch nicht alles, alter Freund. Ruf bitte Bergerac an. Im Hôtel de Bordeaux wohnt ein Geschäftsreisender namens Jean Martin. Nein! Jean! Das ist nicht derselbe. Es ist der Bruder. Ich möchte gerne wissen, ob er im Lauf des gestrigen Tages oder während der Nacht einen Anruf aus Paris oder ein Telegramm bekommen hat. Und lass selbstverständlich auch noch nachforschen, wo er den Abend verbracht hat. Ich glaube, das ist alles.«

»Soll ich zurückrufen?«

»Nicht sofort. Ich muss noch weg. Ich werde dich wieder anrufen.«

»Ist in Ihrem Viertel etwas passiert?«

»Ich weiß es noch nicht. Vielleicht.«

Madame Maigret kam ins Badezimmer, um mit ihm zu sprechen, während er seine Toilette beendete. Angesichts der rauchenden Schornsteine zog er sich keinen Mantel über. Denn wenn man die Schornsteine mit dem aufsteigenden Rauch betrachtete, der sich langsam im Himmel verlor, stellte man sich hinter den Fenstern überheizte Wohnräume vor. Er würde einige Zeit in engen Wohnungen verbringen müssen, wo man ihn nicht dazu auffordern würde, es sich bequem zu machen. Daher zog er es vor, lediglich seinen Hut aufzusetzen und so den Boulevard zu überqueren.

Wie das Haus, in dem er wohnte, war auch das Haus gegenüber alt, aber sauber und ein wenig düster, vor allem an diesem grauen Dezembermorgen. Er vermied es, bei der Concierge stehen zu bleiben, die ihm etwas unwillig nachsah. Während er die Treppe hinaufging, wurden hinter ihm einige Türen geräuschlos einen Spalt geöffnet, und er hörte gedämpfte Schritte und Flüstern.

Auf dem Flur in der dritten Etage erwartete ihn Mademoiselle Doncœur, die ihm vom Fenster aus aufgelauert haben musste;

sie war einerseits verschüchtert, andererseits jedoch aufgeregt, als handele es sich um ein Rendezvous zweier Verliebter.

»Kommen Sie, Monsieur Maigret. Sie ist vor einer Weile weggegangen.«

Er hob die Augenbrauen, was sie sofort bemerkte.

»Ich sagte ihr, dass das nicht richtig sei, weil Sie jeden Moment kommen würden, und dass sie besser zu Hause bleiben solle. Sie antwortete, dass sie gestern nicht eingekauft und deshalb nichts mehr im Hause habe und dass später alle Geschäfte geschlossen seien. Kommen Sie herein!«

Sie stand vor der hinteren Tür, die in ein ziemlich kleines und recht dunkles Esszimmer führte, in dem jedoch Sauberkeit und Ordnung herrschte.

»Ich pass auf die Kleine auf, während sie weg ist. Colette freut sich darauf, Sie zu sehen. Ich hab ihr nämlich von Ihnen erzählt. Sie hat nur Angst, dass Sie ihr die Puppe wieder wegnehmen.«

»Wann hat sich Madame Martin dazu entschlossen wegzugehen?«

»Gleich nachdem wir von Ihnen wiederkamen. Sie hat sich sofort angezogen.«

»Hat sie sich richtig zurechtgemacht?«

»Ich verstehe nicht, was Sie meinen.«

»Nun, ich nehme an, dass sie sich, um im Viertel einzukaufen, anders kleidet, als wenn sie in die Stadt geht.«

»Sie hat sich herausgeputzt, ihren Hut aufgesetzt und Handschuhe angezogen. Ihre Einkaufstasche hat sie auch mitgenommen.«

Bevor Maigret sich um Colette kümmerte, ging er in die Küche, wo die Reste vom Frühstück herumstanden.

»Hatte sie gefrühstückt, bevor sie zu mir kam?«

»Nein. Ich habe ihr keine Zeit dazu gelassen.«

»Hat sie hinterher gegessen?«

»Auch nicht. Sie hat sich nur eine Tasse Kaffee gemacht. Ich habe Colette das Frühstück gebracht, während Madame Martin sich anzog.«

Auf der Brüstung des Fensters, das zum Hof zeigte, stand ein Vorratsschrank, den Maigret sorgfältig untersuchte. Er fand dort kalten Aufschnitt, Butter, Eier, Gemüse. Im Küchenschrank fand er zwei frische, noch nicht angeschnittene Brote. Colette hatte Schokolade getrunken und dazu Hörnchen gegessen.

»Kennen Sie Madame Martin gut?«

»Wir sind Nachbarn, wissen Sie. Seit Colette im Bett liegen muss, sehen wir uns häufiger, da sie mich oft bittet, auf die Kleine aufzupassen, wenn sie weggeht.«

»Geht sie sehr oft weg?«

»Ziemlich selten. Nur um einzukaufen.«

Als er hereingekommen war, war ihm etwas aufgefallen, was er näher zu bestimmen versuchte, etwas, das an der Atmosphäre lag, an der Anordnung der Möbel, an der Ordnung überhaupt, die hier herrschte, oder auch sogar am Geruch. Als er Mademoiselle Doncœur ansah, wusste er, was es war, oder glaubte zumindest, es zu wissen.

Man hatte ihm vorhin gesagt, dass Martin die Wohnung schon vor seiner Hochzeit bewohnt hatte. Und obwohl Madame Martin nun schon seit fünf Jahren hier wohnte, war es eine Junggesellenwohnung geblieben. Zum Beispiel hingen im Esszimmer an beiden Seiten des Kamins zwei vergrößerte Porträtfotos.

»Wer ist das?«, fragte er und zeigte darauf.

»Der Vater und die Mutter von Monsieur Martin.«

»Gibt es hier keine Fotos von Madame Martins Eltern?«

»Ich habe noch nie etwas von ihnen gehört. Ich nehme an, sie ist Waise.«

Selbst dem Schlafzimmer fehlte ein Schuss Koketterie, die weibliche Note. Er öffnete einen Kleiderschrank. Neben sorgfältig weggehängter Herrengarderobe sah er Damenkleidung, hauptsächlich Kostüme und sehr schlichte Kleider. Er wagte nicht die Schubladen zu öffnen, aber er war sicher, dass sie keine Kinkerlitzchen enthielten, keinen wertlosen Kleinkram, den Frauen, normalerweise sammeln.

»Mademoiselle Doncœur!«, rief eine ruhige Kinderstimme.

»Gehen wir zu Colette«, entschied Maigret.

Auch das Zimmer des Kindes war schmucklos, fast kahl. In einem zu großen Bett lag ein kleines Mädchen mit einem ernsten Gesicht und fragenden, aber vertrauensvollen Augen.

»Sind Sie der Kommissar, Monsieur?«

»Der bin ich, mein Kind. Hab keine Angst.«

»Ich habe keine Angst. Ist Mama Loraine noch nicht zurück?«

Das überraschte ihn. Hatten die Martins ihre Nichte nicht gewissermaßen adoptiert? Und doch sagte das Kind nicht einfach *Mama,* sondern *Mama Loraine.*

»Glauben Sie wenigstens, dass es der Weihnachtsmann war, der mich heute Nacht besucht hat?«

»Davon bin ich überzeugt.«

»Mama Loraine glaubt es nicht. Sie glaubt mir nie.«

Sie hatte ein müdes Gesicht, lebhafte Augen und einen durchdringenden Blick. Der Gips bedeckte das eine Bein bis hinauf zum Oberschenkel und bildete einen kleinen Hügel unter der Bettdecke.

Mademoiselle Doncœur blieb im Türrahmen stehen und sagte taktvoll, um die beiden alleine zu lassen:

»Ich geh mal schnell zu mir, um nachzusehen, ob nichts angebrannt ist.«

Maigret, der sich nahe ans Bett gesetzt hatte, wusste nicht so recht, wie er anfangen, welche Frage er eigentlich stellen sollte.

»Hast du Mama Loraine sehr gern?«

»Ja, Monsieur.«

Sie antwortete zurückhaltend und ohne Begeisterung, jedoch nicht zögernd.

»Und deinen Papa?«

»Welchen? Ich habe nämlich zwei Papas, wissen Sie, Papa Paul und Papa Jean.«

»Wie lange hast du Papa Paul nicht mehr gesehen?«

»Ich weiß es nicht mehr. Vielleicht ein paar Wochen. Er hat mir versprochen, mir zu Weihnachten ein Spielzeug zu schenken, aber er ist noch nicht gekommen. Er muss wohl krank geworden sein.«

»Ist er oft krank?«

»Oft, ja. Wenn er krank ist, besucht er mich nicht.«

»Und dein Papa Jean?«

»Er ist unterwegs, aber er wird zu Neujahr nach Hause kommen. Vielleicht wird er dann nach Paris versetzt und muss nicht mehr wegfahren. Er wäre froh darüber und ich auch.«

»Kommen dich viele Freunde besuchen, seitdem du im Bett liegen musst?«

»Welche Freunde? Die Mädchen aus der Schule wissen nicht, wo ich wohne. Und wenn sie es wissen, dürfen sie nicht ganz alleine kommen.«

»Und die Freunde von Mama Loraine oder von deinem Papa?«

»Es kommt nie jemand.«

»Nie? Bist du sicher?«

»Nur der Gasmann oder der vom Elektrizitätswerk. Ich höre sie, weil die Tür fast immer offen steht. Ich kenne sie. Nur zweimal ist jemand anderes gekommen.«

»Wie lange ist das her?«

»Das erste Mal war es am Tag nach meinem Unfall. Ich erinnere mich daran, weil der Arzt gerade gegangen war.«

»Wer war es?«

»Ich habe ihn nicht gesehen. Ich habe gehört, wie er an die andere Tür klopfte und etwas sagte. Mama Loraine hat dann sofort die Tür zu meinem Zimmer geschlossen. Sie haben eine ganze Weile leise miteinander gesprochen. Nachher hat sie mir erzählt, dass er sie mit einer Versicherungssache gelangweilt hat. Ich weiß nicht, worum es ging.«

»Und ist er wiedergekommen?«

»Vor fünf oder sechs Tagen. Diesmal kam er abends, als in meinem Zimmer das Licht schon ausgemacht worden war. Ich schlief noch nicht. Ich hörte, wie es klopfte und wie sie leise miteinander sprachen, wie beim ersten Mal. Ich wusste genau, dass es nicht Mademoiselle Doncœur war, die abends manchmal kommt, um Mama Loraine Gesellschaft zu leisten. Später hatte ich das Gefühl, dass sie miteinander stritten. Ich hatte Angst und rief, Mama Loraine kam, um mir zu sagen, dass es wieder wegen dieser Versicherung sei und dass ich schlafen solle.«

»Ist er lange geblieben?«

»Ich weiß es nicht. Ich glaube, ich bin dann eingeschlafen.«

»Du hast ihn beide Male nicht gesehen?«

»Nein. Aber ich würde seine Stimme wieder erkennen.«

»Auch dann, wenn er leise spricht?«

»Ja. Eben weil er immer leise spricht, was sich so anhört wie eine dicke Hummel. Ich kann die Puppe behalten, nicht wahr? Mama Loraine hat mir zwei Schachteln Bonbons und Nähzeug gekauft. Sie hat mir auch eine Puppe geschenkt, aber eine viel kleinere als die vom Weihnachtsmann, weil sie nicht so reich ist. Sie hat sie mir heute Morgen gezeigt, bevor sie wegging, hat sie dann aber wieder in die Schachtel zurückgetan. Ich brauche sie nicht mehr, weil ich ja diese hier habe. Das Geschäft wird sie zurücknehmen.«

Die Wohnung war überheizt, die Zimmer eng und stickig, aber trotzdem überkam Maigret ein Gefühl der Kälte. Das Haus sah von außen wie das aus, in dem er wohnte. Warum erschien ihm die Welt hier drin kleiner, schäbiger?

Er bückte sich zum Fußboden hinunter, zu der Stelle, an der die beiden Dielen hochgehoben worden waren. Er sah nur einen staubigen, leicht feuchten Hohlraum, wie er sich unter allen Dielen befindet. Einige Kratzer im Holz wiesen darauf hin, dass man einen Meißel oder etwas Ähnliches benutzt hatte.

Er untersuchte die Tür und fand dort ebenfalls Spuren. Es war eine stümperhafte Arbeit, die außerdem leicht zu machen gewesen war.

»Wurde der Weihnachtsmann nicht böse, als er sah, dass du ihm zuschautest?«

»Nein, Monsieur. Er war damit beschäftigt, ein Loch in den Boden zu machen, um den kleinen Jungen aus der zweiten Etage zu besuchen.«

»Hat er nichts zu dir gesagt?«

»Ich glaube, er hat gelächelt. Ich bin mir nicht sicher, wegen seines Bartes. Es war nicht sehr hell. Aber ich weiß genau, dass er einen Finger auf den Mund gelegt hat, damit ich nicht rief, weil die Großen ihm nicht begegnen dürfen. Haben Sie ihn schon einmal getroffen?«

»Das ist schon lange her.«

»Als Sie noch klein waren?«

Er hörte Schritte im Flur. Die Tür wurde geöffnet. Es war Madame Martin, im grauen Kostüm, ein Einkaufsnetz in der Hand und einen kleinen beigen Hut auf dem Kopf. Ihr war offensichtlich kalt. Die Haut ihres Gesichtes war gespannt und sehr weiß; aber sie hatte sich wohl beeilt und war schnell die Treppe heraufgekommen, denn auf ihren Wangen waren zwei kleine rote Flecken zu sehen, und ihr Atem ging kurz.

Sie lächelte nicht und fragte Maigret:

»War sie artig?«

Dann, indem sie ihre Jacke auszog:

»Entschuldigen Sie, dass ich Sie habe warten lassen. Ich musste noch einmal weggehen, um verschiedene Dinge einzukaufen. Später wären die Läden geschlossen gewesen.«

»Haben Sie niemanden getroffen?«

»Was wollen Sie damit sagen?«

»Nichts. Ich dachte nur, dass jemand versucht hätte, mit Ihnen zu sprechen.«

Sie hatte genug Zeit gehabt, um viel weiter als nur zur Rue Amelot oder zur Rue du Chemin-Vert zu gehen, wo die meisten Geschäfte des Viertels lagen. Sie hätte sogar ein Taxi oder die Metro nehmen können, um zu fast jedem Punkt in Paris zu gelangen.

Bestimmt lagen im ganzen Haus die Mieter auf der Lauer. Mademoiselle Doncœur fragte, ob sie gebraucht würde, und Madame Martin wollte schon verneinen; aber Maigret antwortete:

»Es wäre mir lieb, wenn Sie bei Colette blieben, während ich nach nebenan gehe.«

Sie begriff, dass sie die Aufmerksamkeit des Kindes ablenken sollte, während er sich mit Madame Martin unterhielt. Diese verstand das wohl ebenfalls, ließ sich jedoch nichts anmerken.

»Treten Sie bitte ein. Gestatten Sie, dass ich die Sachen abstelle?«

Sie ging in die Küche und stellte die Lebensmittel dort hin, setzte dann ihren Hut ab und richtete ein wenig ihre blonden, glanzlosen Haare. Als sie die Zimmertür wieder geschlossen hatte, sagte sie:

»Mademoiselle Doncœur ist sehr aufgeregt. Welch glücklicher Zufall für eine alte Jungfer, nicht wahr? Besonders für eine alte Jungfer, die Zeitungsartikel über einen ganz bestimmten Kommissar sammelt, der sich nun endlich in ihrem eigenen Haus befindet! Sie gestatten?«

Sie nahm eine Zigarette aus einem silbernen Etui, klopfte leicht mit dem Ende auf den Tisch und zündete sie mit einem Feuerzeug an. Vielleicht war es diese Geste, die Maigret veranlasste, ihr eine Frage zu stellen.

»Sie arbeiten nicht, Madame Martin?«

»Es wäre schwierig für mich, zu arbeiten und mich um den Haushalt und obendrein noch um die Kleine zu kümmern, auch wenn sie zur Schule geht. Übrigens erlaubt mein Mann nicht, dass ich arbeite.«

»Aber Sie haben gearbeitet, bevor Sie ihn kennen lernten?«

»Selbstverständlich. Ich musste mir meinen Lebensunterhalt verdienen. Wollen Sie sich nicht setzen?«

Er setzte sich in einen rustikalen Sessel mit Korbgeflecht, während sie sich an den Tisch lehnte.

»Sie waren Stenotypistin?«

»Das war ich.«

»Wie lange?«

»Ziemlich lange.«

»Waren Sie es auch noch zu dem Zeitpunkt, als Sie Martin kennen lernten? Entschuldigen Sie bitte, dass ich Ihnen diese Fragen stelle.«

»Das ist Ihr Beruf.«

»Sie haben vor fünf Jahren geheiratet. Wo haben Sie zu der Zeit gearbeitet? Einen Augenblick ... Darf ich Sie nach Ihrem Alter fragen?«

»Dreiunddreißig. Ich war also damals achtundzwanzig Jahre alt und arbeitete bei Monsieur Lorilleux im Palais-Royal.«

»Als Sekretärin?«

»Monsieur Lorilleux hatte ein Schmuckgeschäft, oder genauer gesagt, er handelte mit Souvenirs und alten Münzen. Sie kennen sicher diese alten Geschäfte im Palais-Royal. Ich war gleichzeitig Verkäuferin, Sekretärin und Buchhalterin. Ich führte das Geschäft, wenn er nicht da war.«

»War er verheiratet?«

»Ja, außerdem Vater von drei Kindern.«

»Sind Sie dort weggegangen, als Sie Martin heirateten?«

»Nicht sofort. Jean wollte nicht, dass ich weiter arbeitete, aber er verdiente nicht gerade sehr viel und ich hatte eine gute Stellung. In den ersten Monaten bin ich dort geblieben.«

»Und dann?«

»Dann geschah etwas, was zugleich einfach war und unerwartet. An einem Morgen um neun Uhr erschien ich wie gewöhnlich vor dem Geschäft, dessen Tür jedoch verschlossen war. Ich wartete, da ich glaubte, Monsieur Lorilleux habe sich verspätet.«

»Wohnte er woanders?«

»Er wohnte mit seiner Familie in der Rue Mazarine. Um halb zehn wurde ich unruhig.«

»War er tot?«

»Nein. Ich rief seine Frau an, die mir sagte, dass er die Wohnung wie gewöhnlich um acht Uhr verlassen habe.«

»Von wo aus riefen Sie an?«

»Vom Handschuhgeschäft nebenan. Ich wartete den ganzen Vormittag. Dann kam seine Frau. Wir gingen zusammen aufs Polizeirevier, wo man die Sache übrigens nicht tragisch nahm. Man fragte seine Frau lediglich, ob er herzkrank war, ob er ein Verhältnis hatte usw. Er wurde nie wieder gesehen und ließ nichts mehr von sich hören. Das Geschäft wurde an mehrere Polen verkauft und mein Mann bestand darauf, dass ich keine Arbeit mehr annahm.«

»Wie lange waren Sie damals verheiratet?«

»Vier Monate.«

»Hatte Ihr Mann da bereits im Südwesten Frankreichs zu tun?«

»Er bereiste dasselbe Gebiet wie jetzt.«

»War er in Paris, als Ihr Chef verschwand?«

»Nein. Ich glaube nicht.«

»Hat die Polizei die Geschäftsräume durchsucht?«

»Es war alles in Ordnung, genauso wie am Vortag. Nichts war verschwunden.«

»Wissen Sie, was aus Madame Lorilleux geworden ist?«

»Sie hat einige Zeit von dem Geld aus dem Verkauf des Ladens gelebt. Ihre Kinder sind jetzt sicher erwachsen und wahrscheinnlich verheiratet. Sie hat ein kleines Kurzwarengeschäft nicht weit von hier, in der Rue du Pas-de-la-Mule.«

»Hatten Sie weiterhin Kontakt mit ihr?«

»Manchmal ging ich in ihren Laden. Auf diese Weise erfuhr ich überhaupt erst, dass sie Kurzwarenhändlerin geworden war. Zunächst habe ich sie gar nicht wieder erkannt.«

»Wie lange ist das jetzt her?«

»Ich weiß es nicht genau. Ungefähr sechs Monate.«

»Hat sie Telefon?«

»Das weiß ich nicht. Warum?«

»Was für ein Mensch war Lorilleux?«

»Meinen Sie äußerlich?«

»Ja, zunächst einmal äußerlich.«

»Er war groß, größer als Sie und noch breiter. Er war dick und dabei schwammig. Sie wissen, was ich damit meine. Er war keine sehr gepflegte Erscheinung.«

»Wie alt?«

»Ungefähr fünfzig. Ich weiß es nicht genau. Er trug einen kleinen grau melierten Schnurrbart und seine Anzüge waren ihm immer zu weit.«

»Kannten Sie sich in seinen Gewohnheiten aus?«

»Er ging jeden Morgen zu Fuß ins Geschäft und war etwa eine Viertelstunde vor mir da, sodass er bereits die Post durchgesehen hatte, wenn ich ankam. Er sprach nicht viel, war eher mürrisch. Er verbrachte den größten Teil des Tages in dem kleinen Büro hinter dem Laden.«

»Keine Frauengeschichten?«

»Nicht dass ich wüsste.«

»Machte er Ihnen nicht den Hof?«

Sie erwiderte kühl:

»Nein.«

»Hing er sehr an Ihnen?«

»Ich glaube, ich war ihm eine wertvolle Hilfe.«

»Hat Ihr Mann ihn gekannt?«

»Sie haben nie miteinander gesprochen. Jean wartete manchmal am Ausgang des Ladens auf mich, hielt sich jedoch in einiger Entfernung. Ist das alles, was Sie wissen wollen?«

In ihrer Stimme schwang Ungeduld, ein wenig Zorn mit.

»Ich möchte Sie darauf aufmerksam machen, Madame Martin, dass Sie es waren, die zu mir gekommen ist.«

»Weil diese verrückte Alte sich auf die Gelegenheit gestürzt hat, Sie aus der Nähe zu sehen, und mich fast gewaltsam zu Ihnen geschleppt hat.«

»Mögen sie Mademoiselle Doncœur nicht?«

»Ich mag keine Leute, die sich in Angelegenheiten mischen, die sie nichts angehen.«

»Tut sie das?«

»Wir haben das Kind meines Schwagers bei uns aufgenommen, wie Sie ja wissen. Ob Sie mir glauben oder nicht, ich tue für Colette alles, was ich kann, ich behandle sie wie mit meine eigene Tochter . . .«

Maigret konnte sich die Frau, die ihm gegenübersaß und sich soeben eine neue Zigarette angezündet hatte, noch so genau ansehen: Aus einem unbestimmten, unsicheren Gefühl heraus gelang es ihm einfach nicht, sie sich als Mutter vorzustellen.

»Nun, unter dem Vorwand, mir helfen zu wollen, mischt sie sich andauernd in meine Angelegenheiten. Wenn ich kurz weggehe, steht sie mit zuckersüße Miene im Flur und sagt:

›Sie wollen Colette doch wohl nicht ganz alleine lassen, Madame Martin? Lassen Sie mich bei ihr bleiben!‹ Ich glaube fast, sie vergnügt sich in meiner Abwesenheit damit, in meinen Schubladen herumzuwühlen.«

»Trotzdem ertragen Sie sie.«

»Weil ich es eben muss. Colette verlangt nach ihr, vor allem, seitdem sie im Bett liegt. Auch mein Mann mag sie sehr, weil er, als wir noch nicht verheiratet waren, eine Rippenfellentzündung hatte und sie ihn gepflegt hat.«

»Haben Sie die Puppe, die Sie für Colette zu Weihnachten gekauft hatten, wieder zurückgebracht?«

Sie hob die Augenbrauen und blickte zur Verbindungstür.

»Sie haben sie also ausgefragt. Nein, ich habe sie nicht zurückgebracht, aus dem einfachen Grund, weil ich sie in einem großen Warenhaus gekauft habe und die Warenhäuser heute geschlossen sind. Möchten Sie sie sehen?«

In ihren Worten lag Herausforderung; er ließ sie sich, entgegen ihren Erwartungen, zeigen und untersuchte den Karton, auf dem noch der Preis stand, der sehr niedrig war.

»Darf ich Sie fragen, wohin Sie heute Morgen gegangen sind?«

»Ich hab Einkäufe gemacht.«

»In der Rue du Chemin Vert? Oder Rue Amelot?«

»In der Rue du Chemin Vert und in der Rue Amelot.«

»Ich möchte nicht neugierig sein, aber was haben Sie eingekauft?«

Sie ging wütend in die Küche, holte die Einkaufstasche und knallte sie fast auf den Esszimmertisch.

»Sehen Sie selbst nach!«

Die Tasche enthielt drei Dosen Sardinen, Schinken, Butter, Kartoffeln und Lattich.

Sie sah ihm unfreundlich und unbeweglich ins Gesicht, zitterte jedoch nicht, und in ihrem Blick lag mehr Gereiztheit als Angst.

»Haben Sie noch weitere Fragen?«

»Ich wüsste gerne den Namen Ihres Versicherungsagenten!«

Man sah, dass sie nicht sofort verstand. Sie strengte ihr Gedächtnis an.

»Mein Versicherungsagent . . .«

»Jawohl. Derjenige, der Sie besucht hat.«

»Entschuldigen Sie bitte! Das hatte ich ganz vergessen. Sie sprachen nämlich von *meinem* Versicherungsagenten, so als hätte ich tatsächlich etwas mit ihm zu tun. Das hat Colette Ihnen also auch erzählt! In der Tat ist jemand gekommen, zweimal, einer von denen, die von Tür zu Tür gehen, und bei denen man seine liebe Mühe hat, sie loszuwerden. Zuerst glaubte ich, er wollte elektrische Staubsauger verkaufen. Es ging um eine Lebensversicherung.«

»War er lange bei Ihnen?«

»Solange, wie ich brauchte, um ihn rauszuwerfen, um ihm klarzumachen, dass ich keinerlei Lust hatte, eine Police für mich oder meinen Mann zu unterzeichnen.«

»Von welcher Gesellschaft kam er?«

»Er hat sie mir genannt, aber ich habe den Namen vergessen. Irgend etwas mit ›Gegenseitig‹ . . .«

»Er hat es noch einmal versucht?«

»Das stimmt.«

»Zu welcher Uhrzeit muss Colette schlafen?«

»Um halb acht mach ich das Licht aus, aber manchmal erzählt sie sich eine Weile noch leise irgendwelche Geschichten.«

»Das zweite Mal ist der Versicherungsagent also nach halb acht abends bei Ihnen gewesen?«

Sie hatte die Falle bereits bemerkt.

»Das ist möglich. Ich war tatsächlich gerade dabei das Geschirr abzuwaschen.«

»Haben Sie ihn hereingelassen?«

»Er hatte den Fuß zwischen die Tür gestellt.«

»Hat er sich auch an andere Mieter des Hauses gewandt?«

»Davon weiß ich nichts. Ich nehme an, dass Sie sich danach

erkundigen werden. Weil ein kleines Mädchen den Weihnachtsmann gesehen hat oder glaubt, ihn gesehen zu haben, verhören Sie mich seit einer halben Stunde, so als hätte ich ein Verbrechen begangen. Wenn mein Mann hier wäre ...«

»Hat Ihr Mann eigentlich eine Lebensversicherung abgeschlossen?«

»Ich glaube. Höchstwahrscheinlich.«

Als er seinen Hut vom Stuhl nahm und zur Tür ging, rief sie überrascht:

»Sind Sie fertig?«

»Ja, das ist alles. Im Fall, dass Ihr Schwager Sie besuchen kommen sollte, so wie er es anscheinend seiner Tochter versprochen hat, wäre ich Ihnen dankbar, wenn Sie es mich wissen ließen oder wenn sie ihn zu mir schickten. Jetzt würde ich gerne ein paar Worte mit Mademoiselle Doncœur wechseln.«

Mademoiselle Doncœur folgte ihm in den Flur, ging ihm dann voraus, um die Tür zu ihrer Wohnung zu öffnen, die nach Kloster roch.

»Treten Sie ein, Herr Kommissar. Ich hoffe, es ist nicht zu unordentlich.«

Es war keine Katze zu sehen, kein kleiner Jund, keine Deckchen auf den Möbeln, auch keine Nippesfiguren auf dem Kamin.

»Wohnen Sie schon lange in diesem Haus, Mademoiselle Doncœur?«

»Fünfundzwanzig Jahre, Herr Kommissar. Ich gehöre zu den ältesten Mietern und ich erinnere mich daran, dass Sie bereits gegenüber wohnten, als ich hier einzog. Sie trugen einen langen Schnurrbart.«

»Wer wohnte nebenan, bevor Martin dort einzog?«

»Ein Ingenieur vom Straßenbauamt. Ich erinnere mich nicht mehr an seinen Namen, aber ich könnte ihn herausfinden. Er wohnte dort mit seiner Frau und seiner Tochter, einer Taubstummen. Es war ziemlich traurig. Sie verließen Paris, um sich auf dem Land niederzulassen, im Poitou, wenn ich mich nicht irre.

Der alte Herr ist jetzt wohl schon tot, da er damals bereits im Rentenalter war.«

»Ist es in der letzten Zeit vorgekommen, dass Sie von einem Versicherungsvertreter behelligt wurden?«

»In letzter Zeit nicht. Seit mindestens zwei Jahren hat niemand mehr bei mir geklingelt.«

»Sie mögen Madame Martin nicht?«

»Warum?«

»Ich frage Sie, ob Sie Madame Martin mögen oder nicht.«

»Ja, wissen Sie, wenn ich einen Sohn hätte . . .«

»Sprechen Sie weiter!«

»Wenn ich einen Sohn hätte, wäre ich nicht glücklich darüber, sie zur Schwiegertochter zu haben. Vor allem, wo Monsieur Martin so liebenswürdig ist, so zuvorkommend!«

»Glauben Sie, dass er mit ihr nicht glücklich ist?«

»Das will ich nicht sagen. Ich hab ihr eigentlich nichts vorzuwerfen. Sie hat das Recht, so zu sein, wie sie ist, nicht wahr?«

»Wie ist sie denn?«

»Ich weiß es auch nicht. Sie haben sie gesehen. Sie kennen sich besser darin aus als ich. Sie benimmt sich nicht so wie eine Frau. Sehen Sie, ich wette, dass sie noch nie in ihrem Leben geweint hat. Sie erzieht die Kleine recht anständig, das ist richtig. Aber sie würde ihr nie ein liebes Wort sagen und wenn ich Colette Märchen erzählen möchte, merke ich, dass sie sich darüber aufregt. Ich bin sicher, sie hat ihr gesagt, dass es den Weihnachtsmann nicht gibt. Glücklicherweise glaubt ihr das Kind nicht.«

»Sie mag sie auch nicht?«

»Sie gehorcht ihr und gibt sich Mühe, ihr Freude zu machen. Ich glaube, sie ist froh, wenn sie alleine gelassen wird.«

»Geht Madame Martin oft weg?«

»Nicht oft. Man kann ihr nichts vorwerfen. Ich weiß nicht, wie ich es sagen soll. Man merkt, dass sie ihr eigenes Leben lebt, verstehen Sie? Sie kümmert sich nicht um andere. Sie spricht auch nie von sich. Sie benimmt sich immer korrekt, schon zu korrekt. Sie hätte ihr Leben in einem Büro verbringen sollen, wo sie es mit Zahlen oder mit der Beaufsichtigung von Angestellten zu tun gehabt hätte.«

»Ist das auch die Meinung der anderen Mieter?«

»Sie nimmt so selten am Leben der Hausgemeinschaft teil. Sie sagt nur so eben ›Guten Tag‹, wenn sie jemandem auf der Treppe begegnet. Kurz und gut, wir kennen sie erst etwas besser, seit Colette bei ihr wohnt, da man sich ja für ein Kind immer etwas mehr interessiert.«

»Sind Sie ihrem Schwager schon einmal begegnet?«

»Im Flur. Ich habe nie mit ihm gesprochen. Er geht mit gesenktem Kopf an einem vorbei, als schäme er sich, und man hat immer den Eindruck, dass er in seinen Kleidern geschlafen hat, obwohl er sich wohl bemüht, sie auszubürsten, bevor er hierher kommt. Ich glaube nicht, dass er es gewesen ist, Monsieur Maigret. Er ist nicht der Mann, der so etwas tut. Oder er hätte schon ganz und gar betrunken sein müssen.«

Maigret hielt sich noch bei der Concierge auf, wo es so dunkel war, dass den ganzen Tag über das Licht brennen musste. Es war gegen Mittag, als er den Boulevard überquerte und in den Fenstern des Hauses, das er verlassen hatte, bewegten sich sämtliche Gardinen. Auch an seinem Fenster bewegte sich die Gardine. Madame Maigret hielt nach ihm Ausschau, um zu wissen, ob sie das Hühnchen in den Ofen tun konnte. Er winkte ihr von unten zu. Fast hätte er die Zunge herausgestreckt, um eine dieser kleinen Schneeflocken zu erhaschen, die in der Luft trieben und an deren wässrigen Geschmack er sich noch erinnerte.

3

»Ich frage mich, ob die Kleine drüben glücklich ist«, seufzte Madame Maigret, indem sie vom Tisch aufstand, um den Kaffee aus der Küche zu holen.

Sie merkte wohl, dass er ihr nicht zuhörte. Er hatte seinen

Stuhl zurückgeschoben und stopfte seine Pfeife, während er den leise summenden Ofen mit den kleinen, regelmäßigen Flammen, die am Sichtfenster leckten, betrachtete.

Zur eigenen Genugtuung fügte Madame Maigret hinzu:

»Ich kann es mir nicht vorstellen, bei dieser Frau.«

Er lächelte ihr zerstreut zu, so als wüsste er nicht, was sie gesagt hatte, und vertiefte sich dann wieder in die Betrachtung des Ofens. Es gab mindestens zehn ähnliche Öfen im Haus, die genauso summten, zehn Esszimmer mit demselben Sonntagsgeruch und wahrscheinlich war es in dem Haus gegenüber ebenso. Jedes Nest enthielt sein träges Leben, das sich im Verborgenen abspielte, mit Wein auf dem Tisch, Kuchen, mit der kleinen Likörflasche im Büfett, und alle Fenster ließen das graue, unfreundliche Licht eines sonnenlosen Tages herein.

Vielleicht war es das, was ihn unbewusst seit dem Morgen verwirrte. In neun von zehn Fällen führte ihn eine richtige Untersuchung von einer Stunde zur anderen in eine neue Umgebung und er musste sich mit Leuten auseinander setzen, deren Welt er gar nicht oder nur wenig kannte, musste alles kennen lernen, bis hin zu den kleinsten Angewohnheiten und den Schrullen einer sozialen Schicht, in der er sich nicht auskannte.

In diesem Fall, der keiner war, da er ja offiziell mit nichts beauftragt worden war, lagen die Dinge ganz anders. Zum ersten Mal passierte etwas in einer ihm bekannten Welt, in einem Haus, das sein eigenes hätte sein können.

Die Martins hätten auf seinem Flur wohnen können statt in dem Haus gegenüber und wahrscheinlich hätte Madame Maigret auf Colette aufgepasst, während ihre Tante abwesend war. Im Stockwerk über ihm wohnte eine alte Dame, die fast das Ebenbild von Mademoiselle Doncœur war, nur dicker und blasser als diese. Die Rahmen der Fotos von Vater und Mutter Martin glichen haargenau den Rahmen der Fotos von Maigrets Eltern und die Vergrößerungen stammten vermutlich aus demselben Fotolabor.

War es das, was ihn störte? Es schien ihm, als fehle ihm der

Abstand zu den Menschen und den Dingen, als betrachte er sie nicht kühl, nicht unbelastet genug.

Er hatte seiner Frau während des Essens – eines guten Festessens, das ihn träge gemacht hatte – von seinen Gesprächen berichtet und sie hatte, peinlich berührt, unaufhörlich zu den Fenstern gegenüber hingeschaut.

»Ist die Concierge sicher, dass niemand von draußen hereinkommen konnte?«

»Sie ist sich dessen nicht mehr ganz so sicher. Sie hatte bis halb eins Besuch von Freunden. Danach ist sie schlafen gegangen und es sind viele Leute ein und aus gegangen, wie in jeder Weihnachtsnacht.«

»Glaubst du, dass noch etwas passieren wird?«

Diese kleine Bemerkung ließ ihn nicht los. Zunächst einmal hatte Madame Martin ihn nicht von sich aus, sondern auf Drängen von Mademoiselle Doncœur hin aufgesucht.

Wäre sie früher aufgestanden und hätte sie als erste die Puppe entdeckt und die Geschichte vom Weihnachtsmann gehört, hätte sie dann nicht Stillschweigen bewahrt und dem Mädchen befohlen, ebenfalls den Mund zu halten?

Dann hatte sie erstbeste Gelegenheit wahrgenommen, um wegzugehen, obwohl sie noch genug Lebensmittel für den Tag im Hause hatte. Zerstreut, wie sie war, hatte sie sogar Butter eingekauft, obwohl noch ein Pfund im Vorratsschrank war.

Er stand auf, setzte sich in seinen Sessel neben dem Fenster und hob den Telefonhörer ab, um den Quai des Orfèvres anzurufen.

»Lucas?«

»Ich habe getan, worum Sie mich gebeten haben, Chef, und habe hier die Liste aller Häftlinge, die in den letzten vier Monaten freigelassen worden sind. Es sind nicht so viele, wie man meinen könnte. Soweit ich sehe, ist keiner dabei, der zu irgendeinem Zeitpunkt am Boulevard Richard-Lenoir gewohnt hat.«

Das war jetzt nicht mehr wichtig. Maigret hatte diese Vermutung fast schon wieder fallen gelassen. Übrigens war das nur so eine Idee. Jemand, der in der Wohnung gegenüber gewohnt hatte, hätte dort die Beute eines Diebstahls oder eines anderen Verbrechens verstecken können, bevor er geschnappt worden war.

Wieder auf freiem Fuß, wäre es natürlich seine erste Sorge gewesen, den Schatz wieder in seinen Besitz zu bringen. Nun musste aber Colette aufgrund ihres Unfalls ständig im Bett bleiben und so war das Zimmer zu keiner Tages- oder Nachtzeit leer.

Es wäre gar nicht so dumm gewesen, den Weihnachtsmann zu spielen und so fast gefahrlos in das Zimmer zu gelangen.

In diesem Fall hätte Madame Martin jedoch nicht gezögert, ihn aufzusuchen. Auch hätte sie dann nicht unter einem falschen Vorwand das Haus verlassen.

»Soll ich jeden Fall einzeln untersuchen?«

»Nein. Hast du etwas von Paul Martin gehört?«

»Das war nicht schwer. Er ist auf wenigstens vier oder fünf Polizeirevieren zwischen der Bastille, dem Rathaus und dem Boulevard Saint-Michel bekannt.«

»Weißt du, was er heute Nacht gemacht hat?«

»Zuerst hat er auf dem Schiff der Heilsarmee gegessen. Wie alle Stammgäste geht er jede Woche an einem bestimmten Tag dahin und an diesen Abenden ist er nüchtern. Man hat ihnen ein kleines Festessen gegeben, wofür sie ziemlich lange Schlange stehen mussten.«

»Und dann?«

»Gegen elf Uhr abends ist er ins Quartier Latin gegangen und hat vor einem Nachtlokal den Leuten die Wagentür geöffnet. Er muss genug Geld bekommen haben, um zu trinken, denn um vier Uhr morgens hat man ihn, hundert Meter von der Place Maubert entfernt, total betrunken aufgelesen und aufs Revier mitgenommen. Heute Morgen um elf Uhr war er immer noch dort. Er war gerade weggegangen, als ich die Auskunft bekam, und man hat mir versprochen, ihn herzubringen, sobald man ihn aufgreifen würde. Er hatte noch ein paar Francs in der Tasche.«

»Und was ist mit Bergerac?«

»Jean Martin nimmt den ersten Nachmittagszug. Er schien ziemlich überrascht und beunruhigt über den Telefonanruf von heute Morgen zu sein.«

»Hat er nur den einen bekommen?«

»Heute Morgen, ja. Aber er ist gestern Abend angerufen worden, als er gerade an der Gästetafel zu Abend aß.«

»Weißt du, wer ihn angerufen hat?«

»Die Hotelangestellte, die das Gespräch angenommen hat, versichert, dass es eine Männerstimme war, die nach Monsieur Jean Martin fragte. Sie hat ihn von einer Kellnerin holen lassen und als er an den Apparat kam, war niemand mehr am anderen Ende der Leitung. Das hat ihm den Abend verdorben. Ein paar Handelsvertreter hatten eine Party in irgendeinem Nachtlokal der Stadt organisiert. Es sollen auch einige hübsche Mädchen dabei gewesen sein. Martin hatte, um mit den anderen mitzuhalten, ein paar Gläser getrunken und sprach anscheinend die ganze Zeit von seiner Frau und seiner Tochter, denn die Kleine ist für ihn wie seine Tochter. Dennoch ist er mit seinen Freunden bis drei Uhr morgens weggeblieben. Ist das alles, was Sie wissen wollten, Chef?«

Lucas konnte nicht umhin, neugierig hinzuzufügen:

»Ist in Ihrem Viertel ein Verbrechen passiert? Sind Sie noch zu Hause?«

»Bis jetzt ist es nur eine Geschichte vom Weihnachtsmann und von einer Puppe.«

»Ach!«

»Einen Augenblick noch. Könntest du versuchen, die Adresse des Direktors der Firma Zenith in der Avenue de l'Opéra zu bekommen? So etwas muss auch an einem Feiertag möglich sein und außerdem kann man annehmen, dass er bei sich zu Hause ist. Rufst du zurück?«

»Sobald ich es herausbekommen habe.«

Madame Maigret brachte ihm einen Pflaumenschnaps, den ihre Schwester ihr von Zeit zu Zeit aus dem Elsass schickte; er lächelte ihr zu und war für einen Augenblick versucht, nicht mehr an diese alberne Geschichte zu denken und vorzuschlagen, den Nachmittag ganz ungestört im Kino zu verbringen.

»Welche Farbe haben ihre Augen?«

Er musste sich bemühen, um zu verstehen, dass sie das kleine Mädchen meinte, welches das einzige war, was Madame Maigret an dem Fall interessierte.

»Mein Gott, das könnte ich noch nicht einmal sagen. Braun sind sie sicher nicht. Sie hat blonde Haare.«

»Nun, dann sind sie blau.«

»Vielleicht. Sehr hell jedenfalls. Und ganz besonders ruhig.«

»Weil sie die Dinge nicht so wie ein Kind betrachtet. Hat sie gelacht?«

»Sie hatte keine Gelegenheit dazu.«

»Ein richtiges Kind findet immer einen Anlass zum Lachen. Es genügt, wenn es Zutrauen gefasst hat und wenn man es in seiner Welt lässt. Ich mag diese Frau nicht.«

»Ist dir Mademoiselle Doncœur lieber?«

»Sie ist zwar eine alte Jungfer, aber ich bin sicher, dass sie besser mit der Kleinen umgehen kann als diese Madame Martin. Sie ist mir in den Geschäften begegnet. Sie gehört zu den Frauen, die beim Auswiegen aufpassen und mit misstrauischem Blick das Geld Stück für Stück aus dem Portmonee nehmen, als wenn alle Welt versuchen würde, sie zu betrügen.«

Sie wurde vom Läuten des Telefons unterbrochen, fand aber noch die Zeit, zu wiederholen:

»Ich mag diese Frau nicht.«

Es war Lucas, der die Adresse von Monsieur Arthur Godefroy, Generalvertreter von Zenith-Uhren in Frankreich, durchgab. Er wohnte in einer großen Villa in Saint-Cloud und Lucas hatte sich versichert, dass er zu Hause war.

»Paul Martin ist hier, Chef.«

»Hat man ihn zu dir gebracht?«

»Ja. Er fragt sich, warum. Warten Sie, ich schließe die Tür. So! Jetzt kann er mich nicht mehr hören. Zuerst dachte er, seiner

Tochter wäre irgendetwas zugestoßen und er fing an zu weinen. Jetzt ist er wieder ruhig und hat einen fürchterlichen Kater. Was mache ich mit ihm? Soll ich ihn zu Ihnen schicken?«

»Kann ihn jemand zu mir begleiten?«

»Torrence ist gerade gekommen und wird nichts lieber tun, als etwas frische Luft zu schnappen. Ich glaube, auch er hat heute Nacht tüchtig gefeiert. Brauchen Sie mich noch?«

»Ja. Setz dich mit dem Kommissariat im Palais-Royal in Verbindung. Vor ungefähr fünf Jahren ist ein gewisser Lorilleux spurlos verschwunden. Er hatte ein Geschäft, in dem er mit Schmuck und alten Münzen handelte. Ich möchte alle greifbaren Einzelheiten über diesen Fall wissen.«

Als Maigret seine Frau sah, die ihm gegenübersaß und zu stricken begonnen hatte, musste er lächeln. Diese Untersuchung spielte sich wirklich in einem äußerst familiären Rahmen ab.

»Soll ich zurückrufen?«

»Ja. Ich werde wohl kaum weggehen.«

Fünf Minuten später hatte er Monnsieur Godefroy an der Strippe, der mit einem sehr ausgeprägten Schweizer Akzent sprach. Als von Jean Martin die Rede war, dachte er zuerst, dass seinem Handelsvertreter etwas zugestoßen sei, da man ihn an einem Weihnachtstag störte, und er erging sich in herzlichen Lobesreden über ihn.

»Er ist ein so aufopfernder und fähiger junger Mann, dass ich ihn im nächsten Jahr, das heißt also in zwei Wochen, als stellvertretenden Direktor bei mir hier in Paris behalten will. Kennen Sie ihn? Haben Sie einen wichtigen Grund, sich mit ihm zu beschäftigen?«

Er brachte einige Kinder im Hintergrund zum Schweigen.

»Entschuldigen Sie bitte. Die ganze Familie ist beisammen und . . .«

»Sagen Sie, Monsieur Godefroy, wissen Sie, ob sich in den letzten Tagen jemand an Ihr Büro gewendet hat, um den Ort zu erfahren, an dem Monsieur Martin sich zur Zeit aufhält?«

»Sicher.«

»Können Sie mir Genaueres darüber sagen?«

»Gestern Morgen hat jemand im Büro angerufen und mich persönlich verlangt. Ich war wegen der Feiertage sehr beschäftigt. Er hat wohl einen Namen genannt, aber ich hab ihn vergessen. Er wollte wissen, wo man Jean Martin wegen eines dringenden Telefongesprächs erreichen konnte, und ich hab keinen Grund gesehen, nicht zu sagen, dass er in Bergerac ist, wahrscheinlich im Hôtel de Bordeaux.«

»Sind Sie noch etwas gefragt worden?«

»Nein. Er hat sofort wieder aufgelegt.«

»Ich danke Ihnen.«

»Sind Sie sicher, dass nichts faul ist an der Sache?«

Die Kinder klammerten sich wohl an ihn und Maigret nutzte die Gelegenheit, um sich schnell zu verabschieden.

»Hast du gehört?«

»Das, was du gesagt hast, habe ich natürlich gehört, aber nicht das, was er geantwortet hat.«

»Gestern Morgen hat ein Mann im Büro angerufen, um herauszubekommen, wo Jean Martin ist. Sicher hat derselbe Mann abends in Bergerac angerufen, um sich zu vergewissern, dass er noch immer dort war, sich also in der Weihnachtsnacht nicht am Boulevard Richard-Lenoir aufhalten konnte.«

»Und das ist der Mann, der in das Haus eingedrungen ist?«

»Aller Wahrscheinlichkeit nach. Das beweist immerhin, dass es nicht Paul Martin war, denn der hätte diese beiden Telefonanrufe nicht nötig gehabt. Er könnte sich ohne weiteres bei seiner Schwägerin erkundigen.«

»So langsam begeisterst du dich dafür. Gib zu, du bist froh, dass diese Geschichte passiert ist.«

Und als er sich entschuldigen wollte:

»Schon gut, das ist ganz natürlich! Ich interessiere mich doch auch dafür. Wie lange, glaubst du, muss die Kleine noch das Bein in Gips halten?«

»Ich hab nicht gefragt.«

»Ich frage mich, welche Komplikationen auftreten konnten.«

Damit hatte sie, ohne es zu wissen, Maigret wieder auf eine neue Spur gebracht.

»Was du da sagst, ist gar nicht so dumm.«

»Was hab ich denn gesagt?«

»Nun, da sie ja bereits seit zwei Monaten im Bett liegt, hat sie gute Aussichten, nicht mehr lange in Gips liegen zu müssen, falls nicht noch wirklich schwere Komplikationen auftreten.«

»Wahrscheinlich wird sie anfangs mit Krücken gehen müssen.«

»Darum geht es nicht. In einigen Tagen, oder spätestens in einigen Wochen, wird die Kleine also ihr Zimmer verlassen. Manchmal wird sie mit Madame Martin spazieren gehen. Das Feld wird frei sein und jedermann wird mühelos in die Wohnung gelangen können, ohne sich als Weihnachtsmann zu verkleiden.«

Die Lippen von Madame Maigret bewegten sich, da sie ihrem Mann zuhörte, ihn ruhig ansah und gleichzeitig ihre Maschen zählte.

»Die Anwesenheit Colettes in dem Zimmer hat den Mann zu einer List gezwungen. Sie liegt jetzt seit zwei Monaten im Bett. Er wartet vielleicht schon fast zwei Monate. Ohne die Komplikation, die die Genesung verzögert hat, hätte er bereits seit ungefähr drei Wochen an die Dielen herankommen können.«

»Worauf willst du hinaus?«

»Auf nichts. Ich meine nur, dass der Mann nicht länger warten konnte, dass er zwingende Gründe hatte, unverzüglich zu handeln.«

»In einigen Tagen wird Martin von seiner Geschäftsreise zurück sein.«

»Das stimmt.«

»Was konnte man unter dem Fußboden wohl finden?«

»Hat man tatsächlich etwas gefunden? Wenn der Besucher nichts gefunden hat, bleibt das Problem für ihn genauso dringend, wie es gestern war. Er wird also erneut handeln.«

»Wie?«

»Ich weiß es nicht.«

»Sag mal, Maigret, hast du keine Angst um die Kleine? Glaubst du, dass sie bei dieser Frau drüben in Sicherheit ist?«

»Ich könnte es sagen, wenn ich wüsste, wohin Madame Martin heute Morgen unter dem Vorwand einzukaufen gegangen ist.«

Er hob den Telefonhörer ab und rief noch einmal die Kriminalpolizei an.

»Ich bin's noch einmal, Lucas. Diesmal musst du dich um Taxis kümmern. Ich möchte wissen, ob ein Taxi heute Morgen zwischen neun und zehn Uhr in der Nähe vom Boulevard Richard-Lenoir einen weiblichen Fahrfast aufgenommen hat und wohin es gefahren ist. Warte! ... Ja. Ich denke daran. Sie ist blond, wirkt etwas älter als dreißig, ist eher schlank, aber dabei kräftig. Sie trug einn graues Kostüm und einen kleinen beigen Hut. Sie hatte eine Einkaufstasche bei sich. Heute Morgen waren bestimmt nicht sehr viele Wagen unterwegs.«

»Ist Martin bei Ihnen?«

»Noch nicht.«

»Er wird nicht lange auf sich warten lassen. Was den anderen betrifft, diesen Lorilleux, so sind die Leute im Palais-Royal dabei, in den Archiven nachzuforschen. Sie werden die Auskunft jeden Augenblick bekommen.«

Zu dieser Stunde nahm Jean Martin in Bergerac den Zug. Hielt die kleine Colette wohl ihren Mittagsschlaf? Hinter den Gardinen konnte man die Gestalt von Mademoiselle Doncœur erahnen, die sich wahrscheinlich fragte, womit sich Maigret gerade beschäftigte.

Aus den Häusern kamen Leute, vor allem Familien mit Kindern, die ihr neues Spielzeug auf den Gehsteigen mit sich herumschleppten. Sicher stand man vor den Kinos Schlange. Ein Taxi fuhr vor. Dann waren Schritte auf der Treppe zu hören. Madame Maigret öffnete die Tür, bevor es geläutet hatte. Die laute Stimme von Torrence frage:

»Sind Sie da, Chef?«

Er schob einen Mann unbestimmbaren Alters ins Zimmer, der mit gesenktem Blick bescheiden an der Wand stehen blieb.

Maigret holte zwei Gläser aus dem Schrank und füllte sie mit Pflaumenschnaps.

»Zum Wohl«, sagte er.

Der Mann, dessen Hand zitterte, zögerte und blickte erstaunt und beunruhigt auf.

»Auf Ihr Wohl, Monsieur Martin. Ich bitte Sie um Entschuldigung, dass ich Sie hierher kommen ließ, aber nun sind Sie ganz in der Nähe, um Ihre Tochter zu besuchen.«

»Ist ihr nichts passiert?«

»Aber nein. Ich habe sie heute Morgen gesehen, sie spielte ganz lieb mit ihrer neuen Puppe ... du kannst gehen, Torrence. Lucas hat bestimmt Arbeit für dich.«

Madame Maigret war mit ihrem Strickzeug hinausgegangen und hatte sich im Schlafzimmer auf die Bettkante gesetzt, wobei sie immer noch ihre Maschen zählte.

»Setzen sie sich, Monsieur Martin.«

Der Mann hatte sich nur die Lippen befeuchtet und dann sein Glas auf den Tisch gestellt, warf aber von Zeit zu Zeit einen unruhigen Blick darauf.

»Machen Sie sich vor allem keine Sorgen und sagen Sie sich, dass ich Ihre Geschichte kenne.«

»Ich wollte Colette heute Morgen besuchen«, seufzte der Mann. »Ich hatte mir geschworen, früh ins Bett zu gehen und rechtzeitig aufzustehen, um zu ihr zu gehen und ihr ein frohes Weihnachtsfest zu wünschen.«

»Auch das weiß ich.«

»Es ist immer dasselbe. Ich schwöre mir, nur ein Glas zu trinken, gerade so viel, um mich zu stärken ...«

»Sie haben nur einen Bruder, Monsieur Martin?«

»Jean, ja, er ist sechs Jahre jünger als ich. Zusammen mit meiner Frau und meiner Tochter ist er der einzige Mensch auf der Welt, den ich liebe.«

»Ihre Schwägerin mögen Sie nicht?«

Überrascht und verlegen zuckte er zusammen.

»Ich kann nichts Schlechtes über Loraine sagen.«

»Sie haben ihr Ihr Kind anvertraut, nicht wahr?«

»Ja, das heißt, als meine Frau starb und ich anfing, den Halt zu verlieren . . .«

»Ich verstehe. Ist Ihre Tochter glücklich?«

»Ich glaube, ja. Sie beklagt sich nie.«

»Haben Sie nicht versucht, wieder auf die Beine zu kommen?«

»Jeden Abend gelobe ich mir, mit diesem Leben aufzuhören, und am nächsten Tag geht alles wieder von vorne los. Ich bin sogar zu einem Arzt gegangen und er hat mir Ratschläge gegeben.«

»Haben Sie sie befolgt?«

»Ein paar Tage. Als ich wieder zu ihm ging, war er sehr in Eile. Er sagte mir, dass er keine Zeit habe, sich mit mir zu befassen, und ich solle besser in eine Spezialklinik gehen . . .«

Zögernd streckte er die Hand nach seinem Glas aus. Um ihm die Hemmungen zu nehmen, leerte Maigret ein volles Glas.

»Ist es nie vorgekommen, dass Sie bei Ihrer Schwägerin einen Mann angetroffen haben?«

»Nein. Ich glaube nicht, dass man ihr in dieser Beziehung etwas vorwerfen kann.«

»Wissen Sie, wo Ihr Bruder sie kennenn gelernt hat?«

»In einem kleinen Restaurant in der Rue de Beaujolais, in dem er seine Mahlzeiten einnahm, wenn er zwischen seinen Geschäftsreisen in Paris war. Es war ganz in der Nähe seines Büros und des Geschäfts, in dem Loraine arbeitete.«

»Waren sie lange verlobt?«

»Das weiß ich nicht genau. Jean war zwei Monate unterwegs und als er zurückkam, kündigte er mir seine Hochzeit an.«

»Waren Sie Trauzeuge bei Ihrem Bruder?«

»Ja. Und Loraine hatte ihre damalige Hauswirtin als Trauzeugin. Sie hat keine Verwandten in Paris. Zu der Zeit war sie bereits Waise.

Ist irgendetwas Schlimmes passiert . . .?«

»Ich weiß es noch nicht. Ein Mann hat sich heute Nacht, als Weihnachtsmann verkleidet, in Colettes Zimmer eingeschlichen.«

»Hat er ihr nichts getan?«

»Er hat ihr eine Puppe geschenkt. Als sie ihre Augen öffnete, war er gerade dabei, zwei Dielen aus dem Fußboden hochzuheben.«

»Glauben Sie, dass ich anständig genug aussehe, um sie zu besuchen?«

»Einen Augenblick noch. Wenn Sie wollen, können Sie sich hier rasieren und kämmen. Ist Ihr Bruder jemand, der irgendetwas unter dem Fußboden verstecken würde?«

»Er? Nie im Leben.«

»Auch wenn er etwas vor seiner Frau zu verbergen hätte?«

»Er verbirgt nichts vor ihr. Sie kennen ihn nicht. Wenn er nach Hause kommt, legt er ihr Rechenschaft ab wie einem Chef, und sie weiß genau, wie viel Taschengeld er hat.«

»Ist sie eifersüchtig?«

Der Mann antwortete nicht.

»Sie täten gut daran, mir zu sagen, was Sie denken. Es geht nämlich um Ihre Tochter.«

»Ich glaube nicht, dass Loraine so sehr eifersüchtig ist, aber sie ist selbstsüchtig. Wenigstens hielt meine Frau sie dafür. Meine Frau mochte sie nicht.«

»Warum?«

»Sie sagte, sie habe zu dünne Lippen, sie sei zu kühl, zu glatt und immer in Abwehrstellung. Ihrer Meinung nach hat sie sich Jean an den Hals geworfen wegen seiner Stellung, seiner Möbel, seiner Zukunftsaussichten.«

»War sie arm?«

»Sie spricht nie über ihre Familie. Nichtsdestoweniger haben wir herausbekommen, dass ihr Vater starb, als sie noch sehr klein war, und dass ihre Mutter Putzfrau war.«

»In Paris?«

»Irgendwo im Quartier de la Glacière. Darum spricht sie nie

von dem Viertel. Sie ist eine Person, die weiß, was sie will, wie meine Frau sagte.«

»War sie Ihrer Ansicht nach die Geliebte ihres ehemaligen Chefs?«

Maigret schüttete ihm etwas Schnaps ein. Der Mann sah ihn dankbar an, zögerte aber trotzdem, wohl wegen des Besuchs bei seiner Tochter, wegen seines Atems.

»Ich werde Ihnen eine Tasse Kaffee kochen lassen. Ihre Frau hat sich wohl auch darüber ihre Meinung gebildet?«

»Woher wissen Sie das? Glauben Sie, sie sprach nie schlecht über andere Leute. Aber gegen Loraine hatte sie eine fast körperliche Abneigung. Wenn wir meine Schwägerin treffen mussten, flehte ich meine Frau an, ihr Misstrauen oder ihre Antipathie nicht zu zeigen. Es ist seltsam, dass ich mit Ihnen darüber spreche, so wie die Dinge jetzt liegen. Vielleicht war es nicht richtig, Colette bei ihr zu lassen? Manchmal mache ich mir Vorwürfe. Aber was hätte ich sonst tun können?«

»Sie haben noch nicht meine Frage nach Loraines ehemaligem Chef beantwortet.«

»Ja. Meine Frau meinte, dass sie sich wie Eheleute benahmen und dass es für Loraine praktisch war, einen Mann zu heiraten, der die meiste Zeit unterwegs ist.«

»Wissen sie, wo sie vor der Hochzeit gewohnt hatte?«

»In einer Straße, die auf den Boulevard Sébastopol führt, die erste Straße rechts, wenn man von der Rue de Rivoli zu den Boulevards geht. Ich erinnere mich daran, weil wir sie am Hochzeitstag mit dem Wagen dort abgeholt haben.«

»Rue Pernelle?«

»Genau. Das vierte oder fünfte Haus auf der linken Seite ist eine Pension, die ruhig und anständig wirkt. Dort wohnen vor allem Leute, die in dem Viertel arbeiten. Ich erinnere mich auch an ein paar Schauspielerinnen vom Châtelet.«

»Wollen Sie sich rasieren, Monsieur Martin?«

»Ich schäme mich. Und trotzdem, jetzt, da ich im Haus gegenüber meiner Tochter bin . . .«

»Kommen Sie mit.«

Er führte ihn durch die Küche, um das Schlafzimmer zu umgehen, in dem sich Madame Maigret aufhielt, gab ihm alles, was er brauchte, einschließlich einer Kleiderbürste.

Als Maigret das Esszimmer betrat, öffnete seine Frau die Tür einen Spalt und flüsterte:

»Was macht er?«

»Er rasiert sich.«

Wieder einmal hob er den Telefonhörer ab, um den tüchtigen Lucas anzurufen, dem er weitere Arbeit für den Weihnachtstag auftrug.

»Bist du im Büro unabkömmlich?«

»Nicht, wenn Torrence hier bleibt. Ich habe die Informationen, um die Sie mich gebeten haben.«

»Sofort. Du wirst in die Rue Pernelle sausen, wo sich eine kleine Pension befinden muss. Ich habe sie, glaub ich, schon einmal gesehen, in einem der ersten Häuser zum Boulevard Sébastopol hin. Ich weiß nicht, ob die Besitzer in den letzten fünf Jahren gewechselt haben. Vielleicht treibst du jemanden auf, der vor fünf Jahren dort gearbeitet hat. Ich möchte alles über einne gewisse Loraine wissen ...«

»Loraine und wie weiter?«

»Einen Augenblick. Daran habe ich nicht gedacht.«

Durch die Badezimmertür hindurch erkundigte er sich bei Martin nach dem Mädchennamen seiner Schwägerin.

»Boitel!«, rief dieser ihm zu.

»Lucas? Es handelt sich um Loraine Boitel. Die Wirtin der Pension war Trauzeugin bei ihrer Hochzeit mit Martin. Loraine Boitel arbeitete zu der Zeit bei Lorilleux.«

»Der vom Palais-Royal?«

»Ja. Ich möchte wissen, ob sie ein Verhältnis miteinander hatten und ob er sie manchmal im Hotel besuchte. Das ist alles. Beeil dich. Es ist vielleicht dringender, als wir meinen. Was wolltest du mir noch sagen?«

»Es betrifft den Fall Lorilleux. Er war ein merkwürdiger

Mensch. Nach seinem Verschwinden hat man Nachforschungen angestellt. In der Rue Mazarine, wo er mit seiner Familie wohnte, galt er als ein ruhiger Kaufmann, der seine drei Kinder vorbildlich erzog. In seinem Geschäft im Palais-Royal geschahen seltsame Dinge. Er verkaufte nicht nur Andenken von Paris und alte Münzen, sondern auch obszöne Bücher und Bilder.«

»Das ist eine Spezialität dort.«

»Ja. Es ist sogar nicht unbedingt sicher, dass sich dort nicht noch andere Dinge abgespielt haben. Es war die Rede von einer breiten Couch mit rotem Rips, die in dem Büro hinter dem Laden stand. Es gab keine Beweise und man hat die Sache nicht weiter verfolgt, umso weniger, da man der Kundschaft, die zum großen Teil aus mehr oder weniger bedeutenden Personen bestand, keine Unannehmlichkeiten bereiten wollte.«

»Und Loraine Boitel?«

»Von ihr ist in dem Berich kaum die Rede. Als Lorilleux verschwand, war sie bereits verheiratet. Sie wartete den ganzen Morgen über an der Ladentür. Es sieht nicht so aus, als hätte sie ihn am Vorabend nach Ladenschluss noch gesehen. Ich wollte gerade in dieser Angelegenheit telefonieren, als Langlois von der Finanzabteilung in mein Büro kam. Beim Namen Lorilleux wurde er hellhörig. Er sagte, er erinnere sich an etwas, und ging weg, um in seinen Akten nachzusehen. Sind Sie noch dran? Es ist nichts Bestimmtes. Nur, dass Lorilleux damals in den Akten geführt wurde, weil er häufig die Schweizer Grenze überschritt. Das war in der Zeit, als das Goldgeschäft blühte. Man behielt ihn im Auge. Er wurde zwei- oder dreimal an der Grenze durchsucht, ohne dass man etwas bei ihm finden konnte.«

»Geh schnell in die Rue Pernelle, mein lieber Lucas. Ich glaube mehr denn je, dass es eilig ist.«

Paul Martin stand mit glatt rasiertem Kinn im Türrahmen.

»Ich bin ganz durcheinander. Ich weiß nicht, wie ich Ihnen danken soll.«

»Sie gehen jetzt zu Ihrer Tochter, nicht wahr? Ich weiß nicht, wie lange Sie gewöhnlich bei ihr bleiben und wie Sie an die

Sache herangehen. Was ich möchte, ist, dass Sie nicht von ihrer Seite weichen, bis dass ich Sie wieder abhole.«

»Aber über Nacht werde ich wohl nicht bleiben können?«

»Tun Sie das, wenn es sein muss. Richten Sie es irgendwie ein.«

»Besteht eine Gefahr?«

»Ich weiß es nicht, aber Ihr Platz ist bei Colette.«

Der Mann trank gierig seine Tasse Kaffee und ging dann ins Treppenhaus. Als sich die Tür hinter ihm geschlossen hatte, kam Madame Maigret ins Esszimmer.

»Er kann seine Tochter am Weihnachtstag nicht mit leeren Händen besuchen.«

»Aber . . .«

Maigret wollte wohl gerade antworten, dass sich hier im Haus keine Puppe befände, als sie ihm einen kleinen glänzenden Gegenstand reichte, einen goldenen Fingerhut, der seit Jahren in ihrem Nähkasten lag und den sie nie gebrauchte.

»Gib ihm das. So etwas gefällt einem kleinen Mädchen immer. Beeil dich . . .«

Er rief von oben durch das Treppenhaus:

»Monsieur Martin! . . . Monsieur Martin! . . . Einen Augenblick, bitte!«

Er drückte ihm den Fingerhut in die Hand.

»Sagen Sie ihr vor allen Dingen nicht, woher Sie ihn haben.«

Maigret blieb auf der Schwelle zum Esszimmer stehen und seufzte dann mürrisch:

»Wann wirst du endlich damit aufhören, mich zum Weihnachtsmann zu machen!«

»Ich wette, das wird ihr genauso gut gefallen wie die Puppe. Das ist nämlich ein Gegenstand für Erwachsene, verstehst du?«

Man sah, wie Martin den Boulevard überquerte, einen Augenblick vor dem Haus stehen blieb, sich zu den Fenstern von Maigrets Wohnung umdrehte, als wollte er sich Mut machen.

»Glaubst du, dass er wieder gesund wird?«

»Ich zweifle daran.«

»Wenn dieser Frau, dieser Madame Martin, etwas zustieße . . .«

»Ja?«

»Nichts. Ich denke an die Kleine. Ich frage mich, was aus ihr würde.«

Mindestens zehn Minuten vergingen. Maigret hatte eine Zeitung aufgeschlagen, seine Frau hatte ihren Platz ihm gegenüber wieder eingenommen und strickte, wobei sie ihre Maschen zählte. Er stieß eine Rauchwolke aus und murmelte:

»Dabei hast du noch nie mit ihr gesprochen!«

4

Später sollte Maigret in der Schublade, in die Madame Maigret alle herumliegenden Papiere stopfte, einen alten Briefumschlag wieder finden, auf dessen Rückseite er im Lauf dieses Tages die Ereignisse mechanisch festgehalten hatte. Erst bei der Gelegenheit fiel ihm an der Untersuchung, die er fast von Anfang bis Ende von seiner Wohnung aus geführt hatte, etwas auf, was er später noch oft als Beispiel zitieren sollte.

Im Gegensatz zu dem, was sonst so oft geschieht, gab es keinen eigentlichen Zufall, keine wirklich überraschende Wendung. So etwas spielte hier keine Rolle, aber das Glück hatte seine Hand nichtsdestoweniger, und sogar wiederholt, im Spiel, und zwar in dem Sinn, dass jede Information zur rechten Zeit und auf einfachstem, natürlichstem Wege eintraf.

Es kommt vor, dass Dutzende von Inspektoren Tag und Nacht arbeiten, um eine Information von geringer Bedeutung zu bekommen. Zum Beispiel hätte Monsieur Arthur Godefroy, der Generalvertreter von Zenith in Frankreich, ebenso gut in seine Geburtsstadt Zürich fahren können, um die Weihnachtsfeiertage dort zu verbringen. Er hätte ganz einfach nicht zu Hause sein können. Oder es wäre auch gut möglich gewesen, dass er von dem Telefongespräch, das am Vortag in seinem Büro wegen Jean Martin geführt worden war, nichts erfahren hätte.

Als Lucas etwas nach vier Uhr mit vor Kälte gespannter Haut und roter Nase ankam, hatte ein solch glücklicher Umstand mitgespielt.

Gerade hatte sich ein dichter, gelblicher Nebel über Paris gelegt, was ziemlich selten vorkommt, und in allen Häusern brannte Licht; die Fenster längs des Boulevards sahen aus wie ferne Schiffslaternen; die Einzelheiten der Wirklichkeit waren so sehr verwischt, dass man darauf gefasst war, das Nebelhorn wie am Meeresufer tuten zu hören.

Aus dem einen oder anderen Grund – wahrscheinlich wegen einer Kindheitserinnerung – gefiel dies Maigret, genauso wie es ihm gefiel zu sehen, wie Lucas zu ihm hereinkam, seinen Mantel auszog, sich setzte und seine eiskalten Hände über den Ofen hielt.

Lucas war fast eine Kopie von ihm, er war einen Kopf kleiner, hatte halb so breite Schultern und ein Gesicht, dem er nur mit Mühe einen strengen Ausdruck geben konnte. Nicht aus Wichtigtuerei, sondern durch Anpassung oder aus Bewunderung hatte er schließlich, vielleicht ohne sich dessen bewusst zu sein, seinen Chef in den kleinsten Gesten, in Haltung und Ausdrucksweise nachgeahmt, was hier noch mehr auffiel als im Büro. Selbst seine Angewohnheit, vor dem Trinken an dem Glas mit dem Pflaumenschnaps zu riechen ...

Die Wirtin der Pension in der Rue Pernelle war vor zwei Jahren bei einem Unfall in der Metro gestorben. Das hätte die Untersuchung behindern können. Das Personal in solchen Häusern wechselt häufig und es bestand wenig Hoffnung, dort jemanden zu finden, der Loraine aus jener Zeit vor fünf Jahren gekannt hätte.

Doch das Glück war auf ihrer Seite. Lucas war auf den ehemaligenn Nachtwächter, der jetzt die Pension führte, gestoßen und der Zufall wollte es, dass dieser früher einmal mit der Sittenpolizei in Berührung gekommen war.

»Es war einfach ihn zum Sprechen zu bringen«, sagte Lucas und zündete sich eine Pfeife an, die für ihn viel zu groß war. »Es überraschte mich, dass er das Geld besaß, um von einem Tag auf den anderen das Haus zu kaufen, aber er dient, so erklärte er mir schließlich, als Strohmann für eine hochgestellte Persönlichkeit, die ihr Geld in derartige Geschäfte steckt, selbst aber nicht in Erscheinung treten will.«

»Was für ein Haus ist das?«

»Es sieht ordentlich aus. Ziemlich sauber. Im Zwischenstock befindet sich ein Büro. Einige Zimmer werden monatlich, andere wöchentlich vermietet. In der ersten Etage kann man auch Zimmer stundenweise mieten.«

»Erinnert er sich an die junge Frau?«

»Ziemlich gut, denn sie wohnte mehr als drei Jahre in dem Haus. Ich habe gemerkt, dass er sie nicht mochte, da sie furchtbar geizig war.«

»Erhielt sie von Lorilleux Besuch?«

»Bevor ich mich in die Rue Pernelle begab, ging ich im Kommissariat des Palais-Royal vorbei, um eine Fotografie von ihm aus den Akten mitzunehmen. Ich zeigte sie dem Pensionsinhaber und er erkannte ihn sofort.«

»Besuchte Lorilleux sie oft?«

»Im Durchschnitt zwei- oder dreimal im Monat, immer mit Gepäck. Er kam gegen halb zwei morgens und ging um sechs Uhr wieder weg. Ich fragte mich zunächst, was das bedeuten könnte. Ich überprüfte den Zugfahrplan. Es fiel mit den Reisen zusammen, die er in die Schweiz machte. Für die Rückfahrt nahm er den Zug, der mitten in der Nacht ankommt, und ließ seine Frau in dem Glauben, er habe den Zug genommen, der um sechs Uhr morgens ankommt.«

»Noch etwas?«

»Nichts, außer dass Loraine geizig mit Trinkgeldern war und dass sie, obwohl es verboten war, abends in ihrem Zimmer auf einem Spirituskocher kochte.«

»Keine anderen Männer?«

»Nein. Abgesehen von der Sache mit Lorilleux führte sie ein geordnetes Leben. Als sie heiratete, bat sie die damalige Hauswirtin, ihre Trauzeugin zu sein.«

Maigret hatte darauf bestanden, dass seine Frau im Schlafzimmer blieb, wo sie sich ganz still verhielt, so als wollte sie ihre Anwesenheit in Vergessenheit geraten lassen.

Torrence lief draußen im Nebel von einem Taxistand zum anderen. Die beiden Männer warteten geduldig, jeder in seinem Sessel versunken, jeder die gleiche Körperhaltung, ein Glas in Reichweite, und Maigret begann schläfrig zu werden.

Mit den Taxis war es wie mit allem anderen. Manchmal stößt man sofort auf das Taxi, das man sucht; ein anderes Mal hat man mehrere Tage lang keinen Anhaltspunkt, vor allem, wenn es sich nicht um einen Wagen von einem Unternehmen handelt. Einige Fahrer haben keine feste Arbeitszeit und fahren auf gut Glück herum und sie lesen nicht unbedingt die Mitteilungen der Polizei in der Zeitung.

Nun, vor fünf Uhr rief Torrence von Saint-Ouen an.

»Ich hab eins der Taxis gefunden«, verkündete er.

»Wieso *eins*? Handelt es sich um mehrere?«

»Ich habe allen Grund, das anzunehmen. Dieses Taxi hat die junge Dame heute Morgen an der Ecke Boulevard Richard-Lenoir und Boulevard Voltaire aufgenommen und sie zur Rue de Maubeuge in die Nähe der Gare du Nord gefahren. Sie hat das Taxi nicht warten lassen.«

»Ist sie in den Bahnhof hineingegangen?«

»Nein. Sie ist vor einem Geschäft für Reiseartikel stehen geblieben, das an Sonn- und Feiertagen geöffnet hat. Der Chauffeur hat sich nicht mehr weiter um sie gekümmert.«

»Wo ist er jetzt?«

»Hier. Er ist eben zurückgekommen.«

»Schickst du ihn zu mir? Er kann seinen eigenen Wagen oder einen anderen nehmen, aber er soll so schnell wie möglich herkommen. Du musst noch den Chauffeur finden, der sie zurückgebracht hat.«

»Inn Ordnung, Chef. Ich werde nur eben einen Kaffee mit Schuss trinken; es ist nämlich verdammt kalt.«

Maigret warf einen Blick auf die andere Seite der Straße und bemerkte einen Schatten am Fenster von Mademoiselle Doncœur.

»Versuch doch mal, im Telefonbuch ein Geschäft für Reiseartikel zu finden, das gegenüber von der Gare du Nord liegt.«

Lucas brauchte dafür nur wenige Minuten und Maigret rief dort an.

»Hallo! Hier Kriminalpolizei. Bei Ihnenn muss heute Morgen kurz vor zehn Uhr eine Kundin etwas gekauft haben, wahrscheinlich einen Koffer. Eine blonde, junge Frau in einem grauen Kostüm, mit einer Einkaufstasche in der Hand. Erinnern Sie sich an sie?«

Machte vielleicht die Tatsache, dass das alles an einem Weihnachtstag passierte, die Dinge so einfach? Der Verkehr war weniger lebhaft und es wurde kaum etwas gekauft. Darüber hinaus neigen die Menschen dazu, sich mit größerer Genauigkeit an Ereignisse zu erinnern, die an einem Tag passieren, der sich von den anderen Tagen abhebt.

»Ich selbst habe sie bedient. Sie erklärte mir, dass sie dringend zur ihrer kranken Schwester nach Cambrai fahren müsse und darum keine Zeit habe, bei sich zu Hause vorbeizugehen. Sie verlangte einen billigen Koffer aus Kunststoff, einen von denen, die wir an beiden Seiten der Eingangstür aufgestapelt haben. Sie nahm die mittlere Ausführung, zahlte und ging in die Bar nebenan. Etwas später stand ich in der Ladentür und sah sie mit dem Koffer in Richtung Bahnhof gehen.«

»Sind Sie alleine in dem Geschäft?«

»Ich hab einen Verkäufer angestellt.«

»Können Sie sich für eine halbe Stunde freimachen? Springen Sie in ein Taxi und kommen Sie zu mir nach Hause!«

»Ich nehme an, Sie werden die Fahrt bezahlen? Soll ich das Taxi warten lassen?«

»Ja, lassen Sie es warten.«

Den Notizen auf dem Briefumschlag zufolge war es fünf Uhr fünfzig, als der Fahrer des ersten Taxis kam. Er war etwas überrascht, dass er in einer Privatwohnung empfangen wurde, da es sich ja um eine Angelegenheit der Polizei handelte. Aber er erkannte Maigret und schaute sich neugierig im Zimmer um, sichtlich an dem Rahmen interessiert, in dem der berühmte Kommissar lebte.

»Sie gehen jetzt in das Haus genau gegenüber in den dritten Stock. Wenn die Concierge Sie am Eingang anhält, sagen Sie ihr, Sie gehen zu Madame Martin.«

»Madame Martin, in Ordnung.«

»Sie klingeln an der Tür am Ende des Flurs. Wenn Ihnen eine blonde Frau die Tür öffnet, die Sie wieder erkennen, erfinden Sie irgendeine Ausrede. Sagen Sie ihr, dass Sie sich in der Etage geirrt haben, oder sonst irgendetwas. Wenn jemand anders öffnet, verlangen Sie Madame Martin persönlich.«

»Und dann?«

»Nichts. Sie kommen hierher zurück und bestätigen mir, dass das die Person ist, die Sie heute Morgen in die Rue de Maubeuge gefahren haben.«

»In Ordnung, Kommissar.«

Als die Tür geschlossen wurde, hatte Maigret, ohne es zu wollen, ein Lächeln auf den Lippen.

»Beim ersten wird sie unruhig werden. Beim zweiten, sofern alles gut geht, wird sie Panik ergreifen. Beim dritten, falls Torrence ihn ausfindig macht . . .«

Nun gut! Es klappte alles wie am Schnürchen. Torrence rief an:

»Ich glaube, ich hab ihn gefunden, Chef. Ich habe einen Chauffeur ausfindig gemacht, der an der Gare du Nord eine junge Frau aufgenommen hat, auf die die Beschreibung passt; aber er hat sie nicht zum Boulevard Richard-Lenoir zurückgefahren. Sie hat sich an der Ecke Boulevard Beaumarchais/Rue du Chemin-Vert absetzen lassen.«

»Schick ihn schnell zu mir.«

»Aber er hat einige Gläser drin.«

»Egal. Wo bist du?«

»Am Taxistand Barbès.«

»Dann ist es für dich kein zu großer Umweg, wenn du an der Gare du Nord vorbeigehst. Du sprichst bei der Gepäckaufbewahrung vor. Leider wird nicht derselbe Angestellte da sein wie heute Morgen. Sieh nach, ob sich dort ein neuer, kleiner Kunststoffkoffer befindet. Er kann nicht schwer sein und wurde heute Morgen zwischen halb zehn und zehn Uhr aufgegeben. Schreib die Nummer auf. Ohne Vollmacht wird man ihn dir nicht geben. Aber frage nach dem Namen und der Adresse des Angestellten, der heute Morgen Dienst hatte.«

»Was soll ich dann machen?«

»Ruf mich an. Ich warte auf deinen zweiten Chauffeur. Wenn er angetrunken ist, schreib ihm meine Adresse auf ein Stück Papier, damit er den Weg nicht verfehlt.«

Madame Maigret war in die Küche gegangen, wo sie gerade das Abendessen zubereitete. Sie hatte nicht zu fragen gewagt, ob Lucas mit ihnen essen würde.

War Paul Martin immer noch gegenüber bei seiner Tochter? Hatte Madame Martin versucht, ihn loszuwerden?

Als es an der Tür klingelte, war nicht nur ein Mann auf dem Flur, sondern zwei, die sich nicht kannten und sich erstaunt ansahen.

Der erste Taxifahrer kam bereits vom Haus gegenüber zurück und traf im Treppenhaus von Maigret den Besitzer des Koffergeschäftes.

»Haben Sie sie wieder erkannt?«

»Nicht nur ich habe sie wieder erkannt, sondern auch sie hat mich wieder erkannt. Sie ist blass geworden und hat schnell eine Tür zugemacht, die zu einem Zimmer führte. Dann hat sie mich gefragt, was ich von ihr wolle.«

»Was haben Sie geantwortet?«

»Dass ich mich in der Etage geirrt hätte. Ich merkte, dass sie überlegte, ob sie mich bestechen sollte, und ich ließ ihr lieber keine Zeit dazu. Von unten hab ich gesehen, dass sie an ihrem

Fenster stand. Sie hat sicher gesehen, dass ich hier hineingegangen bin.«

Der Besitzer des Geschäfts für Reiseartikel verstand nichts. Er war ein Mann mittleren Alters mit Glatze und von heuchlerischer Freundlichkeit. Als der Taxifahrer gegangen war, erklärte ihm Maigret, was er zu tun hatte. Er brachte Einwände vor und wiederholte mehrmals:

»Das ist eine Kundin, verstehen Sie? Es ist sehr heikel, eine Kundin zu hintergehen.«

Schließlich erklärte er sich dazu bereit, aber aus Vorsicht schickte Maigret ihm Lucas hinterher, denn er hätte unterwegs seine Meinung ändern können.

In weniger als zehn Minuten waren sie wieder zurück.

»Ich möchte bemerken, dass ich nur auf Ihren Befehl hin und unter Zwang gehandelt habe.«

»Haben Sie sie wieder erkannt?«

»Werde ich unter Eid aussagen müssen?«

»Höchstwahrscheinlich.«

»Das wird meinem Geschäft schaden. Die Leute, die im letzten Moment Gepäckstücke kaufen, wollen manchmal nicht, dass man über ihr Kommen und Gehen spricht.«

»Vielleicht wird man sich in diesem Fall mit Ihrer Aussage vor dem Untersuchungsrichter zufrieden geben.«

»Nun gut! Sie ist es. Sie ist zwar etwas anders gekleidet, aber ich habe sie wieder erkannt.«

»Hat sie Sie auch wieder erkannt?«

»Sie hat mich sofort gefragt, von wem ich komme.«

»Was haben Sie geantwortet?«

»Ich weiß es nicht mehr. Ich war sehr verlegen. Dass ich mich in der Tür geirrt hätte . . .«

»Hat sie Ihnen etwas angeboten?«

»Was meinen Sie damit? Sie hat mich nicht einmal aufgefordert, mich zu setzen. Das wäre noch unangenehmer gewesen.«

Während der Taxifahrer nichts verlangt hatte, bestand dieser hier, dessen Geschäft wahrscheinlich sehr gut ging, auf einer Entschädigung für die verlorene Zeit.

»Jetzt warten wir noch auf den Dritten, mein lieber Lucas.«

Madame Maigret wurde unterdessen langsam nervös. Sie gab ihrem Mann von der Tür aus unauffällige Zeichen, ihr in die Küche zu folgen. Dort flüsterte sie:

»Bist du sicher, dass der Vater immer noch gegenüber ist?«

»Warum?«

»Ich weiß nicht. Ich verstehe nicht so ganz, was du im Sinn hast. Wenn ich an die Kleine denke, hab ich etwas Angst . . .«

Die Nacht war schon hereingebrochen. Einige Familien waren wieder nach Hause gekommen. Nur wenige Fenster im Haus gegenüber blieben dunkel und man konnte immer noch den Schatten von Mademoiselle Doncœur am Fenster erkennen.

Maigret, der noch immer ohne Schlips und Kragen war, zog sich fertig an, während er auf den zweiten Taxifahrer wartete. Er rief Lucas zu:

»Bediene dich. Hast du keinen Hunger?«

»Ich bin voll gestopft mit Sandwichs, Chef. Ich habe nur einen Wunsch, wenn wir weggehen: ein Glas Bier, frisch vom Fass.«

Der zweite Taxifahrer tauchte um zwanzig nach sechs auf. Um sechs Uhr fünfunddreißig kam er mit lüsternem Blick aus dem anderen Haus zurück.

»Im Morgenrock sieht sie noch besser aus als im Kostüm«, sagte er schmierig. »Sie hat mich genötigt hineinzugehen und hat mich gefragt, wer mich zu ihr schicke. Da ich nicht wusste, was ich ihr antworten sollte, hab ich ihr gesagt, ich käme vom Direktor der Folies Bergère. Sie wurde wütend. Trotzdem, sie ist eine Klassefrau. Ich weiß nicht, ob Sie ihre Beine gesehen haben . . .«

Es war schwierig, ihn loszuwerden, und es gelang erst, nachdem er ein Glas von dem Pflaumenschnaps bekommen hatte, zu dem er gierig hinschielte.

»Was wollen Sie tun, Chef?«

Selten hatte Lucas erlebt, dass Maigret so vorsichtig handelte und seinen entscheidenden Schlag so sorgfältig vorbereitete, als rüste er sich für einen harten Kampf. Dabei handelte es sich nur um eine Frau, um eine Kleinbürgerin von unauffälligem Äußeren.

»Glauben Sie, dass sie sich noch verteidigen wird?«

»Bis zum Letzten ... Und dazu eiskalt.«

»Worauf warten Sie?«

»Auf den Anruf von Torrence.«

Der Anruf kam pünktlich. Das Ganze war wie eine genau festgelegte Partitur.

»Der Koffer ist hier. Er muss fast leer sein. Wie Sie vorausgesehen haben, wollen sie ihn mir nicht ohne Vollmacht geben. Was den Angestellten angeht, der heute Morgen Dienst hatte: Er wohnt in einem Vorort in der Nähe von La Varenne-Saint-Hilaire.«

Man hätte meinen können, dass die Sache diesmal einen Haken hatte, dass es auf jeden Fall eine Verzögerung geben würde. Aber Torrence fuhr fort:

»Nur lohnt es sich nicht, dorthin zu fahren. Nach Feierabend spielt er nämlich Trompete in einem Tanzlokal in der Rue de Lappe.«

»Geh und hol ihn her.«

»Soll ich ihn zu Ihnen nach Hause bringen?«

Vielleicht hatte schließlich auch Maigret nichts gegen ein frisches Glas Bier.

»Nein, komm mit ihm ins Haus gegenüber in die dritte Etage, zu Madame Martin. Ich werde dort sein.«

Diesmal nahm er seinen dicken Mantel vom Haken, stopfte sich eine Pfeife und sagte zu Lucas:

»Komm mit.«

Madame Maigret lief ihm nach, um ihn zu fragen, wann er zum Essen käme. Er zögerte mit der Antwort und lächelte dann.

»Wie gewöhnlich«, sagte er nicht gerade beruhigend. »Pass gut auf die Kleine auf!«

5

Abends um zehn Uhr hatten sie noch kein greifbares Ergebnis erhalten. In dem Haus schlief bestimmt noch niemand. Nur Colette war schließlich eingeschlafen, bewacht von ihrem Vater, der immer noch in der Dunkelheit am Kopfende ihres Bettes saß.

Um halb acht war Torrence zusammen mit dem Angestellten der Gepäckaufbewahrung angekommen und der Mann, der nach Dienstschluss als Musiker auftrat, hatte, genau wie die anderen ohne zu zögern erklärt:

»Das ist sie. Ich sehe sie noch, wie sie den Aufbewahrungsschein nicht in ihre Handtasche, sondern in ihre Einkaufstasche aus grobem Leinen steckte.«

Die Tasche wurde aus der Küche geholt.

»Genau die ist es. Jedenfalls ist es die gleiche Form und die gleiche Farbe.«

In der Wohnung war es sehr warm. Sie sprachen halblaut, so als hätten sie sich wegen der Kleinen, die nebenan schlief, abgesprochen. Niemand hatte gegessen oder auch nur daran gedacht, es zu tun. Bevor Maigret und Lucas hinaufgegangen waren, hatten sie jeder zwei Halbe in einem kleinen Café auf dem Boulevard Voltaire getrunken.

Nach dem Besuch des Musikers hatte Maigret Torrence in den Flur gezogen und ihm leise seine Anweisungen gegeben.

Anscheinend gab es in der ganzen Wohnung keine einzige Ecke und keinen Winkel, der nicht untersucht worden war. Sogar die Bilderrahmen von Martins Eltern waren abgehängt worden, um sich zu vergewissern, dass der Gepäckaufbewahrungsschein nicht unter die Pappe geschoben worden war. Das Geschirr war aus dem Schrank genommen worden und türmte sich nun auf dem Küchentisch und selbst den Vorratsschrank hatte man ausgeräumt.

Madame Martin war immer noch im hellblauen Morgenrock, wie die beiden Männer sie angetroffen hatten. Sie rauchte eine Zigarette nach der anderen und zusammen mit dem Rauch der

Pfeifen bildete das eine dicke Wolke, die sich um die Lampen legte.

»Es steht Ihnen frei, nichts zu sagen und auf keine Frage zu antworten. Ihr Mann wird um elf Uhr siebzehn ankommen und vielleicht sind Sie in seiner Gegenwart gesprächiger.«

»Er weiß nicht mehr als ich.«

»Weiß er genauso viel wie Sie?«

»Es gibt nichts zu wissen. Ich habe Ihnen alles gesagt.«

Sie hatte sich damit begnügt alles abzustreiten. In einem einzigen Punkt hatte sie nachgegeben. Als die Sprache auf das möblierte Zimmer in der Rue Pernelle kam, hatte sie zugegeben, dass ihr ehemaliger Chef sie zwei- oder dreimal zufällig während der Nacht besucht hatte. Dennoch behauptete sie, dass zwischen ihnen nie intime Beziehungen bestanden hätten.

»Mit anderen Worten, er kam um ein Uhr morgens geschäftlich zu Ihnen?«

»Er stieg aus dem Zug und hatte oft große Geldsummen bei sich. Ich habe Ihnen bereits gesagt, dass er manchmal mit Gold handelte. Ich habe nichts damit zu tun. Sie können mich deswegen nicht belangen.«

»Hatte er eine große Summe in seinem Besitz, als er verschwand?«

»Das weiß ich nicht. Er weihte mich nicht immer in diese Geschäfte ein.«

»Trotzdem kam er nachts in Ihr Zimmer, um mit Ihnen darüber zu sprechen?«

Was ihr Kommen und Gehen während des Vormittags anging, so leugnete sie noch immer, obwohl die Tatsachen gegen sie sprachen, und behauptete, die Personen, die Maigret zu ihr geschickt hatte, die zwei Taxifahrer, den Kofferhändler und den Angestellten der Gepäckaufbewahrung, noch nie gesehen zu haben.

»Wenn ich tatsächlich an der Gare du Nord ein Gepäckstück zur Aufbewahrung gegeben habe, müssen Sie den Schein finden.«

Maigret war fast sicher, dass man ihn nicht im Haus finden würde, auch nicht in Colettes Zimmer, das er durchsucht hatte, bevor die Kleine eingeschlafen war. Er hatte sogar an den Gips gedacht, der das Bein des Kindes umschloss, jedoch in letzter Zeit nicht erneuert worden war.

»Morgen«, sagte sie unfreundlich, »werde ich eine Klage einreichen. Meine Nachbarin hat das alles durch ihre Boshaftigkeit heraufbeschworen. Ich hatte allen Grund, ihr heute Morgen zu misstrauen, als sie mich unbedingt zu Ihnen schleppen wollte.«

Sie warf häufig einen ängstlichen Blick auf den Wecker, der auf dem Kamin stand, und dachte offensichtlich an die Rückkehr ihres Mannes; aber trotz ihrer Ungeduld vermochte keine Frage sie aus dem Gleichgewicht zu bringen.

»Geben Sie zu, dass der Mann, der in der letzten Nacht hier war, nichts unter dem Fußboden gefunden hat, weil Sie das Versteck gewechselt haben!«

»Ich weiß nicht einmal, ob sich jemals etwas unter dem Fußboden befunden hat.«

»Als Sie erfuhren, dass der Mann hier gewesen war und das, was Sie verstecken, wieder in seinen Besitz bringen wollte, haben Sie an die Gepäckaufbewahrung gedacht, wo Ihr Schatz in Sicherheit sein würde.«

»Ich bin nicht zur Gare du Nord gefahren. Es gibt Tausende von blonden Frauen in Paris, auf die meine Beschreibung passt.«

»Was haben Sie mit dem Aufbewahrungsschein gemacht? Er ist nicht hier. Ich bin überzeugt davon, dass er nicht hier in der Wohnung versteckt ist, aber ich glaube, ich weiß, wo wir ihn finden werden.«

»Sie sind sehr schlau.«

»Setzen Sie sich an diesen Tisch!«

Er reichte ihr ein Blatt Papier und einen Füllfederhalter.

»Schreiben Sie!«

»Was soll ich schreiben?«

»Ihren Namen und Ihre Adresse.«

Sie tat es nicht ohne zu zögern.

»Heute Nacht werden alle Briefe, die in diesem Viertel in den Kasten geworfen wurden, untersucht und ich wette, dass sich darunter einer mit Ihrer Schrift befindet. Wahrscheinlich haben Sie ihn an sich selbst adressiert.«

Er beauftragte Lucas, mit dem Inspektor zu telefonieren, um Untersuchungen in dieser Richtung zu veranlassen. In Wirklichkeit versprach er sich keinen Erfolg davon, aber der Schlag hatte gesessen.

»Wissen Sie, meine Liebe, das ist klassisch!«

Zum ersten Mal nannte er sie so, wie er es am Quai des Orfèvres getan hätte, und sie warf ihm einen wütenden Blick zu.

»Geben Sie zu, dass Sie mich hassen!«

»Ich gestehe, dass ich für Sie keine sehr starken Sympathien empfinde.«

Sie waren jetzt alleine im Esszimmer, in dem Maigret mit langsamen Schritten herumging, während sie am Tisch sitzen blieb.

»Wenn es Sie interessiert, möchte ich noch bemerken, dass mich nicht das, was Sie getan haben, so sehr erschüttert, sondern Ihre Kaltblütigkeit. Mir sind schon viele Männer und Frauen über den Weg gelaufen. Wir sind nun schon seit drei Stunden zusammen und man kann wohl sagen, dass Sie seit heute Morgen das Gefühl haben müssen am Ende zu sein. Sie haben noch nicht einmal Ihre Beherrschung verloren. Ihr Mann wird heimkommen und Sie werden versuchen, das Opfer zu spielen. Dabei wissen Sie, dass wir früher oder später unweigerlich die Wahrheit herausbekommen werden.«

»Wozu soll Ihnen das nützen? Ich habe nichts getan.«

»Warum verheimlichen Sie dann etwas? Warum lügen Sie?«

Sie antwortete nicht, sondernn dachte nach. Sie verlor nicht die Nerven, wie es bei denn meisten der Fall war. Ihr Verstand versuchte einen Ausweg zu finden und wog das Für und Wider ab.

»Ich werde nichts sagen«, erklärte sie schließlich und setzte sich in einen Sessel, wobei sie ihren Morgenrock über ihre Knie zog.

»Wie Sie wollen.«
Er ließ sich bequem ihr gegenüber in einen anderen Sessel fallen.
»Wie lange gedennken Sie bei mir zu bleiben?«
»Auf jeden Fall bis zur Rückkehr Ihres Mannes.«
»Werden Sie ihm von den Besuchen von Monsieur Lorilleux in der Pension erzählen?«
»Wenn es sein muss.«
»Sie sind ein Scheusal! Jean weiß nichts, er hat nichts mit dieser Sache zu tun.«
»Er ist unglücklicherweise Ihr Mann.«
Als Lucas wieder heraufkam, saßen sich die beiden schweigend gegenüber und warfen sich unauffällig Blicke zu.
»Janvier kümmert sich um den Brief, Chef. Ich habe Torrence unten getroffen. Er sagte mir, dass der Mann bei dem Weinhändler zwei Häuser weiter gewesen sei.«
Sie sprang auf.
»Welcher Mann?«
Und Maigret antwortete ungerührt:
»Derjenige, der in der letzten Nacht hierher gekommen ist. Ich nehme an, dass Sie darauf gefasst waren, dass er wiederkommen würde, da er nichts gefunden hat. Vielleicht wird er diesmal in einer anderen Stimmung sein?«
Entsetzt schaute sie auf die Uhr. Es blieben nur noch zwanzig Minuten bis zur Ankunft des Zuges aus Bergerac. Wenn ihr Mann ein Taxi nahm, konnte sie alles in allem mit einer Frist von nicht mehr als vierzig Minuten rechnen.
»Wissen Sie, wer es ist?«
»Ich ahne es. Ich könnte hinuntergehen, um mich zu vergewissern. Es ist natürlich Lorilleux, der darauf brennt, sein Geld wieder in seinen Besitz zu bringen.«
»Das ist nicht sein Geld.«
»Nehmen wir an, dass er es zu Recht oder zu Unrecht als sein Geld betrachtet. Dieser Mann muss wohl auf dem Trockenen sitzen. Er hat Sie zweimal besucht, ohne das zu bekommen, was er

wollte. Er ist als Weihnachtsmann verkleidet wiedergekommen und er wird noch einmal wiederkommen. Er wird sehr überrascht sein, Sie in unserer Gesellschaft anzutreffen, und ich bin überzeugt davon, dass er gesprächiger sein wird als Sie. Entgegen der allgemeinen Annahme sprechen die Männer viel leichter als die Frauen. Glauben Sie, dass er bewaffnet ist?«

»Ich weiß es nicht.«

»Meiner Meinung nach ist er es. Er hat lange genug gewartet. Ich weiß nicht, was Sie ihm erzählt haben, aber letztlich glaubt er es Ihnen nicht. Er ist übrigens ein übler Kerl, dieser Herr. Es gibt nichts Brutaleres als diese Feiglinge, wenn sie zu etwas wild entschlossen sind.«

»Hören Sie auf!«

»Sollen wir uns zurückziehen, damit Sie ihn alleine empfangen können?«

In Maigrets Notizen konnte man lesenn:

»Zehn Uhr achtunddreißig – sie spricht.«

Aber von dieser ersten Aussage wurde kein Protokoll angefertigt. Es waren abgehackte Sätze, die sie mechanisch hervorbrachte, und oft sprach Maigret, manchmal auf gut Glück, an ihrer Stelle weiter, während sie nicht widersprach oder sich damit begnügte, ihn zu verbessern.

»Was wollen Sie wissen?«

»Ist Geld in dem Koffer, den Sie bei der Gepäckaufbewahrunng aufgegeben haben?«

»Banknoten. Etwas weniger als eine Million.«

»Wem gehört diese Summe? Lorilleux?«

»Sie gehört genauso wenig Lorilleux wie mir.«

»Gehört sie seinen Kunden?«

»Einem gewissen Julien Boissy, der oft ins Geschäft kam.«

»Was ist aus ihm geworden?«

»Er ist tot.«

»Wie ist er gestorben?«

»Er ist ermordet worden.«

»Von wem?«

»Von Monsieur Lorilleux.«

»Warum?«

»Weil ich ihn habe glauben lassen, dass ich mit ihm weggehen würde, wenn er über eine große Summe verfügte.«

»Waren Sie da schon verheiratet?«

»Ja.«

»Lieben Sie Ihren Mann nicht?«

»Ich verabscheue Mittelmäßigkeit. Ich war mein ganzes Leben lang arm. In meinem ganzen Leben habe ich nur von Geld und von notwendigen Entbehrungen sprechen hören. In meinem ganzen Leben wurde um mich herum nur gerechnet und auch ich musste rechnen.«

Sie griff Maigret an, als wäre er verantwortlich für ihre Schwierigkeiten.

»Wären Sie mit Lorilleux weggegangen?«

»Ich weiß es nicht. Vielleicht für eine gewisse Zeit.«

»Um ihm dann sein Geld abzunehmen?«

»Ich hasse Sie!«

»Wie ist der Mord begangen worden?«

»Monsieur Boissy war Stammkunde im Geschäft.«

»Ein Liebhaber erotischer Bücher?«

»Er war verdorben, wie die anderen, wie Monsieur Lorilleux, wie Sie wahrscheinlich auch. Er war Witwer und wohnte alleine in einem Hotelzimmer; aber er war sehr reich, auch sehr geizig. Alle reichen Leute sind geizig.«

»Trotzdem sind Sie nicht reich.«

»Ich wäre es geworden.«

»Wenn Lorilleux nicht zurückgekommen wäre. Wie ist Boissy gestorben?«

»Er hatte Angst vor einer Geldentwertung und wollte Gold haben, wie jeder damals. Monsieur Lorilleux handelte damit und fuhr zu diesem Zweck regelmäßig in die Schweiz. Er ließ sich im Voraus bezahlen. Eines Nachmittags brachte Monsieur Boissy eine große Summe in das Geschäft. Ich war gerade nicht dort. Ich war einkaufen gegangen.«

»Absichtlich?«

»Nein.«

»Und Sie ahnten nicht, was passieren würde?«

»Nein. Versuchen Sie nicht, mir das in den Mund zu legen. Sie vergeuden nur Ihre Zeit damit. Nur, als ich zurückkam, war Monsieur Lorilleux gerade dabei, die Leiche in einer großen Kiste zu verstauen, die er zu diesem Zweck gekauft hatte.«

»Haben Sie ihn erpresst?«

»Nein.«

»Wie erklären Sie die Tatsache, dass er verschwand, nachdem er Ihnen das Geld gegeben hatte?«

»Ich habe ihm Angst gemacht.«

»Indem Sie ihm mit einer Anzeige drohten?«

»Nein. Ich hab ihm nur gesagt, dass Nachbarn mich etwas seltsam angeschaut hätten und dass es vielleicht ratsamer wäre, das Geld für einige Zeit in Sicherheit zu bringen. Ich erzählte ihm von einer Diele im Fußboden meiner Wohnung, die man leicht hochheben und wieder an ihren Platz tun könnte. Er dachte, es wäre nur für einige Tage. Zwei Tage später schlug er mir vor, mit ihm über die belgische Grenze zu gehen.«

»Haben Sie abgelehnt?«

»Ich hab ihm eingeredet, dass ein Mann, der auf mich den Eindruck eines Polizeiinspektors gemacht habe, mich auf der Straße angehalten und mir Fragen gestellt habe. Da hat er es mit der Angst bekommen. Ich habe ihm einen kleinen Teil des Geldes gegeben und ihm versprochen, ihm nach Brüssel nachzukommen, sobald die Gefahr vorüber wäre.«

»Was hat er mit Boissys Leiche gemacht?«

»Er hat sie in ein kleines Haus gebracht, das er auf dem Land an der Marne besaß, und dort, so vermute ich, hat er sie vergraben oder in den Fluss geworfen. Er ist mit einem Taxi dorthin gefahren. Später hat niemand mehr von Boissy gesprochen. Niemand hat sich über sein Verschwinden beunruhigt.«

»Haben Sie es fertig gebracht, Lorilleux alleine nach Belgien zu schicken?«

»Das war einfach.«

»Und Sie konnten ihn fünf Jahre von hier fern halten?«

»Ich schrieb ihm postlagernd, dass er gesucht würde und dass die Zeitungen nichts darüber schrieben, weil man ihn in eine Falle locken wolle. Ich teilte ihm mit, dass ich ständig von der Polizei verhört würde. Ich hab ihn sogar nach Südamerika geschickt . . .«

»Vor zwei Monaten ist er wieder zurückgekommen?«

»Ungefähr. Er war am Ende.«

»Haben Sie ihm kein Geld geschickt?«

»Sehr wenig.«

»Warum?«

Sie antwortete nicht, sondern schaute auf die Uhr.

»Werden Sie mich festnehmen? Wie lautet die Anklage? Ich habe nichts gemacht. Ich habe Boissy nicht getötet. Ich war nicht da, als er starb. Ich habe nicht geholfen, seine Leiche zu verstecken.«

»Machen Sie sich über Ihr Schicksal keine Sorgen! Sie haben das Geld behalten, weil Sie Ihr ganzes Leben lang etwas besitzen wollten, nicht um es auszugeben, sondern um sich reich zu fühlen, vor Armut geschützt.«

»Das ist meine Sache.«

»Als Lorilleux zu Ihnen kam und Sie bat, ihm zu helfen oder Ihr Versprechen, mit ihm zu fliehen, zu halten, haben Sie Colettes Unfall als Vorwand benutzt, nicht an das Versteck herankommen zu können. Ist das richtig? Sie haben versucht, ihn wieder dazu zu bewegen, ins Ausland zu gehen.«

»Er hat sich in Paris versteckt.«

Ihre Lippen verzogen sich zu einem seltsamen, unfreiwilligen Lächeln und sie konnte es nicht unterlassen zu murmeln:

»Dieser Dummkopf! Er hätte jedem seinen Namen sagen können ohne Angst haben zu müssen!«

»Nichtsdestoweniger hatte er die Idee mit dem Weihnachtsmann.«

»Nur, dass das Geld nicht mehr unter dem Fußboden war. Es

war hier, vor seiner Nase, in meinem Nähkasten. Er hätte nur den Deckel hochheben müssen.«

»In zehn oder fünfzehn Minuten wird Ihr Mann hier sein und Lorilleux, der sich gegenüber aufhält, weiß das wahrscheinlich, da er sich erkundigt hat; er weiß, dass Martin in Bergerac war, und er wird wohl den Fahrplan studiert haben. Sicherlich ist er damit beschäftigt, sich Mut zu machen. Es würde mich wundern, wenn er nicht bewaffnet wäre. Möchten Sie auf die beiden warten?«

»Nehmen Sie mich mit! Ich brauche mir nur ein Kleid überzuziehen . . .«

»Und der Gepäckaufbewahrungsschein?«

»Postlagernd am Boulevard Beaumarchais.«

Sie ging ins Schlafzimmer, ließ die Tür offen und zog ohne Scham ihren Morgenrock aus, setzte sich auf die Bettkante, zog sich Strümpfe an und nahm ein Wollkleid aus dem Schrank.

Zuletzt nahm sie eine Reisetasche und stopfte ungeordnet einige Toilettensachen und Wäsche hinein.

»Gehen wir schnell!«

»Und Ihr Mann?«

»Der Dummkopf ist mir sch . . . egal.«

»Und was ist mit Colette?«

Sie antwortete nicht, zuckte nur mit den Achseln. Die Tür von Mademoiselle Doncœur bewegte sich, als sie vorbeigingen. Als sie unten waren und auf den Bürgersteig hinaustreten wollten, bekam sie Angst, drängte sich zwischen die beiden Männer und blickte forschend in den Nebel.

»Fahr sie zum Quai des Orfèvres, Lucas. Ich bleibe hier.«

Es war weit und breit kein Taxi zu sehen und man merkte, dass der Gedanke, nur von dem kleinen Lucas begleitet durch die Dunkelheit zu gehen, sie erschreckte.

»Haben Sie keine Angst! Lorilleux ist gar nicht hier in der Nähe.«

»Sie haben gelogen . . .!!!«

Maigret ging in das Haus zurück.

Die Unterhaltung mit Jean Martin dauerte zwei lange Stunden und die meiste Zeit war sein Bruder dabei.

Als Maigret gegen halb zwei morgens das Haus verließ, blieben die beiden Männer zusammen in der Wohnung. Unter der Tür von Mademoiselle Doncœur schien Licht hindurch; sie wagte es aber nicht, wahrscheinlich aus Verlegenheit, die Tür zu öffnen, sondern begnügte sich damit, den Schritten des Kommissars zu lauschen.

Er überquerte den Boulevard und ging in seine Wohnung, wo er seine Frau antraf, die in einem Sessel neben dem Esszimmertisch, auf dem sein Gedeck stand, eingeschlafen war. Erschreckt sprang sie auf.

»Bist du alleine?«

Und als er sie erstaunt und belustigt ansah:

»Hast du die Kleine nicht mitgebracht?«

»Nicht heute Nacht. Sie schläft. Morgen früh kannst du sie herholen, nur wirst du sehr nett zu Mademoiselle Doncœur sein müssen.«

»Wirklich?«

»Ich werde dir zwei Krankenschwestern mit einer Bahre schicken lassen.«

»Aber dann ... Werden wir ...?«

»Nicht doch! ... Nicht für immer, verstehst du? Es kann sein, dass Jean Martin darüber hinwegkommt ... Es kann auch sein, dass sein Bruder wieder ein gesunder Mensch wird und eines Tages wieder heiratet ...«

»Sie wird uns also nicht gehören?«

»Uns nicht, nein. Nur leihweise. Ich dachte mir, das sei besser als nichts und du würdest dich darüber freuen.«

»Natürlich freue ich mich darüber ... Aber ... aber ...«

Sie verzog den Mund, suchte ein Taschentuch, fand keines und verbarg ihr Gesicht in ihrer Schürze.

Carmel on the sea (Kalifornien), 30. Mai 1950

Stille Nacht, grausame Nacht

Robert Bloch

Ich weiß nicht, wie das noch enden soll.

Vielleicht wurde der Schlussstrich bereits in dem Moment gezogen, als ich den Schuss hinter der geschlossennen Wohnzimmertür hörte – oder als ich ihn auf dem Teppich liegen sah.

Oder nach den endlosen Verhören, nach den peinlichen Ausschlachtungen durch die Zeitungen und das Fernsehen.

Nach meinem totalen Zusammenbruch vielleicht, oder als ich endlich wieder funktionsfähig war – falls ich es je wieder geworden bin.

Dass eine solche Geschichte so lange kein Ende findet, solange es eine Erinnerung daran gibt, könnte natürlich auch möglich sein. Und ich erinnere mich an alles, bis ins kleinste Detail.

Es hat an einem Nachmittag im Herbst angefangen, in Dirk Otjens Galerie an der La Cienega. Ich wollte gerade wieder gehen, da kam er zur Tür herein. Er hatte sich verspätet. Wahrscheinlich war er mit einem seiner Kunden zusammen essen gewesen.

»Brandon!«, sagte er. »Wo waren Sie denn? Ich habe den ganzen Morgen versucht, Sie zu erreichen.«

»Tut mir Leid. Ich hatte eine Verabredung.«

Dirk schüttelte ungeduldig den Kopf. »Sie sollten sich einen Anrufbeantworter zulegen.«

Ihm zu sagen, dass ich mir keinen Anrufbeantworter leisten konnte und den Vormittag auf dem Arbeitsamt verbracht hatte, wäre sinnlos gewesen. Dirk hatte vielleicht einmal gewusst, was arm sein heisst, aber das war viele teure Mittagessenseinladungen her. Inzwischen bewegte er sich in anderen Kreisen. Schon allein der Gedanke an einen hungernden Künstler war ihm zuwider. Mich ihm in dieser Rolle zu präsentieren, konnte ich mir nicht leisten. Obwohl sich bisher noch nichts getan hatte, war ich heilfroh, dass er mich genommen hatte.

Oder hatte sich doch etwas getan?

»Haben Sie ein Bild verkauft?«, fragte ich möglichst ruhig, aber mein Herz klopfte.

»Nein, aber ich kann Ihnen vielleicht etwas vermitteln. Ist Ihnen Carlos Santiago ein Begriff?«

»Nicht dass ich wüsste.«

»Kunde von mir. Kommt pausenlos in die Galerie. Er hat das Ölbild von Ihnen gesehen, das oben hängt, und will ein Porträt malen lassen.«

»Was ist das für ein Mann?«

Dirk zuckte mit den Schultern. »Ausländer. Starker Akzent.« Aus seiner Stimme sprach die Abscheu des eingebürgerten Amerikaners. »Eine Art Schiffsmagnat, glaube ich. Jedenfalls hat er Geld.«

»Und was zahlt er?«

»Ich habe gesagt, dass es zweitausendfünfhundert kostet. Ist kein Spitzenhonorar, aber ein Anfang.«

Das war es allerdings. Seine Prozente abgerechnet, blieb immer noch genug übrig, um erst einmal weiterzukommen. Das Hindernis schien beseitigt zu sein und irgendwo in der Ferne wartete das Paradies, in dem man eine Nachricht auf seinen Anrufbeantworter sprechen lassen konnte, während man in einem teuren Lokal speiste. Allerdings –

»Ich weiß nicht so recht«, sagte ich. »Ein spanischer Schiffsmagnat ist wahrscheinlich nicht so ganz mein Fall. Ich gehöre nicht zu den gerissenen Typen, die alles mit links machen. Wenn zwischen mir und meinem Modell kein Magnetfeld entsteht, wird das nichts.«

Ich sah es Dirks Gesicht an, dass ich seinen Unmut erweckt hatte, aber es hatte gesagt werden müssen. Ich bin schließlich

Maler und habe ganze neun Jahre hier und in Europa studiert und diese neun langen, harten Jahre der Selbstaufopferung und Selbstentdeckung schoss ich doch nicht in den Wind, wenn man mir mit einem Dollarschein vor dem Gesicht herumwedelte. Wäre das mein Ziel gewesen, hätte ich mich ja gleich auf die Massenproduktion verlegen, Fünfunddreißig-Dollar-Bilder herunterpinseln und auf der Straße oder in Supermärkten verkaufen können. Andererseits –

»Ich muss ihn erst sehen«, sagte ich.

»Kein Problem.« Dirk nickte. »Sie werden nämlich um fünfzehn Uhr von ihm erwartet.«

»In seinem Büro?«

»Nein, zu Hause. In Trousdale. Hier habe ich die Adresse aufgeschrieben. Machen Sie sich auf den Weg. Und viel Glück.«

Ich erinnere mich sogar noch, in welche der kleinen Straßen ich einbog. Ich erinnere mich deshalb so genau, weil die Steigung beeindruckend war und ich ständig Angst haben musste, dass mein Auto streikte. Die alte Kiste hatte einen Minderwertigkeitskomplex, was kein Wunder war. An halbrunden Einfahrten vorbeikeuchen zu müssen, die mit nagelneuen Cadillacs, Lancias, Alfa-Romeos und den unvermeidlichen Rolls-Royces voll gestopft waren, konnte kein Vergnügen sein. In so einer Gegend wird ein Mercedes als Zweitwagen gefahren. Mir war es ziemlich egal, aber Dirk hatte recht: Geld war da.

Und Carlos Santiago ebenfalls.

Auf seiner von Zypressen eingesäumten Einfahrt stand ein Ferrari. Ich parkte dahinter und konnte nur hoffen, dass mich niemand durch das riesige Aussichtsfenster des lang gestreckten einstöckigen Pseudo-Palazzo beobachtete. Das Haus war neu und die Bäume waren noch klein, aber stand mir vielleicht ein Urteil zu? Geld war da.

Ich klingelte. Hinter der schweren Tür sanfte Glockentöne; sie ging auf und ein dunkelhaariges Hausmädchen in Uniform sah mich an. »Ja, bitte?«

»Ich heiße Arnold Brandon und bin mit Mr Santiago verabredet.«

Sie nickte. »Wenn Sie bitte mitkommen wollen. Der Señor erwartet Sie.«

Ich trat von warmer Nachmittagssonne in die elektrisch erzeugte Kühle der gedämpften Halle und folgte dem Mädchen zu einem Torbogen linker Hand, der ins Wohnzimmer führte.

Der Raum mit der hohen Decke und dem zwei Stufen tiefer liegenden Kamin war größer, als ich vermutet hatte. Mein potenzieller Auftraggeber ebenfalls.

Carlos Santiago behauptete, Spanier zu sein. Später erfuhr ich, dass er in Argentinien geboren war und unter Garantie Indioblut in den Adern hatte. Mich jedenfalls erinnerte er an jemanden, der in Kreta zu Hause war.

An den Minotaurus.

Was natürlich nicht wörtlich zu nehmen ist. Er war kein Hybride, kein Ungeheuer mit Menschenleib und Stierkopf. Die grau melierten gelockten Haaren fielen über eine Stirn, die keine Hörner schmückten, aber die schweren Augenlider, die geblähten Nasenflügel und der halslose Übergang des kolossalen Kopfes in den gewölbten Brustkorb suggerierten eine Mischung aus Rind und Mensch. Als Künstler sah ich in Santiago den Abklatsch des Menschbullen, den Macho, wie er leibt und lebt.

Und ich hasste ihn auf Anhieb.

Ehrlich gesagt, habe ich solche Männer schon immer gefürchtet; die großen, stämmigen, arroganten Typen, die sich großspurig, laut und prahlend den Weg durchs Leben bahnen. Ich traue der Sorte nicht, denn sie ist seit eh und je der Feind der Kunst gewesen, sie verbrennt Bücher, zerschlägt Plastiken und missachtet jede Art von Kreation, die nicht aus den eigenen Lenden entsprungen ist. Am meisten fürchte ich sie, wenn sie sich aus Eigennutz leutselig geben.

Und Carlos Santiago gab sich leutselig.

Er bot mir in einem riesigen Ledersessel Platz an, goss Whisky ein, erkundigte sich nach meinem Wohlergehen und sprach seine Bewunderung über das Gemälde aus, das er in der Galerie gesehen hatte. Aber meine Angst blieb und das Bild des Minotaurus ebenfalls. *Willkommen in meinem Labyrinth.*

Ich muss zugeben, dass das Labyrinth raffiniert und teuer angelegt und geschmackvoll eingerichtet war, was den gestalterischen Misston nur auffälliger werden ließ – das Arrangement über dem Kaminsims nämlich. Das Messer mit der rostigen, breiten Schneide, umgeben von körnigen, schlecht gerahmten Fotos, passte ebenso wenig in diesen Raum wie die bullige Anwesenheit des Hausherrn.

Er sah meinen Blick und stieß ein röhrendes Lachen aus.

»Ich weiß, was Sie denken, *amigo*. Der ach so tüchtige Innenarchitekt war entsetzt, als ich darauf bestand, *solche* Gegenstände in einem *solchen* Rahmen aufzuhängen. Aber ich bin ein sentimentaler Mensch und schäme mich dessen nicht.

Von den Fetzen auf meinem Leib abgesehen, war die Machete einmal alles, was ich besaß. Drei Jahre lang habe ich mit ihr als gewöhnlicher Arbeiter auf den Feldern geschuftet. Am Ende der drei Jahre hatte ich immer noch dieselben Fetzen auf dem Leib und die Machete war immer noch mein einziger Besitz. Aber mit dem Geld, das ich gespart hatte, machte ich meine erste Investition – ein paar lächerliche Anteile an einem veralteten Öltanker, der zu seiner letzten Fahrt auslief. Das erfolgreiche Ende dieses gewagten Unternehmens wurde zum Anfang meiner gewagten Unternehmungen. Ich erspare Ihnen die Details; die Fotos sind Beweis genug. Es sind Aufnahmen der Schiffe, die ich im Laufe der Jahre erstanden habe. Die Santiago-Flotte. Manch eines dieser Schiffe ist inzwischen alt und verrostet, wie die Machete – wie auch ich. Aber wir gehören zusammen.«

Santiago goss nach. »Aber ich langweile Sie, Mr Brandon. Sprechen wir von dem Porträt.«

Ich wusste, was kam. Jetzt wurde mir erzählt, wie und was ich zu machen hatte; dass die Schiffe im Hintergrund zu sehen sein mussten; dass er wahrscheinlich die Machete in der Hand zu halten gedachte.

Er hatte ein Recht auf seinen Stolz, ich aber auch. Gott weiß, dass ich das Geld brauchte, aber ich war nicht bereit, den Minotaurus mit Hintergrund zu malen. Keine Diskussion. Ich musste den Stier bei den Hörnern packen.

»Louise!«

Santiago stand lächelnd auf, als sie hereinkam. Ich starrte die Frau an – groß, schlank, dunkelblond, haselnussbraune Augen und makellose Züge. Mit ihr war ein Leuchten in den Raum gekommen.

»Ich darf Ihnen meine Frau vorstellen.«

Wir müssen beide etwas gesagt haben, aber ich erinnere mich nicht mehr, was wir gesagt haben. Ich weiß nur noch, dass mein Mund trocken war, dass meine Worte bedeutungslos klangen. Wichtig waren Santiagos Worte.

»Sie werden sie porträtieren.«

Das war der Anfang.

Ich arbeitete in dem kleinen Salon neben dem Wohnzimmer. Mit seinen Nordfenstern hatte er am Nachmittag ideales Licht. Ich kam dreimal pro Woche. Anfangs skizzierte ich nur, dann befasste ich mich ausschließlich mit dem Hintergrund. Ich ging umgekehrt vor, weil die Hauttöne die Farbgebung von Hintergrund und Kleidung widerspiegeln sollten. Erst anschließend wollte ich das Wesentliche erfassen und mich auf Ausdruck und Pose konzentrieren. Aber wie sollte ich den Klang ihrer sanften Stimme, den köstlichen Duft ihres Parfüms, die natürliche Anmut ihrer Bewegungen, ihre sinnliche Ausstrahlung im Bild festhalten?

Ich muss zu Santiagos Gunsten sagen, dass er sich verhielt, wie man sich besser nicht verhalten konnte. Weder störte er die Sitzungen noch fragte er nach deren Verlauf. Ich hatte mir ausbedungen, dass weder er noch seine Frau meine Arbeit vor Abschluss betrachteten; während meiner Abwesenheit wurde ein Tuch über die Leinwand gehängt. Er ließ mich also in Ruhe und flog nach der zweiten Woche in den Mittleren Osten.

Während er Öl verschiffte, waren Louise und ich allein.

Wir nannten uns inzwischen natürlich beim Vornamen. Und unterhielten uns während der Sitzungen. Vielmehr – *sie* redete; ich konzentrierte mich auf meine Arbeit. Ein Künstler muss sich intensiv mit seinem Modell befassen und es wirklich kennen lernen, wenn ein Porträt mehr sein soll als nur gegenständliche Wiedergabe. Ich animierte sie folglich dazu, mir viel zu erzählen.

Dass eine gewisse Vertraulichkeit entsteht, ist unter solchen Umständen unvermeidlich. Wenn Tonbandaufnahmen gemacht worden wären, hätte man durchaus meinen können, dass ihre Worte an einen Psychotherapeuten oder Beichtvater gerichtet waren. Ich hörte zu, maßte mir aber kein Urteil an.

Was ich hörte war Alltägliches. Genau wie ich nicht Francisco José de Goya y Lucientes war, war sie keine María Cayetano Herzogin von Alba.

Ich hatte bereits Vermutungen über ihre Herkunft angestellt und sie erwiesen sich als richtig. Die übliche Geschichte des außergewöhnlich attraktiven Mädchens armer Eltern. Das Aschenputtel auf dem Abiturball, die Uhr schlägt zwölf und sie hockt wieder in der Küche. Dann der verzweifelte Versuch zu entkommen – Teilnahme an einem Schönheitswettbewerb, missglückter Versuch als Mannequin, schauspielerische Ambitionen durch die Tatsache entmutigt, dass beim Vorsprechen über ein Dutzend Duplikate der eigenen Person vorhanden waren. Natürlich gab es viele, die als Agenten, Vermittler oder schlicht Zuhälter hilfreich sein wollten und Gegenleistungen für ihre Dienste verlangten. Zu ihren Gunsten sei gesagt, dass Louise viel zu bauernschlau war, sich auf etwas einzulassen. Sie gab die Hoffnung nicht auf, ihren Prinzen zu finden. Stattdessen traf sie den Minotaurus.

Sie wurde eines Abends zu einem Empfang mitgenommen, auf dem sie Gelegenheit hatte, »einflussreiche Leute« zu treffen. Einer von ihnen sollte Carlos Santiago sein und ehe der Abend beendet war, waren seine Absichten offenkundig.

Louise war raffiniert genug ihn abzuweisen und zerkratzte ihm das Gesicht, als er aufdringlich wurde. Der Eindruck, den sie damit erweckt hatte, war offensichtlich nicht nur physisch gewesen, denn am Tag darauf kamen die ersten Blumen. Als es mit Ohrringen und Armbändern anfing, war zu ahnen, dass der Ring nicht mehr lange auf sich warten ließ.

Das Aschenputtel heiratete also den Minotaurus und musste feststellen, dass ihm das Leben im Labyrinth nicht zusagte. Der Stier verbrachte scheinbar seine Zeit mit Brüllen, war aber in Wirklichkeit nur ein Ochse.

All dies und noch viel mehr kam während unserer Sitzungen heraus und führte natürlich zu dem, was zu erwarten war.

Ich setzte dem Stier Hörner auf.

Meine Rechtfertigung dazu? Diese Dinge sind keine Frage der Moral. Louise jedenfalls hatte keine Skrupel. Sie hatte sich an den Meistbietenden verkauft, was sich als schlechtes Geschäft erwies. Ich habe sie weder verdammt noch entschuldigt. Das Aschenputtel wollte aus der Küche heraus und hatte die dazu nötigen Schritte unternommen. Einen anderen Weg konnte sie nicht gehen, weil ihr dazu das inntellektuelle Rüstzeug fehlte. Trotz ernst gemeinter Behauptungen von Mitgliedern der Frauenbewegungen landet die Schöne meistens bei dem Biest. Manchmal ist es ein junges Biest, das außer Dauerbrunft nichts zu bieten hat. Häufiger jedoch ist ein alterndes Biest, das für Status und Sicherheit sorgt und dafür hin und wieder Beischlaf verlangt. Aber selbst dieser war Louise versagt geblieben; ihr Biest war ein alter Bulle, dessen Gesäusel und Getätschel sie nicht mehr ertragen konnte. Mich kennen zu lernen, hatte ihre natürlichen Instinkte in verstärktem Maße geweckt. Es war Begierde auf den ersten Blick.

Ich für meine Person hatte schnell kapiert, dass sich hinter der makellosen Fassade von Gesicht und Körper ein frustriertes, hungriges Kind verbarg. Sie hatte ein Aschenputtel geschaffen, das aus Kleidung, Frisur und Schminke bestand, und meine Aufgabe war es, diese Scheinfigur in Farbe festzuhalten. Zu wissen, dass die Frau, die in meinen Armen bebte und stöhnte, nicht

Aschenputtel war, nützte mir wenig: Ich liebte das Küchenmädchen.

Die Zeit war knapp und wir verschwendeten sie nicht mit Erklärungen oder Zukunftsentscheidungen. Die Nachmittage gingen bis in die Abende hinein und wir hießen jede Nacht willkommen.

Das grelle Tageslicht kam schnell genug. Am 18. Dezember, genau eine Woche vor Heiligabend, kam Carlos Santiago zurück. Am Nachmittag des folgenden Tages trafen wir uns zum letzten Mal im sonnigen kleinen Salon neben dem Wohnzimmer.

Sie sah schweigend zu, wie ich dem Porträt den letzten Hauch von Romantik gab – ein paar Lichtflecke in den Heiligenschein ihres dunkelblonden Haares, eine leichte Abschwächung des ungezähmten Glühens in ihren haselnussbraunen Augen.

»Fast fertig?«, fragte sie leise.

»Fast.«

»Dann ist es also vorbei?« Ihre Pose blieb unbewegt.

Ich warf einen schnellen Blick zur Tür und senkte die Stimme zu einem vorsichtigen Flüstern.

»Weiß er Bescheid?«

»Nein, natürlich nicht.«

»Aber das Hausmädchen . . .«

»Du bist nach den Sitzungen gegangen. Sie hat keine Ahnung, dass du nach ihrem Weggehen zurückgekommen bist.«

»Dann kann uns nichts passieren.«

»Ist das alles, was du zu sagen hast?« Ihre Stimme wurde lauter und ich machte ihr schnell ein Zeichen.

»Bitte – den Kopf eine Spur tiefer – ja, so.«

Ich legte den Pinsel weg und trat einen Schritt zurück. Louise sah zu mir auf.

»Kann ich es mir jetzt ansehen?«

»Ja.«

Sie stand auf und stellte sich neben mich. Es folgte langes Schweigen und ihre Augen wurden trübe.

»Was hast du denn?«, fragte ich. »Gefällt es dir nicht?«

»Doch, es ist fantastisch.«

»Warum bist du dann so traurig?«

»Weil es fertig ist.«

»Alles findet einmal ein Ende«, sagte ich.

»Muss das sein?«, fragte sie leise. »Muss das wirklich sein?«

»Mr Brandon hat Recht.«

Carlos Santiago stand an in der Tür, mit dem Kopf nickend. »Es ist schon seit einiger Zeit beendet.«

Ich schluckte. »Woher wissen Sie das?«

»Jeder Mann sollte wissen, was in seinem eigenen Haus vor sich geht.«

»Heißt das, dass du das Bild bereits betrachtet hast?«, fragte Louise. »Du hast Mr Brandon doch versprochen . . .«

»Ich muss mich entschuldigen.« Santiago lächelte mich an. »Ich konnte nicht widerstehen. Ich musste einfach wissen, ob Sie meinen Vorstellungen entsprechen.«

Ich zwang mich sein Lächeln zu erwidern. »Und?«, fragte ich. »Sind Sie zufrieden?«

»Sehr.« Er heftete den Blick auf das Porträt. »Eine großartige Leistung. Es scheint Ihnen geglückt zu sein, meiner Frau in den glücklichsten Momenten zu begegnen. Ich wünschte, mir wäre es gegeben, ihr ein solches Lächeln zu entlocken.«

Klang seine Stimme zynisch oder war es lediglich das Echo meines schlechten Gewissens?

»Das Bild muss jetzt einige Wochen unberührt bleiben«, sagte ich. »Wenn die Farben trocken sind, werde ich es firnissen und wir können dann den passenden Rahmen aussuchen.«

»Natürlich«, sagte Santiago. »Aber erst einmal das Nächstliegende.« Er zog einen Scheck aus der Tasche und gab ihn mir. »Hier – bitte schön. Der volle Betrag.«

»Das ist sehr aufmerksam von Ihnen.«

»Sie ahnen nicht, *wie* aufmerksam ich bin.« Er drehte sich um, als das Hausmädchen hereinkam und eine Karaffe mit Kognak und drei bauchige Gläser brachte.

Santiago goss ein. »Wie Sie sehen«, sagte er, als das Mädchen wieder gegangen war, »habe ich gewusst, dass heute der letzte Tag ist.« Er reichte Louise und mir ein Glas und hob seins. »Auf Ihr Wohl, Mr Brandon. Ich schätze Ihr großes Talent und Ihre noch größere Klugheit.«

»Klugheit?« Louise sah ihn fragend an.

»Ja, Klugheit.« Er nickte. »Ich bin in Kunst nicht bewandert, weiß aber, dass ein Projekt wie dieses gefährlich sein kann.«

»Das verstehe ich nicht.«

»Die Versuchung, weiterzumachen, zu übertreiben, liegt nahe. Aber Mr Brandon weiß, wann er aufhören muss. Er hat – wie soll ich mich ausdrücken? –, er hat künstlerisches Maß gezeigt. Trinken wir auf seine Entschlusskraft.«

Santiago ließ den Kognak über die Zunge laufen. Louise trank einen zaghaften Schluck und ich ebenfalls. Wieder fragte ich mich, wie viel er wohl wusste.

»Sie können sich nicht vorstellen, was mir dieser Moment bedeutet«, sagte Santiago. Hier in diesem Haus vor dem Porträt der Frau zu stehen, die ich liebe – der Traum eines armen Jungen ist in Erfüllung gegangen.«

»Aber du bist doch nicht immer arm gewesen«, sagte Louise. »Du hast mir selber erzählt, dass dein Vater ein wohlhabender Mann war.«

»Das war er auch.« Santiago trank einen Schluck. »Ich habe meine Kindheit in Luxus verbracht. Bis zum Tode meines Vaters hat es mir an nichts gefehlt. Dann aber hat mein älterer Bruder die *estancia* geerbt und ich bin von zu Hause weggegangen und habe meinen eigenen Weg verfolgt. Vielleicht war es gut so, denn es ist so manches eingetreten, was nicht sonderlich schön war. Aber ich habe natürlich Kenntnis davon erhalten.« Er lächelte mich an. »Eine Geschichte interessiert Sie vielleicht.

Ein paar Jahre nach meinem Weggehen starb die Frau meines Bruders im Kindbett. Er hat natürlich wieder geheiratet, und zwar ein Mädchen ohne Bildung und Herkunft. Alles war fassungslos. Ihre Jugend und ihre Schönheit müssen ihn gereizt haben.«

War sein Seitenblick auf Louise Absicht oder bildete ich es mir nur ein? Er richtete den Blick wieder auf mich.

»Im Gegensatz zu seiner ersten Frau wurde die zweite nicht schwanger, und das machte ihm Kopfzerbrechen. Um sicher zu sein, dass es nicht an ihm lag, zeugte er mehrere Kinder. Die jeweiligen Mütter waren Dienstmädchen auf der *estancia*. Mein Bruder machte seiner Frau keinen Vorwurf, sondern zog einen Arzt zu, dessen Untersuchunngen alles offen ließen. Im Verlauf dieser Untersuchungen wurde jedoch festgestellt, dass die Frau meines Bruders ein obskures Augenleiden hatte, das zu Erblindung führen konnte.

Der Arzt war für eine sofortige Operation, aber die Frau meines Bruders hatte Angst, bereits durch den Eingriff das Augenlicht zu verlieren. Ihre Angst war so groß, dass sie ihn einen heiligen Eid auf die Jungfrau Maria schwören ließ. Er musste ihr versprechen, ihre Augen von niemandem zu berühren lassen.«

»Die arme Frau«, sagte Louise mit bewegter Stimme. »Und dann?«

»Nachdem mein Bruder von ihrem Gebrechen wusste, hat er natürlich von seinen ehelichen Rechten keinen Gebrauch mehr gemacht, denn laut Arzt hätte die Krankheit auf ein eventuelles Kind übertragen werden können. Da mein Bruder kein Leid verursachen wollte, holte er sich seine Freuden woanders. Über die Unannehmlichkeiten, die ihm seine Frau in dieser Beziehung bereitete, hat er sich nie mit einem Wort beschwert. Er war die Geduld in Person. Man hätte also annehmen müssen, dass seine Frau dankbar und sich seiner rücksichtsvollen Art bewusst gewesen sei, aber echtes Verständnis scheint den Frauen abzugehen.«

Santiago nahm einen Schluck.

»Zu seinem Entsetzen entdeckte mein Bruder eines Tages, dass sie einen Liebhaber hatte, einen jungen Kerl, der als Gärtner auf der *estancia* arbeitete. Wenn mein Bruder nicht zu Hause war, traf sie sich mit ihrem Liebhaber. Mein Bruder verbrachte mittlerweile viel Zeit in Buenos, wo er geschäftlich zu tun hatte.

Als mein Bruder erfuhr, dass seine Frau einen andern hatte, weigerte er sich, es zu glauben, doch schon nach ein paar Wochen war der Beweis offenkundig. Sie war schwanger.«

»Hat er sich von ihr scheiden lassen?«, fragte Louise.

Santiago schüttelte den Kopf. »Nein, natürlich nicht. Mein Bruder war ein religiöser Mann. Aber es drängte ihn, etwas gegen das Getuschel, die scheelen Blicke und das Gelächter hinter seinem Rücken zu unternehmen. Sein Ruf und seine Ehre standen auf dem Spiel.«

Ich nutzte seine Atempause und schaltete mich ein. »Lassen Sie mich die Geschichte weitererzählen«, sagte ich. »Da er wusste, welche Angst seine Frau hatte, blind zu werden, bestand er auf einer Operation und überredete den Arzt mit Geld dazu, ihr Augenlicht zu zerstören.«

Santiago schüttelte den Kopf. »Sie haben vergessen, dass er bei der Jungfrau Maria geschworen und sein Versprechen gegeben hatte, dass eine solche Operation nie stattfinden werde.«

»Was hat er dann getan?«, fragte Louise.

»Er hat ihr die Lider zugenäht.« Santiago nickte. »Ihre *Augen* hat er nicht berührt, aber die Lider hat er mit einem Katzendarm zugenäht und sie mit einer Dienerin in ein Gästehaus verbannt.«

»Grauenvoll!«, flüsterte Louise.

»Ich bin überzeugt davon, dass er gelitten hat«, sagte Santiago. »Zum Glück allerdings nicht lang. Eines Nachts, die Dienerin war gerade nicht da, brach im Gästehaus ein Brand aus. Niemand wusste, wie es dazu kommen konnte. Vielleicht hat die Frau meines Bruders eine Kerze umgestoßen. Unglücklicherweise war die Tür verschlossen und die Dienerin besaß den einzigen Schlüssel dazu. Eine große Tragödie.«

Ich konnte Louise nicht ansehen. Ich musste ihn ansehen.

»Und der Liebhaber?«, fragte ich.

»Er ist in die Pampas geflohen, doch mein Bruder hat ihn mit den Hunden gejagt und dementsprechend bestraft.«

»Nämlich wie?«

Santiago hob das Glas. »Der junge Kerl wurde nackt an einen

Baum gebunden. Seine Geschlechtsteile wurden mit Honig bestrichen. Sind Ihnen Feuerameisen ein Begriff, *amigo*? Sie kommen in der Gegend häufig vor und fressen alles auf, was auch nur nach Honig riecht.«

Louise stieß einen ersticken Laut aus und lief aus dem Raum.

Santiago leerte sein Glas. »Ich scheine sie aus dem Gleichgewicht gebracht zu haben«, sagte er. »Das war nicht meine Absicht.«

»Und was war Ihre Absicht?« Ich hielt dem Blick des Menschbullen stand. »Mich bringt Ihre Geschichte nicht aus dem Gleichgewicht. Wir sind hier nicht im Busch. Und Sie sind nicht Ihr Bruder.«

Santiago lächelte. »Ich habe keinen Bruder.«

Ich fuhr durch die Abenddämmerung. Die Laternenpfosten am Hollywood Boulevard waren weihnachtlich geschmückt, Girlanden über die Fahrbahn gespannt, doch Glanz und Glitzer übertünchten die schäbige Flachheit der Schaufensterfronten nur mäßig. Zwielicht versuchte die Schatten aus ihren Verstecken zu locken. Kein Festtag konnte die ewige Parade von Nutten und Zuhältern, von Strichjungen, Gammlern und Wermutbrüdern stoppen. Der Heilige Abend stand vor der Tür, aber das Tonbandgeplärr von Weihnachtsliedern machte diese Menschen nicht fröhlicher und mich erst recht nicht.

Mich gegen Santiago zu stellen, war sinnlos gewesen. In Wirklichkeit hatte ich den schüchternen Versuch unternommen, ihn herauszufordern, hatte auf dem Absatz kehrt gemacht und war davongelaufen.

Hatte er tatsächlich Lunte gerochen? Wie viel wusste er? Und was ging in seinem Kopf vor?

Einen Moment lang war ich versucht zurückzufahren. Aber was dann? Sollte ich Santiago vielleicht mit einem Wagenheber in Schach halten, bis Louise ihre Sachen gepackt hatte? Angenommen, sie wollte ihn gar nicht verlassen? Außerdem – liebte ich sie so sehr, dass ich mit ihr zusammenleben wollte?

Ich fuhr nicht zurück, aber die Fragen verfolgten mich bis nach Hause.

Das Telefon klingelte, als ich die Wohnung betrat. Mit zitternder Hand nahm ich den Hörer ab. Auch meine Stimme zitterte.

»Ja?«

»Darling, ich rufe schon pausenlos an.«

»Was ist denn passiert?«

»Nichts ist passiert. Er ist weg.«

»Weg?«

»Bitte – ich erzähle dir alles, wenn du hier bist. Bitte, komm schnell!«

Ich kam schnell.

Nachdem ich mein Auto auf der leeren Wageneinfahrt abgestellt hatte, nachdem wir uns in der dunkel werdenden Halle lange umarmt und uns schließlich auf das Sofa vor dem Kamin gesetzt hatten, ließ Louise die Bombe platzen.

»Ich lasse mich scheiden«, sagte sie.

»Scheiden?«

»Als du weg warst, ist er in mein Zimmer gekommen. Er wollte sich angeblich entschuldigen, aber das war nicht der Grund. In Wirklichkeit wollte er mir erzählen, welche Angst er dir mit dieser Geschichte eingejagt hat.«

»Und das hast du ihm geglaubt?«

»Aber nein – wo denkst du hin! Ich habe ihm auf den Kopf zugesagt, dass er lügt, dass du keinerlei Grund zu irgendwelchen Ängsten hast und dass er kein Recht hat, mich zu erniedrigen. Ich habe ihm gesagt, dass ich sein krankhaftes Geschwätz satt habe und gehe. Du hättest sein Gesicht sehen sollen. Das Grinsen war wie weggewischt.«

Ich sagte nichts, denn ich hatte sein Gesicht nicht gesehen. Aber ich sah das von Louise. Mit dem ätherischen Aschenputtel auf dem Gemälde hatte sie nichts mehr gemein – eine total andere Frau; hitziger Blick, harte Stimme, in ihrer Wut unversöhnlich.

Santiago, der Szenen dieser Art gewohnt sein musste, hatte

sich aufgeplustert und protestiert, dann aber doch gebettelt und gefleht. Als er sie zu umarmen versucht hatte, hatte sich das Spiel wiederholt. Sie hatte ihm das Gesicht zerkratzt, aber diesmal mit einem endgültigen Adieu. Und schließlich war er gegangen, so getroffen und erledigt, dass er nicht einmal etwas mitgenommen hatte.

»Hat er sich wirklich bereit erklärt, sich scheiden zu lassen?«, fragte ich.

Louise zuckte mit den Schultern. »Mein Gott, er hat gesagt, dass er nicht einwilligen wird, aber das ist bloß Gerede. Wenn er vor Gericht versucht, mir einen Strich durch die Rechnung zu machen, habe ich gesagt, kommt alles raus – seine rasende Eifersucht, seine ständige Trinkerei und sogar, dass er ihn nicht hochkriegt.« Sie lachte. »Keine Angst, ich kenne Carlos. Er tut alles, damit niemand erfährt, wie es in dem Punkt um ihn steht.«

»Und wo ist er jetzt?«

»Keine Ahnung. Es ist mir auch egal.« Ihre hitzigen Augen glühten. »Ich habe ja dich«, flüsterte sie, die harte Stimme kehlig.

Und als ihr Mund meinem begegnete, spürte ich ihren Zorn.

Obwohl Louise wollte, dass ich blieb, ging ich, ehe das Mädchen kam.

»Verstehst du das denn nicht?«, sagte ich. »Wenn du willst, dass man dir bei einer Scheidung nichts anhaben kann, kannst du es dir nicht leisten, mich im Haus zu haben.«

Dirk Otjens empfahl einen Anwalt, der Bernie Prager hieß. Louise ging zu ihm und er erklärte sich bereit, sie zu vertreten. Er gab ihr den dringenden Rat, sich weder zu Hause noch in der Öffentlichkeit mit einem anderen Mann zu treffen, es sei denn in Anwesenheit einer dritten Person.

Louise rief mich an und berichtete von ihrem ersten Gespräch mit ihm.

»Darling, ich glaube nicht, dass ich es aushalte ohne dich.«

»Hast du das Mädchen noch?«

»Josefina? Natürlich. Sie kommt morgens und geht abends – wie immer.«

»Dann kann ich auch kommen. Solange sie anwesend ist, ist alles okay. Ich muss eben an dem Porträt noch dies und jenes verändern. Nachmittags kann uns niemand . . .«

»Schon«, fiel sie mir ins Wort. »Aber die Nächte.«

»Unmöglich!«, sagte ich. »Damit kann alles in Gefahr sein. Santiago lässt dich mit Sicherheit beobachten.«

»Tut er nicht.«

»Woher willst du das so genau wissen?«

»Prager ist doch kein Idiot. Unangenehme Scheidungsprozesse sind seine Spezialität. Er weiß ganz genau, dass es nur dann in seiner Kasse klingelt, wenn er ein zufrieden stellendes Urteil erwirkt.« Sie lachte. »Gerade umgekehrt ist es. Er hat seine Leute an der Hand und lässt Carlos beschatten.«

»Wo ist dein Mann?«

»Er ist gestern Abend in den Sepulveda Athletic Club gezogen und heute Morgen wie immer ins Büro gegangen.«

»Und hat von dort aus telefonisch jemand engagiert, der dich beobachtet – ich lasse mich nicht davon abbringen.«

»Seine Leitungen im Büro sind bereits angezapft. Ich sage dir doch, Prager ist kein Idiot.«

»Das scheint eine teure Angelegenheit zu werden.«

»Na und? Begreif doch endlich, Darling. Carlos kommt das Geld zu den Ohren heraus. Und wir werden ihn ordentlich melken. Wenn diese Sache durchgestanden ist, brauche ich mir lebenslänglich keine Sorgen mehr zu machen. Wir beide nicht.« Sie lachte wieder.

Ich war weniger guter Laune. Gut, Carlos Santiago war nicht gerade Mr Liebenswürdig. Vielleicht verdiente er es zum Hahnrei gemacht zu werden und Louise zu verlieren. Aber hatte sie das Recht, ihn unter falschem Vorwand zum Trottel zu machen?

Wenn ich das Spiel mitmachte, war ich dann vielleicht besser? Ich stellte mir vor, wie es nach geglückter Scheidung sein würde. Kein Malen mehr, kein Jagen nach Aufträgen. Mit Louise das süße Leben genießen, ein großes Haus, große Autos, Reisen, Nichtstun, Luxus. Während ich das geistige Bild meiner Zukunft skizzierte, entdeckte mein Künstlerauge einen Schatten. Den Schatten eines jener Zuhälter, die auf dem Hollywood Boulevard herumstolzieren.

Es war kein schönes Bild.

Aber als ich am Nachmittag in Louises sonnenüberflutetes Wohnzimmer kam, wurde der Schatten vom Glanz ihrer Fröhlichkeit verschluckt.

»Wundervolle Neuigkeiten, Darling!«, begrüßte sie mich. »Carlos ist weg.«

»Das ist doch keine . . .«

Sie schüttelte den Kopf. »Aus der Stadt, meine ich. Pragers Leute haben es eben durchgegeben. Er hat von seiner Sekretärin einen Platz auf der Mittagsmaschine nach New Orleans reservieren lassen. Einer von seinen Tankern liegt im Hafen und er überwacht die Löscharbeiten. Er kommt erst nach den Feiertagen wieder.«

»Bist du sicher?«

»Prager hat jemand zum Flughafen geschickt. Carlos *ist* abgeflogen und alles ist bereits vorbereitet. Jedes Gespräch, das er in New Orleans führt, wird abgehört und aufgezeichnet.« Sie nahm mich in die Arme. »Ist das nicht wundervoll? Jetzt können wir die Weihnachtsfeiertage zusammen verbringen.« Ihr Blick und ihre Stimme wurden sanft. »Das hat mir immer am meisten gefehlt. Ein richtig altmodisches Weihnachtsfest mit Christbaum und allem.«

»Aber Carlos und du, habt ihr nicht . . .«

Louise schüttelte den Kopf. »Im letzten Moment ist immer etwas dazwischengekommen – so eine Geschäftsreise nach New Orleans zum Beispiel. Wenn wir uns nicht getrennt hätten, würde ich jetzt mit ihm im Flugzeug sitzen.

Bist du je Weihnachten in Kuwait gewesen? Da waren wir letztes Jahr und haben mit irgend so einem schmierigen Hafenmenschen Lammcurry gegessen. Carlos hat mir versprochen, dass wir dieses Jahr zu Hause bleiben und einmal so Weihnachten feiern, wie es sich gehört. Du siehst, wie er Wort hält.«

»Entschuldige«, sagte ich. »Was hätte er denn unter den gegebenen Umständen tun sollen?«

»Wenn das nicht passiert wäre, hätte das auch nichts geändert.« Ihr Blick und ihre Stimme wurden wieder hart. »Er wäre trotzdem geflogen und hätte mich hinter sich hergezogen, um mit mir vor seinen Geschäftsfreunden angeben zu können. *Schaut her, was ich habe. Tolle Frau, was? Seht ihr, wie ich sie kleide und mit Schmuck behänge?* Nein, für Carlos Santiago ist nichts zu gut. Er kauft nur das Beste vom Besten.«

Die glühenden Augen füllten sich plötzlich mit Tränen, die schrille Stimme löste sich in Schluchzen auf.

Ich drückte sie an mich. »Komm«, sagte ich. »Bring dein Gesicht in Ordnung und hol deine Sachen.«

»Wo gehen wir denn hin?«

»Einkaufen. Christbaumschmuck und die größte Tanne, die es gibt.«

Wenn Sie je mit einem Kind Weihnachtseinkäufe gemacht haben, können Sie sich vielleicht vorstellen, wie die nächsten Tage gewesen sind. Den Christbaumschmuck erstanden wir in den Warenhäusern am Wilshire Boulevard. Wie am Hollywood Boulevard auch hier alles dekoriert und Weihnachtslieder in allen Geschäften. Hier jedoch keine Kritik an Kitsch und Massenmusik, keine Schatten, die den Glanz in Louises Augen hätten trüben können. Für sie war das alles kein falscher Schein, sondern wundervolle Wirklichkeit. Sie wurde wieder zum Kind, das den Heiligen Abend kaum noch erwarten konnte.

Auch die Nächte konnte sie kaum noch erwarten, allerdings war sie dan nicht Kind. Der Kontrast faszinierte mich, jede Stimmung hatte ihren eigenen Charme.

Bis auf eine.

Sie überfiel sie am späten Nachmittag des 23., als der Christbaum geliefert wurde. Der Mann, der ihn brachte, stellte ihn in dem kleinen Salon neben dem Wohnzimmer auf. Als er gegangen war, betrachteten wir die Tanne im zunehmenden Zwielicht.

Plötzlich bebte sie in meinen Armen.

»Was hast du denn?«, fragte ich.

»Ich weiß nicht. Irgendetwas ist komisch – als ob uns jemand beobachten würde.«

»Natürlich«, sagte ich und deutete auf die Staffelei, die in der Ecke stand. »Dein Porträt.«

»Ach was!« Sie sah zu mir auf. »Ich habe Angst, Darling. Was machen wir, wenn Carlos zurückkommt?«

»Ich habe Prager vor einer Stunde angerufen. Alle Telefongespräche deines Mannes sind aufgezeichnet. Er hat kurz vor zwölf seine hiesige Sekretärin aus New Orleans angerufen und gesagt, dass er bis zum 27. Dezember bleibt.«

»Und wenn er vorher zurückkommt?«

»Du weißt ganz genau, dass Prager jemanden am Flughafen stehen hat, Tag und Nacht.« Ich küsste sie. »Mach dir keine unnötigen Gedanken und fang bloß nicht mit Wahnvorstellungen an.«

»Wahnvorstellungen«, wiederholte sie und schauderte zusammen. »Carlos ist derjenige, der Wahnvorstellungen hat. Denk bloß an die schreckliche Geschichte, die er uns erzählt hat.«

»Das war doch alles erfunden. Er hat gar keinen Bruder.«

»Ich glaube nicht, dass es erfunden ist. Er hat diese abscheulichen Dinge getan.«

»Genau das wollte er damit erreichen. Wir sollen denken, dass er es gewesen ist. Nein, dein Mann verdirbt uns die Feiertage nicht.«

Louise nickte, ihr Gesicht hellte sich auf. »Und wann schmücken wir den Baum?«

»Morgen«, sagte ich. »Morgen, am Heiligen Abend.«

Es war fast Mittag und Josefina, die noch ein paar Geschenke für ihre Familie kaufen wollte, war schon im Begriff zu gehen, als ich mich endlich von Louise verabschiedete.

»Wann kommst du wieder?«, fragte sie.
»In ein paar Stunden.«
»Nimm mich mit.«
»Geht nicht. Ich muss noch etwas besorgen – eine Überraschung.«
»Dann versprich wenigstens, dass du dich beeilst.« Ihre Augen strahlten. »Ich freue mich so aufs Christbaumschmücken.«
»Ich bin so bald wie möglich wieder da.«
Bald ist ein relativer Begriff und obendrein unrealistisch, wenn er am 24. Dezember und unter den gegebenen Parkschwierigkeiten benutzt wird.
Ich wusste genau, was ich wollte, fand es aber erst kurz vor Ladenschluss in einem kleinen Juweliergeschäft.
Ich hatte noch nie einen Verlobungsring gekauft und wusste nicht, ob Louise mit meiner Wahl einverstanden sein würde. Der Stein war geschliffen, sah aber im Vergleich zu den Brillanten, die sie von Santiago geschenkt bekommen hatte, winzig und mickrig aus. Aber es heisst ja, dass der Gedanke zählt, die Idee. Ich hoffte jedenfalls, dass ihr der Ring gefiel.
Als ich das Geschäft verließ, war draußen alles hell erleuchtet. Die Dämmerung hatte der Dunkelheit weichen müssen. Auf dem Weg zum Auto kam ich an einer Telefonzelle vorbei und wählte Pragers Nummer.
Keine Antwort.
Seine Kanzlei war geschlossen, was ich mir hätte denken können. Falls eine Weihnachtsfeier stattgefunden hatte, war sie vorbei.
Mich zum Parkplatz durchzuwühlen, das Auto auf die Straße zu bekommen und mich durch den Wahnsinnsverkehr zu quälen, war erst einmal das Problem.
Himmlische Töne klangen aus Lautsprechern.

Stille Nacht, Heilige Nacht
Alles schläft, einsam wacht . . .

Autohupen zerrissen die stille Nacht mit unheiligem Blöken. Zum Glück schlief niemand hinter dem Steuer und von einsam konnte in dem Gewühl keine Rede sein.

Ich hatte mich schließlich bis zum Beverly Drive vorgekämpft und fuhr im Schritttempo Richtung Coldwater Canyon. Fast halb acht. Ich hätte Louise von der Telefonzelle aus anrufen und ihr sagen sollen, dass sie sich keine Sorgen zu machen brauchte. Dafür war es jetzt zu spät. Und in dieser Wohngegend weit und breit kein öffentlicher Fernsprecher. Aber ich war ja bald zu Hause.

Zu Hause.

Das Wort klang in meinen Ohren nach. Mein Zuhause. Unser Zuhause. Unsere Autos, unser Geld, das von Louise und dir –

Nichts gehört dir. Es ist sein Geld, sein Haus, seine Frau. Du bist ein Lump. Stiehlst ihm die Ehre, sein Leben –

Ich schüttelte den Kopf. *Du spinnst! So würde er daherreden. Er ist derjenige, der spinnt.*

Ich sah das Gesicht des Menschbullen vor mir. Hatte er von sich selber erzählt? Wenn ja, war er geisteskrank?

Falls alles nur erfunden war, bewies die vertrackte Logik erst recht, wie gerissen einer sein konnte, der im Kopf nicht ganz dicht war. *Schwört, dass er die Augen der Frau nicht berührt, und näht ihr die Lider zu – wer zu so etwas fähig ist, ist zu allem fähig.*

Ich trat das Gaspedal plötzlich voll durch. Das Auto machte einen Satz und zischte durch die Kurven. Mit feuchten Händen steuerte ich an den luxuriösen Villen vorbei, in deren Gärten und Fenstern Christbäume glitzerten.

Im dem Pseudo-Palazzo ganz oben brannte überhaupt kein Licht – als ich allerdings den Ferrari auf der Einfahrt stehen sah, wusste ich warum.

Ich hielt dahinter an und lief zur Tür. Louise hatte mir einen Schlüssel gegeben. Ich steckte ihn mit zitternder Hand ins Schloss und sperrte auf.

In der Halle war alles dunkel. Ich riss die Tür zum Wohnzimmer auf.

»Louise!«, rief ich. »Louise, wo bist du?«

Stille.

Oder fast.

In dem tiefen Sessel neben dem Kamin schweres Atmen.

Ich griff nach dem Lichtschalter.

»Lassen Sie das!«

Die Stimme war belegt, aber ich erkannte sie.

»Santiago – was machen Sie denn hier?«

»Auf Sie warten, amigo.«

»Ich denke, Sie sind ...«

»In New Orleans? Das dachte Louise auch.« Er stieß ein kurzes Lachen aus.

Als ich einen Schritt ins Zimmer machte, roch ich seine Fahne.

»Ich weiß, dass meine sämtlichen Leitungen angezapft sind«, fuhr er fort. »Und dass am Flughafen einer steht und aufpasst, weiß ich auch, also bin ich über Denver geflogen, denn die Passagiere, die von dort kommen, interessieren nicht. Ich wollte Louise überraschen, aber sie hat mich überrascht.«

»Wann sind Sie angekommen?«, fragte ich.

»Nachdem das Mädchen gegangen war. Wir wurden folglich durch niemanden gestört.«

»Was hat Louise Ihnen gesagt?«

»Die Wahrheit, amigo. Ich hatte es vermutet, aber sicher war ich mir erst, als sie es zugegeben hatte. Aber das ist jetzt unerheblich. Unsere Probleme sind gelöst.«

»Wo ist Louise? Ich will wissen ...«

»Gern. Ich werde ebenso ehrlich zu Ihnen sein, wie sie es zu mir gewesen ist. Sie hat mir alles gesagt – wie sehr sie Sie liebt, welche Pläne Sie zusammen haben, selbst von ihrem albernen Wunsch, den Christbaum schmücken zu wollen, hat sie gesprochen. Sie hat so innig darum gebeten, dass sogar ein Herz aus Stein geschmolzen wäre, amigo, ich konnte ihr nicht widerstehen.«

»Falls Sie ihr etwas getan haben ...«

»Ich habe ihr lediglich ihren Wunsch erfüllt. Sie ist nebenan.« Santiagos Lachen ging in einen Hustenanfall über.

Ich war bereits an der Tür und riss sie auf.

Die elektrischen Kerzen im Baum brannten schwach, ihr Schein jedoch genügte, meinen Blick als erstes auf die Machete zu richten, die auf dem Boden lag. Mein zweiter Blick galt dem Porträt, doch es war zu meinem Erstaunen unberührt.

Ich zwang mich, wieder auf den Boden zu sehen und stieß einen Seufzer der Erleichterung aus. Tatsächlich nur die Machete, sonst nichts.

Ich bückte mich und hob sie auf. Jetzt erst sah ich die roten Stellen auf der rostigen Schneide – rote Stellen, aus denen kleine Tropfen flossen und auf den Boden fielen.

Einen Moment lang glaubte ich, sie fallen zu hören, dann wusste ich plötzlich, dass sie zu winzig waren, um das stetige Tropfen zu verursachen, das aus dem –

In dem Augenblick muss sich Santiago im Wohnzimmer erschossen haben, aber es war nicht der plötzliche Knall, der meinen Schrei auslöste.

Ich starrte auf den Christbaum, auf die blinkenden bunten Glühbirnchen in den künstlichen Kerzen und die bizarren Formen, die an den ausladenden Zweigen hingen. Ich starrte und schrie, weil der Wahnsinnige die Wahrheit gesagt hatte.

Louise schmückte den Christbaum.

Das Weihnachtsgeschenk

Anne Perry

Mein Freund Sherlock Holmes ist kein gefühlsbetonter Mann. Ich habe ihn aufgeregt gesehen, wenn eine Mörderjagd sich dem Ende zuneigte, und ich habe erlebt, dass Ungerechtigkeit ihn empört. Doch was ihn am meisten bewegt, so stark, dass ihm die Worte fehlen, ist Geigenmusik, gespielt von einem Meister dieses Fachs.

Vassily Golkov ist zweifellos ein Violinist, der sein Instrument nicht nur technisch perfekt beherrscht, sondern die Kompositionen auch eigenwillig interpretiert, und deshalb brauchte ich nicht Holmes' erstaunliche Kombinationsgabe, um ganz sicher zu sein, dass er sich Golkovs Londoner Konzert drei Tage vor Weihnachten auf keinen Fall entgehen lassen würde. Selbst das raffinierteste Verbrechen aller Zeiten würde dahinter zurückstehen müssen.

Ich war sehr erfreut, als er mich einlud, ihn zu begleiten. »Selbstverständlich, mein Liebster«, rief ich eifrig. »Ich komme sehr gern mit.«

Er schaute mich etwas skeptisch an, denn er weiß, dass ich Klaviermusik den Saiteninstrumenten vorziehe. Geigen haben für mich etwas Beunruhigendes an sich, vielleicht weil ihre Töne es an Leidenschaft mit der menschlichen Stimme aufnehmen können. Doch wir diskutierten nicht darüber und ich vermutete, dass er mir mit dem Konzert ein Weihnachtsgeschenk machen wollte. Er brauchte keinen Begleiter, um höchsten Genuss aus der Musik zu schöpfen, und ich hätte mich sehr gewundert, wenn er während des Konzerts auch nur zwei Worte mit mir gewechselt hätte. Mein eigenes Jahreseinkommen hätte ich darauf verwettet, dass er mich keiner Antwort würdigen würde, wenn ich es wagte, ihn anzusprechen, solange er in himmlische Sphären entrückt war.

Wir nahmen eine Droschke von der Baker Street zur Konzerthalle in Flussnähe. Es war ein kalter Abend, das Kopfsteinpflaster war mit einer dünnen Eisschicht überzogen und die Luft angenehm winterlich. Ich war bester Laune.

Während wir zu unseren Plätzen geführt wurden, stellte ich fest, dass es anderen Besuchern genauso wie mir ging. Man spürte die Vorfreude auf Weihnachten. Bekannte wünschten einander ein frohes Fest und Glück und Gesundheit im neuen Jahr. Viele Damen waren prächtig gekleidet und frisiert, kostbarer Schmuck funkelte im Licht der Kronleuchter, offenherzige Dekolletés zogen Männerblicke auf sich.

Holmes setzte sich mit einem erwartungsvollen Lächeln, das seine scharfen Gesichtszüge verklärte, und starrte auf den Bühnenvorhang.

Es wurde still im Saal, als ein Mann aus den Kulissen trat, doch es war nicht Vassily Golkov und man konnte ihm ansehen, dass er sehr aufgeregt, ja verstört war.

»Meine Damen und Herren«, verkündete er unglücklich. »Zu meinem größten Bedauern muss ich Ihnen mitteilen, dass Mr Golkov plötzlich erkrankt ist und nicht auftreten kann ... Ich bitte Sie um Entschuldigung ...«

Ein enttäuschtes Raunen ging durch die Menge. Für laute Unmutsäußerungen schienen alle viel zu bestürzt zu sein.

»Es tut mir sehr Leid«, wiederholte der Mann auf der Bühne mit hochrotem Kopf. »Selbstverständlich wird die Direktion ...« Der Rest ging im Lärm unter, als die Leute aufstanden und nun doch zu murren und zu klagen begannen.

Ich warf Holmes einen Blick zu, weil ich mir vorstellen konnte, wie enttäuscht er sein musste, umso mehr, als er mich eingeladen hatte. Doch sein Gesicht spiegelte nur Verwirrung wider und anstatt sich zum Gehen zu wenden, packte er mich am Ärmel und zog mich in Richtung der Bühne.

»Wo willst du denn hin?«, protestierte ich, weil ich befürchtete, dass er auf meine ärztliche Kunst vertraute, damit Golkov vielleicht doch noch auftreten könnte. »Ich habe meinen Arztkoffer doch gar nicht dabei!« Trotzdem folgte ich ihm die Stufen zur Bühne hinauf und hinter den schweren Vorhang. Alle Lichter brannten, doch kein Mensch war zu sehen.

Das schreckte Holmes keineswegs ab. Mit großen Schritten verschwand er auf dem Korridor jenseits der Bühne ohne sich nach mir umzudrehen.

Befremdet eilte ich ihm nach, durch die Bühnentür auf die Straße hinaus. Dort sah ich einen langbeinigen jungen Mann mit wirren dunklen Haaren davonrennen, verfolgt von Holmes, der mir zurief: »Komm!«

Ich gehorchte aus Neugier. Wer war dieser junge Mann und warum war Holmes hinter ihm her? Wir waren hergekommen, um einen der begnadetsten Geiger der Welt zu hören, und stattdessen verfolgten wir einen Unbekannten, der auf der Straße in eine Droschke sprang. Holmes ruderte wild mit den Armen, um die nächste anzuhalten, riss die Tür auf und befahl dem Kutscher, der anderen Droschke zu folgen. Keuchend stieg ich ein und er ließ sich auf den Sitz neben mir fallen.

»Wer ist dieser junge Mann?«, fragte ich atemlos. »Und warum in drei Teufels Namen jagen wir hinter ihm her?«

»Das ist natürlich Vassily Golkov«, erklärte er seelenruhig, viel weniger außer Atem als ich. »Und er ist nicht kränker als du – ich würde sogar sagen, um einiges gesünder!«

Ich verübelte ihm diese Anspielung auf meine mittelmäßige Kondition und schwieg längere Zeit, während die Droschke viel zu schnell durch vereiste Straßen fuhr. »Deine Enttäuschung kann ich gut verstehen«, knurrte ich schließlich. »Aber selbst wenn das wirklich Golkov sein sollte, kannst du ihn nicht zwingen, für dich zu spielen! Er mag nicht krank sein, aber offensichtlich ist er furchtbar verstört.«

»Offensichtlich, Watson«, wiederholte Holmes und spähte in die Dunkelheit, als wollte er im Schein der Straßenlaternen erkennen, wo wir waren. »Erregt das nicht deine Neugier? Möchtest du nicht wissen, was ein Genie wie Golkov – einen Mann, der nur für seine Kunst lebt – veranlasst hat, sein Publikum im Stich zu lassen und durch die Nacht zu rasen? Ich glaube übrigens, wir fahren nach Nordwesten!«

Mich beängstigte das Tempo der Droschke und ich machte mir Sorgen um meine Sicherheit und um die armen Pferde, deren Hufe über das Kopfsteinpflaster dröhnten.

»Welche Gründe er auch haben mag – selbst wenn wir ihn einholen sollten, ist er uns keine Erklärung schuldig«, wandte ich mürrisch ein.

»Trotzdem werde ich ihn fragen!«, beharrte Holmes. »Und ich habe durchaus ein Recht dazu, denn schließlich habe ich nicht nur eine beträchtliche Summe bezahlt, um ihn zu hören, sondern auch noch an einem ungemütlichen Winterabend das Haus verlassen. Glaub mir, er wird mir Rede und Antwort stehen und ich bin überzeugt, dass etwas Schreckliches passiert ist, das ihn zu dieser Flucht bewogen hat!«

In einer Kurve wurde er fast auf meinen Schoß geschleudert, richtete sich aber wortlos wieder auf. Ich betrachtete sein Gesicht mit den hohen Backenknochen und scharfen Augen. Er glich einem Raubvogel, der Beute gesichtet hat.

»Ich weiß, wo wir sind!«, rief ich gleich darauf erstaunt. »Die nächste Querstraße ist Baker Street! Wir sind fast zu Hause!«

»Du hast Recht, Watson«, stimmte er gelassen zu. »Sollen wir hier anhalten oder . . .«

»Da wär'n wir, Leute!«, rief der Kutscher stolz. »Der Kerl, dem ich folgen sollt, hämmert da vorn an 'ne Haustür. Wenn Sie sich nicht sputen, lässt ihn wer ein und Sie kriegen ihn nicht mehr!«

Holmes stieg aus. »Vielen Dank! Sie haben Ihre Sache sehr gut gemacht.« Er drückte dem Mann eine Münze in die Hand und verzichtete großzügig auf das Wechselgeld.

Ein eisiger Windstoß fegte mir ins Gesicht, als auch ich ausstieg. Wir befanden uns etwa ein Dutzend Meter von Holmes' Haustür entfernt, an die Vassily Golkov verzweifelt mit beiden

Fäusten trommelte. Bevor ich mich zu diesem sonderbaren Benehmen äußern konnte, wurde die Tür geöffnet und Mrs Hudsons Gesicht tauchte in dem Spalt auf.

»Wer sind Sie, junger Mann?«, fragte sie empört. »Und was fällt Ihnen ein, solchen Lärm zu machen und anständige Menschen zu erschrecken? Können Sie nicht die Klingel benutzen?«

»Ich muss Sherlock Holmes sehen!«, rief Golkov mit schriller Stimme. »Es ist ungeheuer wichtig ... bitte! Ich flehe Sie an, fragen Sie ihn, ob er mich empfangen will!«

Sogar von unserem Standort aus konnte ich im Licht einer Straßenlaterne erkennen, dass Mrs Hudson nicht so recht wusste, was sie machen sollte. Der Zustand des jungen Mannes erregte offenbar ihr Mitleid.

»Mr Holmes ist nicht zu Hause«, sagte sie – als wir zum Konzert fuhren, hatte sie uns einen genussreichen Abend gewünscht –, »aber wenn Sie ...« Die gute Frau verstummte, als Holmes schnellen Schrittes die Straße überquerte. »Nanu, Mr Holmes! Ist etwas passiert, Sir?«, fragte sie erstaunt.

Ich hatte meinen Freund gerade eingeholt, als der Geigenvirtuose herumwirbelte. Sein Gesicht spiegelte grenzenlose Erleichterung und jähe Hoffnung wider.

»Mr Holmes? Mr Sherlock Holmes? Sir, ich brauche dringend Ihre Hilfe! Ich bin mit meiner Weisheit am Ende und weiß, dass nur Sie allein mich retten können!«

Ein solcher Appell hätte auf Holmes niemals seine Wirkung verfehlt, doch aus dem Munde eines musikalischen Genies waren diese Worte natürlich doppelt schmeichelhaft, und Eitelkeit gehörte nun einmal zu seinen größten Schwächen.

»Am besten kommen Sie herein und erzählen mir, was Sie so bekümmert«, lud er Golkov ein. »Das ist mein Kollege, Dr. Watson. Sie können ihm genauso vertrauen wie mir.« Ohne eine Antwort abzuwarten, dankte er Mrs Hudson durch ein Nicken und ging an ihr vorbei die Treppe hinauf. Der Violinist und ich folgten.

In der Bibliothek zog Holmes sein Cape aus und deutete auf

einen Stuhl. Sein junger Besucher ließ sich dankbar darauf fallen, ohne das Sakko aufzuknöpfen, das sein einziger Schutz gegen die Winterkälte gewesen war. Ich betrachtete die beiden Männer, die sich frappierend ähnlich sahen, obwohl Holmes etwa fünfzehn Jahre älter war. Sie hatten den gleichen schlanken Körperbau und ihre Anmut beruhte auf einem perfekten Zusammenspiel von Muskeln und Elan ähnlich wie bei Raubkatzen. Beide setzten ihren ganzen Geist und Willen ein, um etwas zu vollbringen, das für sie von überragender Bedeutung war.

Golkov begann sofort zu sprechen, sehr lebhaft und mit einem leichten Akzent, den ich nicht einordnen konnte.

»Ich stamme von einer unbedeutenden Familie ab, kenne nicht einmal meinen Vater ... und bedauerlicherweise kann meine Mutter mir in dieser Hinsicht nicht weiterhelfen ...«

Holmes' Miene verdüsterte sich. Er schätzte solche persönlichen Bekenntnisse nicht und Golkovs Anspielung auf die lockere Moral seiner Mutter fand er geschmacklos.

Sein Unmut entging dem jungen Mann nicht und er fuhr hastig fort: »Sie denken bestimmt, dass ich es an Respekt gegenüber meiner Mutter vermissen lasse, aber das ist nicht der Fall. Ich schätze sie sehr, aber ihre Schönheit war kein Segen, sondern ist ihr zum Verhängnis geworden ...«

Peinlich berührt, errötete Holmes ein wenig, was bei ihm sehr selten vorkam.

»Ich erzähle Ihnen das alles«, erklärte Golkov, »weil solche Dinge für viele Leute sehr wichtig sind – auch für Hugo Carburton, den Vater von Miss Helena Carburton, die ich von ganzem Herzen liebe. Bis heute dachte ich, dass sie meine Gefühle erwidert, obwohl mein Ruf eher ...« Er zuckte bedauernd die Schultern. »Nun ja, ich war wohl das, was man einen Frauenhelden nennt. Glauben Sie mir, ich bin nicht stolz darauf, aber ich war jung und es schmeichelte mir, von so vielen hübschen jungen Damen umworben zu werden, die keinen Unterschied zwischen der Musik und dem Musiker sahen.«

Holmes runzelte die Stirn. »Sie haben mein Mitgefühl, Mr Golkov, aber es steht nicht in meiner Macht, Mr Carburton zu einer günstigeren Einschätzung Ihres Charakters zu bewegen.«

»Nein, nein!«, winkte Golkov ab. »Natürlich nicht! Ich bin nicht aus diesem Grund zu Ihnen gekommen. Heute ist etwas wirklich Schlimmes passiert und Sie sind meine einzige Hoffnung! Ich bin Ausländer, aber Ihr Name ist sogar in Paris, Rom oder Berlin bekant, man weiß auch, dass Sie Musik lieben, besonders das Violinspiel.«

Holmes schaute etwas freundlicher drein, doch obwohl er besänftigt war, glaubte ich immer noch einen leichten Groll zu spüren, weil Golkov das Konzert so kurzfristig abgesagt hatte. Private Sorgen durften den beruflichen Verpflichtungen eines Musikers nicht in die Quere kommen. Die Kunst musste wichtiger sein als ein gebrochenes Herz oder irgendwelche Auseinandersetzungen mit dem Vater der Liebsten.

Golkov hatte sichtlich Mühe, nicht von seinen Gefühlen überwältigt zu werden. Sein Gesicht verzerrte sich vor Schmerz. »Heute Abend hat jemand meine Violine gestohlen!«, brach es aus ihm heraus. »Meine Stradivari!« Seine Qual war so groß, als hätte er einen Arm oder ein Bein verloren.

Holmes war entsetzt. Er erbleichte und versteifte sich am ganzen Körper.

»Das ist ja schrecklich! Erzählen Sie mir alles, jede Einzelheit! Lassen Sie nichts aus.«

Ich überlegte, ob ich Mrs Hudson bitten sollte, uns Tee zu bringen. Mir wäre durchaus danach zumute gewesen, aber Holmes und Golkov schienen ihre Umgebung völlig vergessen zu haben und benötigten keine körperliche Stärkung, deshalb verzichtete auch ich darauf.

»Ich wohne in der Dudley Street«, erklärte der Musiker, »und ich habe meine Geige stets bei mir.«

Holmes nickte. »Natürlich.«

»Heute Nachmittag hat Helena mich besucht . . .«

»Um welche Zeit?«, unterbrach ihn Holmes.

»Gegen halb fünf«, antwortete Golkov. »Sie hat versucht, ihren Vater umzustimmen, aber es war ihr nicht gelungen. Er schien entschlossener denn je zu sein, unsere Treffen zu verhindern und er würde ihr niemals erlauben, mich zu heiraten.«

Ich konnte Carburtons Einstellung gut verstehen. Golkov war zwar einer der brillantesten Geigenvirtuosen der zweiten Jahrhunderthälfte, aber auch ein etwas schillernder Charakter. Er reiste durch ganz Europa und wurde überall gefeiert und verehrt. Helena Carburton würde an seiner Seite ein unbeständiges Wanderleben führen müssen, sie wäre unter fremden Menschen, in unvertrauter Umgebung, völlig abhängig von einem Mann, der charmant, aber möglicherweise verantwortungslos war. Jeder Vater hätte Bedenken einer solchen Heirat zuzustimmen. Aber ich behielt meine Meinung für mich.

»Und die Stradivari?«, kam Holmes auf die Hauptsache zurück.

»Sie lag in ihrem Kasten im Wohnzimmer, wo ich geübt hatte. Ich ging in die Küche, stellte Wasser auf und wartete darauf, dass es kochte. Draußen war es sehr kalt und ich wollte Helena eine Tasse Tee anbieten. Das tu ich immer. Nach einigen Minuten folgte sie mir in die Küche.«

»Verständlich.« Holmes wartete ungeduldig auf den Höhepunkt der Geschichte.

»Wir hielten uns etwa zehn Minuten dort auf«, fuhr Golkov fort. »Als das Wasser kochte, goss ich den Tee auf. Wir kehrten ins Wohnzimmer zurück und unterhielten uns weiter, immer über das eine Thema. Sie schien fest entschlossen, ihrem Vater zu trotzen und mich zu heiraten – notfalls in Paris.«

»Und dann?«, drängte Holmes.

Golkovs Miene verdüsterte sich. »Dann nahmen wir Abschied voneinander ... Sie küsste mich ...« Seine Stimme klang rau, als spürte er diesen Kuss noch immer auf den Lippen, und er schluckte. »Als sie gegangen war, öffnete ich meinen Geigenkasten. Es lag eine Violine darin, aber ich sah auf den ersten Blick, dass es nicht die Stradivari war, sondern ein minderwertiges Instrument ... ein totes Stück Holz!«

Holmes starrte ihn bestürzt an. »Sie hat Ihre Geige mitgenommen? Aber das hätten Sie doch sehen müssen! War die Tür während ihres Besuchs unverschlossen?«

»Nein, ich schloss ab, sobald sie meine Wohnung betreten hatte, und ich sperrte erst wieder auf, als sie ging. Ich bin mir des Wertes meiner Violine durchaus bewusst, Mr Holmes. Ich hätte sie längst nicht mehr, wenn ich nicht so vorsichtig wäre.«

»Aber sie war da, bevor Miss Carburton kam, und nach ihrem Aufbruch war das Instrument verschwunden. Ich nehme an, dass es Ihnen aufgefallen wäre, wenn sie eine andere Geige mitgebracht hätte?«

»Selbstverständlich. Sie hatte nur ein winziges Täschchen bei sich, in das nicht viel mehr als ein Taschentuch passt. Sie ist sogar gezwungen, zu Fuß zu mir zu kommen, weil ihr Vater ihr zur Strafe kein Geld mehr gibt.«

Holmes' Stirn umwölkte sich noch mehr. »Dann muss sie jemanden eingelassen haben, während Sie in der Küche waren. Das scheint die einzig logische Erklärung zu sein.«

»Das ist aber noch nicht alles«, sagte Golkov jämmerlich. »Etwa eine halbe Stunde später brachte ein Botenjunge mir einen Brief ...«

»Eine Lösegeldforderung?«, rief Holmes. »Haben Sie den Brief dabei?« Er streckte begierig die Hand aus.

Wortlos händigte Golkov ihm das Schreiben aus und er las um meinetwillen laut vor:

»›Mr Vassily Golkov, wenn Sie Ihre Stradivari wieder sehen wollen, werden Sie mir die exakte Geldsumme bezahlen, die beim morgigen Wohltätigkeitskonzert zugunsten des Babcock-Waisenhauses eingenommen wird.

Zeit und Ort der Geldübergabe werde ich Ihnen mitteilen, sobald ich in der Zeitung gelesen habe, dass Sie des Diebstahls beschuldigt werden. Tun Sie das nicht, werde ich aus Ihrer Violine Streichhölzer für meinen Haushalt machen.

Muss ich ausdrücklich erwähnen, dass auch das passieren wird, sollten Sie die Polizei benachrichtigen?‹«

Holmes schaute mit funkelnden Augen und verzerrtem Gesicht auf. »Der Mann ist ein Ungeheuer! Ich könnte ihn auch als Barbaren bezeichnen, aber das wäre eine Beleidigung der Wilden, die nur aus Unwissenheit zerstören. Diese Kreatur kennt den Wert Ihrer Geige genau und will sie trotzdem zerstören! Überlassen Sie diese Angelegenheit mir, Mr Golkov! Dr. Watson und ich werden einen Plan ersinnen. Sie müssen nur meine Anweisungen genau befolgen. Versprechen Sie mir das?«

»Natürlich! Natürlich!«, rief Golkov eifrig. »Sie verstehen, dass ich sozusagen zwischen zwei Stühlen sitze? Ich kann kein Geld stehlen, das den Waisen gehört. Welcher Unmensch würde so etwas tun? Doch wenn ich es nicht tue, wird meine herrliche Violine, die Stimme meiner Seele vernichtet werden ...« Er war den Tränen nahe.

»Kommen Sie morgen Nachmittag um zwei wieder her«, befahl Holmes. »In der Zwischenzeit werden Watson und ich nachdenken und Schlussfolgerungen ziehen. Morgen Früh werde ich mir Ihre Wohnung ansehen. Seien Sie zu Hause. Und jetzt schlafen Sie sich erst einmal aus. Morgen Abend müssen wir zu einem Konzert und vorher wird es noch viel Arbeit geben.«

»Ich werde alles verkaufen, was sich zu Geld machen lässt«, versprach Golkov. »Alle Geschenke, die ich erhalten habe ... aber auch das wird nichts nutzen! Es geht ihm nicht um das Geld – er will mich ruinieren!«

»Ja, ja, das ist mir auch klar«, stimmte Holmes zu. »Treiben Sie trotzdem auf, so viel Sie nur können. Und jetzt lassen Sie uns bitte in Ruhe überlegen und planen. Gute Nacht!«

Sobald wir allein waren, ergriff ich das Wort. »Bestimmt steckt Hugo Carburton dahinter! Er will um jeden Preis verhindern, dass seine Tochter diesen Musiker heiratet. Golkov kann nicht riskieren, dass seine Geige zerstört wird, und wenn er auf die

Lösegeldforderung eingeht, wird die Polizei ihn höchstwahrscheinlich schnappen. Man wird ihn wegen Diebstahls verurteilen und einsperren. Doch selbst wenn man ihm nichts nachweisen kann – welche Frau mit auch nur einem Funken Anstand würde einen Mann heiraten, der im Verdacht steht, Waisen bestohlen zu haben? Außerdem wäre jede junge Frau zutiefst gekränkt, wenn ihr so deutlich vor Augen geführt würde, dass ein Musikinstrument ihrem Liebsten mehr als sie bedeutet.« Ich bilde mir ein, ziemlich viel von Frauen zu verstehen, mehr als Holmes, der sich nur selten mit ihnen abgibt.

»Natürlich ist es Carburtons Plan, mein Liebster«, stimmte er zu. »Das liegt ja auf der Hand. Verwirrend ist nur, dass sie an dieser Intrige beteiligt zu sein scheint. Ich wundere mich nicht, dass der arme Golkov so verstört ist. Vielleicht will sie auf diese Weise seine Liebe zu ihr auf die Probe stellen, aber das wäre abscheulich, ein grausames und sinnloses Unterfangen, das purer Eitelkeit entspringt und mit Liebe nichts zu tun hat.«

»Dann wirst du ihm kaum helfen können«, murmelte ich enttäuscht. Ich weiß nicht, was ich erwartet hatte – auf jeden Fall eine zuversichtliche Antwort.

Er warf mir einen finsteren Blick zu. »Ich gebe mich nicht so leicht geschlagen, Watson, das müsstest du eigentlich wissen! Morgen werde ich herausfinden, auf welche Weise der Austausch der Instrumente vonstatten ging. Jetzt muss ich darüber nachdenken, wie wir auf Carburtons Forderungen eingehen können, ohne dass Golkov seine Ehre verliert oder gar seine Karriere im Gefängnis endet.« Er verzog den Mund. »Ich habe im Augenblick keine Lust, selbst zu musizieren. Ich glaube, recht ordentlich zu spielen, doch verglichen mit Golkov höre ich mich dabei wie eine quietschende Tür an. Stattdessen werde ich meine beste Pfeife anzünden und rauchen. Bitte stör mich nicht. Gute Nacht, Watson – schlaf dich aus, denn morgen werde ich vermutlich deine ganze Kraft und deinen Mut benötigen!«

Am Morgen begaben wir uns zu Golkov in die Dudley Street. Es war, wie er erwähnt hatte, ein sehr gepflegtes Haus. In der Halle achtete ein Portier auf das Kommen und Gehen und trug jeden Besucher in ein Buch ein.

»Guten Morgen, meine Herren«, sagte er liebenswürdig, aber seine fast militärisch anmutende Haltung verriet, dass wir nicht an ihm vorbeikommen würden, wenn wir nicht erklärten, zu wem wir wollten.

»Guten Morgen«, erwiderte Holmes aufgeschlossen. »Wir möchten Mr Golkov besuchen. Würden Sie uns bitte sagen, wie wir zu seinen Räumen gelangen?«

»Das werde ich gern tun, aber vorher muss ich den Jungen raufschicken, ob Mr Golkov zu Hause ist und heute Morgen Besuch empfängt. Wen soll ich melden?«

»Sie schicken erst einen Pagen zu ihm?«, fragte Holmes interessiert.

»So ist es, Sir.«

»Könnten Sie uns in der Zwischenzeit einige Fragen beantworten? Mein Name ist Holmes und das ist mein Kollege Dr. Watson.«

Der Portier machte große Augen. »Sherlock Holmes, Sir?«

»Ja.«

»Meines Wissens nach gibt es hier keine geheimnisvollen Vorkommnisse, geschweige denn ein Verbrechen.«

»Noch nicht«, entgegnete Holmes. »Wir hoffen, ein Verbrechen verhindern zu können. Hat jemand Mr Golkov gestern am Spätnachmittag besucht?«

»Ja, Mr Holmes, Miss Helena Carburton kam um Viertel vor fünf, vielleicht auch etwas früher.«

»Kennen Sie sie?«

»O ja, Sir, sie hat Mr Golkov schon mehrere Male besucht. Eine sehr nette junge Dame, die sehr an ihm zu hängen scheint.«

Holmes verzog das Gesicht, als hätte er in eine Zitrone gebissen. »Würden Sie bitte ganz genau beschreiben, was Sie gesehen haben? Lassen Sie bitte nichts aus.«

Der Portier schaute etwas besorgt drein. »Hoffentlich ist ihr nichts zugestoßen ... Eine so charmante junge Dame. Mr Golkov ist ihr sehr ergeben.«

»Soviel ich weiß, erfreut sie sich bester Gesundheit«, sagte Holmes ungeduldig. »Bitte schildern Sie mir ihren gestrigen Besuch in allen Einzelheiten.«

»Ja, Sir. Sie kam herein ...«

»Erinnern Sie sich daran, wie sie gekleidet war?«

»Sie trug ein dunkelblaues Cape mit weißem Pelzkragen, Sir. Es stand ihr ausgezeichnet.«

»Hatte sie irgendetwas bei sich?«

»Nein, Sir, nur eine dieser winzigen Damentaschen ... jedenfalls beim ersten Mal.«

»Beim ersten Mal? War sie denn zwei Mal da?«

»Ja, Sir, sie kam etwa zehn Minuten später ein zweites Mal und hatte einen Geigenkasten bei sich. Der Page trug ihn hinauf und ließ sie in die Wohnung, denn die Tür war wieder abgeschlossen. Sie sagte, Mr Golkov sei in der Küche und würde ihr Klopfen nicht hören.«

»Einen Geigenkasten!«, wiederholte Holmes, aber seiner Miene war anzusehen, dass diese Auskunft ihm keine Genugtuung verschaffte.

»Ja, Sir. Ich habe sie nicht gesehen, als sie das erste Mal wegging, weil der Page mich für kurze Zeit vertreten hat. Aber beim zweiten Mal, ungefähr um Viertel vor sechs, habe ich sie gesehen.«

»Mit dem Geigenkasten?«

»Ohne den Kasten, Sir, sie hatte wieder nur die kleine Handtasche bei sich und den weißen Muff. Sie verabschiedete sich wie immer sehr höflich von mir.«

Holmes runzelte die Stirn. »Sie ging also hinauf, kam herunter, als der Junge Sie vertrat, ging mit einem Geigenkasten wieder hoch und verließ das Haus schließlich ohne den Geigenkasten.«

Der Portier überlegte. »Stimmt, Sir. Meine Pause dauerte nur etwa zehn Minuten.«

»Und in dieser Zeit ging sie und kam dann wieder?«

Der Page hatte seinen Auftrag erledigt und meldete, dass Mr Golkov die Herren mit Freuden empfangen werde. Holmes musterte ihn argwöhnisch. »Du warst ziemlich lange weg.«

»Es sind drei Treppen, Sir«, verteidigte der Junge sich. »Schneller geht's nicht, Sir, tut mir Leid.«

»Drei Treppen? Wohnt Mr Golkov in der obersten Etage?«

»Ja, Sir.«

»Interessant! Sehr interessant! Ich glaube, mir kommt eine Idee, Watson. Vielleicht besteht doch noch Hoffnung.« Er wandte sich an den Pagen. »Erzähl mir doch bitte, junger Mann, was Miss Carburton trug, als sie gestern Nachmittag Mr Golkov besucht. Beschreib sie so genau, wie du kannst.«

Der Bursche warf seinem Vorgesetzten einen fragenden Blick zu.

»Antworte!«, befahl ihm der Portier. »Das ist Mr Sherlock Holmes. Sag ihm alles, was du weißt.«

Der Junge riss die Augen vor Staunen weit auf. Holmes' Ruhm war sogar zu ihm gedrungen.

»Jawohl, Sir!« Er überlegte mit angestrengt gefurchter Stirn. »Sie hat so 'n dunkelblaues Cape angehabt, mit 'nem weißen Pelzkragen und darunter 'nen Rock und wunderschöne Stiefel, ganz sauber und glänzend, so als müsst sie nie 'nen Fuß auf Straßen setzen, die wo nicht gefegt sind. Und natürlich hat sie 'nen Hut aufgehabt.«

»Großartig!«, rief Holmes. »Ja, es besteht Hoffnung, Watson! Danke, meine Herren, Sie haben uns sehr geholfen.« Er lächelte ihnen dankbar zu. »Komm, Watson, wir müssen unverzüglich Erkundigungen über die Familie Carburton einziehen. Ich bin jetzt zuversichtlich, diesen Fall doch zur allgemeinen Zufriedenheit lösen zu können – natürlich mit Ausnahme von Mr Hugo Carburton! Komm, wir dürfen keine Zeit verlieren!«

Es war nicht schwierig, Näheres über die Carburtons in Erfahrung zu bringen. Von einem Gentleman, dem er eimal einen großen Gefallen erwiesen hatte, bekam Holmes alle Auskünfte, die er benötigte.

Hugo Carburton stammte aus einer alten und sehr angesehenen Familie. Sein Sohn hatte die dritte Tochter eines Herzogs geheiratet. Seine ältere Tochter Jeannie war mit dem zweiten Sohn eines Grafen verlobt. Seine jüngere Tochter hatte sich allerdings bedauerlicherweise in einen ausländischen Geigenspieler fraglicher Herkunft und dem Ruf eines Weiberhelden verliebt.

»Gefährdet sie die Familienehre?«, wollte Holmes wissen.

»Leider«, bestätigte sein Freund. »Zweifellos wird ihr Vater sie noch zur Vernunft bringen, obwohl sie eine sehr eigensinnige junge Frau ist. Nach dem Tod ihrer Mutter hat sie zu viel Freiheit genossen. Eine traurige Geschichte ... Sie setzt das Glück ihrer Schwester aufs Spiel ...«

»Watson, ich habe einen Plan, der alle retten kann«, sagte Holmes, als wir in der Baker Street am Kamin saßen, um uns aufzuwärmen. Jedenfalls war ich für meine Person heilfroh, der Kälte entronnen zu sein; Holmes schien sich des grässlichen Wetters vor lauter Begeisterung gar nicht mehr bewusst zu sein.

»Dazu brauche ich allerdings deine tatkräftige Hilfe, mein Freund«, fuhr er fort, »und sie ist mit einem gewissen Risiko verbunden. Ich würde Folgendes vorschlagen ...«

Vieles von dem, was an jenem Abend geschah, hat Holmes mir erst später berichtet, aber damit Sie nicht den Faden verlieren, werde ich die Ereignisse in der richtigen Reihenfolge schildern.

Das Wohltätigkeitskonzert für das Babcock-Waisenhaus, von dessen Erlös die Kinder zu Weihnachten gutes Essen und Geschenke bekamen, fand in einem großen Saal unweit der Shaftesbury Avenue statt. Mehrere Künstler hatten sich bereit erklärt, auf ihre Gage zu verzichten, und es war ein wichtiges gesellschaftliches Ereignis. Ich konnte leider nicht dort sein, weil Holmes mir andere Aufgaben zugeteilt hatte, aber er selbst war zugegen und seine schlanke Gestalt fiel im Abendanzug allgemein auf. Noch auffälliger war allerdings Vassily Golkov, der ein grünes Samtjackett und eine besonders breite Krawatte trug. Jeder starrte den extravagant gekleideten Musiker mit den wirren Haaren an, und das war auch beabsichtigt. Unser ganzer Plan hing davon ab, dass Golkov des Diebstahls beschuldigt wurde, denn andernfalls könnte es zu dem ungeheuerlichen Vandalismus, der Zerstörung einer Stradivari, kommen. Mir ist völlig unverständlich, wie irgendein Mensch, der sich als zivilisiert bezeichnet, eine solche Tat auch nur in Erwägung ziehen kann, es sei den in unmittelbarer Lebensgefahr.

Wie schon gesagt, die vornehme Londoner Gesellschaft war bei dem Konzert zahlreich vertreten. Die Damen trugen kostbare Roben und waren mit Juwelen behängt. Es wurde gelacht und gescherzt, denn alle waren so kurz vor Weihnachten gut gelaunt und wollten unter Beweis stellen, dass sie ein Herz für arme Waisen hatten.

Draußen in der Kälte und im Nebel, wo nur die Gaslaternen wie bleiche Monde etwas Licht spendeten, bereitete ich mich auf meinen Einsatz vor. Ich fror erbärmlich und befürchtete, dass etwas schief gehen könnte. Wenn ich meine Rolle nicht erfolgreich spielte, lief ich Gefahr, verletzt zu werden oder gar im Gefängnis zu landen. Ich gebe zu, dass ich bei dieser Vorstellung meinen ganzen Mut zusammennehmen musste, denn öffentliche Entehrung und Ächtung wäre für mich ein fast noch schlimmeres Schicksal als der Tod.

Trotzdem war ich fest entschlossen, meinen Freund nicht im Stich zu lassen. Wie er ausdrücklich betont hatte, hing der Erfolg des ganzen Unternehmens genauso von mir wie von ihm selbst ab und ich wollte sein Vertrauen nicht enttäuschen.

Das Konzert soll herrlich gewesen sein und ich bedauere sehr, es versäumt zu haben. Ich liebe Musik, besonders romantische Musik, etwa gefühlvoll intonierte Balladen. Stattdessen musste ich zitternd von einem Bein aufs andere treten!

Nach dem donnernden Schlussapplaus verschwand Golkov hinter dem Bühnenvorhang, um seinen Künstlerkollegen zu gratulieren und danach auch den Impresario zum großen Erfolg zu beglückwünschen.

Holmes hatte das schon vor ihm getan und als Golkov auftauchte, entschuldigte er sich bei dem Konzertveranstalter. Jetzt galt es, den schwierigsten Teil des Plans in die Tat umzusetzen. Mit seinen seltsam geformten, eigens zu diesem Zweck angefertigten Schlüsseln verschaffte er sich Zugang ins Büro des Impresarios, öffnete den Tresor und nahm die Einnahmen des Abends an sich. Als er das Büro verließ, fiel er niemandem auf, denn er besaß die seltene Gabe, nach Bedarf zu einer völlig farblosen Person zu werden, die man zwar sah, aber sofort wieder vergaß. Dazu brauchte er keine Verkleidung, er änderte nur seinen Gang und seine Haltung.

Beim Impresario angelangt, wurde er wieder der vor Vitalität sprühende Sherlock Holmes, verwickelte den Mann in ein Gespräch und gratulierte ihm noch einmal zu dem gelungenen Abend.

Währenddessen schlüpfte Golkov ins Büro, schloss die Tür und verschwand durchs Fenster.

Holmes fragte interessiert nach dem Erlös des Konzerts. Der Impresario nannte eine ansehnliche Summe und Holmes erklärte, er sei von einer prominenten Persönlichkeit, die anonym bleiben wolle, beauftragt worden, eine großzügige Spende zu überreichen.

Der Impresario errötete vor Freude und bat ihn in sein Büro, um eine Quittung auszuschreiben und das Geld in sichere Verwahrung zu nehmen.

Natürlich sah er auf den ersten Blick, dass der Tresor geöffnet und leer war und dass das Fenster zum niedrigen Dach offen stand. Der arme Mann war entsetzt und wandte sich in seiner Not verständlicherweise an Holmes, den berühmtesten Detektiv der Welt. Er wollte den Diebstahl nicht publik machen und hoffte, dass Holmes den Schuldigen wie ein Kaninchen aus dem Hut zaubern würde.

Stattdessen schaute Holmes sich gründlich im Büro um, stellte allen Anwesenden viele Fragen und riet schließlich dazu, die Polizei zu benachrichtigen. Widerwillig erklärte der Impresario sich dazu bereit.

Lestrade tauchte am Tatort auf, kummervoll und wichtigtuerisch wie immer, befragte alle, was sie gesehen und gehört hatten, und stimmte gegen Mitternacht ausnahmsweise mit Holmes überein, dass an der Identität des Täters kein Zweifel bestand. Golkov war von mehreren Zeugen gesehen worden, als er das Büro betrat, aber niemand hatte ihn herauskommen sehen. Offenbar hatte er das Geld geraubt und war durch das Fenster geflüchtet, während Holmes sich mit dem Impresario unterhielt. Jetzt ließ es sich natürlich nicht mehr vermeiden, die Öffentlichkeit zu informieren und nach Golkov zu fahnden.

Die Morgenzeitungen berichteten in großen Schlagzeilen von dem Diebstahl und Golkovs Bild wurde in schwärzesten Farben gemalt. Niemand wusste ein gutes Wort über ihn zu sagen. Der Musiker, dessen Talent als Gottesgabe gerühmt worden war, hatte sich von einem Tag zum anderen in den leibhaftigen Teufel verwandelt. Die Liebe und Verehrung, die man ihm entgegengebracht hatte, war in Wut und Hass umgeschlagen.

»Gut«, kommentierte Holmes, während er im Wohnzimmer auf und ab ging, wo mehrere Zeitungen verstreut lagen. »Sehr gut.« Aber er sah alles andere als erfreut aus. Ich wollte nicht fragen, ob er irgendeinen Fehler in unserem Plan entdeckt hatte, denn eigentlich glaubte ich eher, dass er unter der Kritik litt, die er zu spüren bekommen würde, wenn er den nächsten Akt inszenierte. Holmes ist ein sehr stolzer Mann. Er würde es verärgert abstreiten, aber ihm liegt viel an der positiven Meinung anderer Menschen. Plumpe Schmeicheleien lehnt er ab, aber ich habe oft gesehen, wie erfreut er ist, wenn seine erstaunliche Intelligenz und Beobachtungsgabe gebührend geschätzt wird, und ich ahnte, welche Überwindung es ihn kostete, sein Licht ausnahmsweise unter den Scheffel zu stellen.

Golkov hatte Carburtons Bedingungen akzeptiert und nur darum gebeten, dass Holmes den Austausch von Stradivari und Geld durchführen solle, nachdem er selbst sich jetzt vor der Polizei verstecken müsse.

Holmes riss Mrs Hudson Carburtons Antwort aus der Hand, ohne sich bei ihr zu bedanken, und schlitzte den Umschlag hastig auf. Mir fiel auf, dass seine Hand zitterte.

»Komm, Watson«, sagte er grimmig. »Jetzt wird sich herausstellen, ob wir gewonnen oder verloren haben. In wenigen Stunden wissen wir mehr.« Er nahm seinen Mantel vom Garderobenständer im Flur, stülpte seinen Hut auf und eilte aus dem Haus ohne sich nach mir umzudrehen.

Es war bitterkalt, der Himmel war grau und der aufkommende Wind verhieß baldigen Schneefall. Trotzdem waren viele Leute unterwegs, um Weihnachtsgeschenke zu besorgen. Kinder kreischten aufgeregt, Pferdehufe dröhnten, Droschkenräder polterten auf den nassen Straßen. Dieser Lärm übertönte fast einen Leierkastenmann, der von einigen Sängern begleitet Weihnachtslieder spielte.

Holmes sprang von der Bordsteinkante auf die Straße und schwenkte wild den Arm, um eine Droschke anzuhalten. In seinem Übereifer riskierte er beinahe überfahren zu werden. Ich zerrte ihn zurück und erntete dafür einen wütenden Blick. Er schüttelte mich ab und brüllte dem Kutscher zu, uns zum Regent's Park zu bringen.

Ich stieg hinter ihm ein und hätte fast das das Gleichgewicht verloren, weil das Fahrzeug sich schon in Bewegung setzte und rasch an Tempo gewann. Während der Fahrt fiel kein einziges Wort, doch am Ziel befahl Holmes mir, in der Droschke zu warten. Er selbst stieg aus und ich wusste natürlich, dass er den Erlös des Konzerts bei sich trug. Trotz seines Verbots war ich heftig versucht, ihm zu folgen, weil ich dem Erpresser alle möglichen Schandtaten zutraute.

Meine Befürchtungen erwiesen sich jedoch als unbegründet, denn nach wenigen Minuten kam Holmes zurück und trug einen Geigenkasten. Er sprang in die Droschke und wies den Kutscher an, uns in die Baker Street zurückzubringen.

»Ist es die Stradivari?«, fragte ich, obwohl seine zufriedene Miene eigentlich alles verriet.

»Selbstverständlich, Watson! Glaubst du, ich hätte mich nicht davon überzeugt? Dem Mann lag nichts an dem Instrument – an dem Geld übrigens auch nicht viel. Er will nur Golkov ruinieren und für seine Zwecke ist es viel günstiger, wenn die kostbare Violine sich wieder im Besitz des Musikers befindet.«

»War es Hugo Carburton?«

»Natürlich ... wer denn sonst?«

Ich hatte es gewusst, trotzdem freute mich die Bestätigung. Der ganze Plan war sehr nervenaufreibend und der letzte Teil, von dem alles abhing, mochte immer noch scheitern.

Wieder konnte ich Holmes nicht begleiten, aber ich wusste, welch schwerer Weg vor ihm lag. Aufgeregt lief ich in unserem Wohnzimmer hin und her, während ich mir ausmalte, was sich abspielte.

Er erzählte es mir später, aber nicht in allen Einzelheiten. Vieles musste ich an seinem Gesicht ablesen, doch das fiel mir nicht schwer, obwohl er meinen Blick mied und seine auf dem Schoß gefalteten Hände anstarrte.

Von der Baker Street hatte er sich in Lestrades Büro begeben.

»Nanu, guten Morgen, Mr Holmes«, begrüßte ihn der Inspektor überrascht. »Was kann ich heute für Sie tun? Wenn Sie wissen wollen, ob wir Golkov schon geschnappt haben, muss ich Sie leider enttäuschen, aber er kann uns auf Dauer nicht entkommen, dazu ist er viel zu berühmt. Sobald er irgendwo auftritt, verhaften wir ihn.«

»Das ist mir klar!«, knurrte Holmes, zwang sich dann aber mit enormer Anstrengung zu einem demütigen Ton. »Ich befürchte, wir ... ich ... könnten vorschnell geurteilt haben.«

»O nein«, entgegnete Lestrade zuversichtlich. »Es liegt auf der Hand, dass er es getan hat. Gar keine Frage, Mr Holmes. Ausnahmsweise waren wir uns einig und wir hatten völlig Recht. Höchst bedauerlich, dass wir den Schurken noch nicht gefunden haben! Wenn Sie mir dabei helfen könnten, wäre ich Ihnen außerordentlich dankbar – und ebenso hundert oder mehr kleine Waisen, die um ein schönes Weihnachtsfest bangen müssen.« Er schüttelte den Kopf. »Das ist etwas, das ich einfach nicht verstehen kann, Mr Holmes. Wie kann ein Mann, der berühmt ist und Geld hat, Kinder berauben? Haben Sie dafür eine Erklärung? Jetzt hat er alles verloren, allen Respekt, alle Bewunderung und wird im Gefängnis landen. Glauben Sie, dass er ein bisschen verrückt sein könnte?«

»Vielleicht gibt es eine andere Erklärung«, sagte Holmes mit schmalen Lippen. »Wir sollten zusammen Golkovs Weg verfolgen, den er nach Verlassen der Konzerthalle genommen haben könnte.«

»Ich weiß nicht, wozu das gut sein sollte«, brummte Lestrade.

»Bitte tun Sie mir den Gefallen«, beharrte Holmes.

Lestrade gab nach, vielleicht um ihrer alten Freundschaft willen, obwohl seiner Miene anzusehen war, dass er diese Mühe für überflüssig hielt.

Von dem Hintereingang der Konzerthalle aus, wo das Dach am niedrigsten war, gingen sie die Gasse in Richtung Straße entlang. Lestrade schimpfte bei jedem Schritt leise vor sich hin. Holmes spähte von einer Seite zur anderen, als hoffte er, etwas Wichtiges zu entdecken.

Am Ende der Gasse blieb er stehen und rief: »Aha!«

»Was ist?«, wollte Lestrade wissen. »Ich sehe nichts, nur eine schmale Straße. Weit und breit keine Menschenseele, niemand, den man fragen könnte ... falls Sie darauf gehofft haben sollten.«

»Der springende Punkt ist Ihnen entgangen, Lestrade – wie immer!«, bemerkte Holmes ungewöhnlich sarkastisch. »Wenn Sie auf der Flucht sind und die Verfolger Ihnen dicht auf den Fersen sein könnten – welchen Weg würden Sie einschlagen?«

Der Inspektor schaute unschlüssig von einer Seite zur anderen.

»Schnell!«, rief Holmes. »Man ist hinter Ihnen her, Mann! Stehen Sie nicht herum und halten Maulaffen feil!«

»Ich würde diese Richtung einschlagen«, sagte Lestrade beleidigt. »Da vorne ist eine Hauptstraße, wo ich leicht in der Menge untertauchen und dann eine Droschke mieten könnte. Als Mr Golkov würde es mir ja nicht an Geld fehlen und außerdem würde ich mich als Mr Golkov in den Seitenstraßen nicht gut auskennen und nicht riskieren wollen, mich zu verirren oder in eine Sackgasse zu geraten.«

»Ausgezeichnet!«, stimmte Holmes zu. »Sie können ja auf einmal logisch denken.« Er ging so rasch in Richtung der Shaftesbury Avenue, dass Lestrade Mühe hatte, mit ihm Schritt zu halten.

Gleich um die Ecke stand ein Sandwichverkäufer, an den ich selbst mich nur allzu gut erinnere!

»Guter Mann«, redete Holmes ihn an, »waren Sie gestern Abend gegen halb zehn auch hier?«

»Ja, Sir«, antwortete der Verkäufer. »Manchmal haben die Leute, die wo aus dem Theater kommen, ein bisschen Kohldampf und da kann ich ordentlich was verdienen.«

»Freut mich, das zu hören. Haben Sie zufällig einen jungen Mann mit wirren Haaren und in einem grünen Samtjackett gesehen, der es so eilig hatte, als würde er verfolgt?«

»Na klar hab ich den gesehen, bloß war er's, der den anderen Kerl verfolgt hat . . . den Räuber, schätz ich mal.«

»Was?«, mischte Lestrade sich aufgeregt ein. »Was sagen Sie da?«

»Er ist hinter dem Burschen hergerannt, der wo die armen Waisen beraubt hat«, wiederholte der Sandwichverkäufer geduldig. »Das war so 'n großer Typ, mit Schultern wie 'n Ochse, mit 'nem Schnurrbart und 'nem Stock in der Hand, so als wollt er wem den Schädel einschlagen. Ich sag's Ihnen ganz offen, ich selbst hätt's mir zweimal überlegt, ob ich hinter dem herrennen soll!«

Lestrade fragte ihn weiter aus, aber er blieb bei seiner

Geschichte, die genau der Wahrheit entsprach – nur dass ich meine Schultern nicht unbedingt mit denen eines Ochsen vegleichen würde!

»Verdammt!« Der Inspektor starrte Holmes bestürzt an. »Wir haben Golkov zu Unrecht verdächtigt! Wir müssen herausfinden, was dem armen Teufel zugestoßen ist. Hoffen wir, dass es noch nicht zu spät ist!«

Sie mussten die Spur der beiden Männer etwa zwei Meilen weit verfolgen, bis Augenzeugen berichteten, dass der junge Mann mit den wirren Haaren und der Samtjacke den älteren schnurrbärtigen Burschen eingeholt habe. Es war zu einer Prügelei gekommen und der junge Mann hatte einen Schlag über den Schädel abbekommen und war halb bewusstlos auf dem Kopfsteinpflaster zusammengebrochen, aber zuvor hatte er den anderen ordentlich verdroschen, der heilfroh gewesen war, den aufgebrachten Zuschauern zu entkommen.

»Verdammt!«, fluchte Lestrade wieder, empört über die Launen des Schicksals. »Fast hätte Golkov ihn geschnappt!«

»Ja, hat ganz den Anschein«, gab Holmes zu.

»Anschein!«, schnaubte Lestrade. »Golkov ist kein Dieb! Sie haben sich geirrt, Mr Holmes, zum ersten Mal, soweit ich mich erinnern kann!« Diese Feststellung bereitete ihm große Genugtuung. »Jetzt müssen wir den armen Golkov finden. Jemand muss ihn bei sich aufgenommen haben. Wer mag es gewesen sein?« Er schaute in die Runde von alten Männern, Jungen und Waschfrauen, die Beiträge zu der Geschichte geliefert hatten.

»Die alte Gertie war's«, sagte einer der Männer. »Die sammelt jeden auf und füttert ihn durch, wenn's sein muss.« Er deutete auf eine schmale Tür, deren obere Hälfte früher verglast gewesen war. Jetzt hielt nur ein Stück Sackleinen die Kälte ab.

In Gerties Kammer fanden sie einen sehr ungeduldigen Golkov, der angeblich unter so starkem Kopfweh litt, dass er seine erbärmliche Umgebung noch gar nicht richtig wahrgenommen hatte.

»Na, junger Mann, Sie haben ja für helle Aufregung gesorgt!«

Lestrade war sehr erleichtert, dass dem Violinvirtuosen nichts Schlimmeres zugestoßen war.

»Mr Holmes hat Sie für den Dieb gehalten.« Das musste er natürlich ausdrücklich betonen. »So steht's auch in allen Zeitungen, aber das werden wir gleich morgen richtig stellen.«

Golkov starrte Holmes ängstlich an, der ihm unmerklich zuzwinkerte, um ihn zu beruhigen, dass seine Stradivari gerettet war.

Der Musiker wandte sich an Lestrade. »Ich habe das Geld! Ich konnte es dem Schurken abnehmen, bevor er das Weite gesucht hat!« Er holte das Geld hervor, das er durch den Verkauf seiner Wertgegenstände aufgetrieben hatte. Vielleicht war es nicht die exakte Summe, aber der Konzertveranstalter würde bestimmt nicht jede Guinee nachzählen, geschweige denn die Direktion des Waisenhauses, die überglücklich sein würde, dass die Einnahmen aus der Wohltätigkeitsveranstaltung gerettet worden waren.

Holmes, Lestrade und Golkov begaben sich nach Scotland Yard. Der Musiker war der Held des Tages und Holmes ertrug heldenhaft Lestrades gutmütigen Spott. Als er in die Baker Street zurückkehrte, saß ich müde am Kamin und stärkte mich mit einem Brandy.

»Nun?«, fragte ich ungeduldig.

»Sehr zufrieden stellend«, antwortete er knapp, doch als er meine gebeugten Schultern sah und sich an meinen Beitrag zum Gelingen des Plans erinnerte, fügte er weich hinzu: »Vielen Dank!«

»Ganz zufrieden stellend ist die Sache trotzdem nicht«, murmelte ich. »Golkov hat zwar seinen guten Ruf und seine Violine zurück, aber Miss Carburtons Rolle bei diesem üblen Spiel ist und bleibt unverzeihlich.«

Holmes sah selbstzufrieden aus. »Wenn man ihre Situation bedenkt, kann ich ihr Verhalten verstehen.«

»Nun, ich nicht!«, widersprach ich hitzig. »Ich finde es erbärmlich.«

»Sie ist in den Sohn eines Grafen verliebt und kennt die Vorurteile der vornehmen Gesellschaft.«

»Was?« Ich war wie vom Donner gerührt.

Holmes lächelte. »Miss Jeannie Carburton, Watson! Die sauberen Stiefel, die der Page erwähnte, haben mich auf des Rätsels Lösung gebracht. Der angebliche zweite Besuch, bei dem der Junge ihr die Tür aufschließen musste ... Geschickt geplant und ausgeführt, aber ich vermute, dass sie jetzt nicht mehr so stolz auf sich ist.«

»Oh ... O ja, ich verstehe!« Auch ich lächelte, weil ich glücklich war, dass Golkov sich nicht in seiner Liebsten getäuscht hatte.

Am Abend besuchten wir Golkov in der Dudley Street und ich freute mich besonders, dass Miss Helena Carburton bei ihm war. Sie war eine äußerst liebenswürdige und mutige junge Frau, die bereit war, den Zorn ihres Vaters zu ertragen und auf ihre gesellschaftliche Stellung zu verzichten, um mit dem Mann zu leben, den sie liebte.

»Ich werde Ihnen nie genug danken können!« Golkovs Augen strahlten vor Bewunderung für Holmes wie die eines Kindes, das zum ersten Mal den Zauber von Weihnachten erlebt. »Sie haben Ihren Ruf der Unfehlbarkeit geopfert, um meine Ehre und meine Stradivari zu retten! Sie sind wirklich ein edler Mensch ...«

Er legte einen Arm um Miss Carburtons Taille und auch sie schaute Holmes voller Respekt und Bewunderung an.

Natürlich genoss Holmes diese Anerkennung, doch er war gerecht genug, um auf mich zu deuten. »Ohne Watson hätte ich das nicht erreicht!«

Golkov errötete. »Natürlich! Dr. Watson, bitte verzeihen Sie meine Undankbarkeit. Wären Sie nicht bereit gewesen, die Rolle des Bösewichts zu spielen ... ich hatte Angst, dass die Leute, die mich retten wollten, Sie ernsthaft verletzen würden ...«

Ich betastete unauffällig meine blauen Flecken. »Nicht weiter schlimm ... Manchmal muss man etwas riskieren, um der Gerechtigkeit zum Sieg zu verhelfen!« Aber ich gebe zu, dass ich mich über Miss Carburtons bewundernden Blick freute, der jetzt mir galt.

»Wir sind Ihnen zu ewigem Dank verpflichtet«, wiederholte Golkov und errötete erneut. »Ich kan Ihnen nicht einmal ein gebührendes Honorar überreichen ... Ich musste schließlich den Erlös des Konzerts ersetzen ...«

Auch Helena Carburton errötete, weil sie sich für ihren Vater schämte, aber sie sagte kein Wort.

Golkov nahm sie noch fester in den Arm. »... aber sobald ich genug Geld verdiene, werde ich mich erkenntlich zeigen«, versprach er.

Holmes zuckte mit den Schultern. »Ich will kein Geld von Ihnen, Mr Golkov. Was ich besitze, reicht für meine Bedürfnisse völlig aus. Aber Sie könnten mich auf andere Art und Weise entlohnen ... für einen Tag ...«

»Für einen Tag?« Golkov starrte ihn verständnislos an, doch dann begriff er ... und wurde leichenblass.

Holmes brachte es nicht über sich, seine Bitte deutlicher zu formulieren.

Langsam durchquerte Golkov das Zimmer, hob den Geigenkasten auf und drückte ihn wie ein Kind an seine Brust. Dann übergab er Holmes wortlos seine geliebte Stradivari.

»Nur für den Weihnachtstag«, versprach Holmes. »Am nächsten Morgen bringe ich sie Ihnen unversehrt zurück.«

Golkov verbeugte sich. »Ich würde sie keinem anderen Menschen anvertrauen«, sagte er leise, »aber Sie haben es verdient, Mr Holmes.«

Lestrade strahlte übers ganze Gesicht, als er das Geld dem Waisenhaus übergab. Ich verbrachte einen einsamen Weihnachtstag am Kamin, aß Mrs Hudsons besten Kuchen und lauschte der Musik aus dem Nebenzimmer, wo ein Mann dem besten Saiteninstrument auf Erden himmlische Töne entlockte, die seine Gefühle besser zum Ausdruck brachten, als Worte es jemals vermocht hätten.

Ein diplomatischer Zwischenfall

Agatha Christie

1

»Ich bedauere außerordentlich –«, sagte Hercule Poirot.

Man unterbrach ihn; allerdings nicht grob, sondern zuvorkommend liebenswürdig, geschickt. Man versuchte ihn eher zu überreden, als ihm zu widersprechen.

»Bitte, lehnen Sie nicht von vornherein ab, Monsieur Poirot. Es geht hier um wichtige Staatsangelegenheiten. Ihre Mitarbeit wird in höchsten Kreisen Anerkennung finden.«

»Sie sind zu gütig«, winkte Hercule Poirot ab, »aber ich kann Ihrer Bitte auf keinen Fall Folge leisten. Während dieser Jahreszeit . . .«

Mr Jesmond unterbrach ihn wieder. »Während der Weihnachtszeit . . .« Er suchte nach einem Köder. »Während eines traditionellen Weihnachtsfestes auf dem Lande . . .«

Hercule Poirot schüttelte sich. Die Vorstellung, die Weihnachtszeit in England auf dem Lande verbringen zu müssen, reizte ihn gar nicht.

»Ein schönes, geruhsames Wehnachtsfest«, wiederholte Jesmond noch einmal mit Nachdruck.

»Ich – ich bin kein Engländer«, antwortete Hercule Poirot. »Weihnachten ist in meiner Heimat ein Fest für Kinder. Wir Erwachsenen feiern hauptsächlich den Jahreswechsel.«

»Aha«, sagte Jesmond. »In England ist Weihnachten etwas ganz Besonderes. Ich verspreche Ihnen, Sie werden in Kings Lacey ein so schönes Weihnachtsfest erleben, wie Sie es noch nirgends besser erlebt haben. Wissen Sie, in einem wundervollen, alten Haus – ein Flügel des Hauses stammt sogar aus dem 14. Jahrhundert.«

Poirot schüttelte sich abermals. Der Gedanke an ein englisches Herrenhaus aus dieser Zeit weckte unangenehme Erinnerungen in ihm. Er hatte zu oft in alten englischen Landhäusern gefroren. Er sah sich dankbar in seiner modern eingerichteten, gemütlichen Wohnung um. Hier gab es Heizöfen und die neuesten technischen Errungenschaften, die jegliche Zugluft verbannten.

»Im Winter«, sagte er fest entschlossen, »bleibe ich in London.«

»Ich glaube, Sie sind sich nicht darüber im Klaren, dass es sich um eine sehr wichtige Angelegenheit handelt, Monsieur Poirot.«

Jesmond sah seinen Begleiter an. Dann wandte er sich wieder Poirot zu. Dessen zweiter Besucher hatte bisher nur zwei höfliche, alltägliche Begrüßungsworte gemurmelt: »Guten Tag.« Er saß da und starrte auf seine gut geputzten Schuhe. Äußerste Niedergeschlagenheit zeichnete sein kaffeebraunes Gesicht. Er war noch jung, nicht älter als dreiundzwanzig Jahre. Man sah ihm deutlich an, dass er sich elend fühlte.

»Ja, ja«, sagte Hercule Poirot. »Natürlich handelt es sich um eine ernste Sache. Ich beurteile die Lage durchaus richtig. Seine Hoheit können meines aufrichtigen Mitgefühls versichert sein.«

»Die Lage ist mehr als heikel.«

Poirot wandte seinen Blick von dem jungen Mann ab und blickte wieder dessen älteren Begleiter an. Hätte man Jesmond mit einem Wort charakterisieren wollen, dann mit der Bezeichnung »zurückhaltend«. Alles an Jesmond war zurückhaltend – seine gut geschnittene, unauffällige Kleidung; seine angenehm disziplinierte, geschulte Stimme, die selten ihren wohltuend monotonen Klang veränderte; sein hellbraunes Haar, das sich an den Schläfen schon etwas lichtete; sein blasses, ernstes Gesicht.

»Wie Sie wissen«, erläuterte Poirot, »kann die Polizei sehr verschwiegen sein.«

Jesmond schüttelte energisch den Kopf.

»Nein, die Polizei auf keinen Fall! Um das – um das, was wir wiederhaben wollen, zurückzukommen, wird es wohl unvermeidlich sein, Prozesse zu führen. Doch wir haben noch keine Handhabe. Wir hegen zwar einen bestimmten Verdacht, wissen aber nichts Genaues.«

»Seien Sie meines Mitgefühls versichert«, sagte Hercule Poirot noch einmal.

Wenn er annahm, dass sich seine beiden Besucher damit zufrieden geben würden, täuschte er sich. Sie wollten kein Mitgefühl, sie wollten praktische Hilfe. Jesmond begann erneut die Vorzüge eines englischen Weihnachtsfestes aufzuzählen.

»Ein wirklich traditionelles Weihnachtsfest wird nur noch selten gefeiert. Heute begehen viele Leute das Fest in Hotels. Ein Weihnachten aber – mit versammelter Familie, mit den Kindern, die sich mit ihren Strümpfen voller Geschenke beschäftigen, mit dem Christbaum, mit Truthahn und Plumpudding, den Weihnachtsplätzchen und dem Schneemann draußen vor dem Fenster . . .«

Hercule Poirot unterbrach ihn. Er liebte Genauigkeit.

»Um einen Schneemann zu bauen, braucht man Schnee«, sagte er mit ernster Miene. »Man kann selbst für ein wirklich englisches Weihnachtsfest keinen Schnee bestellen.«

»Ich sprach heute Vormittag mit einem meiner Freunde aus dem meteorologischen Institut. Er erzählte mir, dass wir Weihnachten wahrscheinlich Schnee haben werden.«

Das hätte er nicht sagen sollen. Es schauderte Hercule Poirot noch heftiger als zuvor.

»Schnee auf dem Land! Das wäre ja furchtbar. Und dann noch in einem großen, uralten Herrenhaus aus Stein.«

»Das ist nicht schlimm. Es hat Zentralheizung. Man heizt mit Öl.«

»Es gibt in Kings Lacey eine Zentralheizung?«, fragte Poirot.

Jesmond nutzte die Gelegenheit. »Ja, bestimmt, es ist eine ausgezeichnete Warmwasserheizung. In jedem Schlafzimmer stehen Heizkörper. Ich versichere Ihnen, mein lieber Monsieur Poirot, Kings Lacey ist der Komfort schlechthin für den Winter. Es könnte sogar sein, dass es Ihnen zu warm wird.«

»Das ist unwahrscheinlich.«

Jesmond änderte das Thema. Erfahrung hatte ihn klug gemacht. In vertraulichem Ton fuhr er fort: »Sie können sicherlich verstehen, in welchem Dilemma wir uns befinden.«

Hercule Poirot nickte. Es war tatsächlich kein leichtes Problem ... Ein junger Thronanwärter war vor einigen Wochen nach London gekommen. Er war der einzige Sohn. Sein Vater regierte ein reiches, politisch wichtiges Land, in dem zur Zeit Unruhe und Unzufriedenheit herrschten. Obwohl die Untertanen dem Vater, der seine orientalischen Lebensgewohnheiten nicht ablegen konnte, die Treue hielten, hegten sie dem Sohn gegenüber ein gewisses Misstrauen. Die Dummheiten, die er beging, waren kennzeichnend für seine westliche Erziehung und erregten öffentliches Missfallen.

Vor einiger Zeit hatte man seine Vermählung angekündigt. Er sollte eine Kusine heiraten. Sie war jung. Obwohl sie in Cambridge studiert hatte, vermied sie es, in ihrer Heimat westliche Einflüsse in ihrem Benehmen zu zeigen.

Nachdem der Tag der Hochzeit bekannt gegeben worden war, reiste der junge Prinz nach England. Er nahm einige berühmte Juwelen seines Hauses mit, um sie von der Firma Cartier umarbeiten zu lassen. Die Edelsteine sollten eine geeignete, moderne Fassung erhalten. Unter diesen Steinen befand sich auch ein sehr berühmter Rubin, den man aus einer schwerfälligen, altmodischen Halskette gelöst hatte. Durch die Kunst der Juweliere sollte der Stein ein völlig neues Aussehen erhalten. Soweit war alles in Ordnung. Schwierigkeiten traten erst später auf ...

Dass sich ein reicher, fröhlicher, junger Mann ein paar amüsante Abenteuer leisten würde, hätte man sich denken können. Niemand hätte ihm das verübelt. Es wäre als natürlich und normal empfunden worden, wenn der Prinz mit einer Freundin die Bond Street entlanggebummelt wäre und ihr für die Freuden, die sie ihm gewährte, ein Smaragdarmband oder eine Brillantbrosche geschenkt hätte. Das entsprach den Cadillacs, die sein Vater jeweils seinen Geliebten schenkte.

Der junge Prinz handelte aber viel unüberlegter. Er zeigte einer Dame, deren Interesse ihm schmeichelte, den Rubin in seiner neuen Fassung. Und der Prinz war so unklug, ihr die Bitte zu erfüllen, einen Abend lang das Schmuckstück tragen zu dürfen. Das Nachspiel war vorauszusehen und folgenschwer. Die Dame war während des Abendessens aufgestanden und hatte den Raum verlassen. Sie wollte sich angeblich nur die Nase pudern. Zeit war verstrichen, aber sie war nicht zurückgekommen. Sie hatte das Gebäude durch eine Hintertür verlassen. Seitdem war sie verschwunden – und mit ihr der Rubin.

Auf keinen Fall durfte die Öffentlichkeit davon erfahren. Der Rubin war nicht nur ein kostbares Schmuckstück, sondern besaß zusätzlich großen historischen Wert. Außerdem verlangten die Umstände, die zum Verlust des Schmuckstückes geführt hatten, dass jedes unnötige Aufsehen vermieden wurde, damit die Affäre nicht politisch schwerwiegende Konsequenzen nach sich zog.

Jesmond war nicht der Mann, der diese Tatsache kurz und bündig berichten konnte. Er packte sie in einen großen Wortschwall ein. Hercule Poirot wusste nicht, wer dieser Jesmond eigentlich war. Er erklärte auch nicht näher, ob er mit dem Innenministerium, dem Foreign Office oder irgendeinem Zweig des Staatssicherheitsdienstes in Verbindung stand. Er handelte im Interesse des Commonwealth ... Kurzum – der Rubin musste gefunden werden!

Und Monsieur Poirot sei der einzige Mann, der ihn wieder finden könne, erklärte Jesmond höflich und entschieden.

»Vielleicht«, gab Hercule Poirot zu, »doch die Tatsachen, die Sie mir nennen, sind nicht aufschlussreich. Mit Vermutungen oder Verdächtigungen kann ich nichts anfangen.«

»Ich bitte Sie, Monsieur Poirot, solche Umstände sind doch für Sie kein unüberwindliches Hindernis.«

»Ich habe nicht immer Erfolg.«

Diese Bescheidenheit war nur gespielt. Poirots Stimme verriet deutlich, dass die Annahme eines Auftrags für ihn auch den erfolgreichen Abschluss eines Falles bedeutete.

»Seine Hoheit sind noch sehr jung«, sagte Jesmond. »Es wäre traurig, wenn eine einzige unüberlegte Tat in der Jugend dessen ganze Zukunft zerstören würde.«

Poirot betrachtete den deprimierten jungen Mann freundlich.

»In der Jugend macht man manche Dummheit«, meinte er ermutigend. »Für einen x-beliebigen jungen Mann ist dies nicht so ausschlaggebend. Der gute Vater zahlt; ein Rechtsanwalt klärt das Missgeschick. Der junge Mann lernt aus seinen Erfahrungen und alles führt schließlich zum Guten. Ihre Lage ist allerdings wesentlich anders. Der Termin Ihrer Vermählung steht fest . . .«

»Das stimmt, das stimmt genau.« Zum ersten Mal redete der junge Mann. »Sie nimmt alles sehr, sehr ernst, müssen Sie wissen. Sie nimmt das Leben sehr ernst. Sie hat große Pläne in Cambridge gefasst. Das Erziehungswesen soll in unserem Land verbessert, Schulen sollen gebaut werden. Alles soll im Namen des Fortschritts und der Demokratie geschehen, müssen Sie wissen. Sie sagt, es soll nicht so wie zu Zeiten meines Vaters bleiben. Natürlich weiß sie, dass ich mich in London vergnüge, aber sie ahnt nichts von dieser skandalösen Geschichte. Ein Skandal – und es wäre alles aus. Der Rubin ist nämlich sehr, sehr berühmt. An ihm hängt eine lange Geschichte . . . viel Blutvergießen . . . viele Tote!«

»Tote«, wiederholte Hercule Poirot nachdenklich. Er schaute Jesmond an. »Ich hoffe, es wird nicht dazu kommen.«

»Nein, nein, durchaus nicht«, sagte Jesmond. Seine Stimme klang reichlich unnatürlich. »Davon kann keine Rede sein, natürlich nicht.«

»Ganz sicher kann man nie sein«, antwortete Hercule Poirot. »Wer jetzt den Rubin auch immer besitzen mag – so kann es doch andere geben, die ihn haben möchten und vielleicht vor nichts zurückschrecken, mein Freund.«

Jesmonds Stimme klang jetzt noch unnatürlicher als zuvor: »Ich glaube wirklich nicht, dass wir uns darüber Gedanken zu machen brauchen. Es führt ja zu nichts.«

Hercule Poirot wurde plötzlich reserviert.

»Ich«, sagte er, »ich mache es immer wie die Politiker. Ich versuche alle Möglichkeiten zu durchdenken.«

Jesmond sah ihn zweifelnd an, riss sich auf einmal zusammen und fragte: »Darf ich annehmen, dass wir uns einig sind, Monsieur Poirot? Sie werden nach Kings Lacey kommen?«

»Welche Gründe sollte ich dort für einen Aufenthalt angeben?«, fragte Poirot.

Jesmond lächelte zuversichtlich.

»Das ist meiner Meinung nach ein sehr einfaches Problem. Ich versichere Ihnen, man wird keinen Verdacht schöpfen. Die Laceys werden Ihnen gut gefallen. Es sind ganz reizende Menschen.«

»Sie haben mich nicht belogen? Es gibt wirklich eine Ölzentralheizung?«

»Ja, bestimmt«, antwortete Jesmond und seine Stimme klang erleichtert. »Sie werden jeglichen Komfort finden.«

»Tout confort moderne«, murmelte Poirot vor sich hin. *»Eh bien,* ich nehme den Auftrag an.«

2

Der lang gestreckte Salon in Kings Lacey war angenehm warm, die Temperatur betrug zwanzig Grad Celsius. Hercule Poirot saß an einem der großen Fenster und unterhielt sich mit Mrs Lacey. Sie war mit einer Handarbeit beschäftigt. Während sie nähte, sprach sie leise und nachdenklich. Poirot war von ihrer Stimme entzückt.

»Ich hoffe, dass Sie sich über Weihnachten bei uns wohl fühlen, Monsieur Poirot. Sie werden hier meine Familie und einige

Freunde kennen lernen: meine Enkelin, meinen Enkel und dessen Freund, Bridget – sie ist meine Großnichte – und Diana, eine Kusine von mir, ferner David Welwyn, einen alten Freund von uns. Es ist ein Familienfest. Aber Edwina Morecombe sagte mir, dass Sie sich gerade das wünschen: ein altmodisches Weihnachtsfest. Niemand könnte altmodischer sein als wir. Mein Mann lebt völlig in der Vergangenheit. Er wünscht, dass alles genauso bleibt wie früher, als er zwölf Jahre alt war und seine Ferien hier verbrachte.«

Sie lächelte vor sich hin.

»All die alten Dinge müssen da sein: der Weihnachtsbaum, die Strümpfe, die Austernsuppe und der Truthahn, pardon – zwei Truthähne, ein gekochter und ein gegrillter, und der Plumpudding mit dem Ring und dem Junggesellenknopf und all die anderen Sachen. Wir können heute kein Sixpencestück mehr verwenden, weil es nicht mehr aus reinem Silber ist. Aber die alten Desserts wird es geben, zum Beispiel Elvas-Pflaumen, Karlsbader Pflaumen, Mandeln, Rosinen, kandierte Früchte und Ingwer. Du liebe Güte, ich rede wie ein Katalog von Fortnum & Mason.«

»Mir läuft schon bei Ihrer Aufzählung das Wasser im Munde zusammen, Madame.«

»Ich fürchte, wir werden uns bis morgen Abend alle den Magen verdorben haben«, meinte Mrs Lacey. »Heute ist man es nicht mehr gewohnt viel zu essen, nicht wahr?«

Sie wurde durch lautes Rufen und Gelächter draußen vor dem Fenster unterbrochen. Sie schaute hinaus.

»Ich weiß nicht, was sie da draußen treiben – sicherlich irgendein Spiel oder so etwas. Wissen Sie, ich habe immer befürchtet, dass unsere Weihnachtsfeier diese jungen Leute langweilt, aber das stimmt nicht. Genau das Gegenteil ist eingetroffen. Mein Sohn, meine Tochter und deren Freunde sagen, alles andere sei Unsinn und wäre nicht so schön. Außerdem«, bemerkte Mrs Lacey sachlich, »sind Kinder immer hungrig, besonders wenn sie zur Schule gehen, oder? Schließlich weiß man doch, dass jedes Kind in diesem Alter genauso viel isst wie drei starke Männer.«

Poirot lachte und sagte: »Es ist sehr liebenswürdig von Ihnen und Ihrem Mann, Madame, dass Sie mich in Ihren Kreis eingeladen haben.«

»Oh, wir freuen uns beide wirklich über Ihren Besuch. Und wenn Sie feststellen sollten, dass Horace ein bisschen mürrisch ist«, fuhr sie fort, »dann beachten Sie es einfach nicht. Das ist nun einmal seine Art.«

In Wirklichkeit hatte Oberst Lacey, ihr Mann, gesagt: »Ich kann dich einfach nicht verstehen. Warum willst du, dass einer dieser verdammten Ausländer unser Weihnachtsfest stört? Warum kann er nicht zu einer anderen Zeit kommen? Ich kann Ausländer sowieso nicht ausstehen! Schon gut, schon gut, Edwina Morecombe hat ihn uns also ins Haus geschickt. Ich möchte wissen, warum sie sich eigentlich einmischt? Warum hat sie ihn nicht zu *ihrem* Weihnachtsfest eingeladen?«

»Weil Edwina immer zu den Claridges geht, das weißt du doch ganz genau«, hatte Mrs Lacey geantwortet.

Ihr Mann hatte sie prüfend angesehen und gefragt: »Du planst doch wohl nicht irgendetwas, Em, oder?«

»Ich – und irgendetwas planen?« Em hatte ihn mit ihren großen blauen Augen angesehen. »Natürlich nicht. Was sollte ich denn planen?«

Der alte Oberst hatte tief und dröhnend gelacht. »Ich traue es dir glatt zu, Em. Wenn du am unschuldigsten aussiehst, hast du bestimmt etwas vor.«

Mrs Lacey dachte an dieses Gespräch und fuhr jetzt fort: »Edwina meinte, dass Sie uns vielleicht helfen könnten ... Ich kann mir das zwar nicht vorstellen, aber Edwina erzählte, dass Sie einmal ihren Freunden in einem ähnlichen Fall geholfen haben. Ich – nun ja, Sie wissen vielleicht gar nicht, wovon ich rede?«

Poirot sah sie ermutigend an. »Wenn ich Ihnen irgendwie helfen kann, werde ich es mit Freude tun. Wenn ich Sie rechte verstehe, handelt es sich um eine recht bedauerliche Angelegenheit, um die Schwärmerei eines jungen Mädchens.«

Mrs Lacey nickte. »Ja. Sie wundern sich vielleicht, dass ich – nun ja, mit Ihnen darüber spreche. Schließlich kenne ich Sie überhaupt nicht . . .«

»Und ich bin sogar noch Ausländer«, ergänzte Poirot.

»Ja«, antwortete Mrs Lacey, »aber vielleicht macht das die Dinge leichter. Jedenfalls schien Edwina zu glauben, dass Sie möglicherweise – wie soll ich sagen – irgendwelche nützliche Auskünfte über diesen jungen Desmond Lee-Wortley geben könnten.«

Poirot antwortete nicht sofort. Er bewunderte insgeheim Mr Jesmond, der Lady Morecombe geschickt und mühelos für seine Ziele eingespannt hatte.

»Soweit ich weiß, hat dieser junge Mann keinen guten Ruf«, meinte er taktvoll.

»Das stimmt wirklich. Er hat einen geradezu schlechten Ruf! Das hilft uns aber in Sarahs Fall nicht weiter. Es hat keinen Sinn, einem jungen Mädchen zu sagen, dass der betreffende junge Mann einen schlechten Ruf habe, stimmt das etwa nicht? Er würde nur noch interessanter werden.«

»Sie haben völlig recht.«

»Als ich jung war«, fuhr Mrs Lacey fort, »– du liebe Güte, wie lange ist das schon her! –, wurden wir stets vor gewissen jungen Männern gewarnt und wir interessierten uns dann natürlich noch mehr für sie . . .« Sie lachte leise.

»Was macht Ihnen Sorgen?«

»Unser Sohn fiel im Krieg«, antwortete Mrs Lacey. »Meine Schwiegertochter starb bei Sarahs Geburt. Sarah hat immer bei uns gelebt. Wir haben sie erzogen. Vielleicht haben wir sie falsch erzogen – ich weiß es nicht. Aber wir waren stets der Ansicht, dass wir ihr so viel Freiheit wie möglich lassen sollten.«

»Das ist eine lobenswerte Einstellung. Man kann nicht gegen den Strom der Zeit schwimmen.«

»Ja, so ist es. Ich habe dasselbe gedacht. Aber leider machen die Mädchen heutzutage solche Dinge mit.«

Poirot schaute sie fragend an.

»Ich glaube«, sagte Mrs Lacey, »man kann es so bezeichnen: Sarah ist in eine Gruppe von jungen Leuten hineingeraten, die ständig in Cafés und Bars herumhocken. Sarah will weder zu Tanzveranstaltungen gehen noch in die Gesellschaft eingeführt werden, noch Debütantin oder irgendetwas in dieser Art sein. Stattdessen wohnt sie in zwei hässlichen Zimmern in Chelsea, unten am Fluss, und trägt jene merkwürdigen Kleider, die diese Leute bevorzugen, und schwarze oder knallgrüne Strümpfe dazu – sehr dicke Strümpfe. Sie müssen furchtbar kratzen, denke ich immer. Außerdem läuft sie mit schmutzigen, ungepflegten Haaren herum.«

»Das ist heute modern. Das wird sich schon wieder geben.«

»Ja, ich weiß«, antwortete Mrs Lacey. »Ich hätte mir darüber auch keine Sorgen gemacht, aber jetzt hat sie sich mit diesem Desmond Lee-Wortley eingelassen. Er hat einen ganz schlechten Ruf. Er lebt mehr oder weniger von reichen Mädchen. Anscheinend sind sie völlig verrückt nach ihm. Er hätte beinahe die Tochter der Hopes geheiratet, aber ihre Familie ließ sie unter Amtsvormundschaft stellen. Und Horace will jetzt dasselbe tun. Aber ich halte das für keine gute Idee. Sie werden lediglich einfach nach Schottland, Irland, Argentinien und sonst wohin fliehen und dort entweder heiraten oder eine wilde Ehe führen. Das ist keine Lösung des Problems – und erst recht nicht, wenn ein Baby erwartet wird. Gibt man aber nach und die Einwilligung zur Heirat, folgt mit Sicherheit nach ein, zwei Jahren die Scheidung. Dann kommt das Mädchen wieder nach Hause und einige Zeit später heiratet es ein zweites Mal – dann einen Mann, der so lieb ist, dass er einen langweilt. Das Mädchen kommt schließlich zur Ruhe. Aber nach meiner Meinung sind solche Fälle besonders traurig, wenn ein Kind da ist und wenn ein Stiefvater dessen Erziehung übernimmt, mag er noch so nett sein. Nein, ich glaube, es wäre viel besser, wenn man so handeln würde, wie man es in meiner Jugend tat.«

»Man glaubt immer, dass die Zeiten früher besser waren«, sagte Poirot leicht dozierend.

»Natürlich. Ich langweile Sie mit langen Reden, nicht wahr? Das sollte mir eigentlich nicht passieren. Aber trotzdem wünsche ich nicht, dass Sarah – sie ist wirklich ein liebes und gutes Mädchen – diesen Desond Lee-Wortley heiratet. Sie und David Welwyn – er ist auch hier – waren immer gute Freunde. Sie hatten sich sehr gern. Horace und ich hofften, dass sie heiraten würden, wenn sie das Alter dazu hätten. Leider ist er jetzt völlig Luft für sie, weil sie eben in ihren Desmond verliebt ist.«

»Madame, wenn ich Sie recht verstanden habe, ist dieser Desmond Lee-Wortley hier. Er wohnt hier?«

»Ja, das war meine Idee. Horace wollte ihr verbieten, ihn wiederzusehen und so weiter. Am liebsten hätte er wie früher der Vater oder der Vormund mit einer Reitpeitsche bei dem jungen Mann einen Besuch gemacht. Ich sagte ihm aber, dass dies grundverkehrt sei. ›Nein‹, habe ich gesagt, ›lade ihn zu uns ein. Er soll Weihnachten hier in unserer Familie verbringen.‹ Natürlich meinte mein Mann, dass ich verrückt sei. Aber ich habe ihm geantwortet: ›Liebling, wir können es jedenfalls einmal versuchen. Sie soll ihn hier in *unserem* Kreis und in *unserem* Haus erleben. Wir werden sehr nett und sehr höflich zu ihm sein. Vielleicht erscheint er ihr dann weniger interessant.‹«

»Madame, ich glaube, Sie haben den Stein der Weisen entdeckt, wie man so sagt. Ihre Einstellung ist sehr klug, davon bin ich überzeugt, jedenfalls klüger als die Ihres Mannes.«

»Hoffentlich«, entgegnete Mrs Lacey zweifelnd. »Bis jetzt steht der Beweis aus. Aber er ist ja erst seit ein paar Tagen hier.« Plötzlich lächelte sie und ein Grübchen zeigte sich in ihrer Wange. »Ich muss Ihnen etwas gestehen, Monsieur Poirot. Ich kann mir nicht helfen, er gefällt mir. Damit will ich nicht sagen, dass mir mein Verstand dasselbe sagt, aber ich spüre sehr wohl, dass er Charme hat. O ja, ich verstehe, was Sarah an ihm findet.

Aber ich bin alt genug und habe genügend Erfahrung, um zu wissen, dass er nichts taugt. Trotzdem glaube ich, dass er auch ein paar gute Seiten hat«, fügte Mrs Lacey nachdenklich hinzu. »Er bat uns nämlich, seine Schwester mitbringen zu dürfen. Sie ist operiert worden und lag im Krankenhaus. Es sei so traurig für sie, wenn sie über Weihnachten in der Klinik bleiben müsse, meinte er. Er fragte, ob es zu viel Umstände machen würde, wenn sie mit bei uns wäre, und versprach, ihr alle Mahlzeiten selbst hochzutragen. Das finde ich zweifellos nett von ihm. Meinen Sie nicht auch, Monsieur Poirot?«

»Diese Besorgnis«, erwiderte dieser nachdenklich, »passt kaum zu seinem Charakter.«

»Oh, ich weiß nicht. Man kann doch sehr an der Familie hängen und andererseits den Wunsch haben, ein junges reiches Mädchen zu heiraten. Sie müssen wissen, dass Sarah einmal sehr reich sein wird. Sie wird nicht nur das Geld erben, das wir ihr hinterlassen. Das wird nicht allzu viel sein, weil der größte Teil des Geldes zusammen mit diesem Besitz hier unserem Enkel Colin vermacht wird, aber Sarah wird das außerordentlich große Vermögen ihrer Mutter erben, wenn sie volljährig wird. Sie ist jetzt zwanzig Jahre alt ... Nein, ich finde es wirklich nett von Desmond, dass er an seine Schwester gedacht hat. Er gab auch nicht vor, dass sie etwas Außergewöhnliches sei. Ich vermute, sie ist Stenotypistin. Außerdem hat er sein Wort gehalten. Er trägt stets das Essen zu ihr hoch, natürlich nicht immer, aber doch meistens. Daher glaube ich, dass er auch seine guten Seiten hat. Trotzdem will ich nicht, dass Sarah ihn heiratet.«

»Nach dem, was ich gehört habe und was mir berichtet worden ist, wäre es tatsächlich ein Unglück«, meinte Poirot.

»Glauben Sie, dass Sie uns helfen können?«

»Ich denke schon, aber ich will nicht zu viel versprechen, denn Leute wie Lee-Wortley gehen bestimmt raffiniert vor, Madame. Verzweifeln Sie nicht. Vielleicht lässt sich etwas machen. Auf alle Fälle werde ich mein Bestes versuchen, schon aus Dankbarkeit. Sie waren so liebenswürdig, mir zu erlauben, das Weihnachtsfest bei Ihnen zu verbringen.« Er sah sich um. »Hoffentlich wird die Festtagsstimmung nicht beeinträchtigt.«

»Ja«, seufzte Mrs Lacey und beugte sich vor. »Wissen Sie, Monsieur Poirot, wovon ich schon lange träume – ich meine, was ich mir wünsche?«

»Es würde mich interessieren, Madame.«

»Ich wünsche mir einen Bungalow, so ein kleines, modernes Haus, das leicht in Ordnung zu halten ist und hier im Park steht, das eine moderne Küche und keine langen Korridore hat, in dem alles bequem und einfach ist.«

»Das ist eine gute Idee, Madame.«

»Nein, für mich nicht. Mein Mann liebt unser Haus über alles. Er lebt ausgesprochen gern hier. Ihm macht es nichts aus, wenn es für ihn unbequem und unpraktisch ist. Er fände es abscheulich, in einem Bungalow leben zu müssen.«

»Sie ordnen sich also seinen Wünschen unter?«

Mrs Lacey richtete sich auf.

»Ich ordne mich nicht unter, Monsieur Poirot. Ich habe meinen Mann mit dem Wunsch geheiratet, ihn glücklich zu machen. Er war mir immer ein guter Ehemann und hat mich all die Jahre hindurch glücklich gemacht.«

»Sie werden also weiter hier wohnen bleiben?«

»So ungemütlich ist es nun auch wieder nicht.«

»Nein, nein«, sagte Poirot hastig. »Im Gegenteil, es ist sehr gemütlich hier. Ich bin ganz begeistert von Ihrer Zentralheizung und dem warmen Wasser im Bad.«

»Wir haben eine Menge Geld ausgegeben, um dieses Haus gemütlich zu machen. Wir haben ein Stück Land verkauft. Es war baureif und brachte einen guten Erlös.«

»Aber woher nehmen Sie das Personal, Madame?«

»Das Problem ist leichter zu lösen, als Sie glauben. Natürlich wurde man früher besser bedient als heute. Aber aus dem Dorf kommen verschiedene Leute, die mir helfen. Zwei Frauen kommen morgens, zwei kochen das Mittagessen und waschen ab und ein paar andere sind abends da. Die Frauen kommen gern, weil sie nur ein paar Stunden am Tag arbeiten. Zu Weihnachten haben wir besonderes Glück. Meine liebe Mrs Ross kommt jedes Jahr und hilft uns. Sie ist eine großartige Köchin – sie kocht ganz erstklassig. Vor zehn Jahren gab sie ihre Stelle bei uns auf, aber sie hilft weiterhin aus. Und dann haben wir das Prachtstück Peverell.«

»Ihren Butler?«

»Ja. Er ist pensioniert und wohnt in dem kleinen Häuschen in der Nähe der Portierwohnung. Er liebt uns so, dass er uns zu Weihnachten regelmäßig bedient. Er besteht darauf. Dabei ist er schon alt und gebrechlich. Ich bilde mir immer ein, dass er einmal alles, was er gerade trägt, fallen lässt. Es ist eine Qual, ihm zusehen zu müssen . . .« Sie lächelte Poirot zu. »Sie sehen also, wir sind alle bereit, ein schönes Weihnachtsfest zu verleben. Ein weißes Weihnachten sogar«, fügte sie hinzu, als sie zum Fenster hinausschaute. »Sehen Sie! Es beginnt zu schneien. Ah, die Kinder kommen herein. Sie müssen sie kennen lernen, Monsieur Poirot.«

Ihm wurde mit angemessener Höflichkeit zuerst Colin, dann Michael vorgestellt. Colin war der Enkel, er ging noch zur Schule, und Michael war sein Freund. Der erstere war dunkel, der zweite blond; beide waren höfliche, fünfzehnjährige Burschen. Dann wurdem er Bridget, der schwarzhaarigen Kusine, vorgestellt. Sie war ungefähr genauso alt wie die beiden Jungen und strotzte vor Vitalität.

»Und dies ist meine Enkelin Sarah«, sagte Mrs Lacey.

Poirot betrachtete Sarah interessiert. Sie war attraktiv mit ihrem dichten roten Haarschopf. Er hatte den Eindruck, dass sie frech und ein bisschen trotzig war, aber gleichzeitig spürte man auch, dass sie ihre Großmutter sehr gern hatte. »Und dies ist Mr Lee-Wortley.«

Lee-Wortley trug eine Anglerjacke und enge schwarze Jeans. Sein Haar war ziemlich lang. Man konnte nicht mit Bestimmtheit sagen, ob er sich morgens rasiert hatte. Im Gegensatz zu

Lee-Wortley sah der stille junge Mann, der als David Welwyn vorgestellt wurde, solide aus. Er lächelte freundlich und schien offensichtlich der Seife und dem Wasser sehr zugetan zu sein. Außerdem gehörte zu der Gruppe noch ein hübsches, etwas exaltiertes Mädchen, Diana Middleton.

Der Tee wurde aufgetragen, dazu eine Menge Teegebäck, Teekuchen, belegte Brote und drei verschiedene Kuchensorten. Die jüngere Generation bediente sich ungeniert. Oberst Lacey kam als letzter herein.

Seine Frau reichte ihm eine Tasse. Er nahm sich zwei Teekuchen, warf Desmond Lee-Wortley einen Blick zu, der seine Abneigung keineswegs verhehlte, und setzte sich so weit wie möglich von ihm fort. Der Oberst war ein stattlicher Mann. Seine Augenbrauen waren buschig und sein Gesicht verwittert. Man hätte ihn eher für einen Bauern als für den Herrn dieses Landgutes gehalten.

»Hat zu schneien angefangen«, murmelte er. »Wir werden voraussichtlich weiße Weihnachten bekommen.«

Nach der Teestunde ging die Gesellschaft auseinander.

»Sie werden sich jetzt mit ihren Schallplatten beschäftigen, vermute ich«, sagte Mrs Lacey zu Poirot. Voller Nachsicht blickte sie ihrem Enkel nach, als er aus dem Zimmer ging.

»Sie interessieren sich nur noch für technische Dinge«, fuhr sie fort.

Die Jungen und Bridget beschlossen aber zum See zu gehen. Sie wollten feststellen, ob die Eisdecke schon zum Schlittschuhlaufen taugte.

»Wir wollten schon heute Morgen Schlittschuh laufen«, sagte Colin, »aber der alte Hodkins verbot es. Der ist immer so schrecklich vorsichtig.«

»Komm, David, gehen wir spazieren«, schlug Diana Middleton mit sanfter Stimme vor. David zögerte. Seine Blicken hingen an Sarahs rotem Haar. Sie stand bei Desmond Lee-Wortley. Ihre Hand lag auf seinem Arm, sie sah zu ihm auf.

»Gut!«, antwortete David Welwyn. »Ja, gehen wir!«

Diana hakte sich schnell bei ihm unter. Beide gingen auf die Tür zu, die in den Garten führte.

Sarah fragte: »Sollen wir auch gehen, Desmond? Es ist im Hause ziemlich stickig.«

»Wer will schon spazieren gehen? Ich hole das Auto. Wir fahren zum Gasthaus ›Speckled Boar‹ und trinken etwas.« Desmond hob fragend den Kopf.

»Lass uns lieber nach Market Ledbury in die Bar vom ›White Hart‹ fahren. Da ist es viel lustiger«, antwortete Sarah.

Mit Desmond in der Dorfwirtschaft gesehen zu werden, gefiel Sarah instinktiv nicht, obwohl sie das auf keinen Fall laut ausgesprochen hätte. Die Tradition von Kings Lacey erlaubte es nicht. Sie würde die beiden Alten sehr enttäuschen, wenn sie trotzdem dorthin ginge. Es war schon großzügig von ihnen, dass sie ihr eigenes Leben führen durfte, obwohl beide nicht im geringsten verstanden, warum sie in diesem Stil in Chelsea leben wollte. Aber sie akzeptierten es. Das lag natürlich an Em. Der Großvater hätte von sich aus kurzen Prozess gemacht.

Sarah machte sich über dessen Einstellung keine Illusionen. Es war auch nicht seine Idee gewesen, Desmond nach Kings Lacey einzuladen, sondern Ems.

Während Desmond das Auto holte, informierte Sarah Mrs Lacey: »Wir fahren nach Market Ledbury. Wir möchten gern im ›White Hart‹ etwas trinken.«

Ein Anflug von Trotz lag in ihrer Stimme, aber Mrs Lacey bemerkte es scheinbar nicht.

»Gut, Liebling«, sagte sie. »Das wird sicherlich nett werden. David und Diana sind, soviel ich weiß, spazieren gegangen. Ich bin recht froh darüber. Ich glaube, das war ein Geistesblitz, als ich auf die Idee kam, Diana einzuladen. Wie traurig, dass sie schon mit einundzwanzig Witwe geworden ist. Hoffentlich heiratet sie bald wieder.«

Sarah sah sie mit einem durchdringenden Blick an.

»Was ist los, Em?«

»Ich habe einen kleinen Plan«, antwortete Mrs Lacey fröhlich.

»Ich glaube, sie passt genau zu David. Ich weiß natürlich, dass er fürchterlich in dich verliebt gewesen ist, liebe Sarah, aber du kannst ja nichts mehr mit ihm anfagen, weil er nun einmal nicht dein Typ ist. Ich möchte ihn gern wieder glücklich sehen und ich glaube, Diana passt gut zu ihm.«

»Was bist du für eine Kupplerin, Em!«

»Ich weiß. Alte Frauen sind das immer. Mir scheint, Diana hat schon ein Auge auf ihn geworfen. Glaubst du nicht auch, dass sie genau die Richtige für ihn ist?«

»Ich würde das nicht behaupten. Diana ist viel zu – nun ja, zu exaltiert, vie zu humorlos. Wenn er mit ihr verheiratet ist, wird er sich meiner Meinung nach schrecklich langweilen.«

»Na ja, wir werden es ja sehen. Du willst ihn doch auf keinen Fall mehr, Liebling, oder?«

»Nein, wirklich nicht«, gab Sarah schnell zur Antwort. Dann fragte sie plötzlich unvermittelt: »Desmond gefällt dir doch, nicht wahr, Em?«

»Er ist charmant, ja, ja«, antwortete Mrs Lacey.

»Großvater mag ihn nicht.«

»Nein, das kannst du wohl kaum von ihm erwarten. Aber er wird sich ändern, wenn er sich erst einmal an die Tatsache gewöhnt hat. Du darfst ihn nur nicht drängen, meine liebe Sarah. Alte Leute änderen ihre Meinung nur langsam und dein Großvater ist dazu noch halsstarrig.«

»Was Großvater denkt oder sagt, ist mir egal. Ich heirate Desmond, wenn es mir gefällt.«

»Ich weiß, Liebes, ich weiß ... Aber sei doch einmal realistisch! Dein Großvater könnte dir viele Steine aus dem Weg räumen, das weißt du ja wohl. Außerdem bist du noch nicht volljährig. In einem Jahr kannst du erst tun und lassen, was du willst. Dann hat auch Horace nichts mehr dagegen.«

»Du bist auf meiner Seite, nicht wahr?«, fragte Sarah.

»Ich möchte, dass du glücklich wirst«, entgegnete Mrs Lacey. »Ah, da kommt ja der junge Mann mit dem Auto. Weißt du, ich mag diese engen Hosen, die die Männer heutzutage tragen. Sie sehen sehr schick aus – aber sie betonen natürlich auch X-Beine.« Ja, erschrak Sarah, Desmond hat ja X-Beine. Sie hatte es bisher noch nicht bemerkt.

»Geh nun, Liebling, und amüsiere dich gut!«

Mrs Lacey blickte Sarah nach, wie sie zum Auto ging. Dann erinnerte sie sich an ihren Gast aus dem Ausland und ging in die Bibliothek. Als sie zur Tür hineinschaute, sah sie allerdings, dass Hercule Poirot eingeschlummert war. Sie lächelte vor sich hin, während sie durch die Halle in die Küche ging, um noch einiges mit Mrs Ross zu besprechen.

»Komm, Süße!«, sagte Desmond. »Macht deine Familie Theater, weil du mit mir in ein Lokal gehen willst? Die sind hier Jahre zurück, was?«

»Nein, sie machen kein Theater«, antwortete Sarah gereizt, während sie ins Auto stieg.

»Was will dieser Ausländer hier? Er ist Detektiv, nicht wahr? Was will ein Detektiv hier?«

»Er ist nicht beruflich hier. Edwina Morecombe, meine Patentante, hat uns gebeten, ihn aufzunehmen. Ich glaube, er hat sich schon lange von seinem Beruf zurückgezogen.«

»Klingt, als ob er ein ausgedienter alter Droschkengaul wäre.«

»Ich glaube, er möchte ein altenglisches Weihnachtsfest miterleben«, erklärte Sarah nicht gerade überzeugend.

Desmond lachte verächtlich. »So ein Quatsch! Ich frage mich nur, wie du so ein Weihnachten aushalten kannst.«

Sarah warf ihr rotes Haar zurück und ihr energisches Kinn schob sich vor.

»Mir gefällt es!« Trotzig stieß sie die Worte hervor.

»Nein, Baby, es kann dir nicht gefallen. Morgen machen wir Schluss. Wir fahren nach Scarborough oder sonst wohin.«

»Unmöglich.«

»Warum denn?«

»Ich würde sie verletzen.«

»Fauler Zauber! Dir macht doch dieser kindische, sentimentale Blödsinn im Grunde auch keinen Spaß.«

»Nun ja, im Grunde vielleicht nicht, aber ...«

Sie fühlte sich schuldig, weil ihr bewusst wurde, dass sie Weihnachten aufrichtig herbeisehnte. Es war ein schönes Fest, aber sie schämte sich, es Desmond gegenüber einzugestehen. Mit diesem Schuldgefühl konnte sie das Fest und das Familienleben nicht genießen. Einen Augenblick lang wünschte sie, Desmond wäre jetzt nicht hier. Sie wünschte sich tatsächlich, dass Desmond niemals hergekommen wäre. Es war für sie schöner, Desmond in London zu sehen, nicht aber hier zu Hause.

Inzwischen waren die Jungen und Bridget wieder vom See zurückgekehrt. Sie diskutierten noch ernsthaft über die Probleme, die das Schlittschuhlaufen mit sich brachte. Ab und zu hatte es geschneit.

»Es wird die ganze Nacht schneien«, prophezeite Colin. »Ich wette, der Schnee wird bis zum Weihnachtsmorgen viele Zentimeter hoch liegen.«

Das war eine erfreuliche Aussicht.

»Wir bauen einen Schneemann«, schlug Michael vor.

»Guter Gott«, antwortete Colin, »ich habe zum letzten Mal einen Schneemann gebaut, als ich vier Jahre alt war.«

»Ich fürchte, das ist ziemlich schwierig«, meinte Bridget.

»Wir könnten Monsieur Poirot kopieren«, schlug Colin vor. »Einen schwarzen Schnurrbart bekommt er. In der Frisierkommode ist einer.«

»Weißt du, ich kann mir nicht vorstellen, dass Monsieur Poirot mal Detektiv gewesen ist. Ich kann mir überhaupt nicht vorstellen, dass er sich verkleiden könnte«, sagte Michael nachdenklich.

»Das stimmt«, pflichtete Bridget bei, »man kann sich nicht vorstellen, dass er mit einem Mikroskop herumläuft, Spuren sucht oder Fußabdrücke ausmisst.«

»Ich habe eine Idee«, sagte Colin. »Wir können für ihn eine Schau abziehen.«

»Was willst du damit sagen?«, fragte Bridget.

»Wir inszenieren einen Mord für ihn.«

»Das ist eine großartige Idee!«, rief Bridget aus. »Meinst du eine Leiche im Schnee oder so etwas Ähnliches?«

»Ja. Er würde sich dann bei uns wie zu Hause fühlen, oder?«

Bridget kicherte.

»Ich weiß nicht, ob ich es so weit treiben würde.«

»Wenn es schneit«, sagte Colin, »haben wir einen idealen Rahmen für das Ganze. Eine Leiche und Fußspuren ... Wir müssen uns alles sorgfältig überlegen. Wir müssen einen Dolch aus Großvaters Sammlung stehlen und ein bisschen Blut herbeischaffen.«

Sie blieben stehen und begannen hitzig zu diskutieren. Sie bemerkten dabei gar nicht, dass es heftig zu schneien anfing.

»Im alten Klassenzimmer liegt noch ein Farbkasten. Damit können wir Blut mischen; am besten mit Karmesinrot.«

»Ich glaube, dass Karmesinrot zu hell ist«, meinte Bridget. »Die Farbe müsste dunkler sein.«

»Wer will die Leiche sein?«, fragte Michael.

»Ich bin die Leiche«, antwortete Bridget schnell.

»Hör mal zu«, sagte Colin, »ich bin die Leiche.«

»Nein, auf keinen Fall. Ich bin richtig dafür. Es muss ein Mädchen sein ... Ein schönes Mädchen liegt leblos im Schnee!«

»Ein schönes Mädchen! Ha-ha«, lachte Michael spöttisch.

»Ich habe sogar schwarzes Haar.«

»Was hat das damit zu tun?«

»Nun ja, das sieht im Schnee besonders gut aus und ich werde meinen roten Schlafanzug anziehen.«

»Wenn du einen roten Schlafanzug anhast, kann man die Blutflecken nicht sehen«, widersprach Michael.

»Aber der Anzug hat weiße Aufschläge, darauf könnte doch das Blut sein. Wäre das nicht großartig? Glaubst du wirklich, dass er darauf hereinfällt?«

»Er fällt darauf herein, wenn wir es richtig machen«, antwortete Michael. »Deine Fußspuren werden im Schnee sein und die einer anderen Person. Die Spuren führen bis zur Leiche, dann zweigen sie ab – natürlich sind das die Spuren eines Mannes. Poirot wird die Spuren nicht verwischen wollen, deshalb wird er auch nicht merken, dass du gar nicht tot bist. Glaubt ihr das etwa nicht?« Abrupt unterbrach er sich. Ihm war plötzlich etwas eingefallen. Die anderen schauten ihn an. »Glaubt ihr, dass er sich darüber ärgern wird?«

»Oh, das glaube ich nicht«, sagte Bridget unbekümmert und optimistisch. »Er wird es nicht falsch auffassen, bestimmt nicht. Wir haben es halt getan, um ihn zu unterhalten. Es ist für ihn eine Weihnachtsüberraschung.«

»Ich meine aber, wir sollten uns nicht gerade den ersten Weihnachtstag aussuchen«, sagte Colin nachdenklich.

»Dann machen wir es also am zweiten Weihnachtsfeiertag«, schlug Bridget vor.

»Der Tag ist genau richtig«, stimmte Michael zu.

»Dann haben wir auch mehr Zeit«, fuhr Bridget fort. »Schließlich müssen wir doch eine Menge vorbereiten. Kommt, gehen wir und schauen wir uns mal das nötige Zubehör an.«

Sie liefen ins Haus.

3

Am Weihnachtsabend ging es geschäftig zu. Man hatte große Mengen von Stechpalmenzweigen und Mistelzweigen ins Haus gebracht. Der Weihnachtsbaum stand in der Ecke des Esszimmers. Jeder half beim Schmücken. Die Stechpalmenzweige wurden hinter die Gemälde gesteckt und die Mistelzweige an den passenden Stellen in der Vorhalle aufgehängt.

»Ich wusste gar nicht, dass man noch so albern sein kann«, murmelte Desmond verächtlich.

»Wir haben es immer so gemacht«, verteidigte Sarah sich.

»Was heißt das schon.«

»Sei nicht so garstig, Desmond. Mir macht es Spaß.«

»Sarah, meine Süße, das meinst du doch nicht im Ernst.«

»Doch, vielleicht – vielleicht nicht ganz im Ernst, aber irgendwie ein bisschen schon.«

»Wer will trotz des Schnees zur Mitternachtsmette gehen?«, fragte Mrs Lacey zwanzig Minuten vor zwölf.

»Ich nicht«, antwortete Desmond. »Komm, Sarah!«

Er legte seine Hand auf ihren Arm und führte sie in die Bibliothek zum Plattenspieler.

»Alles hat seine Grenzen, Liebling«, sagte Desmond. »Mitternachtsmette!«

»Du hast Recht. Ja, da hast du Recht.«

Fast alle anderen machten sich zum Kirchgang fertig. Unter lautem Gelächter und mit viel Getrampel zogen sie sich die Mäntel an und verließen das Haus. Bridget, David und Diana gingen zu Fuß zur Kirche, die zehn Minuten entfernt lag. Es schneite. Ihr Lachen verklang in der Ferne.

»Mitternachtsmette!«, schnaubte Oberst Lacey verächtlich. »Bin niemals in meiner Jugend zur Mitternachtsmette gegangen. Alles Mist! Pfaffenzeug! Entschuldigen Sie bitte, Monsieur Poirot.«

Poirot winkte ab.

»Das ist ganz in Ordnung. Auf mich brauchen Sie keine Rücksicht zu nehmen.«

»Ich meine, die Frühmette ist genug für alle«, fuhr der Oberst fort. »Ein ordentlicher Gottesdienst am Weihnachtsmorgen und dann zurück zum Essen. Das ist das einzig Wahre, stimmt's, Em?«

»Ja, Liebling. Wir halten es so, aber der jungen Generation gefällt eben die Mitternachtsmette. Ich finde es schön, wenn sie hingehen.«

»Sarah und dieser Bursche wollen nicht gehen.«

»Mein Bester, ich glaube, da täuschst du dich. Sarah würde schon gehen, das weißt du ganz genau, aber sie traut sich nicht, es zuzugeben.«

»Ihr könnt mich schlagen; ich verstehe trotzdem nicht, warum sie etwas auf die Meinung dieses Burschen gibt.«

»Sie ist noch jung«, antwortete Mrs Lacey besänftigend.

»Sie wollen schlafen gehen, Monsieur Poirot? Gute Nacht. Ich hoffe, Sie werden gut schlafen.«

»Und Sie, Madame, gehen Sie noch nicht zu Bett?«

»Noch nicht. Wissen Sie, ich muss noch die Weihnachtsstrümpfe füllen. Die Kinder sind zwar schon erwachsen, ihre Strümpfe wollen sie aber nicht missen.«

»Sie geben sich wirklich viel Mühe, damit zu Weihnachten alle glücklich sind. Ich bewundere Sie.« Poirot küsste ihr höflich die Hand.

»Hm«, brummte Oberst Lacey, als Poirot gegangen war. »Liebt galante Gesten. Immerhin – er verehrt dich.«

Mrs Lacey schaute ihn kokett an. »Merkst du nicht, dass ich unter einem Mistelzweig stehe?«, fragte sie mit der scheuen Zurückhaltung eines neunzehnjährigen Mädchens.

Hercule Poirot betrat sein Schlafzimmer. Es war groß und gut geheizt. Als er auf das große Himmelbett zuging, sah er auf dem Kissen einen Briefumschlag liegen. Er öffnete ihn und zog ein Stück Papier heraus. In krakeliger Schrift und Großbuchstaben stand darauf:

ESSEN SIE NICHTS VON DEM PLUMPUDDING!
JEMAND, DER ES GUT MIT IHNEN MEINT.

Hercule Poirot starrte auf den Zettel. Er zog die Augenbrauen hoch. »Seltsam«, murmelte er, »damit habe ich nicht gerechnet.«

4

Um zwei begann das Weihnachtsessen. Es war ein festliches Mahl. Riesige Holzscheite knisterten im großen Kamin. Alle sprachen gleichzeitig. Von der Austernsuppe blieb nichts übrig.

Zwei riesige Truthähne wurden als Gerippe wieder abserviert. Und dann – der Höhepunkt des Festessens! Der wunderbar garnierte Weihnachtspudding wurde hereingetragen ...

Dem alten, achtzigjährigen Peverell zitterten Hände und Knie vor Altersschwäche, aber er erlaubte niemand anderem, den Pudding zu servieren. Das war sein Privileg! Mrs Lacey saß nervös mit ängstlich zusammengepressten Händen da.

Der Weihnachtspudding ruhte wie ein großer Fußball in seiner ganzen Herrlichkeit auf einer Silberplatte. Ein kleiner Mistelzweig steckte, einer Siegesfahne gleich, oben in dem Pudding. Wunderbar rote und blaue Flämmchen züngelten an ihm empor.

Mrs Lacey hatte eins erreicht: Peverell durfte den Plumpudding nicht mehr herumreichen, sondern musste ihn vor ihr niedersetzen, so dass sie ihn selbst austeilen konnte. Erleichtert seufzte sie auf, als die Platte sicher vor ihr stand. Schnell wurden die Teller gefüllt und weitergereicht.

»Wünschen Sie sich was, Monsieur Poirot«, rief Bridget. »Wünsch dir was, bevor die Flämmchen ausgehen – schnell, Opa, schnell!«

Mrs Lacey lehnte sich zufrieden zurück. Das Unternehmen »Pudding« war ein voller Erfolg. Vor jedem stand eine Portion Plumpudding, an dem die Flämmchen noch leckten. Stille herrschte einen Augenblick lang am Tisch, weil sich jeder intensiv etwas wünschte. Niemand nahm Poirots seltsamen Gesichtsausdruck wahr, als er seine Portion auf dem Teller betrachtete. »Essen Sie nichts von dem Pudding!« Was um alles in der Welt sollte diese unheilvolle Warnung bedeuten? Seine Portion sah genauso wie die anderen Portionen aus. Mit einem Seufzer griff er zu Löffel und Gabel. Obwohl Hercule Poirot sich eine Verwirrung niemals gern eingestand, musste er es diesmal tun. Er war tatsächlich verwirrt.

»Mögen Sie steife Creme, Monsieur Poirot?«

Poirot bediente sich reichlich.

»Hast mir wieder meinen guten Kognak stibitzt, Em?«, fragte

der Oberst gut gelaunt vom anderen Ende des Tisches her. Mrs Lacey zwinkerte ihm zu.

»Mrs Ross will nur besten Branntwein verwenden, Liebling. Sie sagt, davon hängt alles ab.«

»Ist schon gut. Es ist nur einmal im Jahr Weihnachten und Mrs Ross ist eine hervorragende Köchin.«

»Das stimmt wirklich«, sagte Colin. »Der Plumpudding schmeckt wundervoll – hm.« Er stopfte sich genießerisch ein neues Stück Pudding in den Mund.

Zaghaft, fast zimperlich nahm Poirot seinen Pudding in Angriff. Er aß einen Löffel voll. Es schmeckte herrlich! Er aß einen zweiten Löffel voll. Leise klappernd fiel etwas auf seinen Teller. Er untersuchte es mit der Gabel. Bridget – sie saß links von ihm – half ihm dabei.

»Sie haben da etwas, Monsieur Poirot«, sagte sie. »Ich bin gespannt, was es ist.«

Poirot löste etwas Kleines, Silbernes aus den Rosinen heraus, die daran klebten.

»Monsieur Poirot hat den Junggesellenknopf!«, rief Bridget.

Hercule Poirot tauchte den kleinen Silberknopf in das Wasserschälchen, das neben seinem Teller stand, und wusch die Krumen ab. »Der Knopf ist sehr hübsch«, stellte er fest.

»Das bedeutet, dass Sie Junggeselle bleiben, Monsieur Poirot«, erklärte ihm Colin hilfsbereit.

»Ich habe auch nichts anderes vor«, antwortete Poirot ernst. »Seit vielen Jahren bin ich Junggeselle und es ist unwahrscheinlich, dass sich dieser Zustand ändern wird.«

»Nur nicht verzweifeln«, erklärte Michael. »Ich habe in der Zeitung gelesen, dass neulich ein Fünfundneunzigjähriger ein zweiundzwanzigjähriges Mädchen geheiratet hat.«

»Du machst mir Mut.«

Plötzlich schrie Oberst Lacey auf. Sein Gesicht lief dunkelrot an. Er griff sich an den Mund.

»Verdammt noch mal, Emmeline!«, brüllte er. »Warum erlaubst du der Köchin, Glas in meine Portion zu tun?«

»Glas?«, rief Mrs Lacey erstaunt aus.

Oberst Lacey holte den Gegenstand seines Ärgers aus dem Mund.

»Hätte mir einen Zahn ausbrechen können«, schnauzte er. »Oder hätte das verdammte Ding verschlucken und eine Blinddarmentzündung bekommen können.«

Er ließ das Glasstück in sein Wasserschälchen fallen, spülte es ab und hielt es hoch.

»Es ist ein roter Stein aus einem Knallbonbon.«

»Erlauben Sie?«

Monsieur Poirot beugte sich sehr geschickt an seinem Nachbarn vorbei, nahm Oberst Lacey den Stein aus der Hand und untersuchte ihn aufmerksam. Es stimmte, was der Hausherr gesagt hatte. Der Stein war ziemlich groß und rot. Er hatte die Farbe eines Rubins. Während Poirot ihn herumdrehte, reflektierte der Stein funkelnd das Licht. Ein Stuhl wurde irgendwo am Tisch hart zurückgestoßen und dann wieder herangezogen.

»Puh!«, rief Michael aus. »Wäre das prima, wenn der Stein echt wäre.«

»Vielleicht ist er echt«, antwortete Bridget hoffnungsvoll.

»Sei kein Esel, Bridget. Ein Rubin in dieser Größe würde viele tausend Pfund kosten, nicht wahr, Monsieur Poirot?«

»Ja, das stimmt.«

»Aber ich kann wirklich nicht begreifen, wie der Stein in den Pudding gekommen ist«, erregte sich Mrs Lacey.

»Ach«, rief Colin aus, den sein letztes Stück Pudding ablenkte. »Ich habe das Schwein bekommen. Das ist nicht fair.«

Bridget sang sofort los: »Colin hat das Schwein bekommen. Colin hat das Schwein bekommen. Colin ist ein gieriges, verfressenes Schwein!«

»Ich habe den Ring«, rief Diana. Ihre Stimme war hoch und hell.

»Du hast Glück, Diana. Du wirst also als erste von uns heiraten.«

»Und ich habe den Fingerhut«, jammerte Bridget.

»Bridget wird eine alte Jungfer«, sangen die beiden Jungen. »Hoho, Bridget wird eine alte Jungfer!«

»Wer hat das Geld bekommen?«, fragte David. »Ein echtes Zehnshillinggoldstück ist im Pudding. Ich weiß es ganz genau, Mrs Ross hat es mir erzählt.«

»Ich glaube, ich bin der Glückliche«, sagte Desmond Lee-Wortley.

Die beiden Tischnachbarn von Oberst Lacey hörten ihn murmeln: »Ja, das bist du.«

»Ich habe auch einen Ring«, erklärte David. Er schaute zu Diana hinüber. »Ist das nicht ein Zufall?«

Das Lachen hörte nicht auf. Niemand bemerkte, dass Monsieur Poirot unbekümmert und scheinbar gedankenlos den roten Stein in seine Tasche gleiten ließ. Nach dem Pudding gab es einen festlichen Nachtisch und mehrere süße Fleischpasteten. Danach zog sich die ältere Generation zurück, um ihr Ruhestündchen zu halten, bevor alle zum Tee gebeten und die Christbaumkerzen angezündet wurden. Hercule Poirot hielt keinen Mittagsschlaf, stattdessen stattete er der riesigen, altmodischen Küche einen Besuch ab.

»Ist es erlaubt«, fragte er, während er strahlend umherschaute, »der Köchin zu diesem ausgezeichneten Mahl, das ich soeben genossen habe, zu gratulieren?«

Einen Augenblick lang geschah gar nichts. Dann kam Mrs Ross und begrüßte ihn würdevoll. Sie war groß und stattlich.

»Ich freue mich, dass es Ihnen geschmeckt hat«, sagte sie wohlwollend.

»Und wie, ausgezeichnet!«, rief Hercule Poirot aus. »Sie sind tatsächlich ein Genie, Mrs Ross. Ein Genie! Ich habe noch niemals ein solch wunderbares Essen gegessen. Die Austernsuppe«, seine Lippen formten einen Laut der Anerkennung, »und die Füllung. Die Kastanienfüllung in dem Truthahn war einzigartig, geradezu ein Erlebnis.«

»Ich freue mich, dass gerade Sie das sagen«, erklärte Mrs Ross freundlich. »Die Füllung ist nach einem besonderen Rezept gemacht. Ein österreichischer Chefkoch, mit dem ich viele Jahre zusammengearbeitet habe, hat mir dieses Rezept verraten. Aber alles andere«, fügte sie hinzu, »ist alte englische Küche.«

»Gibt es überhaupt etwas Besseres?«

»Nun ja, dass Sie das sagen, ist sehr nett von Ihnen. Sie sind Ausländer, vielleicht hätten Sie kontinentale Küche vorgezogen. Derartige Gerichte gelingen mir allerdings nicht recht.«

»Ich bin sicher, Mrs Ross, dass Ihnen alles gelingt. Sie wissen doch, dass die gute alte englische Küche, wie man sie in erstklassigen Restaurants findet, von Feinschmeckern auf dem Kontinent sehr geschätzt wird. Und der Plumpudding, den ich heute gegessen habe, war wirklich einmalig. Sie haben ihn selbst gemacht, nicht wahr? Er ist doch nicht etwa gekauft worden?«

»Natürlich nicht. Ich habe ihn allein gemacht nach meinem eigenen Rezept. Ich mache ihn schon seit vielen Jahren so. Als ich kam, sagte Mrs Lacey, dass sie in einem Londoner Geschäft einen Pudding bestellt hätte, um mir die Mühe zu ersparen. ›Aber nein, Madame‹, habe ich damals gesagt, ›das ist zwar sehr freundlich von Ihnen gemeint, aber es geht nichts über einen hausgemachten Plumpudding.‹ Wohlgemerkt, der Pudding wurde zu spät vor dem Fest zubereitet«, erläuterte Mrs Ross, die sich als wahre Künstlerin auf diesem Gebiet immer mehr über diese Frage verbreitete. »Ein guter Pudding sollte schon Wochen vor dem Fest fertig sein. Je älter er ist, umso besser. In diesem Jahr hätte es genauso sein sollen. Der Pudding wurde aber in Wirklichkeit erst drei Tage vor dem Fest gemacht – genau einen Tag bevor Sie zu uns kamen. Ich hielt mich jedoch an den alten Brauch. Jeder musste in die Küche kommen, den Teig einmal umrühren und sich dabei etwas wünschen.«

»Sehr interessant«, sagte Poirot, »sehr interessant! Es kam also jeder in die Küche?«

»Ja, der junge Herr und Bridget und der junge Herr aus London, der jetzt hier wohnt, auch seine Schwester und Mr David und Miss Diana – Mrs Middleton, wollte ich sagen. Und alle rührten.«

»Wie viele Puddings haben Sie zubereitet? Ist das der einzige?«

»Nein, ich habe vier gemacht: zwei große und zwei kleinere. Den anderen großen Pudding gibt es zu Neujahr und die zwei kleineren sind für Oberst Lacey und seine Frau, wenn sie wieder allein sind und die Familie wieder kleiner geworden ist.«

»Ich verstehe.«

»Sie haben übrigens heute beim Mittagessen den falschen Pudding bekommen.«

»Den falschen Pudding?« Poirot runzelte die Stirn. »Wieso das?«

»Ja – wir bewahren den Weihnachtspudding in einer großen Kuchenform aus Porzellan auf. Obendrauf ist ein Stechpalmen- und Mistelzweigmotiv. Der Weihnachtspudding wird immer in dieser Form gekocht, aber heute morgen passierte ein Unglück. Als Annie die Form vom Bord in der Vorratskammer holte, rutschte sie aus. Sie ließ die Form fallen und die Schüssel zerbrach. Ich konnte natürlich den Pudding nicht servieren lassen, es hätten ja Splitter darin sein können. Also mussten wir den anderen Pudding nehmen – den für Neujahr, der in einer ganz normalen Schüssel lag. Die Schüssel gibt dem Pudding eine schöne runde Form, aber sie ist nicht so dekorativ wie die Weihnachtspuddingform. Ich weiß wirklich nicht, wo wir eine ähnliche Form wieder kaufen können. Diese großen werden heute nicht mehr hergestellt. Alles ist winzig klein. Man kann ja heute nicht einmal mehr eine Frühstücksschüssel bekommen, die acht bis zehn Eier mit Schinken fasst. Es ist leider alles nicht mehr so, wie es früher war.«

»Da haben Sie Recht«, ergänzte Poirot. »Der heutige Tag bildet aber eine Ausnahme. Dieses Weihnachtsfest ist doch wie in alten Tagen, oder nicht?«

Mrs Ross seufzte. »Ja, ja, ich freue mich, dass Sie das sagen, aber ich habe nicht mehr so gute Hilfen wie früher. Es fehlt an gelernten Hausgehilfinnen. Die Mädchen von heute ...«, sie senkte die Stimme ein wenig, ». . . geben ja ihr Bestes. Sie haben viel guten Willen, aber keine Erfahrung, wenn Sie verstehen, was ich meine.«

»Die Zeiten ändern sich«, sagte Poirot. »Es stimmt mich selber manchmal traurig.«

»Wissen Sie, dieses Haus ist für die Herrin und den Oberst zu groß. Die Herrin weiß das genau. Wenn beide nur in einem Flügel des Hauses leben, so ist das nicht das Richtige. Das Haus wird erst lebendig, wenn die ganze Familie zu Weihnachten versammelt ist.«

»Ich glaube, Mr Lee-Wortley und seine Schwester sind zum ersten Mal hier?«

»Ja.« Die Stimme von Mrs Ross klang plötzlich reservierter. »Er ist nett, wirklich, aber – nun ja, er passt nicht zu Miss Sarah; nach unserer Meinung. Aber dort, in London, denkt man anders. Leider geht es seiner Schwester so schlecht. Sie wurde operiert. Einen Tag nach ihrer Ankunft hier ging es ihr ganz gut, so schien es wenigstens. Nachdem sie aber den Pudding umgerührt hatte, ging es ihr wieder schlechter. Seit diesem Tag hat sie das Bett nicht mehr verlassen. Ich glaube, sie ist zu früh nach der Operation aufgestanden. Ach, die heutigen Ärzte! Sie entlassen einen aus dem Krankenhaus, wenn man sich noch gar nicht auf den Beinen halten kann. Die Frau meines Neffen ...«

Mrs Ross begann langatmig und voller Begeisterung von den Krankenhausbehandlungen zu erzählen, denen sich ihre Verwandten einmal unterzogen hatten. Da die Pflege in den früheren Zeiten besser als heute gewesen sei, fiel ihr Vergleich negativ aus. Poirot sprach ihr gebührend sein Mitempfinden aus.

»Ich muss Ihnen zuletzt noch einmal für das ausgezeichnete und üppige Mahl danken. Sie erlauben doch, dass ich mich ein wenig erkenntlich zeige?«

Eine neue Fünfpfundnote wanderte in Mrs Ross' Hand.

Mechanisch antwortete sie: »Das ist aber wirklich nicht nötig.«

»Ich bestehe darauf, ich bestehe aber darauf.«

»Das ist sehr liebenswürdig von Ihnen, besten Dank.« Mrs

Ross nahm die Anerkennung als selbstverständlich hin. »Ich wünsche Ihnen ein fröhliches Weihnachtsfest und ein erfolgreiches neues Jahr.«

5

Der erste Weihnachtstag endete, wie die meisten Weihnachtstage zu enden pflegen. Am Baum wurden die Kerzen angezündet. Ein herrlicher Weihnachtskuchen wurde zum Tee hereingetragen. Man bewunderte den Kuchen, aber es wurde nur wenig gegessen. Am Abend gab es kalte Platte.

Sowohl Poirot als auch die Gastgeberin und der Gastgeber gingen zeitig zu Bett.

»Gute Nacht, Monsieur Poirot«, sagte Mrs Lacey. »Ich hoffe, der Tag hat Ihnen gefallen.«

»Es war ein wundervoller Tag, Madame, einfach wundervoll.«

»Sie sehen so nachdenklich aus.«

»Ich denke über den englischen Pudding nach.«

»War er Ihnen zu schwer?«, fragte sie besorgt.

»Nein, nein. Davon kann keine Rede sein. Ich denke über seine Bedeutung nach.«

»Die Bedeutung liegt allein in der Tradition«, bemerkte Mrs Lacey. »Nun gute Nacht, Monsieur Poirot, träumen Sie nicht zu viel von Rumpasteten und Weihnachtsplumpudding.«

»Ja«, murmelte Poirot vor sich hin, als er sich auszog. »Dieser Weihnachtsplumpudding ist ein Problem. Irgendetwas verstehe ich daran nicht.« Er schüttelte verdrießlich dem Kopf. »Wir werden ja sehen.«

Nachdem Poirot einige Vorbereitungen getroffen hatte, legte er sich ins Bett, allerdings nicht, um zu schlafen. Nach ungefähr zwei Stunden wurde seine Geduld belohnt.

Die Tür seines Schlafzimmers öffnete sich vorsichtig. Er

lächelte vor sich hin. Genau das hatte er erwartet. Er stellte sich noch einmal vor, wie Desmond Lee-Wortley ihm höflich eine Tasse Kaffee gereicht hatte. Ein wenig später, als Desmond mit dem Rücken zu ihm stand, hatte er für ein paar Sekunden die Tasse auf dem Tisch abgesetzt. Dann hatte er sie offensichtlich wieder aufgenommen. Zu Desmonds Befriedigung – wenn man das so nennen kann – hatte er den Kaffee bis zum letzten Tropfen getrunken. Ein Lächeln hob Poirots Schnurrbart, als er sich vorstellte, dass jetzt nicht er, sondern ein anderer in einem besonders tiefen Schlaf lag.

»Dieser nette, junge David«, sprach Poirot zu sich selbst. »Ihn bedrückte etwas, er ist unglücklich. Es wird ihm nichts schaden, wenn er einmal eine Nacht lang tief schläft. Aber jetzt wollen wir mal sehen, was passiert.«

Poirot lag ganz still, atmete tief und regelmäßig, nur gelegentlich hörte man ihn ein wenig schnarchen.

Jemand trat an sein Bett und beugte sich über ihn. Dann wandte sich dieser Jemand zufrieden ab und ging zum Ankleidetisch hinüber. Beim Licht einer winzigen Taschenlampe durchsuchte er Poirots Habseligkeiten, die säuberlich auf dem Ankleidetisch abgelegt waren. Finger durchwühlten die Brieftasche, zogen die Schubladen des Ankleidetisches auf, suchten in Poirots Anzugtaschen. Schließlich näherte sich der Besucher wieder dem Bett und fuhr mit größter Behutsamkeit unter das Kopfkissen. Nachdem er die Hand wieder zurückgezogen hatte, blieb er einen Momet lang stehen – unschlüssig, was er als Nächstes tun sollte. Er schlich im Zimmer umher und durchsuchte alles, was zur Zierde dastand. Er ging in das angrenzende Badezimmer, aus dem er aber gleich wieder zurückkam. Dann verließ er das Zimmer mit einem halblaut ausgestoßenen Fluch.

»Ha«, flüsterte Poirot. »Jetzt bist du aber enttäuscht, was? Ja, ja, schwer enttäuscht. Wie konntest du nur annehmen, dass Hercule Poirot etwas dort versteckt, wo du es finden könntest.«

Dann drehte er sich auf die andere Seite und schlief sofort ein.

Am nächsten Morgen wurde er durch beharrliches Klopfen an der Tür geweckt.

»*Qui est là?* Herein, herein.«

Die Tür öffnete sich. Atemlos, mit gerötetem Gesicht, stand Colin auf der Schwelle – hinter ihm Michael.

»Monsieur Poirot, Monsieur Poirot!«

»Aber ja, was ist denn?« Poirot setzte sich im Bett auf. »Gibt es schon den Morgentee? Ach nein, du bist es, Colin. Was ist los?«

Colin war einen Augenblick lang sprachlos. Er schien sehr erregt zu sein. In Wirklichkeit war es aber die Schlafmütze, die Hercule Poirot trug und die Colin einen Moment lang die Sprache verschlug. Als er sich wieder gefangen hatte, stotterte er: »Ich glaube – Mosieur Poirot, können Sie uns helfen? Es ist etwas Schreckliches passiert.«

»Was denn?«

»Es ist – es ist Bridget. Sie liegt draußen im Schnee. Ich glaube – sie regt sich nicht mehr und spricht auch nicht. Sie müssen sie sich sofort ansehen. Ich habe furchtbare Angst. Vielleicht ist sie – tot.«

»Was?« Poirot warf die Bettdecke zur Seite. »Mademoiselle Bridget – tot?«

»Ich glaube, jemand hat sie getötet. Sie blutet und – oh, kommen Sie doch!«

Poirot schlüpfte in seine Schuhe und zog seinen pelzgefütterten Mantel über den Schlafanzug.

»Hast du schon alle im Haus alarmiert?«

»Nein, nein, ich habe es bis jetzt nur Ihnen gesagt. Ich dachte, es wäre besser so. Großvater und Großmutter sind noch nicht auf. Unten wird erst der Frühstückstisch gedeckt, aber ich habe Peverell nichts gesagt. Sie liegt hinter dem Haus nahe beim Fenster der Bibliothek – an der Terrasse.«

»Führt mich hin!«

Colin wandte sich schnell ab, damit ihn sein freudiges Grinsen nicht verriet. Er führte Poirot die Treppen hinunter. Sie traten durch eine Nebentür ins Freie. Es war ein klarer Morgen. Die

Sonne war gerade aufgegangen. Es schneite nicht mehr, aber es hatte während der Nacht stark geschneit, und ein makelloser, dichter Schneeteppich deckte alles zu. Die Welt sah sehr rein, weiß und schön aus.

»Dort!«, sagte Colin atemlos. Er zeigte aufgeregt die Stelle.

Das Bild, das sich ihnen bot, wirkte tatsächlich dramatisch. Wenige Meter entfernt lag Bridget im Schnee. Sie trug einen scharlachroten Schlafanzug. Um ihre Schultern schlang sich ein weißer Schal, den ein blutroter Fleck verunzierte. Ihr Kopf lag auf der Seite. Ihr üppiges schwarzes Haar verdeckte das Gesicht. Ein Arm lag unter dem Körper, der andere war weit weggestreckt, die Hand zur Faust geballt. Mitten in dem hochroten Fleck stak aufrecht der Griff eines großen, geschwungenen kurdischen Dolches, den Oberst Lacey gestern Abend den Gästen gezeigt hatte.

»Mon Dieu!«, rief Monsieur Poirot aus. »Das sieht ja wie im Film aus.«

Michael gab einen erstickten Laut von sich. Colin lenkte die Aufmerksamkeit schnell auf sich.

»Das stimmt«, sagte er. »Es sieht aus, als ob es nicht echt wäre. Sehen Sie die Fußspuren? Man darf sie nicht verwischen.«

»Nein. Die Fußspuren dürfen nicht zertrampelt werden.«

»Das habe ich auch gedacht«, bestätigte Colin. »Deshalb habe ich niemanden an Bridget herangelassen. Ich dachte, Sie wüssten da am besten Bescheid.«

»Ja«, sagte Poirot unvermittelt, »zuerst wollen wir feststellen, ob sie noch lebt.«

»Ja – natürlich«, sagte Michael zögernd, »aber wissen Sie, wir dachten – ich meine, wir wollten nicht ...«

»Ach, was wolltet ihr nicht? Ihr habt sicher Kriminalromane gelesen. Natürlich ist es wichtig, dass ihr nichts angerührt habt – auch die Leiche nicht. Aber bis jetzt wissen wir noch gar nicht, ob es sich überhaupt um eine Leiche handelt, oder? An erster Stelle steht schließlich der Mensch. Wir müssen zunächst an den Arzt denken, dann erst an die Polizei, meint ihr nicht auch?«

»Ja, selbstverständlich«, antwortete Colin hilflos.

»Wir dachten nur – ich meine, wir dachten, es wäre besser, zuerst Sie zu holen«, ergänzte Michael hastig.

»Ihr bleibt hier stehen! Ich gehe von der anderen Seite an sie heran, damit die Fußspuren nicht verwischt werden. Mein Gott, sind das schöne Fußspuren – ganz deutlich, nicht wahr? Die Fußspuren eines Mannes und eines Mädchens laufen auf die Stelle zu. Die Fußspuren des Mannes führen zurück, die des Mädchens aber – nicht.«

»Das müssen die Fußspuren des Mörders sein«, antwortete Colin. Vor lauter Erregung atmete er kaum.

»Sehr richtig! Ein langer schmaler Fuß mit einem ziemlich seltenen Profil. Sehr interessant. Meiner Meinung nach leicht zu erkennen. Ja, die Fußspuren werden sehr wichtig sein.«

In diesem Augenblick trat Desmond Lee-Wortley mit Sarah aus dem Haus. Sie kamen auf sie zu. »Was um alles in der Welt macht ihr denn hier?«, fragte er aufgeregt. »Ich habe euch von meinem Schlafzimmer aus beobachtet. Was ist denn los? Großer Gott, das sieht ja – es sieht ja nach . . .«

»Sehr richtig«, antwortete Hercule Poirot. »Es sieht nach Mord aus, nicht wahr?«

Sarah holte tief Luft, dann blickte sie plötzlich die beiden Jungen misstrauisch an.

»Sie meinen, irgendjemand hätte das Mädchen – wie heißt sie doch –, Bridget, umgebracht?«, fragte Desmond. »Wer hätte sie denn töten wollen? Das kann man ja nicht glauben.«

»Es gibt viele Dinge, die man nicht für möglich hält«, sagte Poirot, »besonders wenn sie vor dem Frühstück geschehen. Das hat doch einer eurer Klassiker gesagt: ›Es gibt sechs Dinge, die unmöglich vor dem Frühstück geschehen können.‹« Er fügte hinzu: »Bleiben Sie bitte alle hier stehen!«

Vorsichtig ging er um Bridget herum, trat dann an sie heran und beugte sich über sie.

Colin und Michael wurden von unterdrücktem Lachen geschüttelt. Sarah erging es ähnlich. Sie kannte den Übermut der beiden.

»Die gute Bridget!«, flüsterte Colin. »Ist sie nicht herrlich? Kein Muckser bisher.«

»Noch nie habe ich jemanden so tot gesehen wie Bridget«, flüsterte Michael.

Hercule Poirot richtete sich auf.

»Das ist ja furchtbar«, flüsterte er. Seine Stimme klang tonlos, vollkommen verändert.

Aus Angst, laut herauszuplatzen, mussten sich Miachel und Colin rasch umdrehen. Mit erstickter Stimme fragte Michael: »Was – was sollen wir nur machen?«

»Uns bleibt nur eins übrig«, antwortete Poirot. »Wir müssen sofort die Polizei holen. Will einer von euch anrufen?«

»Ich glaube, ich glaube – was meinst du, Michael?«, fragte Colin.

»Ja, ich meine, der Spaß hat jetzt lange genug gedauert.« Er trat einen Schritt vor. Zum ersten Mal schien er ein wenig unsicher zu sein. »Es tut uns sehr leid. Hoffentlich nehmen Sie es uns nicht übel. Sie müssen nämlich wissen, es – äh –, es war eine Art Weihnachtsscherz, Monsieur Poirot. Wir dachten – nun ja, wir wollten einen Mord für Sie inszenieren . . .«

»Ihr wolltet einen Mord für mich inszenieren?«

»Es ist nur Theater«, erklärte Colin. »Wir haben es nur gemacht, damit Sie sich wie zu Hause fühlen.«

»Aha! Ich verstehe; ihr wolltet mich in den April schicken, nicht wahr? Aber heute ist nicht der erste April, sondern der sechsundzwanzigste Dezember!«

»Ich glaube, wir hätten es doch nicht tun sollen«, befürchtete Colin, »bitte, sind Sie uns deswegen nicht böse, Monsieur Poirot. Komm, Bridget! Bridget, steh auf! Du musst ja schon halb erfroren sein.«

Die Gestalt im Schnee rührte sich jedoch nicht.

»Das ist aber merkwürdig«, sagte Poirot, »sie scheint euch nicht zu hören.« Er blickte alle nachdenklich an. »Und es soll ein Scherz sein, sagt ihr? Seid ihr auch sicher, dass es nur ein Scherz ist?«

»Ja, natürlich«, antwortete Colin. Er fühlte sich in seiner Haut nicht mehr wohl. »Wir ... wir haben doch nichts Böses beabsichtigt.«

»Und warum steht dann Mademoislle Bridget nicht auf?«

»Ich weiß es nicht«, erwiderte Colin. »Komm, Bridget«, rief er ungeduldig, »steh doch auf, lass die Dummheiten! Es tut uns wirklich sehr leid, Monsieur Poirot«, sagte Colin verängstigt. »Wir müssen uns bei Ihnen entschuldigen.«

»Sie brauchen sich nicht mehr zu entschuldigen.« Poirots Stimme klang merkwürdig steif.

»Was meinen Sie damit?« Colin starrte ihn an. Er drehte sich noch einmal um. »Bridget, Bridget! Was ist los? Warum stehst du nicht auf? Warum bleibst du denn liegen?«

Poirot winkte Desmond zu.

»Kommen Sie, Mr Lee-Wortley, kommen Sie her.«

Desmond trat zu ihm.

»Fühlen Sie ihren Puls!«

Desmond Lee-Wortley beugte sich zu dem Mädchen hinunter. Er ergriff den Arm – das Handgelenk.

»Ich fühle keinen Pulsschlag –« Er starrte Poirot an. »Der Arm ist steif. Großer Gott, sie ist tatsächlich tot.«

Poirot nickte. »Ja, sie ist tot«, bestätigte er. »Jemand hat aus der Komödie eine Tragödie gemacht. Hier sind Spuren, die her- und zurücklaufen. Und diese Fußspuren gleichen genau den Ihrigen, die Sie vom Haus bis hierher im Schnee hinterlassen haben, Mr Lee-Wortley!«

Desmond Lee-Wortley fuhr blitzschnell herum und starrte auf die Spur.

»Was ... Beschuldigen Sie etwa mich? Sind Sie verrückt? Warum hätte ich denn dieses Mädchen töten sollen?«

»Tja – warum? Das frage ich Sie auch.«

Poirot beugte sich hinunter und löste sehr sanft ihre steifen Finger.

Desmond atmete schwer. Er traute seinen Augen nicht, als er sah, dass in der Handfläche des toten Mädchen ein großer Edelstein lag. Es schien ein Rubin zu sein. »Das ist ja der verdammte Stein aus dem Pudding!«, rief er aus.

»Stimmt das?«, fragte Poirot. »Sind Sie sicher?«

»Natürlich ist das der Stein!« Schnell bückte er sich und nahm den roten Stein aus Bridgets Hand.

»Das hätten Sie nicht tun sollen«, sagte Poirot vorwurfsvoll. »Sie durften doch nichts verändern.«

»Ich habe nichts an der Leiche verändert. Aber dieses Ding könnte vielleicht verloren gehen und es ist doch ein Beweisstück. Das Wichtigste ist jetzt, die Polizei zu holen – so schnell wie möglich. Ich werde anrufen.«

Lee-Wortley drehte sich um und rannte auf das Haus zu. Sarah trat zu Poirot.

»Ich *verstehe* das nicht«, flüsterte sie. Ihr Gesicht war leichenblass. »Ich verstehe es wirklich nicht.« Sie umklammerte ängstlich Poirots Arm. »Was haben Sie mit – mit den Fußspuren gemeint?«

»Sehen Sie selbst, Mademoiselle.«

Die Fußspuren, die zur Leiche und wieder zurück führten, waren die gleichen, die Desmond im Schnee hinterlassen hatte, als er, vom Haus kommend, mit Poirot an die Leiche des Mädchens herangegangen und wieder zurückgetreten war.

»Sie meinen, es war Desmond?«

Das Aufheulen eines Automotors zerriss plötzlich die Stille. Schnell drehten sich alle um. Sie sahen deutlich, wie ein Auto in rasender Fahrt die Auffahrt hinunterjagte. Sarah erkannte, wem das Auto gehört. »Desmond!«, rief sie. »Es ist Desmond. Sicher fährt er zur Polizei, anstatt zu telefonieren.«

Diana Middleton stürmte aus dem Haus auf sie zu.

»Was ist los?«, schrie sie atemlos. »Desmond rannte gerade herein. Er redete etwas von einem Mord und rüttelte am Telefon, aber es war tot. Er bekam keine Verbindung. Er sagte, das Kabel sei durchgeschnitten und es bliebe nichts anderes übrig, als das Auto zu nehmen und zur Polizei zu fahren. Warum denn die Polizei?« Sie starrte Poirot an. »Bridget? Aber das ist doch – ist das nicht ein Scherz? Ich hörte gestern Abend so etwas. Ich dachte, man wollte Ihnen einen Streich spielen, Monsieur Poirot?«

»Ja«, sagte Poirot, »das hatte man vor. Sie wollten mir einen Streich spielen. Aber jetzt kommen Sie bitte alle mit ins Haus. Wir holen uns hier draußen nur den Tod. Wir können sowieso nichts tun, bis Mr Lee-Wortley mit der Polizei zurück ist.«

»Hören Sie«, sagte Colin, »wir können doch Bridget nicht hier allein lassen.«

»Es hilft nichts mehr, wenn ihr bei ihr bleibt«, sagte Poirot. »Wir können Mademoiselle Bridget nicht wieder zum Leben erwecken. Gehen wir also hinein und wärmen uns auf. Vielleicht sollten wir eine Tasse heißen Tee oder eine Tasse Kaffee trinken.«

Sie folgten ihm gehorsam ins Haus. Peverell wollte gerade den Gong schlagen. Selbst wenn Peverell es für merkwürdig gehalten hatte, dass die meisten Hausbewohner schon draußen im Schnee waren und Monsieur Poirot in Schlafanzug und Mantel herumlief, so ließ er sich nichts anmerken. Peverell war trotz seines Alters ein perfekter Butler. Er bemerkte nichts, was er nicht bemerken sollte. So gingen sie ins Esszimmer und setzten sich. Als der Kaffee gebracht war und alle tranken, begann Poirot mit seiner Erklärung.

»Ich muss Ihnen eine Geschichte erzählen, die ich zwar nicht in allen Einzelheiten schildern kann, aber doch in groben Umrissen. Sie handelt von einem jungen Prinzen, der dieses Land besuchte. Er brachte einen berühmten Edelstein mit, den er für seine zukünftige Frau umarbeiten lassen sollte. Das Unglück wollte es, dass er eine sehr hübsche junge Dame kennen lernte. Diese junge Dame interessierte sich weniger für den Prinzen, aber sie hatte sich in seinen Edelstein verliebt – und zwar so sehr, dass sie eines Tages mit ihm verschwand. Dieser Stein ist historisch wertvoll, er ist seit Generationen im Besitz der Familie. Wie man sich vorstellen kann, befand sich der Prinz nun in einer verzwickten Lage. Ein Skandal durfte auf keinen Fall entstehen. Es war nicht ratsam, die Polizei zu alarmieren. Daher kam der Prinz zu mir, zu Hercule Poirot. ›Bringen Sie mir den historischen Rubin zurück‹, bat er. Nun hatte besagte junge Dame einen Freund, der bislang in mehrere zwielichtige Geschäfte verwickelt war. Sein Name wurde im Zusammenhang mit Erpressung und Verkauf von Schmuck im Ausland genannt. Jedes Mal handelte er sehr geschickt und man konnte ihm niemals etwas nachweisen. Ich erfuhr, dass dieser schlaue Herr das Weihnachtsfest in diesem Haus verbringen würde. Wichtig war ihm dabei, dass die hübsche junge Dame eine Zeit lang nicht gesehen werden durfte, nachdem sie sich den Edelstein verschafft hatte, damit niemand sie unter Druck setzen und niemand ihr Fragen stellen konnte. So kam sie nach Kings Lacey – angeblich als Schwester dieses sauberen Herrn.«

Sarah holte tief Luft.

»Nein! Das kann nicht wahr sein.«

»Doch! Genau das. Mit Hilfe einiger Tricks wurde auch ich zum Weihnachtsfest eingeladen. Angeblich sollte die junge Dame gerade aus dem Krankenhaus entlassen worden sein. Als sie hier ankam, ging es ihr schon besser. Da erfuhr sie, dass auch ich, ein Detektiv, ein sehr bekannter Detektiv, hierher kommen würde. Sofort fiel ihr das Herz in die Hose, so sagt man doch. Sie versteckte den Rubin an der erstbesten Stelle, die ihr einfiel. Dann hatte sie schnell einen Rückfall und hütete seitdem das Bett. Sie wollte nicht von mir gesehen werden, denn zweifelsohne würde ich eine Fotografie von ihr haben und sie sofort wieder erkennen. Sie langweilte sich natürlich sehr, musste aber in ihrem Zimmer bleiben. Der Bruder brachte ihr sogar das Essen nach oben.«

»Und der Rubin?«, fragte Michael.

»Ich glaube, die junge Dame war mit euch allen in der Küche, als man meine Ankunft erwähnte. Alles lachte, redete und rührte den Pudding um. Der wurde in die Schüsseln verteilt und die junge Dame versteckte den Rubin, indem sie ihn in eine der Puddingschüsseln fallen ließ – und zwar in die Schüssel, die nicht für das Weihnachtsfest bestimmt war. Sie wusste genau, dass der Weihnachtspudding in einer besonderen Form aufbewahrt wurde. Sie presste den Stein in den anderen Pudding – in denjenigen, der zu Neujahr gegessen werden sollte. Bis dahin hatte sie genügend Zeit, ihre Abreise vorzubereiten. Wenn sie ging, wollte sie natürlich den Neujahrspudding mitnehmen. Am Morgen des Weihnachtstages passierte dann ein Unglück. Der Pudding in der fantasievoll verzierten Weihnachtsform wurde fallen gelassen. Die Form zersprang auf dem Steinfußboden in viele Stücke. Was sollte man tun? Die gute Mrs Ross nahm also den Neujahrspudding und ließ ihn servieren.«

»Guter Gott!«, rief Colin aus. »Wollen Sie damit sagen, dass der Rubin echt war, den Großvater, als er seinen Pudding aß, aus dem Mund holte?«

»Genau! Und du kannst dir vorstellen, was in Mr Lee-Wortley vorging, als er es bemerkte. *Eh bien,* was geschah als Nächstes? Der Rubin wurde herumgereicht. Ich prüfte ihn. Es gelang mir, ihn unauffällig in meine Tasche gleiten zu lassen. Ich machte es ganz unauffällig, als geschähe es ganz aus Versehen. Ein bestimmter Jemand beobachtete allerdings genau, was ich tat. Als ich im Bett lag, durchsuchte er mein Zimmer. Er tastete mich sogar ab, aber er fand den Rubin nicht.«

»Weil Sie ihn Bridget gegeben haben«, vermutete Michael atemlos. »Das meinen Sie doch, das ist also der Grund. Aber ich verstehe nicht ganz – ich meine ... Hören Sie, was geschah dann?«

Poirot lächelte ihn an. »Kommt in die Bibliothek und schaut zum Fenster hinaus! Ich werde euch dort etwas zeigen, was das Geheimnis aufklärt.« Er ging voraus und sie folgten ihm. »Denkt noch einmal an den Schauplatz des Verbrechens!«

Er zeigte zum Fenster hinaus und alle hielten zur gleichen Zeit die Luft an. Im Schnee lag keine Leiche mehr! Nichts deutete mehr auf eine Tragödie, nur eine Menge zertrampelten Schnees war zu sehen.

»Ich habe das doch nicht geträumt«, murmelte Colin fast unhörbar. »Hat jemand die Leiche weggeschafft?«

»Ah«, sagte Poirot. »Das Geheimnis der verschwundenen Leiche!« Er nickte mit dem Kopf und zwinkerte mit den Augen.

»Monsieur Poirot«, rief Michael, »haben Sie uns vielleicht die ganze Zeit an der Nase herumgeführt?«

Poirot lächelte verschmitzt.

»Es ist wahr, Kinder, ich habe mir einen kleinen Spaß erlaubt. Ich wusste nämlich von eurem Plan und bereitete einen Gegenplan vor ... *Ah, voilà,* Mademoiselle Bridget! Hoffentlich stellen sich keine schlimmen Folgen ein, weil Sie lange im Schnee gelegen haben. Ich würde mir nie verzeihen, wenn Sie sich eine Erkältung zugezogen hätten.«

Bridget hatte gerade das Zimmer betreten. Sie trug einen dicken Rock und einen Wollpullover. Sie lachte.

»Ich habe Ihnen einen Kräutertee bringen lassen«, sagte Poirot ernst. »Haben Sie ihn schon getrunken?«

»Nur einen Schluck. Mir fehlt nichts. War ich gut, Monsieur Poirot? Du liebe Güte, mir tut noch alles weh von dem Stangenkreuz, auf das ich mich legen musste, weil Sie es so wollten.«

»Sie waren großartig, mein Kind, einfach großartig. Aber die anderen wissen noch nicht Bescheid ... Letzte Nacht ging ich also zu Mademoiselle Bridget. Ich erzählte ihr, dass ich von eurer kleinen Verschwörung wusste, und ich fragte sie, ob sie für mich eine Rolle spielen würde. Sie war sehr geschickt. Für die Fußspuren benutzte sie ein Paar Schuhe von Mr Lee-Wortley.«

Sarah fragte barsch dazwischen: »Was soll das, Monsieur Poirot? Was hat das für einen Sinn, wenn Sie Desmond wegschicken, damit er die Polizei holt? Sie wird wütend sein, wenn sie erfährt, dass alles nur ein Scherz war.«

Poirot schüttelte leicht den Kopf.

»Aber ich glaube nicht eine Sekunde lang, dass Mr Lee-Wortley die Polizei holt. Er will mit einem Mord nichts zu tun haben. Er verlor völlig die Nerven. Er dachte nur noch an eines: den Rubin zu bekommen. Er griff sich den Stein, gab vor, dass das Telefon kaputt wäre, und raste unter dem Vorwand, die Polizei zu holen, in seinem Auto davon. Ich bin überzeugt, dass er sich nicht wieder sehen lassen wird. Wie ich weiß, verfügt er über ein schnelles Mittel, aus England fliehen zu können. Er besitzt doch ein Flugzeug, nicht wahr, Mademoiselle?«

Sarah nickte.

»Ja«, sagte sie. »Wir dachten daran ...« Sie sprach nicht weiter.

»Er wollte Sie damit entführen, nicht wahr? *Eh bien,* das ist eine ausgezeichnete Methode, um Edelsteine aus dem Land zu schmuggeln. Wenn man ein Mädchen entführt und die Öffentlichkeit erfährt etwas davon, dann wird keiner auf den Gedanken kommen, dass auch ein historisch wertvoller Rubin mit aus dem Land geschmuggelt wird. Das wäre eine gute Tarnung gewesen.«

»Ich glaube das nicht, ich glaube Ihnen kein Wort.«

»Fragen Sie seine Schwester!« Poirot nickte jemandem über Sarahs Schulter hinweg zu. Diese drehte sich schnell um.

Eine Platinblonde stand im Türrahmen. Sie trug einen Pelzmantel und blickte prüfend um sich. Sie war offensichtlich fassungslos.

»Ich und seine Schwester! So ein Unsinn!«, lachte sie laut und unsympathisch auf. »Der Kerl ist nicht mein Bruder! Er hat sich also aus dem Staub gemacht und ich soll nun die Suppe auslöffeln. Das Ganze war *seine* Idee. Er hat mich dazu überredet. Er sagte, dass das gestohlene Zeug viel Geld bringen würde und dass wegen des Skandals nie Nachforschungen angestellt würden. Ich könnte Ali immer erpressen, wenn ich verraten wollte, dass *er* mir den wertvollen Stein gegeben habe. In Paris wollten wir uns die Beute teilen ... Und jetzt lässt mich der Dreckskerl im Stich. Ich könnte ihn umbringen!« Sie wandte sich mit einem Ruck um. »Je eher ich verschwinde ... Bestellt mir jemand ein Taxi?«

»Das Auto wartet schon vor der Haustür auf Sie. Es bringt Sie zum Bahnhof, Mademoiselle«, schnarrte Poirot.

»Sie denken an alles, oder?«

»Fast an alles«, lächelte Poirot selbstzufrieden. Er sollte jedoch noch nicht entlassen sein.

Als er das Esszimmer betrat, nachdem er die angebliche Miss Lee-Wortley zum wartenden Auto begleitet hatte, wartete Colin auf ihn. Ein finsterer Ausdruck lag auf seinem jungen Gesicht. »Jetzt hören Sie mir mal zu, Monsieur Poirot! Was ist denn mit dem Rubin? Soll das heißen, dass er mit dem Rubin entwischt ist?«

Poirot machte ein langes Gesicht. Er drehte an seinem Schnurrbart. Er fühlte sich nicht wohl in seiner Haut. So schien es wenigstens.

»Ich werde ihn wiederbekommen«, sagte er schwach. »Es gibt noch andere Wege. Ich werde . . .«

»Hm«, ließ sich Michael vernehmen. »Wenn ich bedenke, dass Sie den Gauner mit dem Rubin entwischen ließen . . .«

Bridget war schlauer.

»Er zieht uns wieder auf«, sagte sie. »Inzwischen kenne ich Sie, nicht wahr, Monsieur Poirot?«

»Wollen wir zum Schluss noch ein Zauberkunststückchen vorführen, Mademoiselle? Greifen Sie in meine linke Tasche!«

Bridget griff hinein. Mit einem Freudenschrei zog sie die Hand wieder heraus. Sie hielt den großen Rubin hoch, der prachtvoll und blutrot funkelte.

»Jetzt wissen Sie also«, sagte Poirot, »dass der Stein, den Sie mit Ihrer Hand fest umklammerten, eine Nachahmung ist. Ich brachte sie für den Fall aus London mit, dass ich Ersatz brauchen würde. Verstehen Sie nun? Wir wollten keinen Skandal. Monsieur Desmond wird versuchen, die Imitation in Paris oder Brüssel oder in irgendeiner anderen Stadt, wo er Verbindungen hat, zu verkaufen. Dort wird man dann feststellen, dass der Rubin nicht echt ist. Hauptsache: Wir haben den richtigen. Was können wir uns Besseres wünschen? Alles endet zu unserer Zufriedenheit. Der Skandal ist vermieden worden, mein Prinzensöhnchen bekommt seinen Rubin wieder, er kehrt in sein Land zurück und geht, um eine Erfahrung reicher, eine hoffentlich gute Ehe ein. Ende gut – alles gut.«

»Abgesehen von mir«, murmelte Sarah fast unhörbar.

Sie sprach so leise, dass Poirot als einziger ihren Einwand hörte. Er sah sie freundlich an und schüttelte den Kopf.

»Sie täuschen sich, Mademoiselle Sarah. Sie haben auch dazugelernt. Jede Erfahrung ist wertvoll und eine glückliche Zeit liegt vor Ihnen. Das prophezeie ich Ihnen.«

»Das sagen *Sie*«, entgegnete Sarah.

»Aber hören Sie, Monsieur Poirot«, Colin blickte finster drein, »wie haben Sie unseren Plan erfahren?«

»Meine Aufgabe ist es, alles zu wissen«, antwortete Monsieur Poirot. Er drehte an seinem Schnurrbart.

»Ja, gut, aber ich kann mir nicht vorstellen, wie Sie das geschafft haben. Hat uns jemand verpfiffen? Ist jemand zu Ihnen gekommen und hat es erzählt?«

»Nein, das nicht.«

»Wie haben Sie es dann erfahren?«

Alle baten im Chor: »Ja, erzählen Sie!«

»Aber nein«, protestierte Poirot. »Wenn ich verrate, wie ich es erfahren habe, werdet ihr enttäuscht sein. Es ist wie bei einem Zauberkünstler, der verrät, wie er seine Kunststücke macht.«

»Erzählen Sie doch, Monsieur Poirot, bitte! Erzählen Sie!«

»Ihr wollt wirklich, dass ich dieses letzte Geheimnis aufdecke?«

»Ja, erzählen Sie!«

»Ach, ich glaube, ich kann es nicht. Ihr werdet sehr enttäuscht sein.«

»Ach, bitte doch, Monsieur Poirot, erzählen Sie. Wie haben Sie es erfahren?«

»Nun gut. Ich saß, müsst ihr wissen, vorgestern nach dem Tee in der Bibliothek am Fenster und ruhte mich in einem Sessel aus. Dabei schlief ich ein. Als ich aufwachte, spracht ihr ganz in meiner Nähe über euren Plan – nur draußen vor dem Fenster. Und das stand offen.«

»Das ist alles?«, fragte Colin. Er ärgerte sich. »So einfach!«

»Nicht wahr?«, sagte Poirot lächelnd. »Seht ihr, nun seid ihr enttäuscht.«

»Na gut«, erwiderte Michael. »Jedenfalls wissen wir jetzt alles.«

»Stimmt das tatsächlich?«, murmelte Poirot vor sich hin. »Ich weiß jedenfalls noch *nicht* alles, obwohl es doch meine Aufgabe wäre, über alles Bescheid zu wissen.«

Er trat in die Vorhalle hinaus und schüttelte den Kopf. Wohl zum zwanzigsten Mal zog er aus seiner Tasche ein ziemlich schmutziges Blatt Papier hervor und las: ESSEN SIE NICHTS VON DEM PLUMPUDDING! JEMAND, DER ES GUT MIT IHNEN MEINT.

Hercule Poirot schüttelte nachdenklich den Kopf. Er, der sich alles erklären konnte, fand für diese Warnung keine Erklärung. Was für eine Demütigung! Wer hatte den Zettel geschrieben? Aus welchem Grund war er geschrieben worden? Er wusste, er würde erst wieder Ruhe finden, wenn er dieses Rätsel gelöst hatte. Plötzlich schrak er aus seinen Überlegungen auf und hörte seltsam keuchende Laute. Aufmerksam sah er auf den Boden. Dort machte sich ein mit Schaufel und Besen bewaffnetes flachsblondes Wesen zu schaffen. Es starrte mit großen runden Augen auf den Zettel in seiner Hand.

»Oh!«, rief die Erscheinung. »Oh! Bitte sehr!«

»Wer sind Sie denn, *mon enfant*?«, fragte Poirot freundlich.

»Annie Bates, bitte sehr. Ich helfe Mrs Ross. Ich wollte, ich wollte nichts – nichts Unrechtes tun. Ich habe es nur gut gemeint. Ich meine, ich wollte nur Ihr Bestes.«

Poirot ging ein Licht auf. Er hielt ihr den schmutzigen Zettel hin. »Haben Sie das geschrieben, Annie?«

»Ich wollte nichts Böses anrichten. Wirklich nicht, glauben Sie mir.«

»Natürlich wollten Sie das nicht, Annie.« Er lächelte sie an. »Aber erzählen Sie mir bitte, warum Sie diesen Zettel geschrieben haben?«

»Nun, da waren die zwei, Mr Lee-Wortley und seine Schwester. Ich wusste, dass sie in Wirklichkeit nicht seine Schwester war. Keiner von uns hat das geglaubt. Sie war auch kein bisschen krank. Das haben wir alle gewusst. Wir haben geglaubt, dass etwas nicht stimmt. Ich sage es Ihnen rundheraus. Ich war in ihrem Badezimmer, um saubere Handtücher hinzulegen, und habe an der Tür gehorcht. ›Dieser Detektiv‹, hat er gesagt, ›dieser Kerl, der Poirot, kommt hierher. Wir müssen irgendwas unternehmen. Wir müssen ihn so rasch wie möglich aus dem Weg räumen.‹ Dann hat er leiser gesprochen und sie in einem bösartigen Ton gefragt: ›Wo hast du das hingetan?‹ Und sie antwortete ihm: ›In den Pudding.‹ Ich bekam einen furchtbaren Schreck. Ich habe gedacht, mir würde das Herz aussetzen. Ich habe gedacht, dass die beiden Sie mit dem Weihnachtspudding vergiften wollten. Ich habe nicht gewusst, was ich tun sollte. Mrs Ross hätte auf jemanden wie mich nicht gehört. Da bin ich auf die Idee gekommen, Ihnen einen Zettel zu schreiben, um Sie zu warnen. Ich legte ihn auf das Kissen. Dort würden Sie ihn finden.« Annie konnte vor Atemlosigkeit nicht weiterreden. Poirot sah sie einige Minuten lang ernst an.

»Sie sehen zu viele Gangsterfilme, glaube ich, Annie«, sagte er schließlich. »Oder vielleicht ist das Fernsehen daran schuld. Das Wichtigste ist aber, dass Sie eine gute Seele sind und eine gewisse Fantasie haben. Wenn ich wieder in London bin, werde ich Ihnen ein Geschenk schicken.«

»Oh, danke, recht herzlichen Dank!«

»Was möchten Sie gern haben, Annie?«

»Kriege ich alles, was ich mir wünsche? Kriege ich wirklich das, was ich mir wünsche?«

»Ja. Es muss sich natürlich in Grenzen halten«, antwortete Poirot vorsichtig.

»Oh, könnte ich ein Kosmetiktäschchen bekommen? So ein wirklich todschickes, piekfeines Kosmetiktäschchen wie das von Mr Lee-Wortleys Schwester?«

»Das ist interessant«, redete er leise und versonnen vor sich hin. »Vor einiger Zeit war ich im Museum und sah mir mehr als tausend Jahre alte Funde aus Babylon und ähnlichen Orten an –

darunter waren auch Kosmetikschachteln. Die Frauen ändern sich im Grunde nicht.«

»Wie bitte?«

»Es war nicht wichtig«, antwortete Poirot. »Ich dachte nur nach. Sie werden Ihr Kosmetiktäschchen bekommen.«

»Oh, danke schön, vielen herzlichen Dank.« Annie ging froh davon. Poirot sah ihr nach und nickte zufrieden mit dem Kopf.

»Tja«, sagte er zu sich selbst. »Und jetzt gehe ich. Ich habe meine Aufgabe hier erfüllt.« Unerwartet legten sich in diesem Augenblick von hinten zwei Arme um seine Schultern.

»Da Sie gerade unter dem Mistelzweig stehen . . .«

Es war Bridget. Hercule Poirot genoss es, er genoss es sehr. Er sagte sich, dass es ein sehr schönes Weihnachtsfest sei . . .

Draußen steht der Weihnachtsmann
oder
Strafe muss sein

Anke Gebert

Er ist kein guter Junge. Das war er noch nie, das kann man wirklich nicht sagen. Schon als er noch in meinem Bauch war, tyrannisierte er mich. Mit seinen ersten Bewegungen schien er mir zu verstehen geben zu wollen, dass er mich fertig machen will. Ich sage das wirklich nicht gern über meinen Sohn, welche Mutter tut das schon? Aber von dem Moment an, in dem er in mir war, begann es mir schlecht zu gehen. Richtig krank wurde ich. Wegen der ständigen Übelkeit sagten alle, dass es ein Mädchen werden würde, denn bei Jungen würde es den werdenden Müttern gut gehen. Von wegen. Mein Junge hatte es vom ersten Tag an auf mich abgesehen.

Und dabei versuchte ich schon immer, ihm alles recht zu machen. Ich aß nur noch, was ihm hoffentlich auch schmeckte, ich hörte keine laute Musik mehr, um ihn nicht zu erschrecken. Trotzdem hatte er nichts anderes im Sinn, als mich nicht mehr schlafen zu lassen. Er trommelte Tag und Nacht auf mich ein. Von innen. Später auch von außen.

Mit seinen Fäusten, als hätte ich ihm etwas getan. Ich habe es doch immer nur gut gemeint. Aber diesem Kind konnte man nie etwas recht machen. Warum tat er mir das an? Warum tat er uns das an? Mir? Und meinem Mann? Ben war doch ein Wunschkind gewesen. Wir trösteten uns damit, dass wir nur diese neun Monate Schwangerschaft überstehen mussten, und danach sicher alles besser werden würde. Benny kam spät, vierzehn Tage später als geplant. Er war überfällig, das sagt man so. Bei Mädchen sei das normal, denn die ließen sich Zeit, weil sie sich noch putzen wollten. Bei Benny jedoch war es so, als wollte er nicht aus mir heraus. Der putzte sich nicht, der sträubte sich. Vierzehn lange Tage hat der mich gequält. Neuneinhalb lange Monate. Seinetwegen musste ich damals täglich zum Arzt: Urinprobe, Blutprobe und, und, und. Eine Qual war das. Benny drohte in meinem Fruchtwasser zu vergiften. Und das hätte immerhin auch mich umbringen können.

Ich war froh, als sie ihn endlich holten – mit Kaiserschnitt. Fast draufgegangen wäre ich dabei. Nach der Operation wollte ich Benny nicht gleich sehen. Zu schlimm war das alles für mich gewesen. Mein Mann erzählte mir, dass unser Sohn schon Haare auf dem Rücken hätte, weil er überreif gewesen wäre. Doch dies wollte ich schon gar nicht sehen. Ich hörte sein Schreien aus dem Säuglingszimmer. Er schrie draußen so, wie er innen getrommelt hatte. Aggressiv. Kein Kind schrie so wie Benny. Dann brachten die Hebammen ihn und legten ihn mir an die Brust. Doch ich hatte keine Milch für Benny. Er tat mir weh. So klein wie er war, tat er mir weh – nach dem Motto: Strafe muss sein. Ich konnte diesen kleinen Bastard nicht stillen. Sie gaben ihm Fertignahrung. Das gefiel ihm gut, denn davon wurde er satt. Zum Entsetzen der Hebammen trank Ben immer zwei Flaschen statt der einen für Säuglinge vorgesehenen. Wenn er satt war, blieb er eine Weile ruhig, nur eine Weile. Nach ein paar Tagen mussten wir ihn mit nach Hause nehmen und allein klarkommen – mit diesem kleinen Bastard. Das war die Hölle. Wir waren bald keine Menschen mehr, mein Mann und ich, wie man so »schön« sagt. Denn Benny schrie, er schrie nun auch, wenn er satt war. Also trugen wir ihn immer abwechselnd auf dem Arm. Dann dirigierte Ben uns nach links und nach rechts. Spieluhr hier. Hampelmann da. Von morgens bis abends. Wenn Ben irgendwann endlich schlief, liefen wir mit angezogenen Schultern herum, denn gleich würde er wieder seine Augen aufschlagen und schreien. Es war dieses Schreien, dass uns fast umbrachte. Heute frage ich mich wirklich, wie wir das überlebt haben.

Etwas besser wurde es erst, als Benny ungefähr drei Jahre alt wurde. Als er begriff, dass man sich auch anders – als mit

Schreien – verständlich machen kann, als er begann, seine Forderungen auszusprechen.

Wir taten immer alles für unser Kind. Sonst hätten wir doch nie vor ihm Ruhe gehabt. Noch besser wurde es mit Benny und uns, als er verstand, dass es einen Weihnachtsmann gibt, der nur mit Geschenken zu ihm kommt, wenn Ben tut, was wir Eltern sagen. Der Weihnachtsmann wurde unsere Rettung. Von Ende September bis zum 24. Dezember jedenfalls.

»Wenn du nicht sofort aufhörst zu trampeln, dann kommt der Weihnachtsmann nicht zu dir!« Oder: »Wenn du mir noch einmal in den Bauch boxt, kommt der Weihnachtsmann und bringt dir nur eine Rute – und keine Geschenke!«

Das hatte Wirkung. Das brachte meinem Mann und mir fast drei Monate im Jahr ein, die uns fast wie ein normales Familienleben vorkamen. Manchmal musste ich nur noch das eine Wort »Weihnachtsmann« sagen und schon klappte es bestens mit Benny. Dass er eines Tages nicht mehr an den Weihnachtsmann glauben würde, darüber dachten wir lieber nicht nach, verhinderten alles, damit ihn niemand an dessen Existenz zweifeln ließ.

Immer taten wir übermäßig viel in den Geschenkesack, hofften, dass Benny es uns danken würde. Doch der rechnete die reichlichen Geschenke nur dem Weihnachtsmann hoch an. Jahr für Jahr verkleidete sich mein Mann und Benny merkte den Schwindel nicht. Manchmal dachte ich, er wollte nichts merken. Kaum hatte der Weihnachtsmann am Heiligen Abend nach der Bescherung die Wohnung verlassen, war Benny wieder der Alte. Er riss die Geschenke aus dem Papier und zerfetzte die Kartons, um an deren Inhalt zu kommen. Wir versuchten ihm vergebens beizubringen, dass man Geschenkpapier wieder verwenden könnte. Benny wollte zerstören. Er zerstörte auch die Geschenke, die ihm nicht gefielen, warf sie uns vorwurfsvoll vor die Füße.

Nach der Bescherung hieß es also wieder Aushalten für uns: Januar, Februar, März, April, Mai, Juni, Juli, August ... Bis es eben wieder drei Monate vor Weihnachten war und der Weihnachtsmann bald wieder vor der Tür stehen würde. Ostern und der Osterhase und auch der Geburtstag hatten keinerlei vergleichbare erzieherische Wirkung auf Ben. Den Osterhasen nahm Benny nie richtig ernst und von uns wusste er, wir würden es keinesfalls wagen, ihm keine Geschenke zum Geburtstag zu machen. *Uns* hatte Benny im Griff. Nur vor dem, vor dem hatte er Respekt. So ging es, bis Benny sieben Jahre alt war. Von einem Tag zum anderen hinterließen meine Drohungen keine richtige Wirkung mehr. Wie immer hatten wir im September Bens Wunschzettel abgeschickt – nach Himmelpforten. Dorthin, wo der Weihnachtsmann wohnt – für Benny und all die anderen gläubigen Kinder. (In Himmelpforten arbeiten nette ehrenamtliche Helfe und verschicken vor Weihnachten massenhaft vorgedruckte: »Vielen Dank für deinen Wunschzettel ... du musst dich noch etwas gedulden. Dann werde ich dir deine Geschenke bringen und, und, und ...«)

Ein Brief aus Himmelpforten als Antwort auf seinen Wunschzettel war für Ben der sichere Beweis, dass es ihn gibt – den Weihnachtsmann. In diesem Jahr war wieder eine Endlosliste von Wünschen gewesen, die Benny mir diktiert hatte. Zum Selberaufmalen war er natürlich zu faul gewesen: Legoufo, Gameboy mit diversen Spielen, ein Mountainbike, für das er noch viel zu klein war, und, und, und. Ich wagte es Ben zu sagen, dass der Weihnachtsman ihm auf gar keinen Fall, so viele Sachen bringen könnte, weil ja auch für die anderen Kinder noch Platz im Geschenkesack bleiben müsste. Doch das interessierte Ben nicht. Als ihm ein gleichaltriges Kind auf dem Spielplatz erzählte, dass es gar keinen Weihnachtsmann gäbe, schlug Benny ihm auf den Kopf, bis dessen Mutter dazwischenging. Einmal als er sich zu Hause wieder wie ein Verrückter aufführte, weil er die kleinste Kleinigkeit nicht befolgen wollte (sich anziehen oder auf der Toilette spülen) gerieten Benny und ich aneinander. Ich drohte ihm mit dem Weihnachtsmann, doch dieses Mal war es, als lachte Ben mich aus.

Ich schrie: »Dann rufe ich den Weihnachtsmann jetzt an! Und ich sage ihm, dass er all deine Geschenke an andere Kinder verteilen soll!«

Ich sehe noch Bennys Blick. Dass ein Kind einen so ansehen kann ... Ich wählte trotzdem eine imaginäre Nummer und ich tat so, als spräche ich mit dem Weihnachtsmann. Sollte Ben doch sehen, was er davon hatte. Ich bestellte all seine Geschenke ab. Ben wirkte wie erstarrt. Dann rannte er auch mich los, schlug mit seinen Fäusten auf meinen Bauch ein, wie er es schon früher getan hatte, hörte erst auf, als ich vor Schmerzen den Hörer auflegte. Doch ich blieb konsequent und sagte ihm, dass ich erst wieder den Weihnachtsmann anrufen und alles rückgängig machen würde, wenn Benny sich gebessert, wenn er ein lieber Junge wäre. Benny schlug noch einmal zu und antwortete:

»Wenn *ich* nichts zu Weihnachten bekomme, soll auch kein anderes Kind etwas bekommen!«

Ich lachte meinen Sohn aus. Und ich sagte ihm, dass der Weihnachtsmann immer noch das täte, was er wolle.

»Nein! Ich tu, was ich will!«, schrie Benny zurück.

Ich war es, die meinen Mann überredete, dass wir endlich konsequent sein, dass Benny in diesem Jahr tatsächlich nichts zu Weihnachten bekommen sollte. Benny sollte endlich spüren, dass er mit uns nicht mehr alles machen konnte. Ich überredete meinen Mann, dass er im Geschenkesack nichts anderes haben sollte als eine Rute und eine Kartoffel. Strafe muss sein! Mein Mann war gegen den Plan. Alle Kinder bekämen etwas zu Weihnachten. Mein Mann war schon immer etwas weichlicher als ich. Und unser Kind ist nicht wie alle Kinder.

Obwohl ich längst alle Geschenke für Benny eingekauft hatte, blieb der Geschenkesack in diesem Jahr also leer. Ich legte die Kartoffel hinein und aus den Tannenzweigen, die wir von unserer Edelfichte abgetrennt hatten, damit sie besser in den Baumständer passte, band ich mit einer schönen roten Schleife eine Rute. Mir blutete das Herz dabei, wie man so schön sagt. Aber Strafe muss doch sein.

Mein Mann fühlte sich noch sclechter als ich. Wie jedes Jahr verkleidete er sich zum Weihnachtsmann.

Benny tyrannisierte uns schon vom frühen Morgen an mit der Frage, wann der Weihnachtsmann endlich käme, denn er wollte endlich das ganze Zeug haben, das er sich bestellt hatte.

So gegen 16.30 Uhr war es dann so weit: Benny und ich standen neben unserem wunderschön geschmückten Weihnachtsbaum. Ich sang: »Draußen steht der Weihnachtsmann, kommt mit seinen Gaben ...« Wie immer sang Benny nicht mit. Dann klopfte der Weihnachtsmann an die Tür und trat ins Zimmer. Eine Sekunde lang war es totenstill, denn Benny hatte sofort registriert, dass der Geschenkesack leer war. Der Weihnachtsmann fragte unseren Sohn, ob er denn immer lieb gewesen wäre. Benny sagte tatsächlich »Ja«. Der Weihnachtsmann sagte dann, dass ihm aber etwas ganz anderes zugetragen worden wäre. So einen hasserfüllten Blick wie in diesem Moment hatte ich bei Benny noch nie vorher gesehen. So viel Hass ... Die verstellte Stimme meines Mannes zitterte, als er Benny mitteilte, dass er ihm in diesem Jahr zu Weihnachten keine Geschenke mitgebracht hätte – außer einer Rute und einer Kartoffel. Der Weihnachtsmann bückte sich, um die Kartoffel herauszuholen. Benny stand immer noch wie starr. Mein Mann bekam es nicht übers Herz, Ben die Kartoffel zu geben, geschweige denn ihm mit der Rute auf den Hintern zu hauen, was Benny wirklich verdient gehabt hätte (und was wir auch besprochen hatten). Wortlos legte mein Mann Kartoffel und Rute auf dem Tisch ab.

»Ich muss jetzt wieder los«, sagte der Weihnachtsmann, »die anderen, die lieben Kinder warten schon auf mich – und ihre Geschenke.«

Mein Mann ging aus dem Zimmer. Ich eilte ihm nach mit den Worten:

»Ich bringe dich noch zur Tür, lieber Weihnachtsmann.«

Ben blieb wie versteinert neben dem Tannenbaum zurück. Wir hatten einen besonders schönen Baum in diesem Jahr. Mein Mann war schon eine Treppenstufe hinabgestiegen, als Benny plötzlich nachkam, mich zur Seite drängte und den Weihnachtsmann mit voller Kraft in den Rücken stieß. Und Benny schrie dabei: »Strafe muss sein!« Danach drehte er sich um und ging in die Wohnung zurück.

Mein Mann stürzte. Er fiel, versuchte sich zu halten, trat dabei aber auf den Saum des langen Weihnachtsmantels, stürzte weiter – sämtliche Treppen hinab. Ich schrie. Konnte nichts anderes tun. Schrie nur. Wusste im selben Moment, dass mein Mann das nicht überleben würde.

Das Schlimmste ist, dass Benny seinen Vater keines Blickes mehr würdigte. Ließ einfach die Tür hinter sich ins Schloss fallen. Schloss mich aus. Mich. Und meinen Mann.

Seit diesem Tag bin ich ganz allein mit Benny. Immer wieder fragt er mich, wann sein Vater denn wieder nach Hause käme. Was soll ich ihm sagen? Dass er ihn umgebracht hat? Und dass es gar keinen Weihnachtsmann gibt?

Benny fragt auch, ob im nächsten Jahr ein neuer Weihnachtsmann käme, einer, der ihm wieder viele Geschenke bringen würde. Ich antworte dann:

»Ja, wenn du schön lieb bist zu deiner Mama.« Irgendwie muss ich Benny doch in den Griff bekommen. Diesen Bastard. Ich habe doch nur noch ihn.

Ein Christnachtmährchen

Michael Siefener

Kurz darauf betrat die junge Pflegerin das Zimmer. »Wie geht es uns den heute?«, fragte sie mit ihrer schrillen Stimme, die Herbert Grollmann nun schon seit knapp zwei Jahren fast jeden Morgen ertragen musste. Doch heute konnte ihm nichts seine gute Laune verderben.

»Ganz hervorragend; danke der Nachfrage«, antwortete er mit einem breiten Grinsen und richtete sich in seinem Sessel auf.

Die Pflegerin sah ihn an, als hätte er ihr gerade gestanden, er sei schwanger. »Na, das ist ja wunderbar«, sagte sie mit einem dicken Fragezeichen in der Stimme.

Grollmann konnte ihr diese Reaktion nicht verübeln. Während der ganzen elenden Zeit, die er bisher in diesem heruntergekommenen Altersheim verbracht hatte, war er nicht gerade nett zu ihr gewesen. Sie traf mit ihrer aufdringlichen, schnatternden und oberflächlichen Art einen Nerv bei ihm. Doch heute war sie ihm gleichgültig.

»Ich habe vorhin einen Anruf bekommen«, sagte er und grinste noch breiter.

»Ach wirklich?«, meinte die junge Pflegerin darauf und machte sich an seinem zerwühlten Bett zu schaffen. Dabei sah sie ihn immer wieder von der Seite an, als befürchte sie, er könne sie anfallen. Na, dachte er belustigt, so falsch wäre dieser Gedanke nicht. Wer weiß, was ich vor fünfzig Jahren getan hätte, wenn ich mit dieser zugegebenermaßen hübschen jungen Frau allein in einem Zimmer gewesen wäre. Als er die Beine übereinander schlug, fuhr ihm ein heftiger Schmerz in den Rücken. Verdammt, dachte er, mit achtundachtzig macht einfach nichts mehr Spaß, auch wenn man noch einen klaren Verstand hat.

»Es war ein seltsamer Anruf«, nahm er den Gesprächsfaden wieder auf.

Die Pflegerin drehte sich um und hob die schwarzen Augenbrauen. »Nein, wirklich?«

»Ich habe eine Einladung zu einer Weihnachtsfeier erhalten«, sagte Grollmann zutiefst befriedigt. »Nicht zu diesem Schmier hier im Hause, wo sich alle vollsabbern, wenn sie ihre Weihnachtslieder herunterleiern. Nein, zu einer richtigen Weihnachtsfeier.«

»Wer hat Sie denn eingeladen?«, fragte das junge Mädchen; jetzt klang das Erstaunen in ihrer Stimme echt. Sie richtete sich auf, strich eine schwarze Haarsträhne zurück unter die hartweiße Haube und sah Herbert Grollmann verwundert an. Erst jetzt schien sie ihn als Menschen aus Fleisch und Blut wahrzunehmen.

Ja, wer hat mich eingeladen? fragte Grollmann sich selbst. Sollte er diesem jungen Ding gegenüber eingestehen, dass er nicht die geringste Ahnung hatte?

Es war eine weibliche Stimme zweifelhaften Alters gewesen. »Grollmann?«, hatte sie zunächst gefragt. »Herbert Grollmann?« Er hätte beinahe aufgelegt, weil er befürchtete, dass die Frau am anderen Ende eine Vertreterin war und ihm irgendwelches nutzloses Zeug andrehen wollte. Doch es kam anders.

Als hätte die Frau geahnt, dass er das Gespräch beenden wollte, setzte sie schnell hinzu: »Sie haben gewonnen. Sie haben für dieses Jahr das große Los gezogen.«

»Aber ich habe in keiner Lotterie mitgespielt«, hatte Grollmann mürrisch gesagt. Also war es doch ein Verkaufsgespräch.

»Legen Sie bitte nicht auf. Wir verlosen unter den Bewohnern der örtlichen Altersheime jedes Jahr die Teilnahme an unserer berühmten Weihnachtsfeier. Und dieses Jahr sind Sie der glückliche Gewinner.«

»Was soll mich der Spaß denn kosten?«

»Natürlich nichts. All inclusive, wie es heute so schön heißt. Transfer in einer Luxuslimousine, aufregende Gäste, eine grandiose Feier, hervorragende Speisen und Getränke, so viel Sie wollen, Geschenke, ein festliches Ambiente – mit einem Wort: ein unvergessliches Erlebnis.«

»Von so etwas habe ich noch nie gehört!«

»Unsere Gäste sind dazu angehalten, Stillschweigen über diesen wunderschönen Abend zu bewahren, um die anderen nicht neidisch zu machen«, erklärte die weibliche Stimme. Sie war so weich, so sanft, so himmlisch schön. Man musste ihr einfach vertrauen. Sie fuhr fort: »Seien Sie am 24. 12. gegen achtzehn Uhr bereit. Sie werden abgeholt.« Dann knackte es in der Leitung und das Besetztzeichen ertönte.

Herbert Grollmann konnte kaum glauben, dass das Gespräch weniger als eine halbe Stunde zurücklag. Er bemerkte, dass die Pflegerin ihn immer noch fragend anstarrte. »Wer mich eingeladen hat? Alte Freunde.«

»Ich wusste gar nicht, dass Sie Freunde haben«, entfuhr es dem Mädchen. Es bemerkte seine Taktlosigkeit sofort und hielt sich peinlich berührt die Hand vor den Mund. Sie wurde rot. Es stand ihr gut, fand Grollmann.

»Ich habe mehr Freunde, als Sie für möglich halten würden«, brummte er. Natürlich stimmte es nicht. Seit er in diesem gottverdammten Altersheim hockte und auf den Tod wartete, hatte ihn nicht eine einzige Menschenseele besucht – um von Anrufen ganz zu schweigen. Umso mehr hatte ihn diese unverhoffte Einladung überrascht. Es wäre das erste Mal seit dem Tod seiner Frau vor dreizehn Jahren, dass er den Heiligen Abend nicht allein verbringen musste.

Nachdem die junge Pflegerin sein Bett gemacht und sich vergewissert hatte, dass es ihm gut ging, verließ sie sein Zimmer wieder. Grollmann seufzte auf.

Noch fünf Tage bis zum Heiligen Abend. Jede Stunde schaute Grollmann auf die Uhr. Die Zeit schien sich zu verlangsamen. Er konnte es kaum erwarten. 24. 12., achtzehn Uhr! Wie er sich danach sehnte, unter normale Menschen zu kommen! Manchmal verließ er das Altersheim, doch es lag am Rande der Stadt, und er konnte unmöglich bis zum Zentrum laufen. Leider gab es weder einen Bus noch eine Straßenbahn und für ein Taxi reichte sein Geld nicht. Alles verschlang das Altersheim: sein Geld, seine Gesundheit und seine Seele. Doch nun stand der Ausbruch bevor. Wenigstens für ein paar Stunden.

Die Tage zogen sich unerträglich dahin. Jeden Morgen kam die Pflegerin, der Grollmann nur noch ein mürrisches Brummen schenkte, damit sie so schnell wie möglich wieder verschwand. Danach räumte er regelmäßig seinen Kleiderschrank aus und stellte seine Garderobe für den Heiligen Abend immer wieder neu zusammen. Nichts gefiel ihm, nichts war ihm vornehm genug für ein solch glänzendes Fest.

Eine Stunde vor dem genannten Abholtermin hatte er sich endlich für das karierte Sakko entschieden, das wesentlich bequemer als das schwarze Jackett war, und für eine dazu passende graue Flanellhose. Er fand, dass er recht gut aussah, auch wenn er seine achtundachtzig ereignisreichen Jahre nicht verbergen konnte.

Punkt sechs Uhr abends klopfte es an seiner Tür. Die junge Pflegerin öffnete; hinter ihr stand ein hoch gewachsener Mann mittleren Alters in einer schwarzen Chauffeurslivree. »Da ist jemand für Sie«, sagte das Mädchen mit einem dümmlichen Kichern und verschwand.

»Herbert Grollmann?«, fragte der Chauffeur und verneigte sich steif.

Wie in einem schlechten Film, dachte Grollmann. Er nickte.

»Bitte folgen Sie mir.«

Grollmann warf mit zitterigen, unsicheren Bewegungen seinen abgeschabten dunkelblauen Wintermantel über und verschloss seine Tür. Dann folgte er mit leicht schlurfenden Schritten dem Chauffeur, der absichtlich sehr langsam zu gehen schien.

Verdammt, tat das gut! Er, Herbert Grollmann, war auf dem Weg hinaus in die Welt. Dieser vornehme Knilch von Chauffeur hätte ihn irgendwohin bringen können – Hauptsache, weg von hier.

Es war tatsächlich eine Luxuslimousine, die genau vor dem Eingang des Altenheims parkte, wo eigentlich absolutes Parkverbot herrschte. Der Chauffeur riss mit einer zackigen Bewegung den Schlag des barock wirkenden, vor geschwungenen Linien wimmelnden Bentley auf und Grollmann ließ sich schwer in das weiche Lederpolster fallen, wobei er sich mit der rechten Hand so verkrampft an der Chromeinfassung des Türfensters festhielt, dass ihm tausend Dolche bis in die Knochen fuhren. Mit einem Aufstöhnen nahm er die Hand fort und der Chauffeur warf die Tür zu, umrundete den Wagen und nahm hinter dem riesigen Lenkrad Platz. Geräuschlos und ohne das geringste Ruckeln setzte sich der alte, schwere Wagen in Bewegung.

Die Fahrt führte mitten durch die abendlich dunkle Stadt. Überall glitzerten beleuchtete Weihnachtsbäume und Lichtergirlanden wie aus dem Himmel gefallene Sterne. Früher hatte Herbert Grollmann diesen Schnickschnack nicht gemocht, doch heute Abend war es anders. Heute Abend war er ein Teil dieses Spiels und nicht nur Zuschauer. Heute Abend durfte er seinen Gefühlen freien Lauf lassen. Er spürte, wie ihm angesichts des festlichen Glanzes eine Träne über die Wange rollte.

Es war gut, dass der Chauffeur kein Wort sprach. Gleich zu Beginn der Fahrt hatte er die Trennscheibe hochgefahren, sodass Grollmann mit sich und seinen Gefühlen allein sein konnte. Er seufzte. Jeder Knochen in seinem Leib schien mit ihm aufzustöhnen. Wenn er doch nur wieder jung wäre. Wie sehr könnte er dann diesen Abend genießen. Was für ein wilder Kerl er doch damals gewesen war! Manchmal sogar mehr als wild. Lange, lange war es her. Er griff nach der ledernen Halteschlaufe, die neben der Tür hing, und zog sich ächzend daran hoch. Jede Bewegung tat ihm weh. Es war einfach zu spät, um das Leben noch einmal in allen Nuancen zu schmecken. Plötzlich bedauerte er, dass er diese verrückte Einladung angenommen hatte. Der Wagen glitt aus der Stadt hinaus; der Lichterglanz verebbte.

Schließlich hielt der Bentley vor einem gewaltigen Haus, das wie ein Schloss mit vielen Türmen und Erkern bewehrt war. Aber es wirkte überhaupt nicht alt; es war die Kopie eines Schlosses. Genau in der Mitte des Daches thronte ein riesiger, gläserner, mit Lichterkränzen behangener Engel. Er hing dort oben etwas schief; es machte den Eindruck, als wolle er jeden Augenblick hinabfahren und alles unter sich begraben.

Der Chauffeur riss den Schlag auf und Grollmann stieg langsam und unter großen Schmerzen aus. Seine Osteoporose machte ihm heute wieder einmal ganz besonders zu schaffen. Er musste sich sogar zunächst auf den Chauffeur stützen. Dabei stieg ihm ein seltsamer Geruch in die Nase. Es war etwas Stechendes, Verbranntes, keineswegs ein Parfüm. Dann richtete sich Grollmann auf und der Geruch war verschwunden.

Der Chauffeur geleitete ihn bis zu der kleinen Freitreppe, an deren oberem Ende sich jetzt eine zweiflügelige Tür öffnete und den Blick auf eine hell erleuchtete Halle und einen gebeugten, kleinen Mann freigab. Fetzen von Gesprächen und Musik drangen nach draußen. Grollmann riss sich zusammen, stieg unter zerbissenem Stöhnen die wenigen Stufen hinauf und blieb auf dem oberen Absatz keuchend stehen.

Der kleine Mann wich einen Schritt in die Halle hinein; Grollmann folgte ihm wie von einem Sog gezogen. Die Tür fiel hinter ihm zu, ohne dass er gesehen hätte, wie sie jemand schloss. Der kleine Mann streckte den rechten Arm aus und sagte: »Darf ich um Ihren Überzieher bitten?«

Grollmann schälte sich aus seinem armseligen Mantel und schämte sich beinahe, als er dem Butler den alten Fetzen gab. Früher, ja früher, da hatte er fesch ausgesehen und die Blicke aller Frauen auf sich gezogen. Er seufzte wieder einmal. Der Butler zog sich mit dem Mantel zurück. Nun stand Grollmann allein in der Halle. Alle abzweigenden Türen waren geschlossen und doch war die Halle von kaum gedämpfter Musik und von hellen Stimmen erfüllt.

Da öffnete sich eine der Türen und ein hoch gewachsener

Mann unbestimmbaren Alters trat heraus. Hinter ihm wogte ein Meer aus Farben, Körpern und Klängen. »Ich freue mich, Sie hier begrüßen zu können, Herr Grollmann«, sagte er mit einer tiefen, samtigen Stimme und streckte die Hand aus. Grollmann ergriff sie. Sie war kalt wie Eis.

»Aber kommen Sie doch herein. Die anderen Gäste sind bereits versammelt. Ich möchte Sie ihnen vorstellen.«

Grollmann betrat mit unsicherem Schritt den Salon. Der Glanz nahm ihm den Atem. Die schwarzen Fenster spiegelten das Innere des gewaltigen Raumes. Zwei Kaminfeuer loderten an den Stirnseiten und wurden vom Fensterglas verdoppelt, ein gewaltiger, verschwenderisch geschmückter Weihnachtsbaum reichte bis unter die hohe Stuckdecke. Nur an den Wänden befanden sich einige unbesetzte Stühl; ansonsten wies der Raum keine Möblierung auf. Jeder kleinste Platz wurde von Feiernden beansprucht. Die meisten hielten ein Sektglas in der Hand und unterhielten sich angeregt miteinander.

Der Gastgeber führte Grollmann mitten in die Leibermasse hinein und stellte ihn jedem vor, dem sie begegneten. Grollmann verstand keinen einzigen Namen; dazu war es zu laut. Die Musik, die aus verdeckten Lautsprechern drang, schwebte über den Stimmen, vereinigte sich mit ihnen, durchdrang sie, sodass auch die Stimmen melodisch klangen, aber gleichzeitig nahm sie jedem Wort seine Bedeutung.

Irgendwann war der Gastgeber verschwunden. Grollmann sah sich um. Jemand drückte ihm ein Sektglas in die Hand. Er nippte daran. Der Sekt schmeckte himmlisch: Süß, leicht prickelnd, belebend.

»Sind Sie zufrieden?«, fragte ihn eine Stimme ganz nahe bei ihm; er konnte nicht erkennen, wer gesprochen hatte.

»Wie der Nektar der Götter«, antwortete er und nahm noch einen Schluck. Er fühlte sich gleich jünger. Es war, als würden seine Schmerzen ein klein wenig nachlassen.

Ein ungebärdiges Lachen setzte ein und lief durch den Raum wie eine Woge. War das eine Reaktion auf seine Antwort?, fragte sich Grollmann verblüfft. Alle Blicke schienen auf ihn gerichtet zu sein; auf allen Gesichtern lag unbändige, ehrliche, tief empfundene Freude. Manche Augen aber waren so schwarz wie die Hölle selbst.

Der Sekt durchperlte ihn wie ein Jungbrunnen. Eine Frau mittleren Alters, aber noch immer wunderschön, stellte sich vor ihn und prostete ihm zu. Dann sagte sie: »Es ist schön, dass Sie hier sind. Wir haben uns sehr auf Sie gefreut.« Ein Mann trat neben sie und ergänzte: »Wie jedes Mal zum Heiligen Abend gibt es auch heute wieder für alle ein Geschenk.«

»Wie ich mich freue«, sagte die Frau. Ihr Gesicht glühte in kindlicher Vorfreude.

»Bis vor kurzem habe ich nichts von dieser Veranstaltung gewusst. Seit wann gibt es denn so etwas?«, fragte Grollmann.

»Oh, schon seit einiger Zeit«, meinte die Frau, wandte sich ab und verschwand in der Menge.

»Und was haben Sie früher gemacht?«, fragte der Mann und blinzelte Grollmann interessiert zu.

»Ich war Jurist«, sagte Grollmann stolz. »Nach dem Krieg habe ich mitgeholfen, unser Rechtssystem wieder aufzubauen.«

»Sehr löblich«, sagte der Mann und prostete Grollmann zu. »Waren Sie damals nicht in der Partei?«

»Doch, leider«, meinte Grollmann. »Man wurde ja dazu gezwungen. Aber ich hatte mit Hitlers System nichts am Hut, das können Sie mir glauben. Deshalb habe ich nach dem Krieg auch wieder als Jurist Karriere machen können.«

»Ja, es gab damals gewisse Zwänge, denen man sich nicht entziehen konnte«, sagte der Mann. Nun schien er durch Grollmann hindurchzublicken und in Erinnerungen versunken zu sein.

»Sie sind sicherlich zu jung, um sich an diese schlimmen Zeiten erinnern zu können, nicht wahr?«, sagte Grollmann und schaute sich nach einem zweiten Glas dieses herrlichen Sekts um. Leider war nirgendwo ein volles und gleichzeitig herrenloses zu sehen.

»Ich erinnere mich an sehr vieles«, erwiderte der Mann und trat einen Schritt zurück. Dann war er genauso plötzlich verschwunden wie vorhin die Frau.

»Amüsieren Sie sich gut?«, fragte eine Stimme hinter ihm. Er drehte sich schwungvoll um. Da stand eine junge, hinreißend schöne Frau und lächelte ihn an. Verdammt, wenn er doch nur sechzig Jahre jünger wäre!

»Prächtig. Wo ist denn Ihr Begleiter?«

»Ich habe keinen Begleiter.«

»So schön und ohne Begleiter? Das kann doch nicht sein.«

»Hier ist alles möglich.«

Sie ging; eine weitere Frau kam: etwas älter, aber nicht minder hübsch – jedoch auf eine dunkle, geheimnisvolle Weise. »Wie fein, dass Sie kommen konnten«, sagte sie mit einer rauchigen Stimme, die Grollmann bis ins Mark fuhr. »Wir freuen uns alle ganz wahnsinnig auf die Bescherung.« Ihre dunkelgrünen Augen erzeugten einen Sog, dem Grollmann sich nicht widersetzen konnte. Fast wäre er ihr in die Arme gefallen. Sie packte ihn jedoch an den Handgelenken und verhinderte so, dass er stürzte.

Ihr Griff war eiskalt und brennend zugleich. Grollmann zog sofort die Arme zurück. Die Frau lächelte ihn wissend an.

Und verwandelte sich vor seinen Augen in einen Mann.

Grollmann schüttelte verdutzt den Kopf.

»Ist Ihnen nicht wohl?«, fragte der Gastgeber. Besorgnis lag in seiner tiefen, angenehmen Stimme.

»Kann ich noch ein Glas Sekt haben?«, fragte Grollmann zurück. Er brauchte etwas, woran er sich festhalten konnte.

»Es tut mir unendlich leid, aber ich fürchte, wir haben nicht genügend Vorräte angelegt. Der Sekt ist leider ausgegangen.« Der Gastgeber sah aufrichtig betrübt aus.

Natürlich war Grollmann nur einer Sinnestäuschung erlegen. Es war heiß in diesem Raum. Und es schienen immer mehr Gäste zu werden, obwohl er niemanden durch die Tür hereinkommen sah.

»Freuen Sie sich auch auf die Geschenke?«, fragte ihn ein älterer Mann, dessen silberner Haarkranz ihm wie ein Heiligenschein um den ansonsten kahlen Kopf lag.

»Was mögen das für Geschenke sein?«, fragte Grollmann.

»Oh, es wird wunderbar werden«, erhielt er zur Antwort. Der alte Mann mit dem Heiligenschein drehte sich um und sprach ein paar Worte mit einem anderen Gast.

Dabei war er eine Sekunde lang durchscheinend.

Grollmann sah deutlich den lichterglänzenden Christbaum hinter ihm. Ein Schwindelgefühl durchströmte ihn. Er kämpfte sich durch die Gästemassen zu einem der Stühle an der Wand des Raumes. Schwer seufzend setzte er sich und rieb sich die Augen. Wo befand er sich bloß? Das war keine normale Weihnachtsgesellschaft. Menschen wurden nicht plötzlich durchsichtig. Menschen veränderten nicht plötzlich ihr Geschlecht, ihr ganzes Aussehen. Oder waren das nur Halluzinationen?

Langsam keimte ein fürchterlicher Verdacht in ihm, der genauso fantastisch war wie die Gesellschaft vor seinen Augen. Was war, wenn er – tot war? Wenn er im Altenheim gestorben und bereits unmerklich in eine andere Welt hinübergewechselt war? Wenn er im Himmel war – oder im Fegefeuer? Oder in der Hölle.

Grollmann schüttelte den Kopf und lächelte. Was für ein verrückter Gedanke.

»Finden Sie?«, fragte ihn ein junger Mann in einem schwarzen Smoking, der sich unbemerkt neben Grollmann gesetzte hatte. Grollmann drehte verdutzt den Kopf. Konnte dieser Kerl etwa Gedanken lesen? »Ich freue mich ungemein, Sie kennen lernen zu dürfen«, sagte der junge Mann. »Ich habe Ihren Aufsatz über die Wiedereinführung der Todesstrafe gelesen. Hervorragende Argumentation. Schade, dass Sie sich nicht durchsetzen konnten.«

»Wie sind Sie denn auf meinen Aufsatz gestoßen?«, fragte Grollmann und hob verwundert die Brauen. »Arbeiten Sie auf diesem Gebiet?«

»Gewissermaßen. Ich habe ihn damals gelesen, gleich nach dem Erscheinen.«

Grollmann zog eine Grimasse. »Damals waren Sie doch noch gar nicht geboren«, sagte er abfällig.

Der junge, elegante Mann schlug die Beine übereinander und zündete sich eine Zigarette an. »Ihre Laufbahn ist interessant gewesen«, sagte er und schaute versonnen auf die glühende Zigarettenspitze. »Als Richter am Volksgerichtshof waren Sie für Ihre Härte bekannt. Viele haben Sie mit Freisler verglichen. Aber das war noch gar nichts im Vergleich zu Ihrem sorgsam gehüteten Privatleben.«

Grollmann spürte, wie ihm kalter Schweiß den Rücken hinunterlief. Wovon redete dieser junge Schnösel? »Mein Privatleben? Was geht Sie mein Privatleben an?«

Der junge Mann lächelte. »All die schönen Folterungen der Häftlinge, die Sie sich in Ihr Haus überstellen ließen. All die schönen, von Ihnen selbst durchgeführten Verstümmelungen, die Ihre spezielle Verhörmethode darstellten – wobei Ihnen die Aussagen völlig egal waren –, all das Blut, die Schreie, die Angst, der Schmerz. Für Sie war es das Höchste. Erinnern Sie sich noch an die schreckliche Mordserie, die die junge Republik nach dem Krieg erschütterte? Man hat den Mörder nie gefunden. Ja, es ist schwer, alte und lieb gewonnene Steckenpferde aufzugeben, nicht wahr? Aber schließlich haben Sie es geschafft.« Der Mann zwinkerte ihm zu. »Eine große Leistung.«

»Wovon reden Sie überhaupt?«, stieß Grollmann hervor. Er bemerkte kaum, dass er sich die Innenseiten seiner Backen blutig biss. Eine Gänsehaut legte sich über ihn. »Das sind alles infame Lügen. Nichts davon können Sie beweisen.«

»Das brauche ich auch nicht«, sagte der junge Mann und stand auf. Achtlos schnippte er seine halb gerauchte Zigarette fort.

Jemand klatschte in die Hände. Die Stimme des Gastgebers ertönte. »Meine lieben Freunde. Nun wollen wir zur Bescherung schreiten.«

Grollmann erhob sich, um besser sehen zu können. Der Gastgeber stand inmitten einer Menschentraube und hatte die Hände erhoben. »Wir Feinschmecker haben uns heute hier versammelt, um einen ganz besonderen Leckerbissen zu genießen.«

Sollte das alles sein? Ein Festessen?, fragte sich Grollmann. Er machte einen Schritt nach vorn. Da teilte sich die Menschentraube und bildete eine Gasse. Er sah, wie der Gastgeber ihn zu sich heranwinkte. »Herr Grollmann! Bitte kommen auch Sie her. Sie sind heute Abend ja unser Ehrengast.«

Unsicher trat Grollmann auf den Gastgeber zu. Dieser fuhr fort: »Wie jedes Jahr hat uns jener, dessen Namen wir nicht aussprechen, in seiner sehr begrenzten Güte erlaubt, für eine Nacht unsere Fesseln abzulegen und uns zu diesem Festmahl zu treffen. Und wie jedes Jahr hat er uns zur Feier des Geburtstages seines Sohnes eine besonders köstliche Seele gesandt.« Er zeigte auf Grollmann.

Also bin ich tatsächlich tot, durchfuhr es ihn.

»Nein«, sagte der Gastgeber. »Tote Seelen bekommen wir jeden Tag. Aber nur eine noch lebende Seele ist das wahre Festmenü. Die Seele eines Menschen, der schon im Leben war, was wir in der Ewigkeit der Hölle sind. Meine Freunde, das Mahl ist eröffnet.«

Und die Gäste zogen einen stetig enger werdenden Kreis um Grollmann. Es wurden immer mehr. So viele konnten gar nicht in diesen Raum passen. Die Luft war von einem ekligen Sirren erfüllt.

Das Letzte, was er sah, waren die grotesken Bewegungen, mit denen sie ihre menschlichen Masken ablegten.

Kalt und tief

Frances Fyfield

Das Eis hatte sich innerhalb von achtzehn Stunden gebildet; Sarah spürte scharfe Ränder um sich herum gefrieren. Zum Schneien war es zu kalt; Schnee würde sie nur länger gefangen halten und sie saß so schon gründlich in der Falle. Wie dumm, wie absolut dämlich von ihr zu versprechen, ihrer Schwester zu helfen – als könnte sie Kinder überhaupt auch nur leiden. Noch während sie aus dem Zug stieg, wägte Sarah in Sekundenschnelle die Gründe ab, die sie an diesen Punkt geführt hatten, und fand sie unzureichend. Nur: Sie hatte das Alleinsein so erfolgreich kultiviert, wo hätte sie sonst schon hingehen sollen? Mary hatte eben gefragt und Weihnachten war und blieb ein Albtraum, egal wo.

Die Bude würde voll sein. Sarah kramte in ihrem Gedächtnis nach Personenzahl und -namen: Mary natürlich, mit ihrem Mann Jonathan, dazu die beiden Töchter, sechs und acht Jahre alt, dazu das Baby. Was für ein Albtraum. Dann wäre da noch Fiona, hingebungsvolle Verlobte von Jonathans Bruder Richard, die schon vor drei Tagen Stellung bezogen hatte, um die Versorgung zu sichern und das Haus empfangsbereit zu machen. Ihr Liebster käme ihr nachgeeilt. Im Vergleich dazu erschien Sarah die Aussicht auf den betagten Vater geradezu verlockend. Sie beide würden sich verbünden und die Singles-Fraktion würdig vertreten, sie in der Rolle der verbiesterten, freudlosen Tante, er in der Rolle des trinkfreudigen Tattergreises. Sie würden das Fest mit Hilfe einer großen Flasche Gin abwettern.

Der Bahnhof war hässlich und zugig, kein Ort, der zum Verweilen einlud. Sarah entsann sich ihrer Weisung, die unschlagbar tüchtige Fiona anzurufen, doch beim Anblick der langen Schlange vorm Telefonhäuschen sträubte sie sich innerlich dagegen. Dann lieber ein Taxi und ein kurzer Fußmarsch, denn so ließe sich die beklemmende Trostlosigkeit des Ganzen noch hinausschieben, und immerhin winkte am Ziel – tröstlicher Gedanke –, in dem von ihrer Schwester überaus plastisch beschriebenen Haus, die Gesellschaft eines Hundes. Einer Hündin vielmehr, mit einem Wurf Jungen, erinnerte sich Sarah, und bei der Erinnerung musste sie sich plötzlich, ohne jede Vorwarnung, direkt vor der Taxireihe übergeben. Es dauerte, ehe sie ein Taxi bekam.

Im Wagen, der sich den Midlands in qualvoll langsamem Tempo von Norden her näherte, war lustlose Zänkerei zu lahmen Pausen abgeflaut. »Ich weiß wirklich nicht, warum wir uns das antun müssen«, sagte Mary ein letztes Mal. Jonathan war über den Punkt hinaus, wo er aufbrauste und aufs Lenkrad schlug; das hatten sie hinter sich.

»Du weißt genau, warum. Weil es uns gut tun wird. Weil sich die Gören mal austoben können. Weil Dad sich immer noch nicht ganz von seinem Schlaganfall erholt hat; er hätte nicht zu uns kommen können. Außerdem«, meinte er verschlagen, »wo doch Fiona da ist, brauchst *du* gar nichts zu tun, nur schlafen. Und Sarah packt sicher mit an, oder?«

Ah, raffiniert, dachte Mary, raffiniert. Schlaf: eine unwiderstehlich verlockende Vorstellung. Das Auto war ein Kokon ohne Trost, gepolstert mit Groll. Beth und Sylvie, sechs und acht Jahre alt, sonst darauf gepolt, Chaos zu verbreiten, sobald das feuchte Bündel des zwölf Wochen alten Säuglings mal auf dem Schoß seiner Mutter einschlummern wollte, hielten ausnahmsweise still. Jonathan musterte Mary im Rückspiegel, sah ein spitzes Gesicht, eine Erschöpfung, der abzuhelfen sein Einkommen und seine Kräfte überstieg. Er dachte voller Neid an die Unbekümmertheit seines jüngeren Bruders und die sorgenfreie Dekade, die sie trennte. Er neidete Richard nicht nur sein Leben, sondern genauso sein Auto und seine köstliche, kompetente, fürsorgliche Fiona.

»Wir haben Großvaters Hund! Mit Babys diesmal!«, kreischte Beth, der Stille überdrüssig. »Und ich geh im See schwimmen!« Mary zuckte zusammen.

»Ich glaube kaum, Schatz.«

»Soll ich dir was sagen, Daddy, soll ich, soll ich, soll ich?«, sprudelte Beth weiter, immer geneigt, abrupt das Thema zu wechseln. Gab es je ein redseligeres Kind? Mary schloss die Augen.

»Na los. Tust du doch sowieso.«

»Ich mag Fiona nicht, nicht nach letzten Sommer. Nicht sehr.«

Mary riss die Augen auf, ihr Ton wurde schrill vor Sorge: »Sei nicht albern! Fiona ist reizend. Alle Welt hat sie gern.«

»Großvater sein Hund aber nicht. Großvater auch nicht. Und ich auch nicht.«

Mary verlor die Beherrschung: »Du spinnst wohl! Wenn Fiona nicht wäre, würden wir zwei Tage lang nicht essen und nicht schlafen. Also halt gefälligst den Mund! Halt bloß den Mund!«

Schweigen. Beth fielen noch im Schmollen die Augen zu, Sylvie hielt sich aus Protest krampfhaft wach. Im blendenden Gegenverkehr kroch der Wagen wieder eine Meile weiter. Ein zweites helles Stimmchen meldete sich selbstgefällig von hinten, froh, diesmal von keinem Tadel getroffen zu sein.

»Wann sind wir endlich da, Daddy? Wann sind wir da, wann sind wir da?«

Es wurde ein Sprechchor daraus. Er seufzte.

»Bald. Wenn du brav bist, darfst du mit Großvaters Hund spielen.«

Eine gelbe Hündin, hauptsächlich Labrador, und immer noch Richards. Vielleicht würde es dieses Jahr zu Weihnachten schneien. Das hässliche Haus seines Vaters war für Richard ein über alles geliebter Ort geblieben und auch die Aussicht auf Schnee schreckte ihn nicht. Was für ein allerliebstes Häuschen, sagte Fiona soeben am Autotelefon. Es wird eng werden, Schatz, hieß das im Klartext, mit Mary und der ganzen Bagage. Und dann noch die Schwester, wozu schleppte sie um alles in der Welt auch nicht ihre Schwester an. Wir werden leise sein müssen. Sei's drum, meinte er.

»Im Bett sind wir aber nicht besonders leise.« Fiona gluckste. Richard grinste wie blöde.

»Hat sich Dad gefreut, dich zu sehen?«

»Ja, aber längst nicht so wie die Altenpflegerinnen und die Nachtschwester. Ich dachte schon, sie fallen mir um den Hals und knutschen mich ab. Aber im Grunde mag er mich nicht, das weißt du doch ...«

»Unsinn, natürlich mag er dich. Das hat er ausdrücklich gesagt, oft schon.« Die Lüge glitt ihm mühelos durchs Autotelefon. Das Telefon war ihm ein wenig peinlich; er war in den Apparat verliebt, als wär er ein Teil von ihm. Es gab Zeiten, da war ihm auch peinlich, was er für Fiona empfand, aber schließlich hatte ihn das, was er leidenschaftlich liebte, immer verwundbar gemacht. Wie die Telefone – Quelle sowohl seines Einkommens als auch kindlicher Freude –, wie sein altes Kinderspielzeug und wie der Dreiviertel-Labrador, den er vor drei Jahren bei seinem verwitweten Vater zurückgelassen hatte, als er auszog. Mit der gleichen Beharrlichkeit hatte er Dad geliebt und er war oft nach Hause gefahren, um der Dritte in ihrem behaglichen Bunde zu sein. Das war vor Fiona, bevor ihm Fiona seine achtundzwanzigjährige Unschuld ausgetrieben und ihm die Augen für die schiere Bedeutung von Besitz geöffnet hatte. Er fühlte sich immer noch leicht verräterisch, als wäre die Liebe ein Wettkampf und er die Trophäe; Quatsch natürlich. Der Tüchtige konnte eben doch alles haben. Er telefonierte viermal am Tag mit Fiona; ihre Stimme glich fast ebenso sehr plüschigem Samt wie die Kuhle unterm Kinn des Labradors, die Richard gerne kraulte, bis sich ihm ein gelbrosa Hundebauch vor Wonne entgegenwälzte. Den Hörer des Autotelefons auf der Überholspur in der Hand, warf er einen Blick in den Spiegel und sah sich grinsen. Ein zweiter BMW hing ihm auf der Stoßstange. Er zwang ihn zu warten.

»Du weißt sehr wohl, dass dein Vater mich nicht leiden kann, aber ich sollte dich vorwarnen: Es ist viel schlimmer geworden mit ihm. Flucht wie ein Fuhrmann. Redet Schlechtes über andere, über mich und sogar über dich. Viel schlimmer als noch vor vier Wochen. Will partout mit einem Löffel essen. Heute Abend wird er sich allerdings kaum noch groß auslassen, weil er sehr müde ist, höchstens ein bisschen blubbern.«

»Blubbern?«, fragte Richard begriffsstutzig, doch dann schlingerte der Wagen und es begann in der Leitung zu knistern. Kein Schnee, ohne Vorwarnung eine unterbrochene Verbindung und der andere BMW mit einem Mal vor statt hinter ihm, als er jetzt nach links hinüberzog, und dabei hatte er sich noch gar nicht nach der albernen gelben Töle und ihrem späten Fehltritt erkundigen können. Die Trächtigkeit der Hündin zeigte deutlicher als alles andere, dass Dad die Dinge aus dem Ruder liefen und er, Richard, seiner Orientierung beraubt, allmählich in fremdes Fahrwasser trieb. Er schüttelte den Kopf und gab Gas. Fiona war einfach einmalig.

Der Pudding war fast gar, in der Speisekammer lag das Paar gestopfte Gänse folienverpackt bereit. Was ist das nur für ein hässliches Haus!, dachte Fiona. Kein stilvolles Landhaus, sondern schauriger Nachkriegsstil, an den äußersten Rand einer fürchterlichen Siedlung geklatscht, die durch die Kohleindustrie reich und dann arm geworden war. Behausungen, die hangabwärts auf eine unwirkliche, einstige Tagebaulandschaft voll künstlicher Senken und kahler Flächen zurutschten, baumlos, nur jenseits der in Immergrün erstickenden Vorstadtgärten mit undefinierbarem Gestrüpp überzogen. Die Villa klebte am Ortsrand, dahinter fiel ein Hang sanft zu einem Tümpel im Grund ab, Teil von Dads Reich, aber beliebter Treffpunkt der

Dorfjugend, die ihn als eigenes Revier betrachtete, ein fauliges, stehendes Wasser, das der romantische Besitzer und seine Familie hartnäckig als »See« bezeichneten. Mochte sein, dass der Tümpel Kindern größer erschien, räumte Fiona gnädig ein, immerhin war das Wasser tief und kalt, das hatte sie bei ihrem zweiten kurzen Gang zum knirschenden Ufer feststellen müssen, den sie unternahm, um mal aus dem Haus zu kommen und zu prüfen, wie sich das Eis machte. So kalt, dass sie anschließend in der Küche ihre Hände unter den laufenden Heißwasserhahn halten musste. Sie blickte auf die Uhr. Diese Schwester einer Schwägerin hätte längst anrufen müssen; der Zug hatte wohl Verspätung. Pech, dann müsste sie eben jemand anders abholen. Aus dem Hundekorb ertönte ein Winseln und vom Wohnzimmer am anderen Ende des scheußlichen Linoleumflurs ein unbestimmtes, fernes Rumpeln. Großvaters Hund heftete einen hilflos leidenden Blick auf Fiona. Die Hündin lag auf der Seite, die geschwollenen Zitzen unübersehbar; eine saubere Decke hatte das zerfetzte, blutige Zeitungspapier vom Vortag ersetzt. Fiona schritt energisch zur Hündin hinüber und schob eine Tablette zwischen rosa Lefzen, die keinen Widerstand leisteten. Als sie ihre Finger herauszog, waren sie mit Hundespeichel benetzt. »Nun komm schon«, sagte sie. »Ärztliche Anweisung. Ihr Mütter könnt einem aber auch wirklich das Leben zur Plage machen. Auf. Wird's bald? Auf!«

Der Beinahe-Labrador kam der Aufforderung schwerfällig, widerwillig nach, seine ungeschnittenen Krallen klickerten übers Linoleum zum karierten Teppich. Wo man auch hinschaute in diesem Haus, alles war änderungsbedürftig, dachte Fiona, alles die reinste Geschmacksverirrung, dabei ließe sich aus dem alten Ungetüm ein wunderschönes und wertvolles Vorortobjekt machen, wenn man es nur von der Aura der frühen Sechziger befreien könnte, Zeitpunkt der Geburt des letzten Kindes. Seitdem fehlte hier die zarte Frauenhand. Wir müssten Steinplatten für den Garten haben, dachte Fiona, Kies für die

Auffahrt, aus dem Tümpel könnte ein Schwimmbad werden, Richard könnte von dort über sein Mobiltelefon mit mir sprechen.

Das Haus tauchte *nicht* plötzlich aus dem Nebel auf, als Sarah sich zu Fuß näherte, vorbei an verriegelten, von der Straße zurückgesetzten Eigenheimen mit blicklosen Fenstern, aus denen nur hier und da ein Lichtschimmer drang und ihr eigenes Ausgeschlossensein unterstrich. »Nichts Hochherrschaftliches«, hatte Mary gesagt, »bloß groß und zu wenig Toiletten.« In der holprigen Einfahrt hätten drei Wagen nebeneinander Platz gehabt, auch wenn sie für nur einen gedacht und derzeit leer war. Sie war offenbar die erste und da es ihr widerstrebte zu klopfen, stand sie unschlüssig vor der Haustür neben einem gewaltigen Terrakottatopf, großspurig fehl am Platz, der einen kleinen Strauch in frischer Komposterde beherbergte. Die Strauchzweige waren mit winzigen Ornamenten geschmückt, die beim geringsten Hauch leise klirrten, das ganze Gebilde wirkte abstoßend in seiner geschmackvollen Neuwertigkeit und ließ sie an einen Friedhof mit frischen Blumen denken. Immer noch zögernd, eingeschüchtert von der festlichen Botschaft, wanderte Sarah ein Stück nach rechts hinüber und lugte, um Zeit zu schinden, durch eines der Bleiglasfenster hinein. Sie sah bunte Lichterketten an einem Weihnachtsbaum, hörte gedämpfte Laute, undeutlich und, wie die Lichter, durch die Scheibe verzerrt.

In einem Armsessel saß ein alter Mann so kerzengerade, dass er sich mit Hilfe des Stocks, der fünf Meter entfernt an der Tür lehnte, mühelos hätte aufrichten können. Er schien lauthals nach dieser Stütze zu verlangen, brüllte und schlug mit den Handgelenken auf die Armlehnen des Sessels. Eine hoch gewachsene junge Frau machte sich daran, ihn zu besänftigen, gefolgt von einem verschossen gelben Hund mit rosa Hängebauch. Die bleiverglaste Scheibe verschwamm vor ihren Augen, Sarah reute ebenso der Wein, den sie auf der Zugfahrt getrunken hatte, wie das inzwischen unvermeidliche Erbrechen am Bahnhof, aber sie glaubte doch zu sehen, wie ein Plastiklatz von einem krepppapiernen alten Hals gerissen wurde und ein sauberes weißes Hemd zum Vorschein kam, wie ein Hörgerät ins Ohr gerammt wurde, wie der Stock in Reichweite platziert wurde und dem Alten erlauben würde, sich hochzuhieven, wie eine Bürste unsanft durch dichtes, graues Haar gezogen, wie durch die Bewegung ein volles, rundes Gesicht nach hinten gerissen wurde und ein zorniger Schrei sich darauf abzeichnete. Er sah aus wie ein Baby; ihr wurde wieder übel. Die strahlend blauen Augen im runden Gesicht richteten sich aufs Fenster, als müsste von dort die Erlösung kommen, erblickten Scheinwerfer, verloren ihre Starre. Die schlanke Silhouette der jungen Frau glitt geschäftig durch den Raum, ihr Haar ein Glanzlicht, ihr schmales Hinterteil anmutig vorgereckt, als sie sich über Sofakissen beugte. Sarah huschte zur Haustür. Im Strahl der Scheinwerfer drückte sie auf die Klingel, es ertönte ein billiges, blechernes Glockenspiel, das jedem letzten Rest eingebildeter Hochherrschaftlichkeit Hohn sprach und sich dem neumodisch guten Geschmack des teuren Topfes widersetzte. Hinter ihr hielt ein Auto, dahinter, langsam ausrollend, ein zweites. Fiona riss die Tür auf, stand lichtgerahmt wie ein Engel, strahlend, voll freudiger Begrüßungen und wohltuend herzlicher Belanglosigkeiten. »Immer rein in die gute Stube, hereinspaziert! Wie schön, dass ihr alle gleichzeitig kommt! Kommt Dad begrüßen . . .«

Richard erblickte ihn zuerst: Dad, jeder Zoll der gepflegte Gentleman vorgerückten Alters, in altmodisches Kavallerietuch gekleidet, die gelbe Hündin zu Füßen und mannhaft zurückgehaltene Tränen in den Augen. Dad strahlte; ihm schien das Herz auf der Zunge zu liegen, doch zum Reden blieb keine Zeit. Richard tätschelte seinem Vater in der Annahme, die vielen Leute verwirrten ihn, und Fionas Worte noch im Ohr, begütigend den Arm. Es war bereits aufgetischt: hausgemachte Suppe, Sandwiches, Kekse, Kinderbrei. Jede Menge Rotwein für die

Erwachsenen. Ideal für einen Weihnachtsabend im Kreise der Familie; bald schon ließen sich alle häuslich nieder.

Es war wie immer Beth, die für den ersten Missklang sorgte, indem sie mit bebendem Kinderfinger auf den Beinahe-Labrador deutete. Nicht etwa, um das Tier anzuprangern oder zu kritisieren, sie wollte es einfach nur wissen.

»Wo sind die Babys?«, rief sie höflich ungehalten.

Großvater fuhr in seinem Sessel hoch, er machte ein Gesicht, als wollte er lospoltern, brachte aber nur ein Zischen zustande. »Sie wollte nicht . . .«, begann er. »Sie wollte nicht . . .«

»O je«, sagte Fiona, legte ihm eine Hand auf den Arm und blickte Beth mit einem Ausdruck tiefen Bedauerns an. »Ich fürchte, das Ganze war ein Fehlalarm.« Sie wandte sich Richard zu. »Hysterische Schwangerschaft; und das nicht zum ersten Mal, sagte mir der Tierarzt. Es tut mir schrecklich Leid, meine Süßen, aber es gibt diesmal keine Babys. Die Arme *dachte* nur, sie wäre trächtig, ihr armer alter Körper *dachte* es, aber sie war es nicht. Sie ist nur dick geworden.« Beth begann zu weinen, dicke zähe Kullertränen der Enttäuschung.

Wenn es bei mir nur auch so wäre, dachte Sarah zynisch. Wenn doch mein Zustand auch nur auf Hysterie zurückzuführen wäre und nicht auf lose Sitten, wenn doch ich bloß keine Wahl hätte, wenn ich bloß nicht fünfunddreißig Jahre alt und sieben Wochen schwanger wäre. Ich kann mir Schöneres vorstellen, als an Weihnachten über den günstigsten Zeitpunkt für eine Abtreibung nachzudenken, aber schließlich konnte ich Weihnachten sowieso nie ausstehen.

Die Hündin gab Pfote, plötzlich versöhnt, nun, da ein warmer Kinderkörper sich gegen ihre bebende Flanke drückte. Dad pochte mit seinem Stock. Er verlangte gebieterisch nach einer Schere für seine Sandwiches und verschlang mit Heißhunger die Happen, die Fiona ihm kommentarlos und ohne eine Spur Herablassung klein schnitt, während er ihr unverwandt ins schöne, unbewegte Gesicht sah. Ja, dachte Sarah, du bist umwerfend. Mary hatte die Augen wieder geschlossen. Ihre Kinder und ihre Schwester hingen wie die Kletten aneinander, als hätte Sarah sie alle irgendwie an sich gezogen. Seltsam, dass kleine Mädchen und Jungen sich, Katzen gleich, oft gerade der Person anschlossen, die nicht zu ihnen gehörte und die sie vielleicht von allen am wenigsten mochte. Es war also Sarah, die die Kinder ins Bett brachte, bald nachdem der Großvater sich widerstandslos hatte abführen lassen, als wollte er tapfer vorangehen. Die Brüder hatten längst die nächste Flasche geköpft, als Mary sich mit dem Säugling in einen gierigen Schlaf davonstahl, außerstande, auch nur die elementarsten Regeln des Anstands zu wahren.

Das hässliche Haus war ungewöhnlich still, abgesehen von den Rohren; die Kinder flüsterten. Sie müssten aufgeregter sein, fand Sarah, plötzlich um Kinderträume besorgt. Sie müssten sich in diesem halb überdrehten Zustand befinden, der dem Weihnachtsmorgen vorausging, so wie ich auch, früher mal, und deshalb ertappte sie sich – entgegen der Stimme der Vernunft, die ihr zuflüsterte, gedämpftes Kinderverhalten sei doch nur zu begrüßen – bei dem Versuch, etwas von dem alten und unartigen Fieber zu entfachen.

»Was bringt euch denn der Weihnachtsmann? Kriegt er das auch alles durch den Schornstein?«

»Mir sollte er ein Hundebaby bringen«, sagte Beth böse. Das wäre deiner Mami aber ganz neu, dachte Sarah hellsichtig, und das wäre bestimmt das Letzte, was ihr über die Schwelle eurer bescheidenen Hütte käme. Beth schielte zu ihr hin, dann schnell wieder weg, als Ehrlichkeit die Oberhand gewann.

»Soll ich dir was sagen? Mir egal. Ich wollte ein Hundebaby *sehen.* Nur *sehen.* Großvater hat gesagt, hat gesagt . . . am Telefon hat er gesagt, es wär die letzte Chance für sein' Hund. Aber Fiona sagt, da ist nichts. Keine Babys.«

»Hunde haben viele Chancen. Wie die Menschen.«

»Nein, haben sie nicht. Ich glaub nicht; Großvater hat es gesagt. Spielst du morgen mit mir? Ja? Ja? Großvater hat immer Stöckchen geworfen für sein' Hund, in den See, das kannst du doch auch machen, oder? Machst du das? Ja?«

Sarah fand die Vorstellung grauenhaft.

»Pscht. Still jetzt. Pscht. Alle sind müde. Pscht ...« Sie wusste: Mit dieser billigen Ausflucht durfte man ihnen am allerwenigsten kommen; sie hielt sich für ungeschickt im Umgang mit Kindern, gab aber nicht auf, bis sie sich auf Zehenspitzen davonstehlen konnte.

Sie zögerte. Unter Großvaters Türspalt schimmerte Licht und obwohl sie ihn kaum kannte, schien es ihr der Höflichkeit halber geboten, dem Hausherrn dieses grässlichen Hauses gute Nacht zu wünschen. Der Alte lag in Embryohaltung auf der Seite, eine Hand nach der Nachttischlampe und einem Buch ausgestreckt, das eigentlich für seine Finger unerreichbar weit weg lag, aber in Wirklichkeit, dachte Sarah unangenehm von Mitleid berührt, konnte er vielleicht gar nicht mehr lesen. Das Ganze hatte etwas von einem Bühnenbild: das Licht, das Buch, seine propere Gepflegtheit – Beleg für Fionas Tüchtigkeit. Die Lampe wirkte brandneu, wie gegen eine alte ausgetauscht, und das, obwohl der Großvater ihrem Eindruck nach zum Typ Mann gehörte, der sich mit Täuschereien schwer abfand. Er wandte das Gesicht zur Tür, als sie eintrat, und plötzlich erkannte sie den klaren, gegenwärtigen Ausdruck in seinen blauen Augen wieder, den sie schon mal gesehen hatte, verzerrt durch die Bleiglasscheibe.

»So tun Sie doch etwas!«, fauchte er. »Sie wird ihn verschlingen. Tun Sie was!«

Sarah wand sich vor Peinlichkeit. Sie zupfte seine Decke zurecht, lächelte gewinnend, so wie es ihrer Vorstellung nach Fiona getan hätte, zog die Nachttischlampe dichter zu ihm heran, lehnte den ständig außer Reichweite stehenden Stock griffbereit hin und lauschte dabei der ausgelassenen Heiterkeit von unten, die sie dahin rief, wo sie eigentlich hingehörte: unter Erwachsene, nicht zu einem kapriziösen Alten, nicht zu endlos fordernden Kindern. Das war noch nie ihre Welt gewesen.

»Soll ich das Licht ausknipsen?«

Er hielt ihr zwei erhobene Finger hin – ein obszöner gestischer Bruch mit seiner frisch gebügelten Zerbrechlichkeit. Altes Ekel, dachte Sarah und trat den geordneten Rückzug an. Der Alkohol rief, ebenso erwachsene Unterhaltung; so sehr Eindringling war sie doch wohl auch wieder nicht, dass sie sich Unverschämtheiten bieten lassen musste. Aber sie hätte es ahnen müssen; auch unten blieb ihr nichts erspart. In trauter Familienrunde gab es nur ein Gesprächsthema: Die Jungen und die Alten, die Jahreszeit war nun einmal danach.

»Euer Dad kommt einfach nicht mehr klar«, sagte Fiona sanft. Wie eine ruhende Löwin lag sie quer über Richards Knie. »Er will es nicht wahrhaben, aber er schafft es nicht.« Richard sträubte sich. »Ich könnte ihm ein Mobiltelefon besorgen«, bemerkte er unsinnigerweise. »Wir könnten jemanden einstellen, der sich um das arme Tier kümmert. Wie konnte er sie bloß so verfetten lassen?« In einer einzigen fließenden Bewegung verlagerte Fiona sich so, dass jetzt er in ihrem Schoß lag und sie die Hände frei hatte, um zu gestikulieren und ihm übers Haar zu streichen. »Aber er wird nie ins Heim kommen, nicht wahr, Schatz?«, murmelte sie beschwichtigend. »*Wir* könnten den Hund übernehmen. Das würde dir doch gefallen, oder?« Richard nickte.

Jonathan dachte daran, wie sehr er dem ehemaligen Zuhause entwachsen war, entrückt in andere Prioritäten, dankbar, dass irgendwer Dad die Entscheidungen abnahm, zu denen er nicht mehr fähig war, auch wenn er sich immer noch sorgte, soweit ihm das in seinem halbtrunkenen Zustand und im Bann der langen, geschmeidigen Glieder Fionas möglich war. »Ich denke, dass wir uns vorerst einfach verstärkt kümmern sollten«, fuhr Fiona fort. »Ich weiß, dass es für Mary schhwierig ist, mit den Kindern und so, aber ich könnte ja öfter herfahren. Oder, weißt du, eigentlich könnten wir auch herziehen, wenn wir erst verheiratet sind . . .« Sie zog Richard neckisch am Ohr; fast sah es aus, als wollte er den Hals recken, damit sie ihm das Kind kraulen könnte. Mit der freien Hand griff sie nach dem Hund.

»Ja«, sagte Jonathan. Schon die bloße Andeutung halb so

befriedigender Lösungen war ungemein erleichternd. »Ja.« Seit der Geburt seiner Kinder fühlte auch er sich alt.

Sarah nickte nur und lächelte. Ihre Ansicht war nicht gefragt. Sie als einzige hatte genügend Abstand, um einfach beobachten zu können. Also beobachtete sie.

Kein Schnee am Weihnachtsmorgen. Milchiger Dunst zerfloß an den Fensterscheiben, Vorspiel zu einem halbherzigen Tageslicht, billiger Trost für Gefangene hinter Mauern, der glauben machen wollte, draußen gebe es nichts zu versäumen. Es war wärmer jetzt, wo der Boiler rumpelnd in Gang kam und die Eisblumen von Sarahs Fenster taute. Um sieben in der Früh hatte Beth das erste Stück Schokolade angeboten, um acht war Sarah aufgestanden und auf den Weihnachtsbaum zugewankt wie eine Pilgerin ungewissen Glaubens. Der Alte saß in seinem Sessel, aufs Geratewohl gekleidet, und grinste das festgefrorene Grinsen eines ewig fröhlichen Gartenzwergs.

»Bin allein zurechtgekommen. Kinderspiel, wenn ich meinen Stock zur Hand habe. Was zum Teufel glaubt sie eigentlich, was ich sonst tue?« Und dann, abwesend: »Ich bin nicht verrückt, wissen Sie. Ich lass es mir nicht anmerken, aber ich bin nicht verrückt. Es *macht* mich bloß verrückt, mit ansehen zu müssen, wie taub und blind meine Söhne sind ... nach allem, was ich ihnen beigebracht habe. Glauben Sie mir. Sie wollten mir nicht glauben, stimmt's? Tun die auch nicht.«

»Wann meinen Sie?«

Er schien in sich zusammenzusacken, raffte sich aber noch einmal auf und murmelte: »Richard war mir immer der Liebste. Ist das so schlimm?«

»Nein. Wir alle ziehen jemanden vor. Es ist nicht verboten.«

»Und deshalb muss er unbedingt wissen, dass sie versucht ...« Seine Worte verschleiften sich zu einem Nuscheln; die Hündin kam ins Zimmer getappt. Der Alte streckte beschützend die Hand nach ihr aus und kraulte ihr, als sie ihm den schweren gelben Kopf wie Blei in den Schoß legte, den Hals. Speichelfäden fielen auf Hundeohren. Großvater verzog das Gesicht zu einem dümmlichen Grinsen. »Sie versucht, mich ab- ... zu- ... küssen!« Dröhnend wiederholte er, während er die andere Hand zu einem spöttischen Salut hob: »Ja, sie küsst gern!«

»Was sind das für Dummheiten«, erklang Fionas Stimme milde tadelnd von der Türschwelle. Sie sah blendend aus, in ihrem Gesicht nicht die Spur Müdigkeit. »Sarah, ob du wohl so lieb wärst und mir beim Kartoffelschälen hilfst, bevor es hier drunter und drüber geht? Danach können wir es uns dann gemütlich machen.« Sarah folgte ihr. Sie blickte einmal kurz über die Schulter zurück. Großvaters Gesicht hatte sich dunkel verfärbt.

»Morgen ist er besser beieinander«, verriet ihr Fiona. »Aber was er für ein Zeug faselt!«

»Immer wieder mal!«

Fionas Antwort klang traurig. »Nein. Richard mag ich es gar nicht sagen: immer.«

Keiner hört auf die Alten, überlegte Sarah, als sich alle dem Festtagsregiment unterwarfen. Denn natürlich gab es einen vorgeschriebenen Ablauf: Kein Frühstück für die über Zehnjährigen, nur starken Kaffee, damit den Erwachsenen so richtig das Wasser im Mund zusammenlief bis zum Mittagessen, vor dem auch das Geschenkeauspacken auf dem Programm stand. Das also war es, was Familien taten, dachte Sarah. Sie überhäuften sich mit Geschenken, hatten es vielleicht immer getan, aber jetzt erschien ihr das schrecklich vulgär. Mary und Jonathan tauschten Bücher und Platten und Küsschen auf die Wange und wandten sich dann den Freuden ihrer Kinder zu. Sarah ließ sich Zeit mit dem Öffnen ihrer kleinen Anstandsgeschenke, kostete es aus, bedankte sich artig, verteilte die ihren und half dann einem lustlosen Großvater, einen Pullover, ein Hemd, eine Krawatte, eine Uhr, allesamt mit unterschiedslosem Desinteresse, auszupacken, während die Kinder wie wilde Tiere über ihre Pakete herfielen. Aber auch sie waren längst fertig, ehe Richard und

Fiona aufgehört hatten, sich ein kunstvoll verpacktes Geschenk nach dem anderen zu überreichen. Oh, Schatz, das wäre aber nicht nötig gewesen! Ein Seidenkleid! Liebster! Es gab eine schmucke Wildlederjacke, schmiegsam wie das Gewand, das er ihr ausgesucht hatte, dann mehr und immer mehr, bis das ganze Zimmer in ihrem Luxus erstrahlte. Mary hatte eine leicht pikierte Miene aufgesetzt, um Richard klarzumachen, dass er seine Nichten vergessen zu haben schien. Es dauerte, bis er wieder auf dem Teppich war.

»Oh! Ich hab da noch was für die Kinder!«

Beth horchte auf, unterdrückte aber jede freudige Regung, als Fiona ihr ein Päckchen überreichte. Es enthielt ein Mobiltelefon.

»Ach«, meinte Jonathan unsicher.

»Und für Sylvie auch eines«, verriet Richard freudestrahlend. »Ich kriege ja Rabatt. Sie können sie gleich im Garten ausprobieren.«

»Schrott«, sagte Großvater unvermittelt, aber unmissverständlich. »So ein Schrott.«

»In einer Stunde gibt's Essen«, verkündete Fiona munter und begann Papier aufzusammeln. »Lohnt sich's da überhaupt noch rauszugehen?«

»Doch unbedingt«, sagte Sarah, die glaubte zu ersticken – an der Enge, der Hitze, dem Geschenkpapier. »Nicht wahr? Komm, Sylvie, wir nehmen ein Telefon mit und rufen Großvater an.«

»Wenn ihr meint«, sagte Fiona. »Aber pass gut auf, ja? Es sind teure Geräte. Ich würde an eurer Stelle oben im Garten bleiben. Nein, lasst den Hund hier. Ich war schon mit ihr draußen.«

Die Bedenken weckten Beths Widerspruchsgeist. Wo sie schon drauf und dran gewesen war, mit der Quengelei zu beginnen und nach Fernsehen, mehr Schokolade, mehr Zuwendung zu betteln, gab sie jetzt ihrer Schwester einen Schubs, schrie dann nach Mantel und Schuhen und stampfte ungeduldig auf. Mary warf Sarah einen zutiefst dankbaren Blick zu, hielt die Hintertür für sie auf und winkte ihnen nach. Draußen lichteten sich Nebel und Stimmung. Beth tobte unter Kriegsgeheul den sanft abfallenden, verwahrlosten Garten hinab, das Mobiltelefon wie einen Balancierstab am ausgestreckten Arm. »I!«, kreischte sie, wich dem Fangarmen eines tropfnassen Busches aus und war unter lautem Gebrüll verschwunden. Erschrocken setzte ihr Sarah nach, den mythischen See vor Augen und die unberechenbare Laune des Kindes, getrieben von Angst und Groll. Sie wollte nicht für Kinder verantwortlich sein, es waren auch nicht ihre; sie verabscheute diesen Ort, verabscheute den süßlichen Duft parfümierter Seife auf dem Wohnzimmerfußboden, in dem sich ihr bescheidener Wert bemaß, verabscheute die Aussicht auf gefährliche Wasser, dich mit Eis überzogen wie der nasse Rasen und ihre Stimmung. Mit vor der Brust verschränkten Armen tauchte sie durch eine Lücke in der Hecke und schickte den Kindern ein panisches: »Wartet!« hinterher; die Angst machte ihr Beine, verschlug ihr den Atem: »Wartet auf mich!«

Es bestand kein wirklicher Grund zur Sorge. Für die Kinder war der See beängstigend weit, sie stiegen mit einem Heidenrespekt die Böschung hinab und stupsten die knirschende Eiskante mit den fühllosen Spitzen ihrer Gummistiefel. Beide hatten sich etwas beruhigt, schmollten mit den Füßen, weil sie nicht weiterkonnten und sich nichts aufs Eis wagten. Für Sarah war der eklige Tümpel wie das Überbleibsel einer eben erfolglos abgebrochenen Ausgrabung, lachhaft, eine Pfütze, wie kalt und tief sie auch sein mochte. Ein kümmerlicher, verkrauteter Teich ohne jede Romantik, von Abfällen gesäumt. Sie schämte sich, weil sie ein Hohnlachen unterdrücken musste, sie wollte den beiden die schlichte Freude zurückerobern, die im Haus zu verdorren schien, wollte es verzweifelt, verspürte denselben drängenden Wunsch, juchzende kindliche Ausgelassenheit zu wecken, wie am Abend zuvor. »Kommt, wir zertrümmern das Eis!«, rief sie. »Los, holt Steine. Wir kriegen es schon kaputt!«

Die Eisschicht, die sich gebildet hatte, ließ am Ufer einen schmalen Lehmstreifen frei, wirkte dick und doch bedenklich unsicher, wurde zu etwas, was es zu bezwingen galt. Sylvie warf einen Ast, den sie angeschleift hatte, und sah zu, wie er übers Eis schlitterte. Beth warf mit wachsener Wut und immer spitzeren Schreien Erdklumpen. Dann entdeckte Sarah ein Stück Metall, das zwar schön schepperte, aber auch wegrutschte, und schließlich einen großen Stein, den sie kaum hochheben konnte. Beth packte mit an; die gemeinsame Anstrengung endete darin, dass sie ihn eher fallen ließen als warfen, sie sahen ihn schwerfällig die Böschung hinunterrollen, den letzten Meter springen und ein Loch in den Eisrand schlagen. Wasser rülpste hoch, Blasen stiegen auf.

»Hurra! Hurra!«, brüllte Beth.

»Ich hasse Fiona!«, kreischte Sylvie. Von beiden war sie bisher die stillere gewesen, die weniger ungezogene, und deshalb reagierte Sarah nicht schnell genug, überrascht von der blitzschnellen Bewegung und ihren Worten. Sie rührte keinen Finger, als Sylvie das beseite gelegte Telefon packte und aufs Loch zuwarf. »Halt!«, schrie Sarah weit schriller als zuvor das Kind, aber zu spät. Sylvie hatte schlecht gezielt, das Telefon schlitterte übers Eis und blieb einen Meter vom Loch entfernt liegen. Sie begann zu weinen. O nein, bitte nicht, dachte Sarah. Ich wollte euch beide doch nur glücklich sehen, es ließ sich doch so gut an.

»Heulsuse«, sagte sie streng. »Brauchst nicht zu heulen, wir holen es wieder.« Keiner sprach es aus, aber instinktiv wussten sie alle drei, dass Fionas Zorn fürchterlich wäre. Kein anderer Gedanke hatte mehr Platz; Sarah war sich bewusst, dass absolut kein Grund bestand, so zu denken, aber sie dachten trotzdem so, also stolperte sie die Böschung hinunter und blieb im seichten Wasser am Rand stehen, machte daraus ein Spiel, tat so, als sei alles ein großer Spaß. Dicht am Ufer bestand keine Gefahr – bis sie auf ihre Füße hinabblickte. Ein Stück Sackleinen trieb an der Wasseroberfläche und darin eine tote rosa Schnauze. Ein gelbrosa Körper, aufgedunsen, kläglich, dann ein zweiter. Tote Welpen. Ein ganzer Wurf ersäufter Welpen, letzte Chance des Beinahe-Labradors.

Rasch hockte sich Sarah auf die vor Kälte tauben Fersen, verdeckte das Sackleinen, redete mit falscher Munterkeit über ihre

Schulter hinweg auf die Kinder ein, um die Wellen eiskalter Wut, die in ihr aufstiegen, zu überspielen.

»Hört mal«, sagte sie. »Ich habe eine Idee. Auf mich kann Tante Fiona schlecht böse werden, stimmt's? Ich bin zu Gast und ich bin eine Erwachsene und mir kann es egal sein. Kapiert?« Sie nickten wie zwei weise Eulen. »Also, dann geht ihr jetzt wieder zum Haus hoch und sagt ihr, dass ich das Telefon hatte und dass es mir aufs Eis gefallen ist. Sagt ihr, Onkel Richard soll es nicht wissen, damit er sich nicht aufregt. Lockt sie in die Küche, tut ganz geheimnisvoll, ja? Und bittet sie, mit einem Besen oder so etwas herunterzukommen, damit ich es an Land ziehen kann. Und bleibt ihr ruhig gleich oben, hier draußen ist es zu kalt.«

Immer noch nickten sie. Sylvie öffnete den Mund, doch Beth packte sie am Arm und dann stoben sie davon; im Laufen studierten sie schon ihren Text ein. Sarah wartete. Sie fischte einen der toten Welpen aus dem Wasser, die Berührung ekelte sie, aber sie konnte nicht anders, als ihn sich auf die Hand zu legen, ihm das Wasser von den blinden Augen zu wischen und den weichen, faltigen Hals zu betasten. Dann zog sie den Sack mit dem Rest heraus und warf einen kurzen Blick hinein. Die anderen sechs lagen zusammengerollt beieinander. Sie verspürte einen stechenden Schmerz im Unterleib, das Herz flatterte ihr in der Brust. Der Stein war zu schwer gewesen. Ihr war übel, aber sie wusste, dass sie nicht lange würde warten müssen. Und bald hörte sie auch schon Fiona den Hang hinabkeuchen und dann erschien sie, gestiefelt und gespornt und mit einem Schrubber bewaffnet.

»Das Telefon!«, rief Fiona. »Wie konntest du nur? Sie sind Richards ein und alles!«

Sie wird ihn verschlingen, dachte Sarah bloß und sie sah im Geiste die Wachheit des Alten, die sie alle wegen seiner Altersschwäche verkannten. Sie wird sie alle verschlingen, sie küsst gern. Sarah war halb die Böschung hinaufgekrabbelt, auf eine Hand gestützt, mit der anderen den wassertriefenden Sack hinter sich her schleifend. Fiona sah es und erstarrte.

»Wie viele hat das arme Tier denn geworfen? Wie lästig für dich!« Sarah gab sich Mühe, gelassen und verständnisvoll zu klingen. Fiona tat, als habe sie nicht gehört, dann lenkte sie ein, durch die Anteilnahme in der Stimme der anderen zu Vertraulichkeiten verführt.

»Ja, war ärgerlich. Gleich am Tag meiner Ankunft, stell dir vor! Er schaffte es ja doch nicht mehr, verstehst du. Und Richard hätte sie behalten wollen. Grauenhafte Vorstellung. Du verstehst schon.«

»Ja, ich verstehe. Na ja, das Telefon ist ja auch wichtiger, nicht?«

»Natürlich ist es das.«

»Willst du vielleicht versuchen, es zu retten? Ich habe schon Füße wie Eisklumpen.«

»Ja, lass mich nur machen.«

Unschlagbar tüchtige Fiona. Sarah hockte sich nieder, ihr blieb die Luft weg vor Schmerzen, Schmerzen, die weit schlimmer waren als die Übelkeit auf dem Bahnhofsplatz abends zuvor, sie hielt sich den Leib dort, wo die Krämpfe am ärgsten waren, den Sack voll Wasserleichen neben sich. Sie kämpfte mit den Tränen, betete wirr für den unsichtbaren Embryo, der in ihr wuchs. Nein, nein: Wie teuer auch immer ich bezahlen muss, bitte stirb nicht! Ich will, dass du lebst, ja, das will ich und wenn ich durch die Hölle gehen muss, stirb mir jetzt nicht! Letzte Chance hin oder her, ich will dieses Kind! Benommen, benebelt, wie ein in Bernstein eingeschlossenes Insekt mit weit aufgerissenen Augen, sah sie Fiona knietief ins kalte Wasser waten und nach dem Telefon hangeln, das wie ein grausiger Talisman auf der Eisdecke lag. Vor Anstrengung grunzend beugte sich die schlanke Gestalt der Verlobten weit vor, um den Schrubber übers Eis zu ziehen. Sarah sah Fiona im Lehm, der glatt war von den Spuren ihres Besuchs am Vortag, als das Eis erst papierdünn gewesen war, ausrutschen, sah Fiona mit den Füßen verzweifelt nach Halt scharren, vor Schreck nach Luft schnappen, sah sie bis zur Taille unters Eis gleiten. Die halbe Böschung stürzte schmatzend hinter ihr ein und hinterließ einen Krater. In ihrem Rücken brach das Eis weg, sie versank tiefer, schrie gellend um Hilfe, und einen langen Augenblick war Sarah in Versuchung, aber das verflog. Die Schmerzen waren zu schlimm, es stand zu viel auf dem Spiel, um sich ein glitschiges Steilufer hinunter und dem tiefen, kalten Wasser entgegenzuwerfen; lossprinten und Hilfe holen konnte sie erst recht nicht. Also blieb sie hocken und überlegte, wie sie ihre letzten Kraftreserven mobilisieren könnte, um die Welpen zu verscharren, damit die Kinder sie nicht sahen. Rührte sich nicht vom Fleck, erfüllt vom überwältigenden Wunsch, ihr eigenes Kind zu retten, und einer sehr dumpfen Ahnung, dass ein solches Ende für eine Frau wie Fiona besser sei. Besser für alle, auf Dauer. Im selben Moment, da sie es dachte, begriff sie, dass eine Frau wie sie selbst ein ganz klein wenig verrückt war, wusste aber auch, dass sie es nie so recht bereuen könnte, würde. Es war ja nicht so, als hätte sie sich rühren können. Ob sie Jonathan von dem Wurf erzählen sollte?, fragte sie sich. Wahrscheinlich nicht.

Noch ehe der nächste Strom an die Oberfläche perlender Luftblasen abgerissen war, richtete sich Sarah auf. Sie ging ums Haus herum zum gewaltigen Terrakottakopf, der ihr am Abend zuvor aufgefallen war. Der klirrende kleine Strauch ließ sich mühelos herausheben und sie schob den Sack tief in die weiche Komposterde, setzte den Strauch sorgfältig wieder ein, kehrte ans Ende des Rasens hinterm Haus zurück und steuerte auf die Küchentür zu.

»Wo steckt denn Fiona?«, fragte Richard scharf.

»Wie? Ist sie noch nicht da? Als ich sie zuletzt sah, versuchte sie das Telefon aus dem See zu fischen. Ich bin ein Stück die Straße entlangspaziert. Ist es nicht erstaunlich, wie sich die Häuser alle gleichen und doch so verschieden sind? Was ist denn los? ... Sie hat gemeint, sie gibt der Sache fünf Minuten. Ist sie noch nicht wieder zurück? Mag sie die Kälte?«

Er stürzte aus dem Haus. Sarah wusch sich die Hände und ging ins Wohnzimmer, wo der Großvater noch genauso dasaß wie vorher, den Kopf der Hündin auf dem Schoß. Jonathan hockte auf dem Fußboden, neben seiner plötzlich – kaum dass es darum ging, ein Spiel für die Kinder aufzubauen – lebhaften Frau; vier zusammengesteckte Köpfe, abgesehen von dem Baby in seiner Tragetasche, das Sarah auch keines Blickes würdigte. Die Stimmung schien mit einem Mal heller und fröhlicher, als wäre ein Stein beiseite gewälzt und Licht in eine Höhle gelassen worden. Sarah kniete sich neben den alten Mann und staunte, als die Hündin sich zu Boden sinken ließ und den Kopf vertrauensvoll in ihren Schoß umbettete. Der Großvater sah es ebenfalls und seine Krepppapierfinger begannen zwischen ihren zu zittern.

»Haben Sie Vertrauen«, sagte sie.

»Du wirst noch ein nettes Junges kriegen«, bemerkte er, »eines Tages?«

Sarah war sich nicht sicher, ob er mit ihr sprach oder mit der Hündin. Oder ob es überhaupt eine Rolle spielte.

Der Weihnachtsbaum funkelte. »Ob's wohl noch schneit?«, fragte Mary. »Ob's noch schneit?«

»Wie lange?«, sang eines der Kinder. »Wie lange, wie lange, wie lange? Für immer?«

Sarah schwieg seltsam zufrieden. Weihnachten würde nie mehr das sein, was es mal war.

Kinderbescherung

Malte S. Sembten

Die Hinterräder des rostigen VW Käfer schoben den Wagen Meter um Meter durch die Schneedecke. Diese ließ den Saum des schmalen Waldwegs nur erahnen und verlangte dem Fahrer trotz des Ballasts aus Alteisen, den er vorn im Kofferraum verstaut hatte, um die Lenksicherheit seines Fahrzeugs auf den winterglatten Straßen zu verbessern, alle Vorsicht ab. So war das, wenn man kein Geld für Winterreifen hatte – geschweige denn für ein zeitgemäßes Vehikel. Die Angst, den Käfer festzufahren und die Heilige Nacht einsam im frosterstarrten Wald zu verbringen, ließ ihn entnervt das Radio ausdrehen, das süßliche Weihnachtslieder dudelte. Umsonst die Hoffnung, sich mit Kinderchören und Glöckchenklingeling in die passende Stimmung für seinen Job zu versetzen.

Ein Glück immerhin, dass es eine sternhelle Nacht war. Das Firmament erinnerte ihn an ein Backblech, übersät mit den Krümeln von Weihnachtskeksen. Weit entfernt zogen die Positionslichter eines Flugzeugs ihre Bahn. Die Sterne von Bethlehem ...

Es gab Fälle, da war eine Prise Ironie das einzig wirksame Gegengift, fand Jörg Köhler, Student der Pädagogik im zwölften Semester mit jahrelanger Berufserfahrung in saisonalen Aushilfejobs.

Wenigstens passte ihm diesmal das Weihnachtsmann-Kostüm, das ihm die Agentur – der »Weihnachtsmann-Verleih«, wie er sie nannte – zur Verfügung gestellt hatte. Diesmal würde er nicht mit Blasen an den Füßen ins neue Jahr humpeln, weil die Stiefel drei Nummern zu eng waren, und in den Familienalben der Kunden würden keine Fotos kleben, auf denen ihm zur Gaudi der Bälger die Mütze auf die Nase rutschte. Der Wattebart roch diesmal nicht nach den eingetrockneten Niesern seines Vorgängers, er juckte nur. Und die Weidenrute lag dieses Weihnachten äußerst gut in der Hand. Aber sie war nur ein Attribut, von dem er – was er in gewissen Fällen bedauerte – keinen zweckgerechten Gebrauch machen durfte.

Jeweils vier bis acht Adressen gab ihm die Agentur an Heiligabend und den ersten beiden Weihnachtsfeiertagen gewöhnlich auf. Auf den Türschwellen der Wohnungen erwarteten ihn die Geschenke, die er den Kleinen überreichen sollte und die er in seinen Jutesack stopfte, während er den Merkzettel an der Tür las und sich einprägte, was er an Lob, Ermahnungen und Schelte auf den Nachwuchs loslassen sollte. Er durfte nicht vergessen, den verräterischen Zettel abzunehmen und in der Tasche seines roten Mantels zu entsorgen. Vor allem durfte er nicht auf die elektrische Klingel drücken. Vielmehr galt es, mit dem Filzhandschuh in bedeutungsschweren Abständen dreimal an die Tür zu pochen, während er seine Lungen mit Luft für das sonore, basstiefe »Ho-ho-ho!« füllte, dessen Wirkung entscheidend für den Verlauf seiner Show war.

Den heutigen Abend allerdings nahm ein einziger Job in Anspruch, der so gut bezahlt war wie sonst deren fünf. Denn das »St.-Johannis-Waisenstift für Problemkinder« lag fernab jeder menschlichen Behausung tief abgeschieden im Wald.

Jörg Köhler bemerkte, dass er einen Wegweiser verpasst hatte. Instinktiv brachte er den VW zum Stehen – und fluchte sofort auf sich selbst. Jetzt steckte er wahrscheinlich endgültig fest. Er legte den Rückwärtsgang ein und streichelte mit dem Fuß das Gaspedal. Der kleine Motor jaulte, die Antriebsräder drehten durch. Dann jedoch setzte sich der Käfer schlitternd in Bewegung.

Während er in die Dunkelheit zurücksetzte, um das Hinweisschild wieder zu finden, dachte Köhler ängstlich daran, dass ihn genauso der nächste Stopp lahm legen konnte, wenn er zurück in den Vorwärtsgang wechselte. Er konnte nur sein Glück beschwören.

Es war ihm noch einmal hold; bald tauchte der beschriftete Richtungspfeil im Doppelkegel seiner Scheinwerfer auf, das Abbiegemanöver gelang und Köhler lenkte sein Auto wieder voran über den schmalen, vereisten Pfad, der ihn ans Ziel bringen sollte.

Sobald ihn eine bucklige Steinbrücke über einen totenstarren Bach im Leichenhemd aus Neuschnee geführt hatte, wurde der Waldpfad wegsamer. Bald mündete er in eine breite, ummauerte Einfahrt, die sich in ein weites Rondell öffnete, an dessen Kopfende der Bau aufragte, der das Waisenstift beherbergen musste. Wie eine zu Stein erstarrte Lavaeruption mutete die schwarze Masse des Gemäuers im Dunkel der Nacht an und verriet dennoch durch ihre Kontur die protzige Neugotik aus dem neunzehnten Jahrhundert, die an diesem Ort, tief inmitten des winterlichen Waldes, geradezu surreal wirkte.

Köhler wunderte sich, dass er weit und breit kein parkendes Auto sah. Sein eigenes brachte er dicht am Mauerwerk unter dem Schutz eines vorspringenden Erkers zum Stehen, der den Schneefall abgehalten hatte, sodass er später ohne Panne fortzukommen hoffte.

Er legte den falschen Bart an und setzte die Zipfelmütze auf, dann stieg er aus. Er klappte den Fahrersitz nach vorn und klaubte den Jutesack von der Rückbank, in den er die Weidenrute stopfte. Seine Instruktionen lauteten, am Hauptportal zu klingeln. So stapfte er durch den knirschenden Schnee zur Freitreppe an der Stirnseite des Gebäudes. Mehrere Stockwerke über ihm leuchtete eine Fensterreihe in warmem, einladendem Schein, der, verstärkt durch die weltabgeschiedene Lage des Stifts inmitten weiß gepuderter Tannen, sogar in einem Christfestzyniker wie Jörg Köhler Dickensche Weihnachtsromantik anklingen ließ. Vorsichtig erklomm er die vereisten Stufen.

Ein erschrockener Blick auf seine Jelly Swatsch, die er unter dem falschen Pelzsaum seines Ärmels hervorpulte: Er war noch später dran, als er befürchtet hatte.

Während sein Blick die verwitterte Steintafel mit der Aufschrift »St.-Johannis-Waisenstift. Anno 1902« streifte, zögerte er unwillkürlich, den altmodischen Klingelzug zu betätigen und sich den »Problemkindern« (welch weit interpretierbarer Begriff ...) zu stellen. Allzu gegenwärtig war ihm in diesem Augenblick sein Weihnachtsmann-Auftritt in einem Behindertenheim zwei Jahre zuvor. Auch als Anhänger fortschrittlicher Pädagogik hatte er nie Gewissensbisse gespürt, Vorschulkindern den Weihnachtsmann vorzulügen. Aber im Behindertenheim hatte es ihn schockiert, nicht den gewohnten Kleinen, sondern Vierzehn-, Sechzehnjährigen gegenüberzutreten. In diesem Augenblick hätte er vor Scham über seinen lachhaften Aufzug in den Boden sinken mögen. Doch sie hatten ihn nicht durchschaut. Diese Kleinkinder in den Körpern von Jugendlichen hatten den Weihnachtsmann so ernst genommen wie der Papst die unbefleckte Empfängnis. Es war ihm gelungen, seine Show routiniert durchzuziehen. Und er hätte sich damit beruhigen können, seinem ungewöhnlichen Publikum die Weihnachtsfeier verschönt zu haben. Doch allzu deutlich hatte er gerade vor diesem Publikum die Entmündigung begriffen, der er mit seiner Kostümscharade Vorschub leistete. Wozu gab es den Weihnachtsmann, Knecht Ruprecht, den Osterhasen und ihre Komplizen? Weil Kinder, die an sie glaubten, sich ebenso leicht manipulieren ließen wie Abergläubige, die sich vor Zauberkräften fürchten, oder Religionsangehörige, die von den Dogmen ihrer Kirche überzeugt sind.

Der Flügel des Eingangsportals verursachten kein Geräusch. Das Mädchen, das unerwartet wie eine Erscheinung in der Türöffnung stand, war nicht älter als fünf oder sechs Jahre und blickte mit dem Antlitz eines leibhaftigen Weihnachtsengels zu Köhler empor, goldgerahmt von einem Gespinst schimmernder

Locken. Die Kleine hätte besser in kitschigen Rauschgoldflitter gepasst als in die strenge Schülerinnenuniform, die sie trug.

Zunächst fehlten Köhler die Worte. Dann entwich es seinem Munde:

»Ho-ho-ho!
Weit reiste ich im eisigen Wind
zu euch Menschen als Bote vom Christuskind
und habe zur Feier dieser heiligen Nacht
über der Schulter einen Sack voll mit Gaben gebra –«

Ihm war eingefallen, dass sein Geschenkesack bisher nur die Rute enthielt.

Doch der schlaffe Jutestoff in seiner Hand blieb unbeachtet. Ein Engelslächeln erstrahlte in ihrem Gesicht: »Tritt ein, lieber Weihnachtsmann, freiwillig und ungezwungen. Fühl dich willkommen und lass etwas von den Geschenken hier, die du mit dir bringst!« Ein verlegenes, helles Kichern folgte diesen ungewöhnlichen Worten; die Kleine war ebenso seltsam wie süß. Bezaubert ließ Köhler sich über die Schwelle locken – keinen Augenblick zu früh, denn ohne Warnung setzte draußen wieder heftiger Schneefall ein, durchstoben von einem Wind, der eine wirbelnde Wolke von Eisflocken durch den Spalt des zufallenden Türflügels in die Eingangshalle trieb. Ob dies der Grund war oder fehlende Beheizung, Jörg Köhler fror innerhalb der düsterern Mauern genauso wie außerhalb.

Das nur spärlich aus den Schatten sich schälende Mauerwerk ließ die karge Weiträumigkeit der Halle lediglich erahnen. Künstliche Beleuchtung fehlte und das blasse, blondumlockte Gesicht des Mädchens war wie ein Lichtschein in stofflicher Finsternis: »Folge mir, alle freu'n sich schon auf dich!«, forderte sie ihn mit ihrer lieblichen Stimme auf.

Halb blind in der Düsternis, blieb ihm nichts übrig, als dem Kind wie einem Lichtstrahl zu folgen. Auf ihren Fersen stolperte er eine gewundene Steintreppe hinauf, durchquerte einen kalten, zugigen Flur und gelangte schließlich vor eine Tür, durch deren Ritzen warmes Leuchten drang. Dahinter vermutete er die Räume, deren erhellte Fensterflucht ihm draußen auf dem Hof das Herz gewärmt hatte.

Wieder öffnete sich die Tür lautlos und wie von allein. »Er ist angekommen!«, rief das Mädchen. Ihn bei der Hand fassend, trat sie mit ihm ein.

Hallend fiel die Tür zurück ins Schloss.

Nach diesem plötzlichen Laut wirkte die Stille umso tiefer. Eine Vielzahl von Gesichtern wandte sich den Ankömmlingen zu. Fünfzehn, zwanzig Kinder füllten den gestreckten Saal, die Mädchen in himmelblauer, die Knaben in marineblauer Zöglingsuniform. Der Saal selbst war wie ein altertümliches Schulzimmer ausgestattet. An seiner unteren Schmalseite hing eine große schwarze Tafel, an der oberen brannte ein Kamin, ohne spürbare Wärme zu spenden. An den Längswänden hingen Schautafeln und Landkarten, die auch oberflächlich betrachtet nicht auf dem jüngsten Stand schienen. Das Lehrerpult und die altmodischen Bänke waren platzschaffend an die Wände gerückt.

Mehr Wärme als von dem kläglichen Kamin strahlte von dem Christbaum in der Mitte des Saales aus, dessen Kerzen den Raum mit ihrem warmen Schein ausfüllten, den Köhler schon von draußen wahrgenommen hatte. Um ihn herum saßen die Kinder auf ihren Klassenstühlen.

Der Neuankömmling war der einzige Erwachsene.

Eine tumultuöse Begrüßung beendete die Stille nach seinem Eintreten. Rufe, Klatschen, Pfiffe, die seine Verunsicherung bis zur völligen Verwirrung steigerten. Er befeuchtete sich die Lippen. Ein Barthaar aus Watte blieb an seiner Zunge kleben. »Ho-ho-ho!«, klang seine Stimme so dünn durch den Saal, dass sie im Kinderlärm beinahe unterging. Er mühte sich, es klang etwas schrill: »Weit reiste ich im eisigen Wind zu euch Menschen als Bote ... Wo ist denn euer Lehrer?«

Abruptes, fast betretenes Schweigen.

Es wurde von einem Jungen unterbrochen, der aufstand und erklärte: »Wir haben uns von der Vormundschaft der Erwachsenen befreit. Zunächst mussten wir natürlich ihre Hauptkomplizen ausschalten.« Damit schritt er wichtig nach vorn, ergriff ein Stück Kreide und ließ es über die Tafel quietschen. Anschließend nahm er den Zeigestock, wies auf die Schönschrift und blickte fordernd in die Runde.

Die Kinder lasen im Chor:

»Es taugt die dumme Ammenmär
für schlaue Kinder nimmermehr,
und Christkindlein und Osterhas
beißen unbeweint ins Gras.«

Dieser Inszenierung folgte ein erneuter fröhlicher Ausbruch. Er legte sich, als sich am gegenüberliegenden Ende des Saales der nächste Junge erhob. Er winkte Köhler heran.

Dieser hatte längst das Gefühl, in einen beginnenden Albtraum geschlittert zu sein. Da ihm die Fäustlinge verwehrten, sich unauffällig zu kneifen, biss er sich auf die Zunge. Er schmeckte Blut, doch seine Umgebung veränderte sich nicht.

Schon stand er, dem Geheiß des Kindes folgend, am Kamin. *Ein Fell ... ein Eisbärenfell ...* Doch Köhlers Augen sahen etwas anderes, als sein Verstand zu glauben bereit war. Nur die Größe des Kaminvorlegers passte zum Eisbären, seine Konturen und die Form des augenlosen Schädels hingegen widerlegten Köhlers Assoziation. Aus dem aufgerissenen Rachen ragten zwei riesige, messerscharfe Nagezähne. Der ganze schmutzig graue Balg war verdreckt und blutverkrustet. Auf den Voderläufen leuchtete bunt eine Schicht getrockneter Malfarben.

»Ja, der Osterhase«, sagte der Junge. »Oder was von ihm übrig blieb. Hab ihn selber kaltgemacht. Scheußliches Gemetzel.« Er blickte indigniert auf das monströse Hasenfell.

»Zeig ihm den Schrank!«, forderte eine helle Mädchenstimme.

»Das soll der Anselm machen«, erwiderte der Osterhasenmörder.

Anselm war sehr klein geraten. Als er aufstand, überragte er seine sitzenden Kameraden um kaum mehr als Kopfeslänge. Seine roten Segelohren standen wie Stoppschilder von seinem schmalen Kopf ab. Aber der Tonfall seiner Piepsstimme war selbstsicher, als er die willenlose Figur in der Weihnachtsmannverkleidung zu einem niedrigen Holzspind neben der Tür dirigierte.

Aus der Nähe bemerkte Köhler eine schimmernde Naht aus Dutzenden von Nagelköpfen, die die Tür des Schranks dauerhafter verschloss als einen Sargdeckel.

Anselm stieß mit dem Fuß gegen die Füße des Spinds. Ein Gurgeln, kraftlos und gequält, drang aus dem Inneren des Möbels gleich einem Echo aus abgründiger Tiefe. Nur die Resonanzwirkung des Holzkörpers schien es überhaupt hörbar zu machen. Dann sickerte aus der Türritze dünner schwarzer Schleim und tropfte zäh wie das Ticken einer ablaufenden Uhr auf den Steinboden.

»Der schwarze Mann – der Butzeman – der Kinderschreck . . .«, raunte Anselm. »Lauerte mir hier drin auf. Hab den Schlüssel umgedreht, Hammer und Nägel geholt. Ist schon 'ne Weile her; zäher Bursche. Aber lang macht er's nicht mehr.«

Jörg Köhler starrte die spiegelnde Pfütze auf dem Boden an, dann die zugenagelte Schranktür. Plötzlich verharrte sein emporwandernder Blick. Auf dem niedrigen Schrankdach stand ein Blumentopf mit einem Kaktus . . . einem Kaktus?

Den Blumentopf hatte er richtig erkannt. Das andere . . .

»Das war mal das Sandmännchen«, erklärte Anselm beiläufig.

Aus dem Sand in dem Tontopf ragte ein Gebilde, das aussah wie der abgrundtief hässliche Schrumpfkopf eines Pygmäen. Die Züge grotesk verzerrt, die leeren Augenhöhlen umkrustet von gestocktem Blut.

Während Köhler gegen seinen Ekel ankämpfte, trat das

blonde Engelchen heran, das ihn empfangen und hierher geführt hatte. Blaue Puppenaugen blickten zu ihm auf.

Der Engelmund sagte: »Es wollte mir sein Pulver auf die Linsen pusten. Musste ihm eine Lektion erteilen. Hab seine Augen ausgerissen und es bis zum Hals eingebuddelt. Den Trick hab ich von den Indianern.« Sinnend fügte sie hinzu: »Weiß nicht genau – wahrscheinlich ist es verdurstet.«

Sie blickte Köhler, dessen Gesicht fast genauso weiß geworden war wie sein Wattebart, durchdringend an. »Wir haben alle von den Viechern erwischt ...«

»... bis auf eins«, ergänzte ein dicker Junge, trat zur Gruppe hinzu und zeigte Köhler ein breites Grinsen voller Zahnlücken.

Dieser wich entsetzt zurück: »Nein! Ich ... ich bin nicht der Weihnachtsmann!«

»Ich ... ich bin gar nicht das Sandmännchen!«, äffte ihn die Sandmädchenbezwingerin nach.

»Ich ... ich bin überhaupt nicht der schwarze Mann«, imitierte Anselm die schleimige Stimme des schwarzen Mannes.

»Und ich ... ich bin auch nicht der Osterhase«, quiekte der Osterhasentöter wie ein Osterhase.

»Ja, das beteuern sie alle, wenn ihre Stunde schlägt«, lispelte der dicke Junge abfällig. »Aber ich meine nicht den Weihnachtsmann, sondern die Zahnfee, die gerissenste von allen. Bin schon lange hinter ihr her. Und irgendwann krieg ich sie auch!«

Der Jutesack entglitt Köhlers kraftloser Hand. Er schüttelte mechanisch den Kopf. »Glaubt mir ...« Er warf die Zipfelmütze ab. »Seht her ...« Er riss sich den Wattebart aus dem Gesicht. »Um Himmels willen!« Er öffnete seinen breiten Gürtel und ließ seinen roten Mantel fallen, »Mein Name ist Jörg Köhler ... *Ich bin nicht der Weihnachtsmann!«*

»Das wissen wir«, winkte der dicke Junge ab und seine Freundinnen und Freunde nickten gelangweilt. »Es gibt nur falsche Weihnachtsmänner. Kostümierte Väter, Onkels, Lehrer ... oder Studenten. Diese Weihnachtsmann-Scheiße ist ein einziger Erwachsenen-Schwindel. Falls es je einen echten Weihnachtsmann oder Santa Claus gegeben hat, muss er schon lange tot sein.«

»Im Wald von Räubern ermordet ... Erfroren im Packeis, betrauert von seinen Rentieren ... falls überhaupt«, fügte Anselm hinzu.

»Oder von den Eisbären gefressen«, mutmaßte Engelchen.

Unvermittelt wechselte sie das Thema: »Wilst du sehen, was wir zu Weihnachten gekriegt haben, Jörg?«

Bei diesem kameradschaftlichen Angebot atmete Jörg Köhler auf. Vielleicht ließ sich ja doch noch ein Einvernehmen mit diesen seltsamen Kindern erzielen. Dankbar stimmte er zur.

Das Engelchen, der Osterhasentöter, Anselm und der Zahnfeejäger geleiteten ihn zum Christbaum, wo sie bald von den übrigen Kindern umringt waren. Die Steinfliesen um den Baumständer waren mit zerknäultem und zerfetztem Weihnachtsgeschenkpapier bedeckt. Dazwischen lag Kinderspielzeug.

Die drei Kinder, die durch ihre Kriegstaten gegen den Osterhasen, den Butzemann und das Sandmännchen eine Führerrolle unter ihren Freunden einnahmen, verständigten sich mit Blicken. Dann nickte Anselm und erklärte: »Ich hab mir einen Nussknacker gewünscht. – Ein ungewöhnliches Modell ...« Er bückte sich und hielt Jörg Köhler einen großen holzgeschnitzten Nussknacker entgegen. Allerdings hatte das altmodische Spielzeug nicht die herkömmliche Gestalt eines Grenadiers, sondern die eines dicken, nahezu kahlköpfigen Mannes im altväterlichen Anzug, dessen Nase ein Miniaturkneifer aus Draht zierte. Am überdimensionierten, beweglichen Kinn klebte ein spitzer Filzbart. Im Kontrast zur gesamten Machart des Spielzeugs wirkten seine beiden schimmernden Elfenbeinzahnreihen bis auf ihre Winzigkeit sehr echt.

Der Junge zupfte eine der vergoldeten Walnüsse vom Weihnachtsbaum. Er zog einen Hebel aus dem Rücken des Spielzeugs, worauf sich die holzgeschnitzten Kiefer teilten, schob die Nuss dazwischen und drückte den Hebel zurück. Knirschend platzte die Nuss, Schalenstücke und Inhalt bröselten zu Boden.

Anselm zog am Hebel, die Kiefer des Nussknackers öffneten sich und offenbarten eine schwarze Grotte. Fast alle der winzigen naturgetreuen Zähne fehlten. Die dunkelrote Farbe, die aus der Mundhöhle rann, roch wie Blut.

»Modell Stiftsleiter«, kommentierte Anselm, »leider Mangelqualität.« Er schmiss sein Geschenk unter den Weihnachtsbaum zurück.

»Ich hatte mir eine Schneekugel gewünscht«, meldete sich der Osterhasentöter. Er hob sein Geschenk auf und hielt es Jörg Köhler hin. Nur widerstrebend nahm dieser die auf einen Holzsockel montierte Glaskuppel in de Hand. Ihr Inneres enthielt nichts als einen konturlosen Hügel aus Schnee.

»Man muss sie schütteln«, half der Osterhasentöter nach, nahm das Geschenk zurück und machte es vor. Die Glaskugel erblindete in undurchdringlichem Flockengestöber. Der Junge hielt sie dicht vor Jörg Köhlers Augen, der hineinstarrte und beobachtete, wie sich die Schneeflocken langsam auf der naturgetreuen Figur eines dürren nackten Mannes niederließen, der zusammengerollt auf dem gemalten Eisboden lag. Bald war der Mann zugeschneit; nur noch ein Arm ragte gleichsam flehend aus der Schneedecke hervor. Zitternd versanken jedoch Ellenbogen, Unterarm und Finger, bis nur noch der Grabhügel aus Schnee erkennbar war.

»Modell Pedell«, erläuterte der Osterhasentöter, als er die Schneekugel an ihren Platz unter dem Christbaum zurückstellte.

Jetzt sprach das Engelchen. »Auf meinem Wunschzettel stand: eine liebe Schlafpuppe, Modell Fräulein Schlenck.« Die stockdürre Puppe, die sie in der Armbeuge wiegte, steckte in einem grauen, grob genähten Kostüm, ihr faltiger Hals und ihr Knittergesicht waren aus einem alten grauen Damenstrumpf gefertigt. Dutt und Brillengestell bestanden aus Kordel. Die hölzernen Augendeckel waren geschlossen.

Mit einem Ruck hielt das Engelchen die Puppe hoch; die Holzlider sprangen auf und das Ding starrte Jörg Köhler aus blassblauen, feuchten Menschenaugen direkt ins Gesicht. In ihnen stand der Ausdruck äußersten Grauens.

Für Jörg Köhler schien unter diesem Blick eine lähmende Ewigkeit zu verstreichen, bis das Engelchen seine Puppe mütterlich in die Arme zurücknahm. »Nicht alle Kinder haben so schöne Geschenke gekriegt«, sagte sie zu ihm. »Falscher Weihnachtsmann, was hast du uns mitgebracht?«

Alle Augenpaare wanderten zu dem schlaffen Jutesack, der neben dem Butzemann-Schrank auf den Steinfliesen lag. Der dicke Junge mit den Zahnlücken hob ihn hoch, trug ihn herüber. »Das wirkt nicht sehr viel versprechend«, urteilte er, bevor er den Sack am Saum packte, umdrehte und schüttelte.

Heraus fiel die Rute.

Eisige Blicke packten den falschen Weihnachtsmann. »Nur *das*?«, fragte der Osterhasentöter.

»Wir waren wohl unartig«, folgerte der dicke Junge und entblößte seine Zahnlücken in einem Grinsen, das Jörg Köhler anspornte, herumzuwirbeln und zur Saaltür zu rennen ... verfolgt von der Stimme des dicken Jungen:

»Ich wünsche ... wünsche mir einen Aufziehaffen!«

Weihnachten wieder hier

John Collier

»Doktor«, sagte Major Sinclair. »Weihnachten wollen wir Sie aber bestimmt wieder hier haben.« Carpenters Wohnzimmer war voll von Freunden, die zum Tee gekommen waren, um dem Doktor und seiner Frau ein letztes Lebewohl zu sagen.

»Er wird wieder hier sein«, sagte Mrs Carpenter. »Ich verspreche es Ihnen.«

»Ganz sicher ist es nicht«, sagte Dr. Carpenter. »Obwohl ich natürlich nichts lieber täte.«

»Aber Sie haben doch nur einen Dreimonatsvertrag für Ihre Vorträge«, sagte Mr Hewitt.

»Es könnte ja was dazwischenkommen«, sagte Dr. Carpenter.

»Ganz gleich, was passiert«, sagte Mrs Carpenter mit strahlendem Lächeln, »Weihnachten ist er wieder in England, das dürfen Sie mir glauben.«

Alle glaubte es. Sogar der Doktor selbst glaubte es beinahe. Seit zehn Jahren hatte sie ihn den Leuten zu Abendgesellschaften, Gartenfesten, Komiteesitzungen und wer weiß was noch versprochen und all diese Versprechen waren gehalten worden.

Man begann sich zu verabschieden. Komplimente über das wunderbare Organisationstalent der lieben Hermione wurden geflötet. Carpenters würden heute Abend mit dem Wagen nach Southampton fahren und morgen an Bord gehen. Keine Eisenbahnfahrt, keine Hetzerei, bis zur letzten Minute alles bestens geregelt. Wirklich, der Doktor wurde glänzend versorgt. Und in Amerika würde er großen Erfolg haben. Besonders wenn Hermione sich um alles kümmerte. Und ihr war die schöne

Reise auch zu gönnen. Sie würde die Wolkenkratzer sehen – so etwas gab es in Little Godwearing nicht. Aber sie musste bestimmt dafür sorgen, dass er wiederkam. »Ja, ich werde dafür sorgen, darauf können Sie sich verlassen.« Dass er sich nicht etwa überreden ließ, seinen Aufenthalt zu verlängern oder gar einen fabelhaften Posten an einer superamerikanischen Klinik anzunehmen! Er wurde hier im Krankenhaus notwendig gebraucht. Und Weihnachten musste er wieder hier sein. »Ja«, rief Mrs Carpenter den letzten abziehenden Gästen nach, »ich werde dafür sorgen. Weihnachten ist er wieder hier.«

Die letzten Arbeiten, bevor das Haus verschlossen wurde, waren bald erledigt. Nachdem die Mädchen das Teegeschirr abgewaschen hatten, kamen sie herein, um sich zu verabschieden, gerade rechtzeitig, um den Nachmittagsbus nach Devizes zu erreichen.

Nun blieben nur noch die allerletzten Kleinigkeiten zu tun: Türen abschließen, alles sauber und ordentlich hinterlassen. »Geh nach oben und zieh den braunen Tweedanzug an«, sagte Hermione. »Mach die Taschen von diesem Anzug leer, bevor du ihn in den Koffer packst. Alles Übrige mache ich schon. Sieh nur zu, dass du mir nicht im Weg bist.«

Der Doktor ging nach oben und zog seinen Anzug aus, aber statt des braunen Tweedanzugs zog er einen schmutzigen alten Bademantel an, den er aus dem Hintergrund seines Schrankes hervorgeholt hatte. Dann, nachdem er einige kleine Vorbereitungen getroffen hatte, beugte er sich übers Treppengeländer und rief seine Frau: »Hermione! Hast du einen Augenblick Zeit?«

»Natürlich, Schatz. Ich bin gerade fertig.«

»Dann komm doch bitte mal herauf. Ich muss dir etwas sehr Sonderbares zeigen.«

Hermione kam sofort herauf. »Aber, mein Lieber, was soll denn das?«, rief sie, als sie ihren Mann sah. »Warum läufst du denn in dem dreckigen alten Ding herum? Ich habe dir schon vor langer Zeit gesagt, du sollst es verbrennen.«

»Kannst du mir vielleicht sagen«, fragte der Doktor, »wer eine goldene Kette in den Badewannenabfluss geworfen hat?«

»Niemand natürlich«, sagte Hermione. »Bei uns trägt niemand so etwas.«

»Wie kommt es dann da hinein?«, sagte der Doktor. »Nimm die Taschenlampe. Wenn du dich richtig vorbeugst, kannst du sie da ganz unten schimmern sehen.«

»Wahrscheinlich so ein billiges Armband, das eins von den Mädchen verloren hat«, sagte Hermione. »Was sollte es sonst sein?« Aber sie nahm die Taschenlampe, beugte sich über die Wanne und spähte, die Augen zusammenkneifend, in den Abfluss. Der Doktor hob ein kurzes Bleirohr, schlug zwei- bis dreimal sehr kräftig und präzise zu, hob die Leiche bei den Knien an und ließ sie in die Wanne fallen.

Dann warf er den Bademantel ab; nackt wie Adam wickelte er die in ein Handtuch verpackten Instrumente aus und legte sie ins Waschbecken. Nachdem er den Fußboden mit Zeitungspapier ausgelegt hatte, wandte er sich wieder seinem Opfer zu.

Sie war tot, natürlich. Scheußlich zusammengekrümmt, als setzte sie zu einem Salto an, lag sie am einen Ende der Wanne. Er stand sehr lange da und sah sie an und dachte gar nichts. Erst der Anblick des vielen Blutes brachte seinen Geist wieder in Bewegung.

Er zog und rückte so lange an ihr herum, bis sie ausgestreckt in der Wanne lag. Dann zog er sie aus, was in der engen Badewanne keine leichte Arbeit war, aber schließlich hatte er es geschafft. Er drehte die Wasserhähne auf und das Wasser rauschte in die Wanne. Nach einem Weilchen floß es spärlicher, dann versiegte es ganz, und das letzte bisschen gurgelte den Abfluss hinunter.

»Großer Gott!«, sagte er. »Sie hat den Haupthahn abgestellt.«

Es blieb ihm nichts anderes übrig, als in den Keller zu gehen. Der Doktor wischte hastig die Hände an einem Handtuch ab, öffnete mit einem sauberen Handtuchzipfel die Badezimmertür, warf das Handtuch auf den Schemel und lief barfüßig, leicht wie eine Katze, hinunter. Die Kellertür befand sich in einer Ecke der Diele, unter der Treppe. Er wusste genau, wo der Absperrhahn war, und das hatte seine Gründe: Er hatte sich nämlich in letzter Zeit da unten zu schaffen gemacht – weil er einen Weinverschlag machen wollte, wie er Hermione gesagt hatte. Er stieß die Kellertür auf, ging die steilen Stufen hinunter und fand den Hahn gerade noch, ehe die Tür zufiel und es im Keller pechfinster wurde. Nachdem er das Wasser wieder angestellt hatte, tastete er sich an der schmutzigen Mauer entlang und zurück zu den Stufen. Er wollte gerade hinaufsteigen, als es klingelte.

Der Doktor nahm dieses Klingeln kaum als Geräusch wahr. Er fühlte es wie ein spitzes Eisen, das sich vom Magen aus langsam immer höher bohrte, bis es sein Gehirn erreichte. Dann zerbrach etwas in ihm. Er warf sich auf den mit Kohlenstaub bedeckten Boden und sagte: »Ich bin erledigt. Ich bin erledigt. Jetzt *darf* niemand kommen«, sagte er. Dann hörte er sein eigenes Keuchen und sagte sich: »Nimm dich zusammen.«

Allmählich kam er wieder zu sich. Er stand auf und als es noch einmal klingelte, verursachte der Ton ihm kaum noch einen Schmerz. »Sie werden schon wieder weggehen«, sagte er. Dann hörte er die Vordertür aufgehen. »Ist mir egal«, sagte er. Seine Schulter hob sich wie bei einem Boxer, der sein Gesicht schützen will. »Ich geb's auf«, sagte er.

Er hörte jemand rufen. »Herbert! Hermione!« Es waren die Wallingfords. »Zum Teufel mit ihnen! Einfach so hereinzuplatzen, wenn man es eilig hat wegzukommen und noch dazu splitternackt ist! Und ganz voll Blut und Kohlenstaub! Ich bin erledigt. Es ist aus. Ich schaffe es nicht.«

»Herbert!«

»Hermione!«

»Wo können sie bloß sein?«

»Der Wagen ist da.«

»Vielleicht sind sie auf einen Sprung zu Mrs Liddell gegangen.«

»Wir müssen sie noch sehen.«

»Oder vielleicht zum Einkaufen. Vielleicht ist ihnen in letzter Minute noch was eingefallen.«

»Das sieht Hermione nicht ähnlich. Horch mal! Klingt das nicht, als ob jemand badet? Soll ich rufen? Oder an die Tür bummern?«

»Scht! Lieber nicht. Das wäre nicht sehr taktvoll.«

»Ach was, rufen kann nichts schaden.«

»Nein, Schatz. Wir werden auf dem Rückweg noch mal hereinschauen. Vor sieben fahren sie nicht ab, hat Hermione gesagt. Sie wollen unterwegs essen, in Salisbury.«

»Na schön, wenn du meinst. Aber ich muss noch mit Herbert auf seine glückliche Wiederkehr anstoßen. Sonst wäre er gekränkt.«

»Wir werden uns beeilen. Gegen halb sieben können wir wieder hier sein.«

Der Doktor hörte sie hinausgehen und die Vordertür leise hinter sich schließen. Er dachte: »Halb sieben. Das kann ich schaffen.«

Er ging durch die Diele zur Vordertür und schob den Riegel vor. Dann stieg er hinauf, nahm seine Instrumente aus dem Waschbecken und erledigte, was er zu tun hatte. Wieder mit dem Bademantel bekleidet, trug er die in Handtücher oder Zeitungspapier gewickelten und säuberlich mit Sicherheitsnadeln zugesteckten Pakete, eines nach dem anderen, in den Keller. Er verstaute sie sorgfältig in dem engen, tiefen Loch, das er in der Kellerecke ausgehoben hatte, schaufelte es zu und bedeckte das Ganze mit Kohlenstaub. Er vergewisserte sich, dass alles in Ordnung war, und ging wieder hinauf. Dort säuberte er erst das Bad, dann sich selbst und dann das Bad noch einmal. Nachdem er sich angezogen hatte, schaffte er die Kleidung seiner Frau und seinen Bademantel hinunter und warf sie in den Abfallverbrennungsofen.

Er rückte hier und dort noch etwas zurecht, dann war alles in Ordnung. Es war erst Viertel nach sechs. Die Wallingfords würden, wie immer, zu spät kommen; er brauchte jetzt nur in den Wagen zu steigen und abzufahren. Schade, dass er nicht warten konnte, bis es dunkel war, aber er konnte ja einen Umweg machen, um die Hauptstraße zu vermeiden, und selbst wenn er allein im Wagen gesehen wurde, würden die Leute sich nichts dabei denken, sondern glauben, Hermione wäre aus irgendeinem Grund vorausgegangen.

Trotzdem war er froh, als er schließlich völlig unbemerkt die Landstraße erreicht hatte und in die sinkende Dämmerung hineinfuhr. Er musste sehr vorsichtig fahren, denn er merkte, dass er keine Entfernungen schätzen konnte und abnorm langsam reagierte, aber das war Nebensache. Als es ganz dunkel war, erlaubte er sich auf der Höhe der Downs anzuhalten, um nachzudenken.

Was für ein herrlicher Sternenhimmel! Unten in der Ebene konnte er die Lichter von ein paar kleinen Ortschaften erkennen. Er hätte vor Freude jauchzen mögen. Was nun kam, war alles ganz einfach, und in Chicago wartete Marion, die ihn bereits für einen Witwer hielt. Seine Vorträge konnte er mit irgendeiner Ausrede absagen. Er brauchte sich nur noch in einer aufblühenden, abgelegenen, amerikanischen Stadt niederzulassen, dann war er für immer in Sicherheit. Natürlich, die Koffer mit Hermiones Kleidung – aber die konnte er durch die Kabinenluke werfen. Gott sei Dank, dass sie ihre Briefe mit der Schreibmaschine schrieb – solche Kleinigkeiten wie handgeschriebene Briefe konnten alles vereiteln. »Aber das ist es eben«, sagte er. »Sie war immer auf Draht, eine tüchtige Frau in jeder Beziehung. Mit allem wurde sie fertig – bis sie sich selber fertig gemacht hat – das verwünschte Weib! Kein Grund zur Aufregung«, dachte er. »Ich werde für sie ein paar Briefe schreiben, mit der Zeit immer weniger. Ich werde selber schreiben: Bald komme ich zurück, noch ein bisschen Geduld – und nie wird es klappen. Das Haus werde ich für dieses Jahr behalten, dann für das nächste und dann fürs übernächste; die Leute werden sich dran gewöhnen. Könnte sogar in ein oder zwei Jahren allein zurückkommen und alles ordnungsgemäß regeln. Nichts leichter als das. Aber nicht zu Weihnachten!« Er ließ den Motor an und fuhr weiter.

In New York fühlte er sich endlich frei, wirklich frei. Er war in Sicherheit. Er konnte mit Vergnügen – wenigstens mit einem gewissen Vergnügen, etwa wenn er sich nach dem Essen seine Zigarette anzündete – an die Minuten zurückdenken, als er im Keller auf die Klingel, die Tür, die Stimmen gehorcht hatte. Er konnte sich auf Marion freuen.

Als er durch die Hotelhalle schlenderte, winkte der Empfangschef ihm lächelnd mit einigen Briefen. Es war die erste Post aus England. Nun, was war schon dabei? Es würde Spaß machen, ein paar Briefe in Hermiones biederem Stil herunterzuklappern und ihre verschnörkelte Unterschrift darunter zu setzen, allen Freunden zu berichten, dass sein erster Vortrag ein Bombenerfolg gewesen sei, dass er von Amerika begeistert sei, aber Weihnachten bestimmt wieder zu Hause sein werde. Dass diese Rückkehr zweifelhaft war, konnte man später einfließen lassen.

Er durchflog den Briefstapel. Die meisten waren für Hermione. Von Sinclairs, von Wallingsfords, vom Vikar und ein Geschäftsbrief von Holt & Söhne, Bauunternehmer und Dekorateur.

Er stand mitten in der Halle, die Vorübergehenden streiften ihn. Er riss die Umschläge mit dem Daumen auf, las hier eine Stelle und da eine Stelle und lächelte. Alle sahen seiner Rückkehr zu Weihnachten zuversichtlich entgegen. Sie vertrauten auf Hermione. »Da irren sie sich ganz gewaltig«, sagte der Doktor. Zuletzt öffnete er den Brief des Bauunternehmers. Wahrscheinlich eine Rechnung. Er las:

Sehr geehrte, gnädige Frau,
wir danken Ihnen bestens für Ihre freundliche Zustimmung zu unserem nachstehenden Kostenanschlag sowie die Übersendung des Schlüssels.

Wir versichern Ihnen nochmals, dass wir Ihren Auftrag umgehend ausführen werden, sodass die bauliche Veränderung als Weihnachtsgeschenk zurechtkommt. Wir werden noch in dieser Woche mit den Arbeiten anfangen.

1 eingelassenen Weinverschlag im Keller ausschachten,
mauern und ausfüttern unter Verwendung besten Materials
nebst Ausbesserungsarbeiten, wie besprochen . . . £ 18
Mit vorzüglicher Hochachtung *Paul Holt & Söhne*

Die Uhr des Obermeisters

Emile Erckmann / Alexandre Chatrian

1

Im Jahr 1832 marschierten mein Freund Wilfried und ich einen Tag vor Weihnachten vom Schwarzwald nach Heidelberg. Er trug seinen Kontrabass umgehängt und ich meine Geige unter dem Arm. Überall lag tiefer Schnee; so weit unsere Blicke auf der ungeheuren Ebene reichten, konnten wir keine Spur einer Straße, eines Weges, eines Pfades entdecken. Der Wind pfiff sein durchdringendes Liedchen mit eintöniger Hartnäckigkeit und Wilfried, dessen leerer Quersack über seinem mageren Rücken hing, hatte den Schirm seiner Kappe bis auf die Nase hinuntergezogen, stapfte mit langen Schritten vor mir her und summte ein fröhliches Motiv aus *Undine*. Manchmal drehte er sich mit einbem geradezu bizarren Lächeln um und rief:

»Spiel mir doch einen Walzer auf, Kamerad, ich habe Lust zu tanzen.«

Auf diese Worte folgte jedes Mal lautes Gelächter, dann schritt der brave Junge wieder unverdrossen voran. Ich folgte ihm in dem knietiefen Schnee auf dem Fuß und spürte, wie mich allmählich Melancholie überkam.

Die Höhen von Heidelberg begannen sich am Horizont abzuzeichnen und wir hofften, dass wir sie noch vor Einbruch der Dunkelheit erreichen würden, als wir hinter uns galoppierende Hufschläge hörten. Es war ungefähr fünf Uhr abends und große Schneeflocken wirbelten durch die graue Luft. Bald hatte der Reiter uns eingeholt, zügelte sein Pferd und beobachtete uns aus den Augenwinkeln; wir musterten ihn ebenfalls.

Stellen Sie sich einen dicken Mann mit rotem Bart und Kopfhaar vor, der einen prächtigen Dreispitz, einen braunen Mantel und darüber einen Umhang aus Fuchspelz trägt, und dessen Hände in pelzgefütterten Handschuhen stecken, die bis zu den Ellbogen hinaufreichen: ein Amtsrat oder Bürgermeister mit einem dicken Bauch, der seinem kräftigen Rotfuchs einen respektablen Koffer auf die Kruppe geschnallt hat. Kurz, eine echte Persönlichkeit.

»He, Leute«, rief er und zog eine der dicken Hände aus dem Fäustling, »wir sind zweifellos nach Heidelberg unterwegs, um dort Musik zu machen?«

Wilfried sah den Reisenden schief an und antwortete unfreundlich:

»Betrifft dieser Umstand Sie, mein Herr?«

»Nun ja ... ich möchte Ihnen einen guten Rat geben.«

»Einen Rat?«

»Nun ja, falls Sie ihn anhören wollen.«

Wilfried ging wortlos schneller und ich bemerkte, dass der Reisende aussah wie eine große Katze: Seine Ohren standen vom Kopf ab, seine Lider waren halb geschlossen, der Schnurrbart gesträubt, sein Gesichtsausdruck liebevoll und väterlich.

»Mein lieber Freund«, wandte er sich an mich, »offen gestanden, Sie täten besser daran, dorthin zurückzukehren, wo Sie herkommen.«

»Warum, mein Herr?«

»Der berühmte Maestro Pimente aus Novara wird zu Weihnachten ein großes Konzert in Heidelberg geben; die ganze Stadt wird dabei anwesend sein und Sie werden keinen Kreuzer verdienen.«

Wilfried drehte sich ärgerlich um.

»Wir scheren uns weder um Ihren Maestro noch um alle Pimenti der Welt. Sehen Sie diesen jungen Mann an, betrachten Sie ihn genau! Er hat noch kein einziges Barthaar am Kinn, er hat nur in den kleinen Weilern des Schwarzwalds den Dorfmädchen und den Köhlerinnen zum Tanz aufgespielt. Dennoch hält dieser

Junge mit den langen blonden Locken und den blauen Augen dem Vergleich mit allen Ihren italienischen Scharlatanen stand; seine linke Hand birgt eine wahre Fülle an Melodien, Anmut und Grazie. Seine Rechte verfügt über den sichersten Bogenstrich, den der liebe Gott jemals einem Sterblichen geschenkt hat.«

»Ach, wirklich?«, spottete der andere.

»Es ist genauso, wie ich es sage«, rief Wilfried, hauchte in seine kalten Hände und lief weiter.

Ich nahm an, dass er sich über den Reisenden lustig machen wollte, der uns immer noch folgte.

So legten wir schweigend über eine halbe Meile zurück. Plötzlich fuhr uns der Unbekannte grob an:

»Ganz gleich, wie groß euer Verdienst ist, kehrt in den Schwarzwald zurück; wir haben in Heidelberg auch ohne euch schon genügend Vagabunden. Ich gebe euch einen guten Rat, vor allem unter den derzeitigen Umständen. Beherzigt ihn.«

Wilfried wollte ihm empört antworten, aber der Reiter galoppierte bereits die breite Landstraße entlang. Auf der Ebene hatte sich ein ungeheurer Schwarm Raben erhoben, der den Himmel mit seinem Gekrächz erfüllte und dem dicken Mann zu folgen schien.

Wir erreichten Heidelberg gegen sieben Uhr abends und sahen tatsächlich Pimentis prächtiges Plakat auf allen Mauern der Stadt kleben: »Großes Konzert, Solo, usw.«

Noch am gleichen Abend sahen wir uns in den Bierstuben der Theologen und Philosophen um und trafen mehrere Musiker aus dem Schwarzwald, alte Kameraden, die uns in ihre Truppe aufnahmen. Sie bestand nun aus dem alten Bremer, dem Cellospieler, seinen beiden Söhnen Ludwig und Karl, zwei guten zweiten Geigen, dem Klarinettisten Heinrich Siebe, der großen Bertha mit ihrer Harfe sowie aus Wilfried mit seinem Kontrabass und mir als erstem Geiger.

Wir einigten uns darauf, gemeinsam aufzutreten und die Einnahmen nach Weihnachten brüderlich zu teilen. Wilfried hatte für uns beide bereits im sechsten Stock des kleinen Wirtshauses *Zum Hammelbein* in der Holdergasse ein Zimmer um vier Kreuzer die Nacht gemietet. Eigentlich handelte es sich um den Dachboden; glücklicherweise enthielt er jedoch einen Blechofen und wir entzündeten ein Feuer, um unsere Kleider zu trocknen.

Während wir friedlich Kastanien rösteten und einen Krug Wein leerten, kam die kleine Annette, die Kellnerin des Wirtshauses, im roten Röckchen und schwarzen Samthäubchen mit frischen Wangen und kirschroten Lippen die Treppe heraufgelaufen, klopfte an die Tür und warf sich mir freudestrahlend in die Arme.

Ich kannte die Kleine seit langem, wir stammten aus dem gleichen Dorf, und um die Wahrheit zu sagen, ihre leuchtenden Augen, ihr schelmisches Wesen hatten es mir angetan.

Sie setzte sich auf einen Schemel. »Ich will nur einen Augenblick mit dir plaudern. Ich sah dich vorhin hinaufgehen und da bin ich.«

Dann begann sie fröhlich zu plappern, von diesem und jenem, kurz, vom ganzen Dorf; ich fand kaum Zeit, ihr zu antworten. Manchmal hielt sie inne und sah mich unsäglich liebevoll an. Wir wären bis zum Morgen so sitzen geblieben, wenn die alte Wirtin nicht begonnen hätte auf der Treppe zu rufen:

»Annette, Annette, kommst du endlich?«

»Ich bin schon da«, antwortete das arme Mädchen und stand bestürzt auf. Sie gab mir einen leichten Klaps auf die Wange und lief zur Tür, blieb jedoch noch einmal stehen.

»Das habe ich ja ganz vergessen – wisst ihr es schon?«

»Was denn?«

»Dass unser Prorektor Zahn tot ist.«

»Was hat das mit uns zu tun?«

»Eigentlich nichts, aber nehmt euch in Acht, wenn eure Papiere nicht in Ordnung sind. Morgen um acht Uhr wird man sie euch abverlangen. Seit vierzehn Tagen werden so viele Menschen verhaftet! Der Prorektor ist gestern Abend in der Bibliothek des Sankt-Christoph-Klosters ermordet worden. Vergangene Woche wurde der alte Hohe Priester Ulmet Elias in der Judengasse umgebracht. Einige Tage zuvor wurden die alte Hebamme Christine Haas und der Achathändler Seligmann aus der Durlachgasse getötet. Gib deshalb gut auf dich acht, mein Kaspar; hoffentlich sind eure Papiere in Ordnung.«

Während sie sprach, rief die Wirtin immerzu von unten herauf: »Annette, Annette, wo bleibst du denn? Ach, die Unglückselige lässt mich ganz allein.«

Auch die Gäste begannen zu schreien und verlangten Wein, Bier, Schinken, Wurst. Annette musste fort. Sie lief die Treppe hinunter und antwortete mit sanfter Stimme:

»Mein Gott, Frau Wirtin, warum schreien Sie denn so? Man könnte ja meinen, dass das Haus brennt.«

Wilfried schloss die Tür hinter ihr und als er sich wieder gesetzt hatte, sahen wir einander besorgt an.

»Das sind unerwartete Neuigkeiten«, meinte er. »Sind wenigstens deine Papiere in Ordnung?«

»Natürlich.«

Ich zeigte ihm mein Wanderbuch.

»Gut, hier ist das meine. Ich habe es beglaubigen lassen, bevor wir uns auf den Weg gemacht haben. Aber dennoch, all diese Morde bedeuten nichts Gutes. Ich fürchte, dass wir hier kein Geschäft machen werden. Viele Familien sind in Trauer, dazu die Unannehmlichkeiten, die Schikanen der Behörden, die Unruhe.«

»Ach, du siehst alles viel zu schwarz.«

Wir unterhielten uns bis nach Mitternacht über diese seltsamen Ereignisse. Das Feuer unseres kleinen Ofens erhellte die ganze Ecke, das schiefe Dachfenster mit den trüben Scheiben, den Strohsack unter den Schindeln, die schwarzen Balken, die einander abstützten, den kleinen Tisch aus Fichtenholz, dessen Schatten sich auf dem wurmstichigen Boden bewegte. Von Zeit zu Zeit flitzte eine von der Wärme angelockte Maus die Mauer entlang. Der Wind verfing sich in den hohen Rauchfängen und wehte den Schneestaub aus den Regenrinnen. Ich dachte an Annette. Bei uns war Stille eingetreten.

Plötzlich zog Wilfried seinen Rock aus und rief:

»Zeit zum Schlafen. Leg noch ein Scheit in den Ofen und gehen wir zu Bett.«

»Ja, das ist das Beste, was wir tun können.«

Mit diesen Worten zog ich meine Stiefel aus und zwei Minuten später lagen wir auf dem Strohsack, hatten die Decke bis zum Kinn hinaufgezogen und ein dickes Scheit als Kissen unter dem Kopf. Wilfried schlief bald ein. Das Licht aus dem kleinen Ofen flackerte. Der Wind draußen wurde stärker und ohne es zu merken, schlief auch ich ein.

Gegen zwei Uhr früh weckte mich ein unerklärliches Geräusch; zuerst glaubte ich, dass eine Katze die Regenrinne entlanglief. Ich drückte das Ohr an die Schindeln und erkannte bald deutlich: Jemand ging über das Dach.

Ich stieß Wilfried mit dem Ellbogen an, um ihn aufzuwecken.

»Ruhig«, mahnte er und drückte mir die Hand.

Er hatte es also auch gehört. Das verlöschende Feuer warf flackernde Lichter auf die abgebröckelte Wand. Ich wollte aufstehen, als das kleine Fenster, das durch einen zerbrochenen Ziegel zugehalten wurde, aufging; ein blasses Gesicht mit glühenden Augen und bebenden Wangen unter wirren roten Haaren erschien in der Öffnung und blickte herein. Wir waren so erschrocken, dass wir nicht imstande waren, einen Schrei auszustoßen. Der Mann schwang ein Bein durch das Fenster, dann ein zweites und ließ sich so vorsichtig in unseren Dachboden herunter, dass nicht einmal wir ein Geräusch vernahmen.

Dieser dicke, breitschultrige, untersetzte Mann, dessen Gesicht verzerrt war wie das eines lauernden Tigers, war niemand anderer als der freundliche Herr, der uns auf dem Weg nach Heidelberg Ratschläge erteilt hatte. Doch wie verändert schien er uns jetzt! Trotz der bitteren Kälte war er in Hemdsärmeln; er trug nur eine einfache Hose, Wollstrümpfe und Schuhe mit Silberschnallen. Ein langes, blutbeflecktes Messer blitzte in seiner Hand.

Wilfried und ich hielten uns schon für verloren. Er schien uns jedoch im schrägen Schatten des Daches nicht zu bemerken, obwohl das Feuer beim eisigen Luftzug aus dem Fenster wieder aufgeflammt war. Er hockte sich auf einen Schemel und begann, ganz merkwürdig zu zittern. Plötzlich richteten sich seine gelbgrünen Augen auf mich, seine Nasenflügel weiteten sich, er sah mich eine Minute lang an. Mir stockte das Blut in den Adern. Dann wandte er sich dem Ofen zu und hüstelte rau wie eine Katze, ohne dass ein Muskel in seinem Gesicht zuckte. Er zog eine dicke Uhr aus der Hosentasche, blickte auf das Zifferblatt, als wolle er wissen, wie spät es sei, und legte sie, sei es aus Zerstreutheit oder aus einem anderen unerfindlichen Grund, auf den Tisch. Schließlich erhob er sich unsicher, betrachtete das Dachfenster, zögerte, verließ den Raum und ließ die Tür sperrangelweit offen stehen.

Ich stand sofort auf, um den Riegel vorzuschieben, aber die Schritte des Mannes knarrten bereits zwei Stockwerke unter mir auf der Treppe. Meine unbezähmbare Neugierde war stärker als die Angst und als ich hörte, dass er ein auf den Hof gehendes Fenster öffnete, beugte ich mich ebenfalls zum Treppenfenster hinaus. Von dieser Höhe aus wirkte der Hof tief wie ein Brunnen; eine etwa fünfzig bis sechzig Fuß hohe Mauer teilte ihn in zwei Hälften. Rechts der Mauer befand sich der Hof eines Metzgers, links der des *Hammelbeins.* Beide waren von dichtem Moos und Pflanzen bedeckt, die sich im Schatten wohl fühlten. Der obere Rand der Mauer begann bei dem Fenster, das der Mörder geöffnet hatte, und führte geradewegs zum Dach eines großen düsteren Gebäudes in der Bergstraße. Da der Mond zwischen den schweren Schneewolken hervorblinzelte, erfasste ich das Ganze mit einem Blick und erschauerte, als ich den Mann über die Mauer fliehen sah. Er hatte den Kopf gebeugt, hielt das Messer in der Hand und kämpfte gegen den heulenden Wind an.

Bald hatte er das gegenüberliegende Dach erreicht und verschwand in einem Dachfenster.

Ich glaubte zu träumen. Einige Augenblicke blieb ich mit offenem Mund stehen, während mir die Graupeln auf den nackten Oberkörper und in die Haare fielen. Schließlich schüttelte ich die Benommenheit ab und kehrte in unser Quartier zurück; Wilfried, der mit leiser Stimme ein Gebet murmelte, sah mich verstört an. Ich legte rasch Holz nach, zog mich an und schob den Riegel vor.

»Nun?«, machte mein Gefährte und stand auf.

»Nun«, antwortete ich, »wir sind noch einmal davongekommen. Dass uns dieser Mann nicht gesehen hat, ist ein Beweis dafür, dass Gott unseren Tod noch nicht beschlossen hat.«

»Ja, das war der Mörder, von dem Annette gesprochen hat. Mein Gott, was für ein Gesicht . . . und dieses Messer.«

Er ließ sich auf das Stroh sinken. Ich leerte den restlichen Wein im Krug mit einem Zug und da das Feuer hell brannte, es im Zimmer allmählich warm wurde und der Riegel fest schien, fasste ich wieder Mut.

Aber die Uhr war noch da . . . der Mann konnte zurückkommen, um sie zu holen. Bei diesem Gedanken erstarrten wir neuerlich vor Angst.

»Was sollen wir jetzt tun?«, fragte Wilfried. »Am einfachsten wäre es, wenn wir sofort in den Schwarzwald zurückkehrten.«

»Warum?«

»Ich habe keine Lust mehr den Kontrabass zu spielen. Einigt euch, wie ihr wollt.«

»Aber warum denn? Was zwingt uns denn, die Stadt zu verlassen? Haben wir ein Verbrechen begangen?«

»Sprich doch leise. Schon das Wort Verbrechen kann uns an den Galgen bringen, falls uns jemand hört. Arme Teufel wie wir dienen den anderen als warnendes Beispiel. Man fragt nicht lange, ob sie Verbrechen begehen. Es genügt, wenn man diese Uhr bei uns findet.«

»Höre, Wilfried, es hat keinen Sinn, wenn wir den Kopf verlieren. Ich glaube, dass heute Abend in unserem Viertel ein Verbrechen begangen wurde. Ja, ich halte es sogar für sehr wahrscheinlich, aber was muss ein ehrlicher Mensch in einem solchen

Fall tun? Statt zu fliehen, muss er der Gerechtigkeit zum Sieg verhelfen, er muss . . .«

»Und wie soll er ihr helfen?«

»Am einfachsten wäre es, wenn wir morgen die Uhr dem Stadtrichter überbrächten und ihm erzählten, was hier vorgefallen ist.

»Ich werde nie wagen, diese Uhr anzurühren.«

»Schön, dann gehe eben ich. Legen wir uns hin und versuchen wir noch ein wenig zu schlafen.«

»Ich kann nicht mehr schlafen.«

»Dann unterhalten wir uns, du zündest deine Pfeife an und wir warten, bis es Tag wird. Vielleicht sind noch Leute im Wirtshaus; wenn du willst, gehen wir hinunter.«

»Ich möchte lieber im Zimmer bleiben.«

»Wie du willst.«

Und wir setzten uns wieder ans Feuer.

Als es endlich hell wurde, nahm ich die Uhr vom Tisch. Sie war sehr schön und hatte zwei Zeiger; einer zeigte die Stunden an, der andere die Minuten. Wilfried hatte sich inzwischen beruhigt.

»Kaspar«, meinte er, »wenn ich es mir recht überlege, ist es besser, wenn ich zum Stadtrichter gehe. Du bist zu jung für eine solche Aufgabe, du hättest Schwierigkeiten, die richtigen Worte zu finden.«

»Wie du willst.«

»Ja, es wäre sehr merkwürdig, wenn ein Mann in meinem Alter ein Kind vorschöbe.«

»Gut, ich verstehe schon, Wilfried.«

Er nahm die Uhr und ich bemerkte, dass ihn nur seine Selbstachtung zu diesem Entschluss getrieben hatte: Er hätte sich sicherlich vor seinen Gefährten geschämt, wenn er weniger Mut bewiesen hätte als ich.

Wir stiegen nachdenklich die Treppe hinunter. Als wir durch den Korridor gingen, der zur Sankt-Christoph-Straße führte, hörten wir das Klirren von Gläsern und Besteck. Ich erkannte die

Stimme des alten Bremer und seiner beiden Söhne Ludwig und Karl.

»Meiner Treu«, sagte ich zu Wilfried, »es täte gut, wenn wir einen kräftigen Schluck zu uns nähmen, bevor wir ausgehen.«

Gleichzeitig stieß ich die Tür zur Wirtsstube auf. Unsere ganze Gesellschaft war anwesend, die Geigen, die Jagdhörner hingen an der Wand, die Harfe lehnte in einer Ecke. Wir wurden mit fröhlichen Zurufen begrüßt und man beeilte sich, am Tisch für uns Platz zu schaffen.

»Guten Tag, Kameraden«, rief der alte Bremer. »Wind und Schnee. Alle Bierstuben werden gerammelt voll sein, jede Flocke, die durch die Luft wirbelt, ist ein Gulden, der in unsere Tasche fällt.«

Ich bemerkte meine frische, aufgeweckte Annette, die mir liebevoll mit Augen und Lippen zulächelte. Dieser Anblick belebte meine Sinne. Die besten Schinkenscheiben waren für mich bestimmt, und jedes Mal, wenn sie einen Krug neben mich stellte, legte sie mir die Hand nachdrücklich auf die Schulter.

Oh, wie mein Herz hüpfte, wenn ich an die Kastanien dachte, die wir am Vorabend gemeinsam gegessen hatten. Dennoch sah ich von Zeit zu Zeit das blasse Gesicht des Mörders vor mir und zuckte zusammen. Ich sah Wilfried an, der sehr nachdenklich zu sein schien. Schließlich wollte unsere Truppe Schlag acht Uhr aufbrechen, als die Tür aufging und drei lange Kerle mit grauem Gesicht, Rattenaugen und zerbeulten Hüten auf der Schwelle erschienen; hinter ihnen drängten sich noch einige von der gleichen Art. Einer von ihnen, der eine lange Nase hatte und einen riesigen Knüppel in der Hand trug, trat vor und rief:

»Ihre Papiere, meine Herren!«

Jeder beeilte sich der Aufforderung nachzukommen. Unglücklicherweise wurde Wilfried, der neben dem Ofen stand, von heftigem Zittern erfasst und als der Polizeiagent, dem das nicht entgangen war, seine Lektüre unterbrach und ihn misstrauisch beobachtete, kam er auf die unheilvolle Idee, die Uhr in seinen Stiefel gleiten zu lassen – doch bevor sie ihr Ziel erreicht hatte, schlug der Polizeiagent meinem Gefährten auf den Schenkel und rief spöttisch:

»He, das stört uns wohl?«

Zur großen Überraschung aller Anwesenden erlitt Wilfried einen Schwächeanfall und sank bleich wie der Tod auf eine Bank. Madok, der Polizeipräfekt, öffnete ihm ungeniert die Hose und zog die Uhr unter boshaftem Gelächter heraus. Doch kaum, dass er sie gemustert hatte, wurde er ernst und wandte sich an seine Agenten:

»Niemand verlässt den Raum«, rief er mit schrecklicher Stimme. »Wir haben die Bande gefasst. Das ist die Uhr des Obermeisters Daniel Van den Berg. Achtung ... die Handschellen!«

Dieser Schrei drang uns bis ins Mark und es entstand ein schrecklicher Tumult. Ich wusste, dass wir verloren waren, und glitt unter die Bank an der Wand. Während der arme alte Bremer, seine Söhne und die anderen, die schluchzten und ihre Unschuld beteuerten, gefesselt wurden, fühlte ich eine kleine Hand über meinen Hals streichen ... es war Annettes Hand und ich drückte meine Lippen zum Abschied darauf. Aber sie ergriff mich am Ohr und zog mich ganz sanft weiter ... ich sah die Falltür zum Keller, die unter einem Tisch offen stand, ließ mich hineingleiten, und die Tür fiel zu.

Das Ganze hatte inmitten des Krawalls nur eine Sekunde gedauert.

Kaum befand ich mich in meinem Loch, als man bereits über die Tür trampelte ... dann wurde es still: Meine armen Gefährten waren fort. Die alte Wirtin stand auf der Türschwelle und wehklagte, weil das Wirtshaus *Zum Hammelbein* entehrt worden war.

Ich überlasse es Ihnen, sich die Überlegungen auszumalen, die ich den Tag über anstellte. Ich hatte mich hinter ein Fass geflüchtet und mich dort zusammengekauert; ständig hatte ich Angst davor, dass ein Hund in den Keller kommen könnte ... dass die Wirtin auf die Idee kommen würde, selbst den Krug zu füllen ... dass das Fass im Lauf des Tages geleert wurde und ein anderes angestochen werden musste ... kurz, dass der kleinste Zufall zu meinem Verderben führen konnte.

Das alles und noch tausend andere Gedanken gingen mir durch den Kopf. Ich stellte mir vor, wie der alte Bremer, Wilfried, Karl, Ludwig und die große Bertha am Hartberg am Galgen baumelten, und die Raben sich an ihnen gütlich taten. Die Haare standen mir vor Angst zu Berge.

Annette, die nicht weniger beunruhigt war als ich, schloss vorsichtshalber jedes Mal, wenn sie aus dem Keller kam, die Tür hinter sich. Ich hörte, wie ihr die Alte zurief:

»Lass doch die Tür bleiben! Du brauchst ja doppelt so lange, wenn du sie jedes Mal auf- und zumachst.«

Von nun an blieb die Tür einen Spalt breit offen und ich sah aus meinem Versteck, wie neue Gäste an den Tischen Platz nahmen. Ich hörte Geschrei, Diskussionen, endlose Geschichten über die berüchtigte Bande.

»Oh, diese Verbrecher!«, meinte jemand. »Dem Himmel sei Dank, dass man sie gefasst hat. Sie waren eine wahre Geißel für Heidelberg. Nach zehn Uhr abends wagte man sich nicht mehr auf die Straße. Die Geschäfte litten darunter. Aber jetzt ist der ganze Spuk vorbei und in vierzehn Tagen ist die Ordnung wiederhergestellt.

»Die Musiker aus dem Schwarzwald sind alle Banditen!«, rief ein zweiter. »Sie verschaffen sich unter dem Vorwand zu musizieren Eingang in die Häuser, sehen sich die Schlösser, die Kästen, die Geldschränke, die Ausgänge genau an, und dann erfährt man eines schönen Tages, dass man Meister Sowieso den Hals durchgeschnitten, seine Frau ermordet, seine Kinder umgebracht, das Haus von oben bis unten ausgeraubt, die Scheune in Brand gesteckt hat ... oder ähnliche Dinge. Diese Elenden! Man sollte sie alle ohne langes Federlesen ins Jenseits befördern, dann hätte das Land endlich Ruhe.«

»Die ganze Stadt wird auf den Beinen sein, wenn sie gehängt werden«, meinte die alte Wirtin. »Das wird der schönste Tag meines Lebens sein.

Wisst ihr überhaupt, dass man ohne die Uhr des Dekans Daniel niemals auf ihre Spur gekommen wäre? Gestern Abend verschwindet die Uhr, heute früh gibt Obermeister Daniel bei der Polizei die Beschreibung ab und eine Stunde danach erwischt Madok die ganze Bande.«

Alle Anwesenden brachen in schallendes Gelächter aus. Die Scham, die Empörung, die Angst jagten mir Schauder über den Rücken.

Endlich wurde es Nacht und nur noch einige Trinker saßen an den Tischen. Am Vortag war es ebenfalls spät geworden; die dicke Wirtin gähnte und murmelte:

»Mein Gott, wann können wir endlich zu Bett gehen?«

In der Wirtsstube brannte nur noch eine Kerze.

»Gehen Sie nur schlafen, Frau Wirtin«, schlug Annette mit sanfter Stimme vor, »ich bleibe auf, bis die Herren gehen.«

Einige Trunkenbolde begriffen diese Anspielung und verschwanden; nun war nur noch ein einziger Gast übrig, der vor seinem Krug schlief. Der Nachtwächter, der seine Runde machte, weckte ihn und ich hörte, wie er schimpfend zur Tür hinausstolperte.

Endlich ist er fort, sagte ich mir. Die Alte kann schlafen gehen und die kleine Annette wird mich dann endlich erlösen.

Diese angenehme Aussicht belebte mich, ich streckte bereits die steifen Glieder, als die dicke Wirtin erklärte:

»Schließ zu, Annette, und vergiss nicht, den Balken vorzulegen. Ich gehe in den Keller hinunter.«

Anscheinend hatte sie die löbliche Gewohnheit, sich persönlich davon zu überzeugen, dass alles in Ordnung war.

»Das müssen Sie doch nicht, Frau Wirtin«, stotterte die Kleine, »das Fass ist noch nicht leer.«

»Kümmere dich um deinen eigenen Kram«, fuhr sie die Alte an, die schon mit der Kerze auf der Treppe stand.

Ich hatte gerade noch Zeit, mich wieder hinter dem Fass niederzukauern. Die Alte ging gebückt von einem Fass zum anderen, und ich hörte sie murmeln:

»Die Kleine ist wirklich zu nachlässig; sie lässt den Wein ausrinnen. Warte nur, ich werde dich lehren, die Hähne besser zu schließen. Hat man so etwas schon gesehen!«

Das Licht warf Schatten auf die feuchte Mauer und ich machte mich immer kleiner.

Ich glaubte schon, dass sie mit ihrer Inspektion fertig war, als sie plötzlich einen Seufzer ausstieß, der aber so lang, so kläglich war, dass mir sofort Böses schwante. Ich lugte vorsichtig hinter dem Fass hervor ... und was sah ich? Frau Wirtin betrachtete mit offenem Mund und hervorquellenden Augen die Unterseite des Fasses, hinter dem ich mich versteckt hatte. Sie hatte einen meiner Füße unter dem als Unterlage dienenden Balken entdeckt und bildete sich zweifellos ein, dass ich der Anführer der Räuber war und mich hier versteckt hatte, um sie nachts zu ermorden. Rasch entschlossen erhob ich mich und murmelte:

»Im Namen des Himmels, haben Sie Mitleid mit mir, ich bin ...«

Doch ohne mich anzusehen, ohne mir zuzuhören, begann sie ohrenbetäubende Schreie auszustoßen; gleichzeitig kletterte sie die Treppe so rasch hinauf, wie es ihr bei ihrer ungeheuren Leibesfülle möglich war. Ich wurde von unsäglicher Angst ergriffen, klammerte mich an ihr Kleid, warf mich auf die Knie und flehte sie an. Dadurch machte ich es jedoch nur noch schlimmer.

»Zu Hilfe! Mörder! Ach, mein Gott! Lassen Sie mich los! Nehmen Sie mein Geld! Oh! Ah!«

Es war schrecklich. Ich sagte ihr immer wieder:

»Sehen Sie mich doch an, ich bin nicht der, für den Sie mich halten ...«

Aber sie hatte vor Angst den Verstand verloren, sie faselte, stotterte und kreischte so gellend, dass sie das ganze Viertel aufgeweckt hätte, wenn wir uns nicht im Keller befunden hätten. In meiner Verzweiflung war mir alles gleich: Ich kletterte über ihren Rücken, erreichte vor ihr die Tür, ließ sie blitzschnell vor ihrer Nase zufallen und schob den Riegel vor. Während unseres Kampfes war die Kerze verlöscht, die Frau Wirtin saß im Dunkeln und man hörte ihre Stimme nur noch gedämpft.

Erschöpft und verzweifelt sah ich Annette an, die ebenso bestürzt war wie ich. Wir hatten nicht mehr die Kraft, ein Wort zu sagen, wir lauschten den verzweifelten Schreien, die schließlich verstummten: Die arme Frau war ohnmächtig geworden.

»Ach, Kaspar, jammerte Annette mit gefalteten Händen, »was sollen wir um Himmels willen tun? Rette dich ... vielleicht hat uns jemand gehört. Du hast sie also getötet?«

»Getötet? Ich?«

»Gut, fliehe, ich öffne dir die Tür.«

Sie schob den Balken weg und ich lief die Straße hinunter ohne mich bei ihr zu bedanken ... wie ein richtiger Flegel. Aber ich hatte solche Angst, die Gefahr war so nahe, der Himmel so schwarz. Das Wetter war abscheulich: Kein Stern am Himmel, keine Straßenlampe brannte. Und der Wind ... und der Schnee! Ich lief mindestens eine halbe Stunde, bevor ich stehen blieb, um wieder zu Atem zu kommen. Sie können sich mein Entsetzen vorstellen, als ich aufblickte und erkannte, dass ich vor dem *Hammelbein* stand. In meiner Verzweiflung war ich wahrscheinlich drei- oder viermal um das Viertel herumgelaufen. Meine Beine waren schwer und schlammbedeckt, meine Knie wankten.

Das Wirtshaus, das kurz zuvor noch leer gewesen war, summte wie ein Bienenstock; hinter allen Fenstern bewegten sich Lichter; zweifellos war es voller Polizeiagenten. Ich war unglücklich, durch Kälte und Hunger erschöpft, wusste in meiner Verzweiflung nicht, wo ich mich hinwenden sollte, und fasste in diesem Zustand einen überaus sonderbaren Entschluss:

Mein Gott, sagte ich mir, wenn ich schon sterben muss, ist es gleich, ob ich gehängt werde oder auf der Straße in den Schwarzwald erfriere.

Und ich betrat das Wirtshaus, um mich selbst zu stellen. Die schäbigen Individuen mit den zerdrückten Hüten und den ungeheuren Knüppeln, die ich bereits am Morgen gesehen hatte, kamen und gingen und waren überall zugleich; an einem Tisch in der Wirtsstube saß der Stadtrichter Zimmer. Er war schwarz gekleidet, trug eine ernste Miene zur Schau und musterte die Anwesenden scharf; neben ihm befand sich der Sekretär Roth, der eine rote Perücke trug, sich wichtig machte und mit seinen großen Ohren recht lächerlich wirkte. Man beachtete mich kaum, was mich dazu veranlasste, meinen Entschluss umzustoßen. Ich setzte mich in einen Winkel hinter den großen gusseisernen Ofen, neben zwei oder drei Nachbarn, die neugierig herbeigeeilt waren, und bestellte ruhig einen Schoppen Wein und eine Portion Sauerkraut.

Annette verriet mich beinahe.

»Ach, mein Gott«, rief sie, »ist das möglich?«

Aber in diesem Durcheinander bedeutete eine Bemerkung mehr oder weniger überhaupt nichts. Niemand achtete darauf; und während ich mit dem größten Appetit aß, lauschte ich dem Verhör, dem die Frau Wirtin unterzogen wurde; sie saß mit aufgelösten Haaren und angstgeweiteten Augen in einem Fauteuil.

»Wie alt dürfte der Mann gewesen sein?«, fragte sie der Stadtrichter.

»Zwischen vierzig und fünfzig, mein Herr. Er war sehr groß und trug einen schwarzen Backenbart ... vielleicht war er auch braun, das weiß ich nicht so genau. Er hatte eine lange Nase und grüne Augen.«

»Besaß er keine besonderen Kennzeichen ... Flecke im Gesicht, Narben?«

»Nein, daran erinnere ich mich nicht. Er besaß nur einen großen Hammer und Pistolen.«

»Sehr gut. Und was hat er zu Ihnen gesagt?«

»Er hat mich an der Gurgel gepackt. Zum Glück habe ich so laut geschrien, dass er Angst bekommen hat, und außerdem habe ich ihn mit meinen Nägeln gekratzt. Wenn einem jemand ans Leben will, verteidigt man sich mit allen Mitteln, mein Herr.«

»Nichts ist natürlicher und legitimer, Frau Wirtin. Schreiben Sie, Herr Roth. Die Kaltblütigkeit dieser Dame ist wirklich bewundernswert.«

Und so ging es weiter.

Anschließend wurde Annette vernommen, die einfach erklärte, sie wäre so erschrocken gewesen, dass sie sich an überhaupt nichts erinnerte.

»Das genügt«, schloss der Stadtrichter, »wenn wir weitere Auskünfte brauchen sollten, kommen wir morgen wieder.«

Alle Anwesenden verließen den Raum und ich bat die Wirtin um ein Zimmer für die Nacht. Sie erinnerte sich überhaupt nicht daran, dass sie mich schon einmal gesehen hatte . . . so sehr hatte ihr die Angst den Verstand verwirrt.

»Annette«, sagte sie, »führe den Herrn in das kleine grüne Zimmer im dritten Stock. Ich kann mich nicht mehr auf den Beinen halten. O Gott, was muss man auf dieser Welt alles ertragen.«

Sie begann zu schluchzen, was sie sichtlich erleichterte.

Annette zündete eine Kerze an und führte mich in das Zimmer. Als wir allein waren, rief sie unglücklich:

»Ach, Kaspar, ich hätte nie geglaubt, dass du zu dieser Bande gehörst. Ich werde nie darüber hinwegkommen, dass ich einen Räuber geliebt habe.«

»Wie, Annette, auch du?«, antwortete ich und ließ mich zutiefst enttäuscht auf einen Stuhl fallen. »Du gibst mir den Rest.«

Beinahe wäre ich in Tränen ausgebrochen. Doch sie hatte ihren Irrtum eingesehen und schloss mich in die Arme:

»Nein, nein, du gehörst nicht zur Bande. Dazu bist du viel zu sanft, mein guter Kaspar. Aber du verfügst dennoch über unglaublichen Mut, sonst wärst du nicht zurückgekommen.«

Ich erklärte ihr, dass ich im Freien erfroren und verhungert wäre und dass nur diese Tatsache an meinem Entschluss schuld war. Wir saßen einige Augenblicke nachdenklich beisammen, dann verließ sie mich, um nicht den Verdacht der Wirtin zu erregen. Als ich allein war, vergewisserte ich mich, dass die Fenster auf keine Mauer hinausgingen und dass der Riegel fest schloss, dann dankte ich Gott dafür, dass er mich aus der Gefahr errettet hatte, und ging zu Bett, worauf ich sofort einschlief.

2

Am nächsten Tag erwachte ich gegen acht Uhr. Das Wetter war feucht und trüb. Ich schob den Vorhang zur Seite und bemerkte, dass sich auf den Fensterbrettern Schnee angehäuft hatte: Die Scheiben waren voll Eisblumen. Ich dachte betrübt an das Schicksal meiner Gefährten; sicherlich hatten sie unter der Kälte gelitten, vor allem die große Bertha und der alte Bremer. Bei diesem Gedanken schnürte sich mir das Herz zusammen.

Während ich so grübelte, erhob sich draußen ein sonderbarer Lärm. Er näherte sich dem Wirtshaus und ich trat beunruhigt ans Fenster, um die neue Gefahr zu erkennen.

Man wollte die berühmte Bande der Wirtin gegenüberstellen, die nach den schrecklichen Aufregungen des Vorabends nicht imstande war, das Haus zu verlassen. Meine armen Gefährten kamen zwischen zwei Reihen Polizisten die schlammige Straße herunter; ihnen folgte eine Schar Gassenjungen, die wie die Wilden brüllten und pfiffen. Ich sehe diese abscheuliche Szene noch vor mir; der arme Bremer, der an seinen Sohn Ludwig gefesselt war, dann Karl und Wilfried und schließlich die große Bertha, die allein am Schluss ging und laut jammerte:

»Um Himmels willen, meine Herren, haben Sie Mitleid mit einer armen, unschuldigen Harfenistin. Ich soll getötet haben! Ich soll gestohlen haben! O Gott, das ist doch nicht möglich!«

Sie rang die Hände. Die anderen schwiegen, hatten die Köpfe gesenkt und die Haare hingen ihnen ins Gesicht.

Die ganze Gruppe verschwand im dunklen Flur des Wirtshauses. Die Polizeiagenten drängten die Fremden hinaus, schlossen die Tür und die neugierige Menge blieb im Schlamm stehen und drückte sich die Nasen an den Scheiben platt.

Im Haus trat tiefe Stille ein. Ich hatte mich inzwischen angekleidet und öffnete jetzt die Tür meines Zimmers, um zu lauschen und um herauszubekommen, ob ich vielleicht das Weite suchen konnte.

Ich hörte in den Stockwerken unter mir Stimmen und Schritte, woraus ich schloss, dass alle Ausgänge bewacht wurden. Meine Tür lag im Stiegenhaus genau dem Fenster gegenüber, das der Mann für seine Flucht benützt hatte. Zuerst achtete ich nicht darauf. Doch während ich noch überlegte, bemerkte ich plötzlich, dass das Fenster offen stand und dass sich auf dem Fensterbrett kein Schnee befand. Ich trat näher und erblickte frische Spuren auf der Mauer. Diese Entdeckung jagte mir einen Schauer über den Rücken. Der Mann war wiedergekommen! Vielleicht kam er jede Nacht wieder: die Katze, der Marder, das Frettchen ... alle Raubtiere benützten einen bestimmten Wechsel. Welche Erkenntnis! Ein geheimnisvolles Licht erhellte meinen Geist.

Wenn das wahr wäre, sagte ich mir, wenn mir der Zufall so den Mörder auslieferte ... meine armen Gefährten wären gerettet.

Ich folgte mit den Blicken der Spur, die überraschend deutlich auf das benachbarte Dach führte.

In diesem Augenblick drangen einige Sätze des Verhörs an meine Ohren. Jemand hatte die Tür geöffnet, um frische Luft in den Raum zu lassen.

»Geben Sie zu, dass Sie am 20. dieses Monats an der Ermordung des Hohen Priesters Ulmet Elias teilgenommen haben?«

Es folgten ein paar unverständliche Worte.

»Schließen Sie die Tür, Madok«, befahl der Stadtrichter. »Die Frau Wirtin fühlt sich nicht wohl.«

Ich hörte nichts mehr.

Ich stützte meinen Kopf auf das Geländer und rang mit einer schweren Entscheidung. Ich kann meine Gefährten retten, sagte ich mir; Gott zeigt mir eine Möglichkeit, sie ihren Familien wiederzugeben. Wenn ich diese Pflicht aus Angst versäume, bin ich derjenige, der sie ermordet. Meine Ruhe, meine Ehre wären für immer verloren. Ich würde mich für den feigsten, den gemeinsten aller Menschen halten. Ich zögerte lange, doch dann stand mein Entschluss fest. Ich ging die Treppe hinunter und betrat die Küche.

»Haben Sie diese Uhr nie gesehen?«, fragte der Stadtrichter gerade die Wirtin. »Denken Sie genau nach.«

Ohne die Antwort abzuwarten, trat ich in den Saal und erklärte mit fester Stimme:

»Diese Uhr, Herr Stadtrichter, habe ich in den Händen des Mörders gesehen. Ich erkenne sie wieder. Wenn Sie wollen und wenn Sie geruhen, mir zuzuhören, kann ich Ihnen den Mörder heute Abend in die Hände liefern.«

Um mich entstand tiefe Stille; die Anwesenden sahen einander verständnislos an, nur meine armen Gefährten schienen wieder Mut zu fassen.

»Wer sind Sie, mein Herr?«, fragte mich der Stadtrichter, nachdem er sich von seiner Überraschung erholt hatte.

»Ich bin der Gefährte dieser Unglücklichen und ich schäme mich dessen nicht, denn sie alle, Herr Stadtrichter, sind arme, aber ehrliche Leute. Keiner von ihnen ist fähig, die Verbrechen zu begehen, die man ihnen zur Last legt.«

Wieder trat Stille ein. Die große Bertha begann ganz leise zu schluchzen; der Stadtrichter überlegte. Schließlich sah er mich durchdringend an.

»Und wo wollen Sie uns den Mörder ausliefern?«

»In diesem Haus, Herr Stadtrichter. Um Sie davon zu überzeugen, bitte ich Sie nur um ein kurzes Gespräch unter vier Augen.«

»Versuchen wir es.« Er stand auf.

Er winkte dem Polizeipräfekten Madok, uns zu folgen, den anderen zu bleiben. Wir verließen den Raum.

Ich stieg rasch die Treppe hinauf und die beiden folgten mir auf den Fersen. Im dritten Stock blieb ich vor dem Fenster stehen und zeigte ihnen die Spuren des Mannes, die sich im Schnee abzeichneten:

»Das sind die Spuren des Mörders. Diesen Weg nimmt er jeden Abend. Gestern kam er um zwei Uhr früh hierher, heute Nacht war er wieder hier und wird in der kommenden Nacht sicherlich wieder diesen Fluchtweg benützen.«

Der Stadtrichter und Madock betrachteten wortlos einige Augenblicke lang die Spuren.

»Und woher wollen Sie wissen, dass es sich um die Spuren des Mörders handelt?«, fragte mich der Polizeipräfekt zweifelnd.

Daraufhin erzählte ich ihnen, wie der Mörder in unserer Dachkammer erschienen war. Ich zeigte ihnen das Fenster auf dem anderen Dach, in dem er verschwunden war, was Wilfried nicht wusste, weil er im Bett geblieben war. Ich gestand auch, dass ich nur durch Zufall die Spuren der vergangenen Nacht entdeckt hatte.

»Das ist seltsam«, murmelte der Stadtrichter, »das verändert die Lage der Angeklagten grundlegend. Wie erklären Sie sich jedoch die Anwesenheit des Mörders im Keller des Wirtshauses?«

»Dieser Mörder war ich, Herr Stadtrichter.«

Und ich erzählte ihm, was sich zwischen der Verhaftung meiner Gefährten und meiner Flucht zugetragen hatte.

»Das genügt«, unterbrach er mich und wandte sich an den Polizeipräfekten.

»Ich muss zugeben, Madok, dass die Aussagen dieser Dorfmusikanten mich nie überzeugt haben; ich konnte mir nicht vorstellen, dass sie an den Verbrechen beteiligt waren. Außerdem ergibt sich für etliche von ihnen aufgrund ihrer Papiere ein schwer zu widerlegendes Alibi. Dennoch, junger Mann, bleiben Sie trotz der Glaubwürdigkeit Ihrer Angaben in unserem Gewahrsam, bis Sie uns den Beweis geliefert haben. Lassen Sie ihn nicht aus den Augen, Madok, und ergeifen Sie die entsprechenden Maßnahmen.«

Der Stadtrichter kehrte nachdenklich in die Wirtsstube zurück, räumte seine Unterlagen ein und warf der dicken Wirtin einen verächtlichen Blick zu.

»Führen Sie die Angeklagten in das Gefängnis zurück«, befahl er dann und verließ mit seinem Sekretär das Wirtshaus.

Madok blieb mit zwei Agenten zurück.

»Sie werden tiefstes Stillschweigen über diese Vorfälle bewahren«, erklärte er der Wirtin. »Außerdem geben Sie dem tapferen jungen Mann wieder das Zimmer, das er vorgestern bewohnte.«

Madoks Blick und sein Ton ließen keinen Widerspruch zu: Die Wirtin schwor bei allen Heiligen, dass sie tun würde, was man von ihr verlangte, wenn man sie nur vor den Räubern schützte.

»Machen Sie sich wegen der Räuber keine Sorgen«, erwiderte Madok, »wir bleiben den ganzen Tag und die ganze Nacht hier, um Sie vor Schaden zu bewahren. Gehen Sie ruhig Ihren Geschäften nach und fangen Sie gleich damit an, dass Sie uns das Mittagessen bringen. Junger Mann, würden Sie mir die Ehre erweisen, mit uns zu speisen?«

Meine Lage erlaubte mir nicht, diese Einladung abzulehnen.

Wir saßen also vor einem Schinken und einem Krug Rheinwein. Weitere Gäste kamen herein, um ein Gläschen zu trinken, und versuchten dabei, die Wirtin und Annette auszufragen. Die beiden hüteten sich jedoch, in unserer Gegenwart etwas auszuplaudern, und verhielten sich äußerst zurückhaltend, was sie sich offensichtlich als großes Verdienst anrechneten.

Wir verbrachten den Nachmittag damit, dass wir Pfeife rauchten und gelegentlich einen Schluck zu uns nahmen; niemand beachtete uns.

Sobald der Polizeipräfekt etwas getrunken hatte, war er trotz seines bleichen Gesichts, seines durchdringenden Blicks, seiner blutleeren Lippen und seiner Adlernase ein recht angenehmer Zeitgenosse. Er erzählte uns schwungvoll und gewandt anzügliche Histörchen und versuchte Annette um die Taille zu fassen, wenn sie vorüberkam. Bei jedem seiner Worte brachen die übrigen in Gelächter aus, während ich ernst und schweigsam blieb.

»Junger Mann«, forderte er mich lachend auf, »vergessen Sie den Tod Ihrer ehrenwerten Großmutter. Zum Teufel, wir müssen alle sterben. Trinken Sie einen Schluck und vertreiben Sie sich die düsteren Gedanken.«

Andere Gäste mischten sich in unsere Unterhaltung und die Zeit verstrich im Tabakrauch, dem Geklirr der Gläser und dem Klappern der Bierkrüge.

Nachdem jedoch der Nachtwächter um neun Uhr vorbeigekommen war, änderte sich alles; Madok stand auf und wandte sich an die Anwesenden:

»Machen wir uns also an die Arbeit. Schließen Sie die Tür und die Fensterläden ... aber rasch. Und Sie, Frau Wirtin, und Annette, Sie gehen schlafen.«

Die drei zerlumpten Männer glichen mehr Räubern als Ordnungshütern. Sie zogen Eisenstangen aus der Tasche, die an der Spitze mit einer Bleikugel versehen waren. Madok klopfte auf seine Manteltasche, um sich zu vergewissern, dass sich seine Pistole an Ort und Stelle befand. Einen Augenblick später zog er sie heraus, um eine Kugel in den Lauf zu schieben.

Das alles geschah so gefühllos ... Schließlich befahl mir der Polizeipräfekt, ihn und seine Mannschaft in meine Dachkammer zu führen.

Wir stiegen hinauf.

Als wir das elende Loch erreichten, in dem die kleine Annette bereits Feuer entfacht hatte, fluchte Madok leise und schüttete sofort Wasser auf die Kohle; dann zeigte er auf den Strohsack:

»Wenn Sie Lust haben, können Sie schlafen.«

Dann setzte er sich mit seinen beiden Gehilfen an die Rückwand des Zimmers und löschte die Kerze.

Ich hatte mich hingelegt und flehte Gott an, den Mörder zu schicken.

Nach Mitternacht wurde es so vollkommen still, dass niemand auf den Gedanken gekommen wäre, in dem Zimmer Menschen zu vermuten, die jedem Geräusch lauschten wie Jäger, die einem wilden Tier auflauern. Die Stunden verstrichen unendlich langsam. Ich schlief nicht ... tausend Gedanken gingen mir im Kopf herum. Es schlug ein Uhr ... zwei Uhr ... und nichts ereignete sich.

Um drei Uhr bewegte sich einer der Polizisten und ich glaubte schon, dass der Mann im Anmarsch war, aber es trat wieder Stille ein. Mir fiel ein, dass Madok mich vermutlich für einen Betrüger hielt, dass er fürchterlich wütend auf mich sein musste, dass er es mich am nächsten Tag büßen lassen würde und dass ich, statt meinen Gefährten zu helfen, in Ketten gelegt werden würde.

Nach drei Uhr verging mir die Zeit äußerst rasch; am liebsten wäre mir gewesen, wenn die Nacht ewig gedauert hätte, damit mir noch ein Funke Hoffnung blieb.

Während ich so die gleichen Gedanken zum hundertsten Mal wiederkäute, ging plötzlich, ohne dass ich das geringste Geräusch vernommen hätte, das Dachfenster auf, zwei Augen leuchteten in der Öffnung ... in der Dachkammer rührte sich nichts.

Die anderen sind wahrscheinlich eingeschlafen, sagte ich mir.

Der Kopf bewegte sich nicht, als ahnte der Verbrecher etwas ... Oh, wie wild klopfte mein Herz, wie pochte das Blut in meinen Schläfen ... und dennoch trat mir der kalte Schweiß auf das Gesicht. Ich atmete nicht mehr.

So verging eine Minute, dann schien sich der Mann endlich zu entschließen und glitt genauso vorsichtig wie am Vorabend in die Kammer.

Im gleichen Augenblick ertönte jedoch ein kurzer, lauter Schrei:

»Wir haben ihn!«

Das Haus erzitterte vom Keller bis zum Dachboden ... Schreie, Getrappel, raue Stimmen, während ich vor Entsetzen erstarrt war. Der Mann brüllte, die anderen keuchten, dann folgte ein Fall, der den Fußboden erschütterte, ich hörte nur noch Zähne knirschen und Ketten klirren.

»Licht«, schrie der schreckliche Madok.

Als der Schwefel aufflammte und sein bläuliches Licht den Raum erhellte, erkannte ich undeutlich die Polizeiagenten, die sich auf den hemdsärmeligen Mann gestürzt hatten: Einer hielt ihn an der Kehle fest, der andere kniete auf seiner Brust, Madok legte ihm enge Handschellen um die Handgelenke. Der Mann bewegte sich nicht, nur eines seiner kräftigen Beine, das vom Knie bis zum Knöchel nackt war, hob sich von Zeit zu Zeit und schlug krampfhaft auf den Boden. Die Augen quollen ihm buchstäblich aus dem Kopf und auf seinen Lippen stand blutiger Schaum.

Kaum hatte ich die Kerze angezündet, als die Polizeiagenten etwas Seltsames sagten:

»Unser Obermeister!«

Die drei erhoben sich und starrten einander ungläubig an.

Die blutunterlaufenen Augen des Mörders richteten sich auf Madok. Er wollte sprechen, brachte jedoch erst nach einigen Sekunden ein paar Worte heraus:

»Mein Gott, was für ein Traum.«

Dann seufzte er auf und rührte sich nicht mehr.

Ich trat näher, um ihn zu betrachten. Es war der Mann, der uns auf dem Weg nach Heidelberg so gute Ratschläge erteilt hatte. Vielleicht hatte er gefühlt, dass wir sein Verderben sein würden: Es gibt solche schrecklichen Ahnungen. Da er sich nicht mehr bewegte und Blut auf den staubigen Boden tropfte, beugte sich Madok, der sich wieder gefasst hatte, über ihn und riss ihm das Hemd auf; erst jetzt sahen wir, dass er sich sein großes Messer ins Herz gestoßen hatte.

»Nun«, sagte Madok mit bitterem Lächeln, »der Herr Obermeister hat den Galgen um seine Beute betrogen. Er kannte die richtige Stelle und hat sie nicht verfehlt. Ihr beide bleibt hier; ich verständige den Stadtrichter.«

Er griff nach seinem Hut, der während des Kampfes zu Boden gefallen war, und verließ ohne ein weiteres Wort das Zimmer.

Ich blieb mit den beiden Polizeiagenten bei der Leiche zurück.

Am nächsten Morgen gegen acht Uhr erfuhr ganz Heidelberg die große Neuigkeit. Das Land war außer sich. Daniel Van den Berg, Obermeister der Tuchmacher, verfügte über ein großes Vermögen und genoss die allgemeine Achtung, sodass viele Leute sich weigerten zu glauben, dass ihn so abscheuliche Triebe beherrscht hatten.

Überall wurde über diesen Fall gesprochen. Einige standen auf dem Standpunkt, dass der reiche Obermeister Schlafwandler und daher für seine Handlungen nicht verantwortlich war, andere, dass er aus Blutdurst zum Mörder geworden war, weil er überhaupt keinen Grund hatte, solche Verbrechen zu begehen. Vielleicht war beides wahr. Es ist unbestreitbar, dass die Moral, der Wille, die Seele, wie immer man es nennen will, bei einem Schlafwandler ausgeschaltet ist. Wenn das Tier im Menschen jedoch sich selbst überlassen ist, steht es natürlich unter dem Einfluss seiner entweder freidlichen oder blutdürstigen Instinkte, und das breite Gesicht von Meister Daniel Van den Berg, sein flacher, hinter den Ohren ausgebauchter Kopf, sein gesträubter Schnurrbart, seine grünen Augen, das alles beweist, dass er unglücklicherweise zur Familie der Katzen gehörte, die aus Lust am Morden töten.

Wie dem auch sei, meine Gefährten erhielten die Freiheit wieder. Die kleine Annette galt vierzehn Tage lang als ein Muster an Treue. Der Sohn des Bürgermeisters Traungott, ein romantisch veranlagter junger Mann, der noch der Schandfleck seiner Familie werden sollte, hielt sogar um ihre Hand an. Ich beeilte mich in den Schwarzwald zurückzukehren, wo ich seit dieser Zeit den Posten eines Kapellmeisters im *Grünen Säbel*, an der Straße nach Tübingen, innehabe. Falls Sie vorbeikommen und meine Geschichte Sie interessiert, suchen Sie mich auf, wir werden zwei oder drei Flaschen miteinander leeren und ich werde Ihnen Einzelheiten erzählen, dass Ihnen die Haare zu Berge stehen!

Eine Uhr tickt zu Weihnachten

Patricia Highsmith

»Haben Sie vielleicht einen Franc für mich, Madame?«

So fing es an.

Michele hatte die Arme voller Schachteln und Plastikbeutel und blickte über sie hinweg auf einen kleinen Jungen in einem lose hängenden Tweedmantel und mit einer Tweedmütze, die ihm bis über die Ohren ging, herab. Er hatte große dunkle Augen und ein bittendes Lächeln.

»Ja!« Es gelang ihr, die zwei Francs, die sie noch, seit sie das Taxi bezahlt hatte, in der Hand hielt, loszulassen.

»Merci, Madame!«

»Und dies hier noch«, sagte Michele. Ihr war plötzlich eingefallen, dass sie gerade einen Zehn-Francs-Schein in eine Manteltasche gesteckt hatte.

Der Mund des Jungen klappte auf. »O Madame! Merci!«

Die eine glatte Einkaufstasche war runtergefallen. Der Junge hob sie auf.

Michele lächelte, umfasste den Henkel mit einem Finger und drückte mit einem Ellbogen auf den Türknopf. Die schwere Tür öffnete sich und Michele trat über die erhöhte Schwelle. Mit der Schulter drückte sie die Tür wieder zu und ging dann über den Innenhof ihres Apartmenthauses. Bambusbäumchen standen wie schlanke Wächter zur Linken und Rechten und Lorbeerbäume und Farne wuchsen zu beiden Seiten des gepflasterten Weges, den sie zum Block E einschlug. Charles war sicher schon zu Hause; es war fast sechs. Was er wohl sagen würde zu all den Päckchen und den über dreitausend Francs, die sie heute ausgegeben hatte? Nun, sie war mit den Weihnachtseinkäufen fast fertig; eins der Geschenke sollte Charles seiner Familie geben – darüber konnte er sich kaum beschweren –, und die übrigen waren für Charles und für Micheles Eltern. Für sie selber war nur ein Gürtel von Hermès, dem sie nicht hatte widerstehen können.

»Der Weihnachtsmann!«, sagte Charles, als Michele hereinkam. »Oder die Weihnachtsfrau?«

Sie hatte die Päckchen in der Diele auf den Boden fallen lassen. »Uhh! Ja, das war ein guter Tag! Habe eine Menge geschafft, meine ich. Aber wirklich!«

»Sieht ganz so aus.« Charles half ihr beim Aufsammeln der Schachteln und Tüten.

Michele hatte den Mantel ausgezogen und war aus den Schuhen geschlüpft. Sie warfen die Päckchen auf das große Doppelbett im Schlafzimmer, wobei Michele die ganze Zeit über redete. Sie erzählte ihm von der hübschen weißen Tischdecke für seine Eltern und von dem kleinen Jungen unten, der sie um einen Franc gebeten hatte. »Ein Franc! Wo ich heute so viel eingekauft habe! So ein goldiger kleiner Junge, ungefähr zehn Jahre alt. Und seine Kleidung sah so ärmlich aus. Genau wie in den alten Weihnachtsmärchen, dachte ich. Wo jemand, der weniger hat, um so was Kleines bittet.« Michele lächelte breit und glücklich.

Charles nickte. Micheles Familie war reich. Charles Clément hatte sich heraufgearbeitet, vom Maurerlehrling mit sechzehn bis zum Leiter seiner Firma, »Athenas Construction«, mit achtundzwanzig. Mit dreißig hatte er Michele kennen gelernt, die Tochter eines seiner Kunden, und hatte sie geheiratet. Manchmal war Charles fast schwindlig zumute bei dem Gedanken an den Erfolg sowohl bei seiner Arbeit als auch in seiner Ehe, denn er liebte Michele zärtlich; und sie war auch reizend. Aber er wusste, er konnte sich eher vorstellen, der kleine Junge zu sein, der um einen Franc bettelte (was Charles nie getan hätte), als zum Beispiel Micheles Bruder, der Freigebigkeit ausstrahlte in der auch ihr eigenen Weise: zugleich überlegen und liebenswürdig; er hatte diese Haltung schon früher an Michele bemerkt.

»Nur ein Franc?«, sagte Charles endlich und lächelte.

Michele lachte. »Nein, ich habe ihm einen Zehn-Francs-Schein gegeben. Den hatte ich noch lose in der Tasche. Und schließlich ist ja Weihnachten.«

Charles lachte. »Der wird wiederkommen, der kleine Junge.«

Michele stand vor ihrem Kleiderschrank; die Schiebetür hatte sie geöffnet. »Was soll ich heute Abend anziehen? Das Hellllila, das du so gern magst, oder das Gelbe? Das Gelbe ist neuer.«

Charles legte ihr einen Arm um die Taille. Die Reihe der Kleider, Blusen und langen Röcke sah aus wie ein greifbarer Regenbogen: goldschimmernd, samtblau, beige und grün, Satin und Seide. Das helllila Kleid konnte er unter den anderen gar nicht finden, aber er sagte: »Ja, das Hellllila. Das ist dir doch recht?«

»Aber ja, Lieber, natürlich.«

Sie waren bei Freunden zum Dinner eingeladen. Charles ging ins Wohnzimmer zurück und nahm seine Zeitung wieder auf, während Michele duschte und sich umzog. Charles hatte seine Hausschuhe an – die Angewohnheit eines alten Mannes, dachte er, obgleich er erst zweiunddreißig war. Jedenfalls war sie ihm seit den Teenagerjahren eigen. Damals hatte er mit seinen Eltern in der Gegend von Clichy gewohnt und war häufig mit nassen Schuhen und Socken nach Hause gekommen, weil er auf einem Bauplatz im Schlamm oder Wasser herumgestanden hatte, und da hatten die wollenen Hausschuhe gut getan. Von den Schuhen abgesehen, war Charles in Abendkleidung: Er trug einen dunkelblauen Anzug, ein Hemd mit Manschettenknöpfen und eine Seidenkrawatte, die nur lose gebunden, aber noch nicht zum Kragen hochgezogen war. Charles zündete seine Pfeife an – Michele würde sicher noch eine Weile brauchen – und betrachtete sein schönes Wohnzimmer. Er dachte dabei an Weihnachten. Das erste Anzeichen war der dunkelgrüne Kranz von etwa dreißig Zentimeter Durchmesser, den Michele offenbar heute Morgen gekauft hatte und der jetzt auf dem Esstisch an der Obstschale lehnte. Den würde Michele auf den Klopfer an der Wohnungstür hängen, das wusste er.

Die Messinggeräte am Kamin schimmerten wie immer; der Feuerhaken und die Zange wurden von Geneviève, der Haushilfe, blank geputzt. Vier von den sechs oder sieben Ölbildern an den Wänden stellten Micheles Vorfahren dar, zwei in weißen gerüschten Spitzenkragen. Charles schenkte sich einen kleinen Glynfiddigh-Wisky ein und trank ihn pur. Der beste Whisky auf der Welt, seiner Ansicht nach. Ja, das Schicksal hatte es gut mit ihm gemeint. Luxus und Komfort, wohin er auch blickte. Er schlüpfte aus den plumpen Hausschuhen und trug sie ins Schlafzimmer, wo er mit Hilfe eines silbernen Schuhlöffels die Schuhe für den Abend anzog. Michele war im Badezimmer noch mit ihrem Make-up beschäftigt; sie summte vor sich hin.

Zwei Tage später traf Michele wieder mit dem kleinen Jungen zusammen, dem sie den Zehn-Francs-Schein gegeben hatte. Sie war schon fast an ihrer Haustür angelangt, bevor sie ihn sah, denn sie hatte sich auf den eben gekauften weißen Pudel konzentriert. Ihr Taxi hatte sie an der Straßenecke weggeschickt und führte nun den kleinen Hund an der neuen schwarz-goldenen Leine vorsichtig am Randstein entlang. Das Hündchen wusste nicht, in welche Richtung es gehen sollte, wenn Michele nicht an der Leine zog. Es drehte sich im Kreise herum, hüpfte in die falsche Richtung, bis das Halsband ihm Einhalt gebot, und blickte dann lächelnd Michele an und trottete hinter ihr her. Ein Mann blieb stehen und bewunderte das Tierchen.

»Noch keine drei Monate«, erwiderte Michele auf seine Frage.

Und da sah sie den kleinen Jungen. Er trug denselben Tweedmantel und hatte den Kragen gegen die Kälte hochgeschlagen. Sie erkannte, dass es die Anzugjacke eines Mannes war, viel zu groß für ihn; die Ärmel waren hochgeschlagen und die Knöpfe versetzt, damit sie enger um den Kinderkörper anlag.

»B'jour, Madame!«, sagte der Junge. »Ist das *Ihr* Hund?«

»Ja, ich habe ihn gerade gekauft«, sagte Michele.

»Was hat er gekostet?«

Michele lachte.

Ruckartig zog der Junge etwas aus der Tasche. »Ich habe Ihnen was mitgebracht.«

Es war ein winziger Strauß Stechpalmenzweige mit roten Beeren. Michele ergriff ihn mit der freien Hand und sah, dass er aus Plastik war; die Beeren waren auf den künstlichen Stielen zurechtgebogen, der unechte Kelch zerdrückt. »Danke schön«, sagte sie amüsiert. »Und was schulde ich dir dafür?«

»Gar nichts, Madame!« In seinem Gesicht stand Stolz und er sah ihr offen in die Augen und lächelte. Seine Nase lief.

Sie drückte auf den Türknopf des Hauses. »Möchtest du einen Augenblick mit raufkommen und mit dem Hündchen spielen?«

»O ja, danke!«, sagte er freudig überrascht.

Michele ging voran über den Innenhof und in den Fahrstuhl. Sie schloss die Wohnungstür auf und machte den Hund von der Leine los. Dann gab sie dem Jungen ein Papiertaschentuch aus ihrer Handtasche und er schnäuzte sich. Der Junge und der Hund benahmen sich ganz gleich, dachte Michele; sie sahen sich um, drehten sich im Kreis, schnüffelten.

»Wie soll ich das Hündchen nennen?«, fragte Michele. »Fällt dir was ein? Wie heißt du?«

»Paul, Madame«, antwortete der Junge und betrachtete weiter die Wände und das große Sofa.

»Komm! Wir gehen in die Küche. Ich werde dir eine Coca-Cola geben.«

Der Junge und der Hund folgten ihr. Michele stellte dem Hund einen Napf mit Wasser hin und nahm eine Flasche Coca-Cola aus dem Kühlschrank.

Der Junge trank seine Cola aus einem Glas, während seine Blicke durch die große, weiße Küche schweiften; seine Augen erinnerten Michele an offene Fenster oder an die Linse einer Kamera.

»Sie geben dem Hündchen *biftek hâché*, Madame?«, fragte der Junge.

Michele schabte das rote Fleisch mit einem Löffel aus dem Einwickelpapier des Schlachters auf eine Untertasse. »Ja, heute schon. Vielleicht jeden Tag ein bisschen. Später kann er dann Dosenfutter kriegen.« Die Kinderaugen fixierten das Fleisch, das sie wieder einpackte. Impulsiv fragte sie: »Möchtest du etwas? Einen Hamburger?«

»Auch ungekocht. O ja – ein kleines bisschen.« Er streckte eine Hand aus – die Nägel waren sehr schmutzig – und nahm, was ihm Michele auf einem Teelöffel entgegenhielt. Paul schob sich das Fleisch in den Mund.

Michele legte das Fleischpäckchen in den Kühlschrank und drückte die Tür fest zu. Der Hunger des Jungen machte sie irgendwie nervös. Natürlich – wenn er arm war, aß die Familie nicht oft Fleisch. Sie wollte ihn nicht danach fragen. Leichter fiel es ihr, ihm einen Augenblick später Kekse aus einer fast vollen Dose anzubieten. »Nimm dir mehrere!« Sie gab ihm die Dose.

Langsam und gelassen aß der Junge sie alle auf, während er mit Michele zusah, wie der kleine Hund die letzten Bröckchen von der Untertasse leckte. Dann nahm Paul die Untertasse hoch und trug sie an den Spülstein.

»Ist das recht, Madame?«

Michele nickte. Charles und sie hatten eine Geschirrspülmaschine und benutzten den Spülstein selten zum Abwaschen. Der Junge steckte jetzt die leere Keksdose in den gelben Abfalleimer. Der Eimer war fast voll und der Junge fragte, ob er ihn für sie ausleeren könnte. Michele schüttelte leicht den Kopf, erstaunt, als wäre ein Weihnachtsengel zu ihr in die Wohnung gekommen. Der Junge und der kleine weiße Hund! Der Junge so hungrig und er und das Hündchen so jung! »Hier geht's runter. Aber du brauchst das nicht zu tun.«

Der Junge wollte ihr helfen und so zeigte sie ihm den grauen Plastiksack am Dienstboteneingang, in den er den Abfalleimer ausleeren konnte. Dann gingen sie ins Wohnzimmer zurück und spielten mit dem Hund auf dem Teppich. Michele hatte einen blauen Gummiball gekauft, mit einer Glocke im Innern. Paul rollte den Ball beshutsam dem Hund zu. Er hatte es höflich abgelehnt, seinen Mantel auszuziehen oder sich zu setzen. Michele entdeckte Löcher an den Fersen seiner beiden Socken. Die Schuhe waren in noch schlechterem Zustand und aufgerissen zwischen den Sohlen und dem Oberleder. Und die Aufschläge der Blue Jeans waren ausgefranst. Wie konnte es einem Kind in Blue Jeans bei diesem Wetter warm sein?

»Danke schön, Madame«, sagte Paul. »Ich werde jetzt gehen.«

»Arr-ruff!«, sagte der kleine Hund. Er wollte, dass der Junge ihm den Ball noch einmal zurollte.

Michele war plötzlich so verlegen, als hätte sie einen Erwachsenen aus einem anderen Land und Kulturkreis vor sich. »Ich danke dir für den Besuch, Paul. Und ich wünsche dir ein frohes Fest für den Fall, dass ich dich nicht mehr sehen sollte.«

Paul sah ebenso unsicher aus. Er verdrehte den Hals und sagte: »Frohe Weihnachten auch für Sie, Madame! Und für dich!« Das war an den kleinen Hund gerichtet. Abrupt wandte er sich der Tür zu.

»Paul – ich möchte dir gern etwas schenken«, sagte Michele und folgte ihm. »Vielleicht ein Paar Schuhe? Welche Größe hast du?«

»Ohhh!« War der Junge rot geworden? »Zweiunddreißig. Oder vielleicht dreiunddreißig. Mein Vater sagt, ich wachse.« Er hob auf komische Art den einen Fuß an.

»Was ist dein Vater?« Michele war froh, dass ihr eine praktische Frage eingefallen war.

»Austräger. Er nimmt Flaschen vom Lastwagen runter.«

Michele sah im Geist einen kräftigen Mann vor sich, der Kästen mit Mineralwasser, Wein oder Bier von einem großen Lastwagen herunterhob und leere Kisten hinaufschmiss. So was sah sie überall in Paris, jeden Tag; vielleicht hatte sie sogar Pauls Vater schon mal kurz gesehen. »Hast du noch Geschwister?«

»Einen Bruder und zwei Schwestern.«

»Und wo wohnt ihr?«

»Ooch – wir wohnen in einer Kellerwohnung.«

Michele mochte ihn nicht weiter nach der Kellerwohnung fragen, ob sie direkt im Keller oder im Souterrain lag; auch nicht, ob seine Mutter ebenfalls arbeitete. Der Gedanke an ein Geschenk für ihn machte ihr Freude. Schuhe. »Komm morgen gegen elf her! Dann habe ich ein Paar Schuhe für dich.«

Paul sah ungläubig aus und wühlte nervös mit den Händen in den Manteltaschen herum. »Ja, gut. Um elf dann.«

Der Junge wollte gern mit dem Lift allein hinunterfahren, also ließ ihn Michele.

Am nächsten Vormittag schlenderte Michele ein paar Minuten nach elf mit dem Hündchen an der Leine über den Gehweg in der Nähe ihrer Wohnung. Gestern Abend hatten sie und Charles beschlossen, den Hund Ezekiel zu nennen, woraus schon jetzt die Kurzform Zeke geworden war. Plötzlich sah sie Paul und eine kleinere Gestalt neben ihm.

»Meine Schwester, Marie-Jeanne«, sagte Paul und blickte mit seinen großen, dunklen Augen erst Michele an und dann seine Schwester, deren Hand er Michele zuschob.

Michele nahm die kleine Hand und sie begrüßten einander. Die Schwester war eine kleinere Ausgabe von Paul, nur mit längerem schwarzem Haar. *Die Schuhe!* Zwei Paar hatte Michele für Paul gekauft. Sie forderte beide Kinder auf, mit nach oben zu kommen. Wieder der Fahrstuhl, die Wohnungstür wurde erneut geöffnet und das gleiche Staunen stand nun in den Augen der Schwester.

»Probier sie mal an, Paul! Beide Paare!«, sagte Michele.

Paul setzte sich auf den Boden und gehorchte, glücklich und aufgeregt. »Sie passen beide! Beide Paare!« Aus Spaß zog er einen rechten und einen linken Schuh an, die nicht zusammengehörten.

Marie-Jeanne interessierte sich mehr für die Wohnung als für die Schuhe.

Michele holte Coca-Cola. Eine Flasche für jeden war wohl genug, dachte sie. Ihr wurde ganz warm ums Herz, als sie die Kinder ansah, aber sie wollte es nicht übertreiben und nicht irgendwie die Kontrolle verlieren. Als sie die Flaschen hereinbrachte, fing Zeke gerade an, an dem einen neuen Schuh zu nagen, und Paul lachte, während seine Schwester eilig den Schuh rettete. Etwas Coca-Cola floß über den Teppich; Michele holte einen Schwamm und Paul rieb an dem Fleck herum und spülte dann den Schwamm aus.

Dann waren sie plötzlich beide fort, jeder mit einem Schuhkarton unter dem Arm.

An diesem Abend konnte Charles seinen Brieföffner nicht finden. Er lag immer auf seinem Schreibtisch in einem Zimmer, das vom Wohnzimmer abging und Bibliothek und zugleich Charles' Arbeitszimmer war. Er fragte Michele, ob sie ihn vielleicht an sich genommen hatte.

»Nein. Vielleicht ist er runtergefallen?«

»Da habe ich schon nachgesehen«, sagte Charles.

Aber sie suchten beide noch einmal. Er war aus Silber, sah wie ein flacher Dolch aus, und der Griff hatte die Form einer eingerollten Schlange.

»Geneviève wird ihn schon irgendwo finden«, sagte Michele, aber kaum hatte sie ausgesprochen, da verdächtigte sie Paul – ja, sogar seine Schwester. Heiße Wellen wallten durch ihren Körper, kamen einem Gefühl persönlicher Verlegenheit gleich, als wäre sie verantwortlich für den Diebstahl, der zunächst nur eine Möglichkeit und noch keine Tatsache war. Etwas wie Schuld stieg in ihr auf, als sie einen Blick auf das leicht bekümmerte Gesicht ihres Mannes warf. Er öffnete einen Brief mit dem Daumennagel.

»Und was hast du heute getrieben, Darling?«, fragte Charles, nun wieder lächelnd, und legte den Brief in einen Aktendeckel.

Michele erzählte, sie hätte mit der Telefongesellschaft über ihre letzte Rechnung gestritten und gewonnen; das war im Auftrag Charles' geschehen, der die Belastung für ein Ferngespräch angezweifelt hatte. Dann hatte sie beim Friseur hereingeschaut, etwa eine Stunde, und dreimal Zeke ausgeführt. Sie meinte, das Hündchen lernte recht schnell. Von den zwei Paar Schuhen für den Jungen namens Paul erzählte sie Charles nichts, auch nichts von seinem und seiner Schwester Besuch in der Wohnung.

»Und den Kranz habe ich an die Tür gehängt«, sagte Michele. »Keine große Arbeit, das weiß ich, aber hast du's bemerkt?«

»Natürlich. Wie hätte ich das übersehen können?« Er umarmte sie und küsste sie auf auf eine Wange. »Wirklich hübsch, der Kranz, Darling.«

Das war am Sonnabend. Am Sonntag arbeitete Charles ein paar Stunden allein in seinem Büro, wie er es oft tat. Michele kaufte einen kleinen Weihnachtsbaum mit einem x-förmigen Fuß und verbrachte einen Teil des Nachmittags mit dem Schmücken. Sie hatte ihn schließlich auf den Esstisch und nicht auf den Fußboden gestellt, denn der kleine Hund ließ sich nicht davon abbringen, mit dem Tannenbaumschmuck zu spielen. Michele freute sich nicht gerade auf den Pflichtbesuch bei Charles' Eltern am Montag, dem Heiligen Abend, um fünf Uhr. Die Eltern hatten niemals einen Baum; und sogar Charles hielt Weihnachtsbäume für eine dumme, aus England importierte Sitte. Die Eltern wohnten in einem großen alten Mietshaus, ohne Lift, im achtzehnten Arrondissement. Erst wurden die Geschenke ausgetauscht und dann wurde heißer Rotwein getrunken, von dem Michele immer etwas übel wurde. Der Rest des Abends verlief dann fröhlicher bei ihren Eltern in Neuilly. Gegen Mitternacht gab es dort ein kaltes Büfett mit Sekt und im Farbfernseher würden sie sehen, wie es überall in der Welt Weihnachten wurde. Das alles erzählte sie Zeke.

»Dein erstes Weihnachten, Zeke! Und du kriegst – ein Putenbein!«

Der kleine Hund schien sie zu verstehen; er schoß mit heraushängender Zunge und schalkhaft dreinblickenden schwarzen Augen im Zimmer umher. Und Paul und Marie-Jeanne? Ob sie jetzt lachten? Paul vielleicht, mit seinen zwei Paar Schuhen. Vielleicht hatte sie vor dem Weihnachtsabend noch so viel Zeit, dass sie eine Bluse für Marie-Jeanne und einen Kuchen für die anderen beiden Geschwister kaufen konnte. Montag ging das; vielleicht sah sie Paul noch mal und konnte ihm die Geschenke geben. Weihnachten – das hieß doch schenken, teilen, in Verbindung treten mit Freunden, Nachbarn und sogar mit Fremden. Mit Paul hatte sie schon angefangen.

»Auuwaoo-waoo«, sagte der kleine Hund und kauerte sich nieder.

»Ja – eine Sekunde, Zeke, Liebster!« Michele lief und holte die Leine. Dann warf sie sich eine Pelzjacke um und ging mit Zeke nach draußen. Zeke strebte sofort auf den Rinnstein zu und wurde von Michele gelobt. Das Feinkostgeschäft gegenüber war geöffnet und Michele kaufte eine Dose Pralinen – das heißt, es war eine prachtvolle Zinndose, die mehr als hundert Francs kostete –, nur weil ihr die rote Schleife auf dem Deckel ins Auge gefallen war.

»Madame – bonjour!«

Wieder mal blickte Michele in Pauls Gesicht, das zu ihr aufsah. Seine Nase war hellrot vor Kälte.

»Frohe Weihnachten noch einmal, Madame!«, sagte Paul, lächelte und stampfte mit den Füßen auf. Er trug die neuen braunen Schuhe. Die Hände hatte er in die Taschen gesteckt.

»Möchtest du eine heiße Schokolade?«, fragte Michele. Eine Imbissstube war nur wenige Schritte entfernt.

»Nein, danke schön.« Paul wandte schüchtern den Kopf ab.

»Oder eine Suppe?«, fragte Michele eifrig. »Komm doch mit nach oben!«

»Ich habe meine Schwester besi mir.« Paul wandte sich schnell um, steif vor Kälte, und im gleichen Augenblick kam Marie-Jeanne aus der Imbissstube gelaufen.

»Ah, bonjour, Madame!« Marie-Jeanne lachte. Sie trug eine blaue Strohtasche, die leer aussah, aber sie machte sie auf und zeigte den Inhalt ihrem Bruder. »Zwei Päckchen. Ist doch richtig? Zigaretten für meinen Vater«, sagte sie zu Michele.

»Wollt ihr ein paar Minuten mit mir raufkommen und meinen Weihnachtsbaum ansehen?« Die Flamme der Hilsbereitschaft loderte immer noch stark in Michele. Warum sollte sie diesen beiden nicht ein Schüsselchen heiße Suppe und ein paar Süßigkeiten geben?

Sie kamen mit. In der Wohnung stellte Michele das Radio auf London ein, das Weihnachtslieder sendete. Genau das Richtige! Marie-Jeanne hockte sich vor den Weihnachtsbaum und schwatzte mit ihrem Bruder über die vielen hübschen Päckchen, die darunter lagen, den Baumschnuck und die kleinen Geschenke, die in den Zweigen hingen. Michele wärmte inzwischen eine Dose Erbsensuppe, der sie die gleichen Menge an Milch hinzugefügt hatte. Schön nahrhaft. Die englischen Chorknaben sangen ein französischen Weihnachtslied, in das sie alle mit einstimmten.

Il est né le divin enfant
Chantez hautbois, résonnez musettes ...

Dann waren sie wieder, wie neulich, ganz plötzlich fort. Ihr Lachen und Schwatzen ... Zeke bellte, als wolle er sie zurückrufen, und Michele saß da und musste die leeren Suppenschüsseln und das zerknüllte Schokoladenpapier wegräumen. Spontan hatte sie den beiden den schönen Pralinenkasten für zu Hause geschenkt. In ein paar Minuten musste Charles kommen. Michele hatte die Küche aufgeräumt und ging gerade ins Wohnzimmer, als sie das Klicken der Fahrstuhltür und Charles' Schritt auf dem Treppenhausflur hörte und im gleichen Moment auf dem Kaminsims eine Lücke wahrnahm. Die Uhr! Charles' Ormoulu-Uhr! Sie konnte nicht weg sein! Aber sie *war* weg.

Ein Schlüssel wurde im Schloss umgedreht, die Tür ging auf.

Michele ergriff einen Karton – gelb verpackt, Hausschuhe für Charles – und stellte ihn auf den Platz, wo die Uhr gestanden hatte.

»Hallo, Darling!«, sagte Charles und gab ihr einen Kuss.

Charles wollte eine Tasse Tee trinken. Die Temperatur war gesunken und er hatte sich fast erkältet, als er eben auf sein Taxi warten musste. Michele machte Tee für sie beide und versuchte sich so zu setzen, dass Charles gezwungen war, in einem Sessel Platz zu nehmen, der mit dem Rücken zum Kamin stand, aber das klappte nicht; Charles setzte sich in einen anderen Sessel als den, den sie bestimmt hatte.

»Was bedeutet denn das Geschenk da oben?«, fragte Charles. Er meinte das gelbe Paket. Charles hatte Sinn für Ordnung. Immer noch gut gelaunt, ließ er lächelnd seine erste Tasse Tee stehen und trat an den Kaminsims. Er nahm das Paket, wandte sich zum Weihnachtsbaum um und blickte dann zurück zum Kaminsims. »Und wo ist die Uhr? Hast du sie weggenommen?«

Michele presste die Zähne zusammen. Allzu gern hätte sie gelogen und gesagt: Ja, sie hätte sie in einen Schrank gestellt, um Platz für die Weihnachtsdekoration auf dem Kaminsims zu haben. Aber wäre das einleuchtend? »Nein, ich . . .«

»Ist was los mit der Uhr?« Charles' Gesicht war ernst geworden, als erkundige er sich nach dem Gesundheitszustand eines geliebten Angehörigen.

»Ich weiß nicht, wo sie ist«, sagte Michele.

Charles senkte die Brauen. Sein Körper straffte sich. Er warf das leichte Paket auf den Tisch mit dem Weihnachtsbaum. »Hast du den Jungen noch mal getroffen? Hast du ihn heraufkommen lassen?«

»Ja, Charles. Ja – ich weiß . . .«

»Und war er vielleicht heute schon das zweite Mal hier?«

Michele nickte. »Ja.«

»Herrgott noch mal, Michele! Dahin ist also auch mein Brieföffner verschwunden, stimmt's? Aber die Uhr. Himmel noch mal, die ist doch noch um einiges wichtiger! Wo wohnt dieser Junge?«

»Das weiß ich nicht.«

Charles machte einen Schritt auf das Telefon zu und blieb dann stehen. »Wann war er hier? Heute Nachmittag?«

»Ja, es ist noch keine Stunde her. Charles, es tut mir wirklich ganz schrecklich leid!«

»Er kann nicht weit von hier wohnen. Wie konnte er das tun – mit dir hier im Zimmer?«

»Seine Schwester war auch mit hier.« Michele hatte ihr

gezeigt, wo das Badezimmer war. Natürlich hatte Paul die Uhr in dieser Zeit genommen und sie in den blauen Einkaufsbeutel gesteckt.

Charles verstand und nickte zornig. »Nun, das versetzen sie jetzt und dann können sie schön Weihnachten feiern. Von den beiden sehen wir in den nächsten Tagen keinen hier wieder – falls überhaupt je. Wie konntest du solche Strolche ins *Haus* bringen?«

Michele zögerte. Charles' Zorn hatte sie erschreckt. Es war ein Zorn, der gegen sie gerichtet war. »Sie froren und sie waren hungrig – und arm.« Sie sah ihrem Mann in die Augen.

»Das war mein Vater auch, als er die Uhr erstand«, sagte Charles langsam.

Das wusste Michele. Die Ormoulu-Uhr war Stolz und Freude der Familie Clément, seit Charles etwa zwölf gewesen war. Die Uhr war das einzige hübsche Stück in ihrem Arbeiterhaushalt. Sie war Michele gleich beim ersten Mal aufgefallen, als sie die Cléments besuchte, denn der Rest der Einrichtung war schrecklicher *style rustique,* billiger Lack und Resopal. Und Charles' Vater hatte ihnen die Uhr zur Hochzeit geschenkt.

»Dreckschwein«, murmelte Charles. Er zog an seiner Zigarette und blickte auf die Lücke auf dem Kaminsims. »Du kennst solche Leute wahrscheinlich nicht, meine liebe Michele, aber ich kenne sie. Ich bin mit ihnen aufgewachsen.«

»Dann könntest du wirklich mehr Mitgefühl haben! Charles, wenn wir die Uhr nicht zurückkriegen, kaufe ich uns eine neue, so ähnlich wie irgend möglich. Ich weiß genau, wie sie aussah.«

Charles schüttelte den Kopf, schloss fest die Augen und wandte sich ab.

Michele ging hinaus und nahm das Teegeschirr mit. Es war das erste Mal, dass sie Charles den Tränen nahe gesehen hatte.

Charles wollte nicht mitgehen zu der Dinnerparty, zu der sie abends eingeladen waren. Er meinte, Michele sollte allein gehen und für ihn eine Ausrede finden. Zuerst sagte Michele, sie würde auch zu Hause bleiben, dann änderte sie ihren Entschluss und zog sich um.

»Ich weiß nicht, was du dagegen hast, dass ich eine neue Uhr kaufe«, sagte. Michele. »Ich kann nicht einsehen . . .«

»Wahrscheinlich wirst du es wohl niemals einsehen«, sagte Charles.

Michele kannte Bernard und Yvonne Petit schon lange. Sie war schon mit beiden befreundet gewesen, bevor sie Charles heiratete. Michele hätte Yvonne die Geschichte von der Uhr sehr gern erzählt, aber so was konnte man nicht erzählen, wenn man um acht beim Essen saß; und als dann der Kaffee serviert wurde, war sie zu der Ansicht gekommen, es wäre das beste, gar nichts zu erzählen: Charles hatte sich ernsthaft aufgeregt und schuld daran war sie. Doch beim Abschied fragte Yvonne sie, ob sie etwas auf dem Herzen hätte, was Michele erleichtert zugab. Sie ging mit Yvonne in die Bibliothek, die sehr ähnlich war wie die in ihrer eigenen Wohnung, und erzählte die Geschichte mit wenigen Worten.

»Du, wir haben genau die Uhr *hier*, die du brauchst!«, sagte Yvonne. »Bernhard hat sie gar nicht mal gern. Das klingt schrecklich, wenn man es so sagt, nicht wahr? Aber liebste Michele, die Uhr steht hier. Schau!« Yvonne schob ein paar Einladungskarten zur Seite, sodass man die Uhr mit dem flachen Sockel deutlich auf dem Kaminsims stehen sah; sie hatte schwarze Zeiger und das runde Zifferblatt war gekrönt mit einer Tiara aus vergoldeten Zierknäufen und Schnörkeln.

Tatsächlich war die Uhr der gestohlenen sehr ähnlich. Während Michele noch zögerte, holte Yvonne schon Zeitungspapier und einen Plastikbeutel aus der Küche und verpackte die Uhr fest. Sie drückte sie Michele in die Hand und sagte. »Ein Weihnachtsgeschenk.«

»Aber hier geht es um das Prinzip. Ich kenne Charles und du auch, Yvonne. Wenn die gestohlene aus meiner Familie stammte, auch wenn ich sie mein Leben lang gekannt hätte, für mich wäre das nicht so wichtig.«

»Ich weiß, ich weiß.«

»Tatsache ist, dass die Kinder arm waren – und dass Weihnachten ist. Ich habe sie mit raufgenommen, zuerst Paul allein. Einfach mit anzusehen, wie ihre Augen aufleuchteten, das war schon ganz wunderbar für mich. Sie waren so dankbar für ein Schüsselchen Suppe. Paul hat mir erzählt, sie wohnen irgendwo im Keller.«

Yvonne hörte zu, obgleich Michele ihr alles schon zum zweiten Mal erzählte. »Stell die Uhr einfach auf den Kaminsims, wo die andere gestanden hat – und hoffe das Beste!« Yvonne sprach mit zuversichtlichem Lächeln.

Als Michele mit dem Taxi zu Hause ankam, war Charles im Bett und las. Michele packte die Uhr in der Küche aus und stellte sie auf den Kaminsims. Erstaunlich, wie sehr sie der anderen glich! Hinter seiner Zeitung verborgen erklärte Charles, er hätte Zeke vor einer halben Stunde nach draußen geführt. Weiter sagte er nichts und Michele versuchte nicht mit ihm zu reden.

Am nächsten Morgen – Heiligabend – erblickte Charles die neue Uhr auf dem Kaminsims, als er aus der Küche – wo er und Michele gerade gefrühstückt hatten – ins Wohnzimmer kam. Empörung stand in seinen Augen, als er sich zu Michele umwandte. »Also, Michele – das reicht.«

»Yvonne hat sie mir geschenkt. *Uns* geschenkt. Ich dachte – nur für Weihnachten . . .« Was hatte sie denn gedacht? Wie hatte sie den Satz beenden wollen?

»Du verstehst *überhaupt* nichts«, sagte er bestimmt. Ich habe gestern Abend eine Beschreibung der Uhr an die Polizei gegeben. Ich bin aufs Polizeirevier gegangen und ich habe vor die Uhr zurückzubekommen! Ich habe sie auch über den Jungen informiert, der ›ungefähr zehn‹ ist, und über seine Schwester, die beide irgendwo hier in der Gegend in einem Keller wohnen.«

Charles sprach, als hätte er einem furchtbaren Feind den Krieg erklärt. Michele kam das absurd vor. Als Charles dann im Ton kaum unterdrückter Wut weiterredete von Unehrlichkeit, von milden Gaben an Verantwortungslose, an Leute, die sie nicht verdient hatten und sich auch gar nicht bemühten, sie zu verdienen, von Rowdys und ihrer Verachtung für das Privateigentum, da begann Michele zu verstehen. Für Charles war es, als hätte man seine Festung gestürmt und als wäre der Feind von seiner eigenen Frau hereingelassen worden – und als stünde sie auf der anderen Seite. Bist du vielleicht Kommunist, hätte Charles fragen können, aber das tat er nicht. Michele betrachtete sich nicht als Kommunistin und hatte es auch niemals getan.

»Ich finde einfach, die Reichen müssten teilen«, unterbrach sie ihn.

»Seit wann sind wir denn reich – wirklich reich, meine ich?«, erwiderte Charles. »Ja, ich weiß. Deine Familie ist reich und du bist daran gewöhnt. Du hast die Einstellung geerbt. Es ist nicht deine Schuld.«

Warum um Himmels willen sollte es ihre Schuld sein?, fragte sich Michele. Sie begann sich jetzt sicherer zu fühlen. Oft genug hatte sie in Büchern und Zeitungen gelesen, man müsste die Reichtümer in diesem Jahrhundert aufteilen, sonst würde es schlimm enden. »Ja – und was die Kinder betrifft, so würde ich dasselbe noch mal tun«, sagte sie.

Charles' Wangen bebten vor Erbitterung. »Sie haben uns beleidigt! Das war Diebstahl!«

Micheles Gesicht begann zu glühen. Sie verließ das Zimmer, jetzt ebenso erzürnt wie Charles. Aber sie spürte, sie hatte einen Pluspunkt. Mehr als das, sie war im Recht. Sie müsste es nun in Worte fassen, sich ihre Argumente zurechtlegen. Ihr Herz schlug schnell. Sie blickte auf die offene Schlafzimmertür und erwartete Charles zu sehen, erwartete seine Stimme, die sie bat, zurückzukommen. Alles blieb still.

Charles ging eine halbe Stunde später in sein Büro und erklärte, er werde wahrscheinlich nicht vor halb vier zurück sein. Zwischen vier und fünf sollten sie zu seinen Eltern gehen. Michele rief Yvonne an und im Laufe der Unterhaltung wurden ihre Gedankengänge klarer und der langsame Tränenstrom versiegte.

»Ich finde Charles' Haltung falsch«, sagte Michele.

»Aber das darfst du einem Mann nicht sagen, liebe Michele. Sei vorsichtig!«

Nachmittags um vier begann Michele ein taktvolles Gespräch mit Charles. Sie fragte ihn, ob ihm die Verpackung des Geschenks für seine Mutter gefiele. Das Päckchen enthielt die weiße Tischdecke, die sie Charles schon gezeigt hatte.

»Ich gehe nicht mit. Ich kann nicht.« Und über Micheles Protest hinweg: »Glaubst du denn, ich kann meinen Eltern gegenübertreten und zugeben, dass die Uhr gestohlen ist?«

Warum musste er die Uhr denn erwähnen? Es sei denn, er hatte vor, das Weihnachtsfest zu verderben, dachte Michele. Aber sie wusste, es hatte keinen Zweck, ihn zum Mitkommen zu überreden, und gab es daher auf. »Dann gehe ich – und nehme die Geschenke mit.« So geschah es. Sie ging und überließ Charles seinem Groll und dem Warten auf einen möglichen Anruf von der Polizei, wie er gesagt hatte.

Michele war gegangen, beladen mit den Geschenken für Charles' Eltern und auch mit denen für ihre eigenen Eltern. Charles hatte gesagt, er werde etwa um acht in der Wohnung ihrer Eltern in Neuilly erscheinen. Aber er kam nicht. Micheles Eltern rieten ihr, Charles anzurufen; vielleicht war er eingeschlafen oder er hatte gearbeitet und die Zeit darüber vergessen. Aber Michele rief ihn nicht an. Bei ihren Eltern war alles so schön und fröhlich – ihr Baum, die Sektbehälter, ihre schönen Geschenke, darunter ein Reiseschirm im Lederetui. Charles und die Uhrgeschichte zeichneten sich wie ein drohender, garstiger schwarzer Schatten im goldenen Glanz des Wohnzimmers ihrer Eltern ab. Michele kam noch einmal mit der ganzen Geschichte heraus.

Ihr Vater lachte. »Ja, ich glaube, ich erinnere mich an die Uhr. Nichts weiter Fabelhaftes. War schließlich nicht von Cellini.«

»Aber der Gefühlswert, Edouard«, sagte Micheles Mutter. »Schade, dass es gerade zu Weihnachten passieren musste. Und es war leichtsinnig von dir, Michele. Aber – ja, da gebe ich dir Recht, es waren einfach kleine Straßengören und die Versuchung war groß.«

Michele fühlte sich noch weiter gestärkt.

»Nicht das Ende der Welt«, murmelte Edouard und füllte die Gläser von neuem mit Sekt.

Am nächsten Tag, dem ersten Weihnachtstag, und auch am Tag darauf dachte Michele an die Worte ihres Vaters. Es war nicht das Ende der Welt, aber das Ende von etwas. Die Polizei hatte die Uhr nicht gefunden, doch Charles war der Ansicht, man würde sie finden. Er hatte, wie er Michele versicherte, recht energisch mit ihnen gesprochen und ihnen eine farbige Zeichnung der Uhr, die er selbst mit vierzehn angefertigt hatte, vorgelegt.

»Natürlich werden die Diebe sie nicht sofort versetzen«, sagte Charles zu Michele, »aber in die Seine schmeißen sie sie auch nicht. Über kurz oder lang werden sie versuchen, sie zu Geld zu machen, und dann nageln wir sie fest.«

»Offen gestanden, ich finde deine Haltung unchristlich und grausam«, sagte Michele.

»Und ich finde deine Haltung – dumm.«

Es war nicht das Ende der Welt, aber es war das Ende ihrer Ehe. Keine späteren Worte, keine Umarmung – falls es je wieder dazu kam – konnten bei Michele diese Bemerkung ihres Mannes wieder gutmachen. Und ebenso stark spürte sie in Charles' Herzen und in seinen Gedanken eine tiefe Abneigung, eine echte Aversion gegenüber seiner Frau. Und sie bei ihm? War das nicht ein ganz ähnliches Gefühl? Charles hatte etwas verloren, das Michele als »human« bezeichnete – wenn er es je besessen hatte. Mit seinem ärmeren, weniger privilegierten Hintergrund hätte Charles mehr Mitgefühl als sie aufbringen müssen, dachte Michele. Was war unrecht und was war recht? Sie war verwirrt, wie es zuweilen geschah, wenn sie versuchte, die Verse von Weihnachtsliedern oder von Gedichten zu ergründen, die man auf verschiedene Weisen auslegen konnte; doch das Herz oder das Gefühl suchte und fand wohl immer seinen eigenen Weg, wie das ihre es getan hatte. Und war das nicht richtig? War es nicht richtig, Verzeihung zu üben, besonders zu dieser Zeit im Jahr?

Ihre Freunde und Eltern rieten zur Geduld. Sie sollten sich eine Woche oder so trennen. Weihnachten machte die Menschen immer nervös. Michele könnte zu Yvonne und Bernard kommen und eine Weile dort bleiben, was sie auch tat. Dann konnten sie und Charles noch einmal miteinander reden, was sie auch taten. Doch es änderte sich nichts – gar nichts.

Vier Monate später waren Michele und Charles geschieden. Und die Uhr hat die Polizei nie gefunden.

In dulci jubilo

Andreas Merke

Als Holger Johannsen an jenem letzten Samstag im November morgens um Punkt halb sieben vom Klingeln des Weckers aus Morpheus' tröstenden Armen gerissen wurde, glich die Welt draußen vor dem Fenster einer einzigen grauschwarzen Suppe, und die Sendboten des Winters heulten und jammerten in den Dachrinnen des Hauses wie rachsüchtige Gespenster, doch in Holgers Augen lag dasselbe Funkeln freudiger Erregung wie jedes Jahr an diesem ganz besonderen Tag. Das Datum mochte vielleicht variieren – mal war es der 24. 11., dann der 26. oder 27. –, aber es war immer der letzte Novembersamstag, an dem er in der Gewissheit aufstand, dass heute ein guter Tag werden würde, ein Tag, für den sich das Aufstehen *lohnte,* was für Holger keineswegs selbstverständlich war. Um der Wahrheit die Ehre zu geben, hatten sich nur die wenigsten Dinge so entwickelt, wie er es sich mit zwanzig vorgestellt hatte, als er noch dachte, Neil Young wäre ein guter Musiker, Lolo Ferraris Brüste seien echt und die Welt würde bloß auf einen Kerl wie ihn warten; er war weder Anwalt für Steuerrecht noch Filmstar geworden, in der Garage stand statt eines Mercedes SEL ein in Ehren ergrauter Volvo, und davon, dass er ein erfülltes Familienleben führte, konnte auch keine Rede sein. Stattdessen hatte er einen Job, den er hasste (Buchhalter in einer mittelgroßen Speditionsfirma), zwei Töchter, die in ihm nichts weiter sahen als einen wandelnden Geldautomaten, ein Haus, das er sich eigentlich überhaupt nicht leisten konnte, und eine Frau, die das alles nur zu genau wusste. Doch egal, wie schmerzhaft die Erkenntnis auch sein mochte, dass Träume ebenso sterblich waren wie alles andere auf der Welt, heute spielte all das keine Rolle, denn dies war ein guter Tag, und er hatte beim besten Willen nicht vor, sich seine Laune durch irgendwas vermiesen zu lassen, an dem er sowieso nichts ändern konnte.

Er beeilte sich, den Wecker auszuschalten, ehe seine Frau wach werden konnte, schlug die Decke zurück und schwang sich mit einem Elan aus dem Bett, den er sonst allenfalls an Tagen offenbarte, an denen es auf Lehrgang ging. Seine Pantoffeln standen auf dem Läufer; er schlüpfte hinein und huschte aus dem Zwielicht des Schlafzimmers so leise wie möglich in den nur unwesentlich helleren Flur hinaus. Dort blieb er einen Augenblick lang stehen und lauschte in die morgendliche Stille des Hauses hinein, doch abgesehen vom verhaltenen Knarzen der Deckenbalken und dem Brummen des Kühlschranks unten in der Küche war alles ruhig.

Ein Lächeln huschte über Holgers bartstoppelige Züge.

Wenn das kein guter Start in den Tag ist . . .

Das Badezimmer lag ein Stück den Flur runter, auf halbem Weg zur Treppe. Holger machte Licht, schloss die Tür hinter sich, zögerte einen Moment, drehte dann den Schlüssel um und klappte den Toilettensitz hoch, um im Stehen die Bierchen zu entsorgen, die er sich gestern Abend im Verlauf des großen SAT1-Filmfilmfilms gegönnt hatte. Titel des Streifens: *Sara, schwanger zum Sex gezwungen.* Normalerweise sah er sich solchen Schrott nicht an, doch aus unerfindlichen Gründen liefen sonst nur Sport und eigenproduzierte Comedysendungen in der Glotze, und verglichen damit war *Sara* gar nicht mal so übel. Immerhin gab's da den einen oder anderen guten Lacher, wenn auch nicht beabsichtigt.

Während Holger dem sanften Plätschern von Hopfen, Malz und Wasser in der Kloschüssel lauschte, den Kopf leicht in den Nacken gelegt, die Augen geschlossen, von Vorfreude erfüllt, ging er in Gedanken den morgendlichen Ablauf durch. Eigentlich gab es da nicht viel zu überlegen, denn heute würde es auch nicht anders laufen als an jedem anderen Samstagvormittag in den letzten Jahren. Für Holger hieß das: rasieren, duschen, den Frühstückstisch decken, zum Bäcker fahren, um Brötchen zu holen, den Rest der Sippe wecken, frühstücken, den Tisch ab- und den Geschirrspüler einräumen, seinen Teil des Hausputzes erledigen, das fertig gespülte Geschirr wegstellen und sich nebenbei die ganze Zeit über anhören, dass er ein richtiges Schwein war und schlampig sauber machte, ganz egal, wie viel Mühe er sich dabei gab. Doch selbst die Aussicht auf die unvermeidlichen Gemeinheiten seiner Angetrauten konnte ihm heute früh nicht das Geringste anhaben, denn sobald Petra seine Hilfe nicht mehr brauchte (oder ihn grimmig anzischte, er solle sich gefälligst zum Teufel scheren; eine Reaktion, die sich beschleunigen ließ, indem er *wirklich* schlampig putzte), würde er rüber in die Garage gehen, den Schrankkoffer vom Spitzboden holen, die Schnallen und Verschlüsse öffnen, die er im Januar so sorgfältig verschlossen hatte, voller Ehrfurcht den Deckel hochklappen, wie ein Piratenkapitän den einer Schatztruhe, und damit beginnen, dass –

Jemand rüttelte an der Klinke.

Klopfte an die Tür.

Rief nach ihm.

»Paps?«

Poch, poch, poch!

»He, Paps? Bist du das da im Bad?«

»Ja«, antwortete Holger ohne die Augen zu öffnen.

»Was machst du denn da drin?«

»Pinkeln.«

»Ehm, hör mal, kannst du das nicht nachher machen und mich vorlassen? Ich will nachher zusammen mit Franziska und Annika nach Kiel, ein bisschen shoppen, und wenn ich jetzt nicht ins Bad kann, schaff ich's nicht bis um Viertel nach acht zum Bahnhof, und dann müssten wir den nächsten Zug nehmen, und das hieße dann, dass wir erst um halb elf in der Stadt sind, und dann lohnt sich das Ganze ja gar nicht mehr. Außerdem hast du doch heute eh nichts vor; da kommt es bei dir auf 'ne halbe Stunde sowieso nicht an.«

»Aha«, sagte Holger, dankbar für diese ihm gänzlich neue Information. »Sekunde.«

An jedem anderen Tag des Jahres hätte er seine Tochter dezent darauf hingewiesen, dass immer noch er derjenige war, der die astronomischen Telefonrechnungen bezahlte, für die sie und ihre Schwester verantwortlich zeichneten, dass sie nur dank ihm mit ihren grenzdebilen Freundinnen *shoppen* gehen konnte und dass all das ihm das gottverfluchte Recht gab, das Badezimmer genau dann mit Beschlag zu belegen, wann es ihm beliebte, und zwar so lange, wie es ihm beliebte, selbst wenn das bedeutete, dass Petra stinksauer auf ihn sein würde, weil er Aline gegenüber so entsetzlich unsensibel war. Aber heute war kein Tag wie jeder andere; heute war der letzte Samstag im November, der Tag, an dem er der Welt einmal mehr beweisen würde, dass er trotz allem doch nicht der Verlierer war, für den ihn jeder hielt, deshalb schüttelte er, als der Bierstrom schließlich verebbte, schwungvoll den letzten Tropfen ab, betätigte die Spülung, zog die Pyjamahosen hoch, wusch sich am Waschbecken flüchtig die Hände und entriegelte die Tür mit einem breiten Lächeln.

»Na, wenn du in anderthalb Stunden beim Zug sein musst, lasse ich dir selbstverständlich den Vortritt, Engelchen.«

Aline – gerade vierzehn, aber schon auf dem besten Wege, genau so ein egoistisches Flittchen zu werden wie ihre zwei Jahre ältere Schwester – warf Holger einen Blick zu, in dem all die Geringschätzung lag, die sie ihm gegenüber empfand. Ohne ein weiteres Wort schob sie sich in ihrem knappen rosa Babydoll an ihm vorbei ins Bad, ließ die Tür hinter sich zufallen und schloss ab. Einen Moment später wurde die Dusche aufgedreht und das monotone Prasseln des Wassers vermischte sich mit dem sinnentleerten Gedudel irgendeines Popsongs, als seine Tochter das Radio auf der Fensterbank einschaltete und begeistert einstimmte, während Holger sich draußen auf dem Flur unentschlossen im Schritt kratzte, nicht sicher, ob er träumte oder wachte. Dann, nachdem er zu dem Schluss gelangt war, dass kein Traum so schrecklich sein konnte wie das hier, wandte er sich kopfschüttelnd ab und ging nach unten in die Küche, um schon mal den Frühstückstisch zu decken, so lange Aline im Bad war.

Sonderlich eilig schien die junge Dame es trotz aller eben an den Tag gelegten Hektik jedoch nicht zu haben, denn als eine Viertelstunde später der Duft frisch aufgebrühten Kaffees durch das Erdgeschoss zog, stand Aline noch immer unter der Dusche, und es sah nicht danach aus, als würde sich daran in nächster Zukunft irgendwas ändern, weshalb Holger beschloss, sich die Wartezeit mit der Lektüre der Samstagszeitung zu vertreiben. Er durchquerte die Diele mit den gerahmten Familienfotos auf dem Schuhschrank, auf denen Petra und die Mädchen vor südländischer Palmenkulisse (Mallorca, Rhodos, Madeira) so verblüffend liebenswert und unschuldig in die Kamera lächelten, und schloss die Haustür auf. Sofort fielen Wind und Kälte über ihn her wie ausgehungerte Wölfe, doch trotz der schweren, tief hängenden Wolken, die sich einem bleigrauen Leichentuch gleich bis zum Horizont erstreckten, fehlte von Schnee jede Spur. So öde und trostlos wie immer wand sich die Straße durch das Neubaugebiet am Ortsrand von Sterup, einem Dreitausend-Seelen-Kaff im Herzen Angelns, wo der angebräunte Geist der Christdemokratie auch fast zwei Jahrzehnte nach dem sprichwörtlichen Abgang von Uwe Barschel in vielen Köpfen noch immer höchst lebendig war.

Nichtsdestotrotz lebte Holger gerne hier. Die Landschaft war schön, die Ostsee so nah, dass man hinspucken konnte, und nach Flensburg, der nächstgrößeren Stadt in dieser Ecke von Schleswig-Holstein, waren es keine zwanzig Minuten mit dem Auto. Es gab einen Supermarkt, einen Bäcker, eine Sparkasse, einen *Quelle*-Laden, eine Anwaltskanzlei, ein Hotel, einen Allgemeinmediziner, zwei Kneipen, einen Steuerberater und eine Telefonzelle – im Grunde also alles, was man benötigte, um sich in der Zivilisation zu wähnen. Das Einzige, was Holger wirklich an der Gegend störte, war die auf dem platten Land gemeinhin übliche Unsitte, seinen Nachbarn zu jeder Tages- oder Nachtzeit ungefragt und ungebeten in den Kochtopf zu gucken – das, und der Umstand, dass die Frauen im Ort mit ihrer Zeit nichts Sinnvolleres anzufangen wussten, als sich stundenlang über diejenige ihrer »Freundinnen« das Maul zu zerreißen, die gerade nicht da war. Aber das war vermutlich überall auf der Welt so.

Der eisige Nordwind durchwühlte mit unsichtbaren Fingern Holgers ungekämmte Haarpracht, als er die Zeitung aus dem Briefkasten holte. Er beeilte sich, die Tür rasch wieder zu schließen, und kehrte fröstelnd, Gänsehaut auf den Armen, in die Küche zurück. Hier ließ er sich mit einem dampfenden Pott Kaffee auf der Eckbank beim Fenster nieder und beschäftigte sich so lange mit dem *Flensburger Tageblatt*, bis er gegen zwanzig nach sieben hörte, wie oben im Bad der Föhn anging. Das war in der Regel das Zeichen für den Endspurt, zumindest an Tagen, an denen das normale Schulschlampenoutfit genügte, doch als auch zehn Minuten später noch nichts von Aline zu sehen war, dämmerte Holger, dass er die beiden essentiellen Faktoren Kiel und Einkaufen gehen nicht mit in seine Rechnung einbezogen hatte, die allem Anschein nach eine gründliche Gesichtsrestauration erforderlich machten. Also schenkte er sich noch einmal Kaffee nach und nahm sich mangels sinnvoller Alternativen die Prospekte vor, die der Zeitung beilagen; bei Aldi gab's diese Woche Laptops für dreitausend Mark und das Familienglas *Nutella* kostete bei *Wandmaker* nur 3,79 DM.

Gelangweilt blätterte er durch die Angebote, trank hin und wieder einen Schluck Kaffee und gab sich alle Mühe, sich seine gute Laune zu bewahren.

Als Aline schließlich die Treppe runterkam, war es Viertel vor acht. Eine Wolke viel zu süßen Parfüms wehte ihr voraus wie ein Vorbote, doch irgendwie, fand Holger, harmonierte der penetrante Duft ausgezeichnet zu ihrem übrigen Outfit: knapper blutroter Rollkragenpullover ohne Ärmel, der mindestens zwei Nummern zu klein zu sein schien, kurzer schwarzer Lederrock nebst Gürtel mit chromblitzender Schnalle und Lederstiefel, die fast bis hoch zum Rocksaum reichten – aber eben nur *fast*, sodass man in der großzügigen Lücke dazwischen einen Blick auf nachtschwarze Netzstrümpfe erhaschen konnte. Abgerundet wurde dieses aufreizende Hafenstraßenensemble von einem blauen Samthalsband und einem so üppig aufgetragenen Make-up, dass Aline vermutlich einen Spachtel brauchen würde, um sich heute Abend wieder abzuschminken.

Alles, was Holger zu diesem Anblick einfiel, war ein zweifelndes: »Na.« Da seine Meinung Aline jedoch ohnehin herzlich gleichgültig war, fiel das nicht weiter ins Gewicht.

Ohne ihren Vater bewusst wahrzunehmen – unter Umständen ignorierte sie ihn auch einfach nur –, ging Aline rüber zum Kühlschrank und verzehrte gedankenverloren zwei *Du-darfst*-Würstchen mit nur 15 % Fett, während sie nebenbei ein paar Schlucke Diätcola geradewegs aus der Flasche trank und im Geiste bereits mit ihren Freundinnen durch den Sophienhof schlenderte; zumindest deutete darauf ihr abwesender Blick hin. Erst als sie ihr »Frühstück« beendet und auf die Uhr über der Spüle geschaut hatte, schien sie seine Anwesenheit auf einmal zur Kenntnis zu nehmen, beinahe, als wäre Holger die ganze Zeit über unsichtbar gewesen und erst in diesem Moment wieder aufgetaucht. »Können wir dann los?«, erkundigte sie sich in einem Tonfall, als hätte *sie* anderthalb Stunden lang auf ihn gewartet.

Da sich sonst niemand in der Küche aufhielt, an den die Frage hätte gerichtet sein können, nahm Holger an, dass er gemeint war. Also nickte er artig und stand auf, um seine Tochter ungewaschen, unrasiert, nur mit seinem Pyjama und einem Paar Pantoffeln bekleidet, zum Bahnhof in den Nachbarort zu fahren, wo Aline schon sehnsüchtig von ihren Freundinnen erwartet wurde, die ebenfalls rausgeputzt waren, als wären sie unterwegs zur Arbeit im Eroscenter. Sobald das Trio glücklich vereint war – und Aline ihren Vater in aller Eile um einen Hunderter erleichtert hatte –, verfiel Holger schlagartig wieder in die Unsichtbarkeit und zuckelte ohne ein Wort des Danks oder

Abschieds durch das triste Grau dieses herrlichen Novembersamstags nach Sterup zurück, um sich nach diesem unerwarteten frühmorgendlichen Intermezzo dem »Rest« des Vormittags zu stellen, der wie folgt aussah: Nachdem Holger seinen Luxuskörper nach seiner Rückkehr einer eher rituellen Waschung denn einer ausgedehnten Dusche unterzogen und sich in aller Eile rasiert hatte – immerhin war es schon fast halb neun –, setzte er noch mal frischen Kaffee auf, weckte Petra, die es trotz ihrer vom Schlaf ganz kleinen Augen irgendwie schaffte, ihn gereizt anzufunkeln, und fuhr durch den nur langsam erwachenden Ort hoch zum Bäcker, um Brötchen zu holen. Hier erwartete ihn dann das erste angenehme Erlebnis dieses bedeutungsvollen Tages, denn als die Verkäuferin ihm die Tüte mit den Kielern, Mohnbrötchen und Weltmeistern über den Tresen reichte, fragte sie lächelnd: »Na? Ist es heute nicht wieder soweit?«

Er nickte, geschmeichelt, dass sie sich daran erinnerte, obwohl er sie bloß vom Sehen kannte; anscheinend hatte sein Werk sie ziemlich beeindruckt. Petra hingegen hatte ihn in den zwölf Jahren, die sie nun schon in Sterup lebten, noch nie von sich aus darauf angesprochen. »Ja, nachher geht's los.«

»Wird sicher wieder sehr hübsch.«

»Ich werde mir jedenfalls alle Mühe geben.« Holger gab ihr das Geld für die Brötchen. Ihm fiel auf, dass auf die rechte Brusttasche ihrer Backwarenfachverkäuferinnenuniform der Name BIRGIT gestickt war – und dass sie wunderschöne himmelblaue Augen hatte.

Birgit gab ihm auf seinen Fünfer raus. »Vielleicht komm ich heute Abend mal vorbei und schau's mir an.«

»Wenn das so ist, werde ich mir *besonders* viel Mühe geben.«

Birgit lächelte auf eine liebenswert mädchenhafte Weise. Einen sehr langen, sehr intensiven Moment sahen sie sich über die Torten und Kuchen und Hörnchen hinweg an und irgendetwas passierte zwischen ihnen, das sich nur schwer in Worte fassen ließ, doch ehe Holger sich darüber klar werden konnte, was genau es war oder ob er sich das Ganze nicht vielleicht bloß einbildete, weil er *wollte*, dass es so war, drängelte Ralf Hansen sich in seinem nach Kuhstall und Heu müffelnden Parka an ihm vorbei und verkündete lautstark, er wolle das Mischbrot abholen, das seine »Olle« gestern bestellt habe, und abrupt begann sich die Welt wieder zu drehen.

Holger blinzelte, als würde er aus einem Traum erwachen, während Birgit sich Ralf zuwandte. Er hob die Hand zu einem stummen Abschiedsgruß und widerstand dem Drang, sich noch einmal umzudrehen, um zu sehen, ob sie ihm nachschaute, als er über den Parkplatz zu seinem Wagen ging; so konnte er sich wenigstens der Illusion hingeben, sie hätte es getan, was allemal besser war als die Gewissheit, dass sie nicht das geringste Interesse an ihm hatte und einfach bloß nett sein wollte.

Als er drei Minuten später die Haustür aufschloss und in der Diele seine Jacke auszog, hörte er, wie Petra und Janine in der Küche ausgelassen miteinander kicherten, wie zwei Mädchen, die sich auf dem Schulhof über den süßen Jungen aus der Parallelklasse austauschten. Doch als er sich zu ihnen an den Tisch setzte und die Brötchen in den Korb legte, wurden sie schlagartig ernst und blieben es auch während des gesamten Frühstücks. Keine von ihnen sagte viel, und wenn, dann nur Oberflächlichkeiten, sodass Holger froh war, als er endlich abräumen konnte. Er hatte schon lange aufgehört, sich zu fragen, was er falsch machte, dass sie ihn so behandelten; er war er, und das genügte, um ihn in seinem eigenen Haus zur *Persona non grata* werden zu lassen.

»Die Rückkehr des Unsichtbaren«, murmelte er und holte Eimer und Lappen aus dem Küchenschrank, um seinen Teil der samstäglichen Hausarbeit in Angriff zu nehmen.

Wie bei allem anderen in seinem Leben kam es auch beim Saubermachen – *besonders* beim Saubermachen – darauf an, die Dinge so zu tun, wie Petra es für richtig hielt, um Ärger zu vermeiden. Das Problem war nur, dass Holger ihr selbst dann nichts recht machen konnte, wenn er ihre Anweisungen Buchstabe für

Buchstabe befolgte, da sie dann irgendetwas anderes aufs Tapet brachte, an das er in zehn müden Wintern nicht gedacht hätte, weil es ihm so unwichtig schien. Deshalb war es im Grunde vollkommen egal, ob er sich beim Putzen Mühe gab oder nicht. Am Ende war er in jedem Fall der Arsch.

So auch heute.

Obwohl Holger sein Bestes tat, den Ansprüchen seiner Frau an einen keimfrei sauberen Haushalt gerecht zu werden und sogar im Innern der Schränke Staub saugte, war es lediglich eine Frage der Zeit, wann – nicht ob; das stand von Anfang an fest – der große Knall kommen würde. Und um Punkt 11.43 Uhr mitteleuropäischer Ortszeit – eine Viertelstunde später als Holgers Schätzung, was für Petra einer persönlichen Bestzeit gleichkam – war es schließlich so weit: Nachdem er sich bereits beim Säubern des Schlafzimmers, des Gästezimmers und der Wirtschaftsküche als »ausgemachtes Dreckschwein« erwiesen hatte – das zumindest war die Terminologie seiner Frau –, brachte die »Sauerei«, die er im Bad anrichtete, den Topf letztlich zum Überlaufen. Bei ihrem Routineinspektionsgang stellte Petra nämlich fest, dass er die Armaturen in der Dusche nicht richtig geputzt hatte. *(»Komm her und guck dir das an! Soll das etwa sauber sein? Das ist ja völlig fleckig! Du willst mir doch wohl nicht erzählen, dass du das hier ordentlich geputzt hast, oder?«)* Und der Toilettenspülkasten war ganz klebrig von Haarspray. Wie ein Welpe, den man mit der Nase in seinen eigenen Haufen tunkt, um ihm zu zeigen, dass man nicht auf den Wohnzimmerteppich macht, ließ Holger sich seine Schandtaten vorführen. Er bot zwar an, das Badezimmer noch mal zu putzen und sich diesmal mehr Mühe zu geben, aber der Zug war längst abgefahren.

»Verschwinde bloß«, zischte Petra, während sie Wasser ins Becken laufen ließ, Spülmittel dazugab und sich ihren Lappen schnappte, um das Bad persönlich auf Vordermann zu bringen. Sie warf ihm einen galligen Blick zu. »Kannst du eigentlich *gar nichts* richtig machen?«

Holger antwortete nicht, was auch nicht nötig war; die Frage war sowieso rein rhetorisch. Sie wollte gar nicht wissen, was er zu sagen hatte, schon seit langem nicht mehr. Also kehrte er dem Ort seines Verbrechens wie ein geprügelter Hund den Rücken und ging mit hängenden Schultern zur Treppe, doch sobald er seinen Fuß auf die oberste Stufe setzte, verschwand die Büßermiene schlagartig, und das Funkeln freudiger Erwartung, mit dem er heute früh erwacht war, trat wieder in seine Augen.

Fröhlich, beinahe beschwingt, stieg er nach unten, nahm in der Diele seine Jacke vom Haken und verließ das Haus. Draußen blieb er stehen, zog den Reißverschluss bis zum Hals hoch und sog die klare, saubere Winterluft genüsslich in seine Lungen, ehe er zum Himmel aufschaute. Es war so kalt, dass er Mühe hatte, durch die Nase zu atmen, und dennoch war von Schnee weit und breit nichts zu entdecken. Allerdings war er ganz hoffnungsfroh, dass sich das in Kürze ändern würde. Er hatte das im Gefühl, so, wie sein Opa stets ein Kribbeln im Stumpf seines rechten Arms spürte, den ihm im Zweiten Weltkrieg die Franzmänner abgeschossen hatten, bevor es Regen gab.

Holger steckte die Hände in die Taschen, genoss nach all dem morgendlichen Gekeife die gefräßige Ruhe der Mittagszeit und schaute den Knopper Weg hinunter. Die meisten der anderen Häuser in der Straße waren größer und einige der Familie konnten sich sogar zwei Wagen leisten, obwohl die Frauen den ganzen Tag zu Hause hockten. Zuweilen übernahm sich zwar mal einer – das Haus direkt gegenüber stand seit mindestens drei Monaten zum Verkauf –, doch die breite Masse seiner Nachbarn schien finanziell keinerlei Probleme zu haben.

Holger konnte sich beim besten Willen nicht erklären, wie die das machten, zumal die anderen Männer in der Straße auch nicht mehr – oder zumindest nicht *viel mehr* – nach Hause brachten als er, zumal er als Finanzbuchhalter doch eigentlich jeden halbwegs legalen Kniff kannte, um an Geld zu kommen respektive das, was man hatte, zu behalten. Irgendwas machte er offensichtlich falsch.

Nachdenklich ließ er den Blick über die Einfamilienhäuser mit ihren Jägerzäunen, den gepflasterten Einfahrten und den gepflegten Vorgärten schweifen und plötzlich wurde ihm klar, dass er verdammt war; verdammt zu einem Leben in Mittelmaß und Bedeutungslosigkeit, ungeliebt und ungeachtet. Das hier mochte vielleicht nicht Dantes neunter Kreis der Hölle sein, aber es war höchstens einen Steinwurf davon entfernt. »Ihr, die ihr eintretet, lasst alle Hoffnung fahren«, murmelte Holger, ohne dass es ihm selbst richtig bewusst war.

Als hinter ihm in der Diele unvermittelt der Staubsauger losbrummte, riss Holger sich von seinen Grübeleien los und schlenderte rüber zur Garage, die durch einen Plattenweg mit dem Haus verbunden war. Den Volvo hatte er vorhin in weiser Voraussicht in der Auffahrt stehen lassen, so dass er ihn jetzt nicht mehr rausfahren musste, um die Leiter für den Spitzboden ausklappen zu können. Ohne das Garagentor zu schließen, erklomm er die Sprossen, stieß die Luke in der Decke auf und machte Licht. Im matten uringelben Schein einer einzelnen nackten Glühbirne kletterte er auf den Kriechboden und strich mit den Händen die Spinnweben beiseite, die sich seit seinem letzten Besuch hier oben gebildet hatten.

Der Koffer stand in Griffweite, bloß einen Meter von der Luke entfernt. Holgers Vater hatte darin die Kleider seiner toten Frau aufbewahrt und als es für Frieder Johannsen ein paar Jahre später ebenfalls an der Zeit gewesen war, seinem Schöpfer gegenüberzutreten, war der Schrankkoffer zusammen mit allem übrigen Hab und Gut seiner Eltern in Holgers Besitz übergegangen.

Der Koffer war ein echtes Monstrum. Über einen Meter lang, einen halben hoch und ebenso breit, war er groß genug, dass man darin ohne Schwierigkeiten zwei, drei zerstückelte Leichen verstauen konnte. Gewichtsmäßig kam das jedenfalls hin, denn als Holger das Ungetüm zu sich heranzog und den Schrankkoffer umständlich die Leiter runterwuchtete, keuchte und schnaufte er innerhalb weniger Sekunden wie ein Möbelpacker, der ganz allein ein Klavier eine steile Treppe hoch bugsierte. Einmal glitt ihm der Koffer um ein Haar aus den Händen, doch im sprichwörtlichen letzten Moment gelang es ihm, nachzufassen und eine Katastrophe zu verhindern, so dass Holger heilfroh war, als der Koffer schließlich sicher auf dem Betonboden der Garage stand. Er musste ein paar Reck- und Streckübungen absolvieren, um die Knochen in seinem Körper wieder an die Stellen zu befördern, wo sie hingehörten. Dann ging er vor dem kistenartigen Koffer in die Knie, auf dem die verblassten Zeugnisse der Reisen seines Vaters klebten (Johannesburg, Miami, Paris, Heidelberg am Neckar), und machte sich daran, die Schnallen zu öffnen. Unwillkürlich schossen ihm Bilder seiner Kindheit und Jugend durch den Kopf, Erinnerungen an alte Schwarzweißfilme, die samstagsnachmittags im Zweiten liefen und in denen Piraten mit Augenklappen und Holzbeinen nach siegreicher Schlacht mit ihren Säbeln die erbeuteten Schatzkisten aufbrachen, und als er den Deckel hochklappte, blitzte und funkelte es im Innern des Koffers wahrhaftig, als wäre er bis zum Rand mit Gold und Juwelen gefüllt.

Eine ganze Weile hockte Holger schweigend vor dem Koffer und musterte den Inhalt mit großen, glänzenden Kinderaugen, ehe er hineingriff, eine goldene Christbaumkugel hervorholte und sie im Schein der Garagenbeleuchtung zwischen den Fingern hin- und herdrehte wie einen seltenen Edelstein. Sofort war dieses wunderbare Gefühl der Erhabenheit wieder da, das sich bei ihm jedes Mal aufs Neue einstellte, wenn Weihnachten nahte, und das all die Widrigkeiten seiner verkorksten Existenz von ihm abperlen ließ wie Regentropfen von einem Friesennerz.

Holger liebte Weihnachten mehr als jedes andere Fest des Jahres, Ostern, Silvester, Neujahr sowie sämtliche Geburts- und Hochzeitstage eingeschlossen. Nicht wegen der Geschenke oder der Pute an Heiligabend (die es bei den Johannsens ohnehin nicht gab) und auch nicht wegen des unvergleichlichen Dufts nach Vanille und Plätzchen, der während der Adventszeit permament durchs Haus zog, sondern weil nur Weihnachten ihm die Gelegenheit dazu bot, sein Zuhause in hellem Lichterglanz erstrahlen zu lassen.

Das ganze Jahr über fieberte Holger dem Samstag vor dem ersten Advent so ungeduldig entgegen wie seine Töchter der Bescherung, denn das war traditionell der Tag, an dem er den Koffer vom Spitzboden holte und sich daranmachte, das Haus und den Garten festlich zu schmücken. Anfangs hatten Petra und auch die Mädchen ihm dabei geholfen, doch im Laufe der Zeit verloren sie mehr und mehr das Interesse daran, und seit fünf oder sechs Jahren kümmerte er sich allein darum, alles weihnachtlich herzurichten – mit nachhaltigem Erfolg, wie Birgit, die Backwarenfachverkäuferin, bewies.

Er legte die goldene Kugel in den Koffer zurück, wühlte vorsichtig in dem Sortiment aus Lichterketten, Leuchtengeln und Sternschnuppen herum, bis er die Christbaumspitze fand, die Petra und er zu ihrem ersten gemeinsamen Weihnachtsfest gekauft hatten, und starrte sein eigenes, seltsam verzerrtes Gesicht an, das sich in der blitzblanken Oberfläche spiegelte. Ehe er Petra traf, hatte er nicht viel für Weihnachten übrig gehabt – ein weiteres Erbe seines Vaters, der von diesem »sentimentalen Kram« zeitlebens nicht das Geringste gehalten hatte, wie er überhaupt eine ausgeprägte Abneigung gegen Gefühlsduseleien aller Art hegte. Für Frieder Johannsen war Weihnachten ein Tag wie jeder andere, abgesehen davon, dass man nicht malochen musste und in der Glotze ausnahmsweise mal was Anständiges geboten wurde, und da Holgers Mutter schon lange tot war (sie starb an Brustkrebs, als er noch in den Windeln lag), gab es niemanden, der seinen Vater vom Gegenteil hätte überzeugen können. So kam es, dass Holger, während alle anderen Kinder aus seiner Klasse mit ihren Eltern und Großeltern und Geschwistern vor dem Weihnachtsbaum saßen, Weihnachtsplätzchen aßen, Weihnachtslieder sangen und ihre Weihnachtsgeschenke auspackten, vor dem Fernseher hockte und sich die x-ten Wiederholungen der Weihnachtsfolgen von den *Drombuschs* und dem *Traumschiff* ansah, bevor er mit seinem Vater eine Backofenpizza aß und kurz darauf in seinem Zimmer verschwand, um ins Bett zu gehen. Das einzige Zugeständnis seines Vaters an Weihnachten war, dass er seinem Sohn an Heiligabend immer etwas schenkte – etwas Nützliches, nicht irgendwelchen sinnlosen Kram wie Spielzeug, Videospiele oder ein neues Fahrrad. Meistens waren es Sachen zum Anziehen, die Frieder Johannsen seinem Sohn ohne viel Tamtam überreichte, zweimal ein neuer Schulranzen und einmal drei Kilo feinstes Rinderfilet, so frisch, dass aus dem Einwickelpapier blutroter Fleischsaft troff. Als Junge war Holger überhaupt nicht klar gewesen, was er versäumte; das begriff er erst, als er zehn Jahre später während seines Studiums an der Uni in Kiel Petra kennen lernte, genau, wie viele Frauen beim besten Willen nicht verstehen konnten, was alle Welt an Sex findet, bis sie zum ersten Mal einen richtigen Orgasmus erleben.

Petra jobbte als Kellnerin im Café *Blümchen* und versuchte nebenbei, als Lyrikerin Fuß zu fassen, wenn auch nicht mit besonders großem Erfolg. Damals waren sie beide fest davon überzeugt gewesen, es sei Liebe auf den ersten Blick, und es dauerte keinen Monat, bis sie zu ihm in seine Zwei-Zimmer-Absteige in der Holtenauer Straße zog.

Das war Mitte November.

Anfang Dezember war Petra in der fünften Woche schwanger, Holger stand unmittelbar vor seinem Abschluss in Steuerrecht, man hatte ihm eine Stellung in einer angesehenen Kanzlei in Aussicht gestellt, und der Himmel hing voller Geigen.

Sie besorgten sich einen Tannenbaum, der klein genug war, dass er in ihre winzige Wohnung passte, schmückten ihm mit Lametta und Kerzen und kauften einen Tag vor Weihnachten in einem Erzgebirgskunstladen im Sophienhof die Christbaumspitze, keine halbe Stunde, nachdem er Petra bei *McDonald's* über Hamburger, Fritten und *Coca-Cola* hinweg einen Heiratsantrag gemacht hatte.

Holger seufzte, als er daran dachte. Er hatte wirklich geglaubt, Petra wäre das Beste, das ihm in seinem Leben je passieren würde.

Heute wusste er es besser.

Er verdrängte die Erinnerungen, bevor es zu schmerzhaft wurde, legte die Spitze in den Koffer zurück und überlegte, womit er anfangen sollte. Schließlich schnappte er sich eine der Lichterketten und ging hinaus in den Vorgarten, um die unteren Regionen der Tanne zu schmücken; für den oberen Teil brauchte er die Leiter und zwei weitere Lichterketten, da der Baum mit vier Metern Höhe immerhin fast bis zum Dach reichte. Nachdem er die Tanne mit einem Leuchtengel mit ausgebreiteten Schwingen und Trompete gekrönt hatte, nahm er sich das Haus vor. Er tackerte eine Lichterkette rings um den Türrahmen an und befestigte weitere Ketten zu beiden Seiten des Eingangs an der Dachrinne, bevor er reinging und, begleitet von Petras gehässigen Kommentaren (»Das ist wirklich das Einzige, was du einigermaßen hinkriegst!«), in jedem Fenster, das nach vorne zur Straße rausging, eine Pyramide mit sieben Elektrokerzen aufstellte. Danach kletterte er aufs Dach und brachte einen Glühbirnenstern am Schornstein an, der so groß war, dass sein Schein nachts im ganzen Viertel zu sehen sein würde. Zu guter Letzt nahm er sich die Garage vor, um auch ihr ein wenig festlichen Glanz zu verleihen.

Um kurz nach drei war es dann vollbracht. Abgesehen vom Schmuck für den Weihnachtsbaum und ein paar Schachteln mit Ersatzglühbirnen war der Schrankkoffer leer. Bislang hatte Holger bewusst darauf verzichtet, auch nur eine Lichterkette einzuschalten. Doch jetzt war der große Moment gekommen. Er hatte alle Kabel zur Garage und zu einer Steckdosenleiste mit Kippschalter gelegt, mit dem sich die Stromzufuhr sämtlicher angeschlossenen Lampen mit einem Fingerdruck regulieren ließ. Er stellte sich mit der Steckerleiste vor das Haus, das vom Zwielicht der im Stechschritt nahenden Dämmerung bereits in lange Schatten getaucht wurde, und legte den Zeigefinger auf den Schalter, wie ein Mann, der den Zündmechanismus einer Sprengladung in Händen hält. Er versuchte, alles andere aus seinen Gedanken zu verdrängen, sich ganz auf den erhebenden Anblick zu konzentrieren, der ihn erwartete, und das Gefühl der

Vorfreude, das er schon den ganzen Tag empfunden hatte, verwandelte sich in Euphorie, durchdrungen von einer enormen inneren Anspannung, ob auch alles so klappen würde, wie es sollte, immerhin hatte er auf diesen Augenblick seit einem Jahr gewartet.

Holger atmete noch einmal tief durch und schickte ein Stoßgebet gen Himmel. Dann betätigte er den Schalter und im selben Moment erstrahlte das ganze Haus in himmlischem Glanz. Alle Lichterketten fingen gleichzeitig an zu brennen, der Glühbirnenstern auf dem Dach erwachte in einer wahren Explosion aus Helligkeit zum Leben und der Engel auf der Tannenspitze breitete lächelnd seine leuchtenden Schwingen aus. Mit einem Schlag war das trostlose Grau in Grau dieses Novembernachmittags verschwunden, um wahrer Schönheit Platz zu schaffen. Und als hätte Petrus dieses Zeichen gebraucht, damit ihm klar wurde, dass Weihnachten vor der Tür stand, wirbelten mit einem Mal Tausende und Abertausende Schneeflocken durch die Luft, um den Anblick perfekt zu machen.

»Oh, Paps«, murmelte Holger und gab sich ganz dem Gefühl hin, etwas Besonderes geschaffen zu haben. »Wenn du das hier sehen könntest – du würdest dich grün und scheckig ärgern!«

Er lachte fröhlich auf. Dann stand er voller Zufriedenheit da, während die Schneeflocken um ihn herum zu einer für ihn unhörbaren Melodie tanzten, betrachtete sein Werk und stellte sich vor, wie Birgit heute Abend hier vorbeikam, um zu sehen, was er vollbracht hatte. Vielleicht, überlegte er, sollte er Montag nach der Arbeit mal beim Bäcker vorbeischauen, um sie nach ihrer Meinung zu fragen. Wenn er es geschickt anstellte, war sie möglicherweise bereit, mit ihm Essen zu gehen, und falls sie hierzu bereit war, konnte er sie vielleicht sogar dazu bringen, noch einen Schritt weiter zu gehen. Vermutlich tat er gut daran, nicht bloß einen Restauranttisch, sondern ebenfalls ein Zimmer im *Mercure* zu reservieren, diesem netten Hotel direkt am Hafen. Außerdem war es sicher nicht verkehrt, vorher in der Apotheke vorbeizuschauen, nur für den Fall –

»Mein lieber Scholli«, sagte plötzlich jemand hinter ihm ehrfurchtsvoll.

Holger erschrak so heftig, dass seine Zähne schmerzhaft hart aufeinander schlugen. Er wirbelte herum – und sah sich einem großen Mann mit schwindender Haarpracht und wallendem Bart gegenüber, der einen stattlichen Schmerbauch vor sich herschob. Die Augen hinter den dicken Gläsern der altmodischen Hornbrille schweiften unruhig zwischen Holger und seinem hell erleuchteten Heim hin und her. »Da bleibt einem ja die Spucke weg.«

Holger brauchte einen Moment, um sich zu fangen, doch dann lächelte er. »Ja? Gefällt's Ihnen?«

Der Mann nickte. »Aber hallo! Sieht Klasse aus.« Er ließ Holger stehen und stiefelte durch die feine, jungfräuliche Schneeschicht ein paar Schritte die Einfahrt hoch, um das Haus näher in Augenschein zu nehmen. Ohne sich umzudrehen, sagte er: »Doch, sieht echt gut aus. Irgendwie klassisch; die Lichterketten, die Leuchtpyramiden und all das. Nicht so übertrieben und trotzdem hübsch.« Er griff in die Tasche seiner Steppjacke, förderte eine zerknitterte Packung *Camel* zutage und hielt sie Holger hin. »Auch eine?«

Holger winkte ab. »Ich rauche nicht.«

Der Mann zuckte auf eine Art die Schultern, als wolle er sagen, dann nicht, steckte sich einen Sargnagel zwischen die Lippen und fummelte mit seinem Feuerzeug herum, bis Tabakrauch über die Einfahrt zog. Dann streckte er Holger die Hand hin, Zigarette im Mund. »Ich bin Siegmar«, stellte er sich vor. »Siegmar Schnebel. Meine Frau und ich, wir haben das Haus gegenüber gekauft.« Er deutete auf die andere Straßenseite, wo ein Miettransporter von *Avis* und zwei Wagen parkten, ein Golf und ein Passat; zwei junge Männer waren dabei Kartons und Kisten ins Haus zu schleppen.

»Oh.« Holger war so mit dem Schmücken beschäftigt gewesen, dass er von der Ankunft des kleinen Konvois überhaupt nichts mitbekommen hatte. »Ja, wenn das so ist . . . Ich bin Holger Johannsen. Willkommen im Knopper Weg!« Er schüttelte Siegmar Schnebel lächelnd die Hand.

»Schön, Sie kennen zu lernen, Holger.« Der Bärtige nahm einen tiefen Zug von seinem Glimmstängel und ließ den Rauch durch die Nasenlöcher entweichen. »Ich würde Sie ja gern mit meiner Frau bekannt machen, aber die ist mächtig am Wühlen.« Er sah zu seinem Haus hinüber, hinter dessen erleuchteten Fenstern fleißig werkelnde Gestalten hin und her huschten. »Bis Montag will sie mit allem fertig sein. Das seh ich zwar noch nicht, aber Sie wissen ja, wie das ist, wenn sich Frauen was in den Kopf setzen, hm?« Er stieß Holger kumpelhaft mit dem Ellbogen in die Seite.

»Oh ja.« Holger bemühte sich um einen fröhlich-mitfühlenden Tonfall. »Das weiß ich nur zu gut ...« Er wollte sich umdrehen, um zu sehen, wo Petra blieb, die sich solche bedeutenden Ereignisse wie den Einzug neuer Nachbarn normalerweise nicht entgehen ließ; komisch, dass sie sich bis jetzt nicht hatte blicken lassen. Eigentlich konnte das nur eins bedeuten: Sie saß in der Badewanne und tauschte mit einer ihrer Freundinnen den neuesten Dorfklatsch aus, sodass sie noch gar nicht mitbekommen hatte, was vorging. Bei seinem »Glück« würde das vermutlich jedoch nicht lange so bleiben.

»Na, jedenfalls«, sagte Siegmar und genehmigte sich noch eine Dosis Nikotin. »Jedenfalls werd ich nächste Woche auch mal ein bisschen Hand anlegen, weihnachtstechnisch, um das Haus ein bisschen festlicher zu machen. Wissen Sie, ich wollte so was immer schon machen, seit ich ein Junge war, aber wir haben bis jetzt in Dortmund gewohnt, zuletzt in 'ner Wohnung im sechsten Stock von so 'nem Mietsilo, wo man nicht mal mitkriegt, wenn der Nachbar abnippelt, und da gab's nicht besonders viel zu schmücken.«

»Tja, nun haben Sie dazu genug Gelegenheit«, sagte Holger. »Mit dem Haus.«

Siegmar nickte. »Da haben Sie recht. Ich kann's wirklich kaum erwarten anzufangen. Ich glaub zwar nicht, dass ich das so gut hinkriege wie Sie, aber ich werd mein Bestes geben, und vielleicht haben Sie ja auch den einen oder anderen Tipp für mich, so unter Nachbarn ...« Erneut stieß er Holger mit dem Ellbogen an. »Meinen Sie, da ließe sich was machen?«

»Sicher«, sagte Holger, obwohl ihm Schnebels kumpelhaftes Gebaren alles andere als angenehm war; er war Norddeutscher, da ließ man sich mit solchen Vertraulichkeiten ein bisschen mehr Zeit als zwei Minuten. »Geben Sie mir einfach Bescheid, wenn Sie so weit sind; dann seh ich's mir an und sage Ihnen, was ich davon halte.«

Schnebel strahlte. »Das würden Sie wirklich tun?«

Holger nickte. »Klar. Dafür sind Nachbarn schließlich da, oder nicht?«

Siegmar Schnebel grinste wie ein Honigkuchenpferd. »Wenn Sie das sagen.«

Die beiden Männer unterhielten sich noch ein paar Minuten über dieses und jenes, oberflächlichen Kram, bis Schnebel zu dem Schluss gelangte, dass es allmählich Zeit wurde, seinem Eheweib ein bisschen über die Schulter zu gucken, »denn Sie wissen ja, wie Frauen sind: Wenn man ihnen erst mal das Ruder überlässt, kann man sich ebenso gut gleich einsargen lassen«.

Sprach's, trat seine Zigarette aus, knuffte Holger ein drittes Mal fröhlich in die Seite und machte sich davon, um nachzuschauen, was seine Frau so trieb.

Holger sah Schnebel nach, bis die Haustür hinter ihm ins Schloss fiel, und wandte sich dann wieder seinem eigenen Heim zu. Der Anblick des strahlend hell erleuchteten Hauses vor dem grauschwarzen Hintergrund der Abenddämmerung, umwirbelt von weißen Schneeflocken, reichte aus, um ihn seinen Ärger über Herrn Schnebel aus Dortmund schlagartig vergessen zu lassen. Sicher, der Bursche war einfach gestrickt und für Holgers Geschmack eindeutig zu sehr auf Tuchfühlung bedacht, doch unterm Strich schien er ein ziemlich netter Kerl zu sein, jemand, mit dem man auskommen konnte, so lange man nicht ständig zusammengluckte, und das ließ sich beim besten Willen nicht von allen hier in der Straße behaupten.

Nachdenklich stand Holger da, betrachtete sein Werk und fühlte, wie ihn beim Anblick dieser vielen kleinen Lichter, die sich zu einem einzigen großen Strahlen vereinten, eine angenehme Ruhe überkam, zusammen mit einem unbeschreiblichen Wohlgefühl, das von seinem Herzen ausging und jeden Winkel seines Körpers mit Gelassenheit und Wohlbehagen erfüllte. Es war, als wäre er mit sich und seinem Leben mit einem Mal im Reinen, als hätte er nach all dem Hin und Her endlich seinen Platz im Universum gefunden, und plötzlich schimmerte selbst der graue Himmel über Angeln rosarot.

Trotz Petras nicht enden wollendem Schwall von Gemeinheiten und Sticheleien darüber, dass er anscheinend nur noch eins anständig zum Glühen bringen könne, nämlich irgendwelche Lichterketten, schaffte Holger es, sich dieses wunderbare Gefühl fünf Tage lang zu bewahren. Es war großartig, um halb fünf von der Arbeit nach Hause zu kommen, im Zwielicht der Abenddämmerung den Knopper Weg entlangzufahren, vorbei an den Häusern seiner Nachbarn mit ihren popeligen, dürftig geschmückten Mickertännchen im Vorgarten, und sich nach all dem Stress und Ärger in der Firma schlagartig wieder gut zu fühlen, sobald er sich seinem Zuhause näherte. Er konnte den Lichtschein über dem Haus bereits sehen, wenn er die Straße noch nicht mal halb hoch war, wie den Nachthimmel über einer großen Stadt, und jedes Mal durchströmte ihn dabei dieselbe unvergleichliche Euphorie wie am Samstagnachmittag, als er den Schalter der Steckerleiste betätigt hatte. Es war wie bei einem Sünder, dem durch die Beichte und die anschließende Absolution eine gewaltige Last von den Schultern genommen wurde; endlich wusste Holger wieder, dass er *doch* zu etwas nütze war. Daran konnte nicht einmal Petra etwas ändern, die, wie nicht anders zu erwarten, reges Interesse an den neuen Nachbarn von gegenüber an den Tag legte.

Sonntagnachmittag stattete sie den Schnebels, mit Brot und Salz ausgerüstet, einen ersten Willkommensbesuch ab; zwei Stunden später war sie mit Frau Schnebel bereits auf Du und Du, und am nächsten Abend saßen Elfi und Siegmar Schnebel bei ihnen im Wohnzimmer, tranken zwanzig Jahre alten *Remy Martin* und erzählten ihnen ihre Lebensgeschichte, bei Adams Rippe angefangen, sodass Holger froh war, als die Sprache nach einer Weile auf Weihnachten kam.

»Also, ich bin wirklich überglücklich, dass wir den Umzug noch vor Weihnachten über die Bühne gekriegt haben«, sagte Elfi Schnebel und grinste wie ein Honigkuchenpferd. »Ich meine, wenn ich noch ein einziges Weihnachtsfest mehr in dieser kleinen Drei-Zimmer-Wohnung hätte verbringen müssen, mit den Jungs und ihren Kumpels und den Verwandten und dem Tannenbaum und diesem ganzen Kram, und alles auf nicht mal achtzig Quadratmetern, dann wäre ich garantiert durchgedreht, wenn ihr versteht?« Ohne eine Antwort seitens ihrer Gastgeber abzuwarten, plapperte sie weiter. »Wir haben einfach viel zu lange auf ein Haus verzichten müssen, aber andererseits – was soll man machen, wenn man nicht mit einem goldenen Löffel im Mund auf die Welt gekommen ist?«

»Wir hatten schlichtweg die Kohle nicht«, brachte Siegmar Schnebel die Sache auf den Punkt. »Zweihundertfünfzigtausend sind ja schließlich auch kein Pappenstiel, oder?« Er griff nach dem Kognakschwenker, der vor ihm neben einer Schale mit Käsecrackern und einem Teller mit verschiedenem Käse auf dem Couchtisch stand, prostete in die Runde und kippte den *Remy Martin* in einem einzigen Zug weg, als wäre es Leitungswasser.

»Nein, ein Pappenstiel ist das bestimmt nicht«, pflichtete Petra ihm bei, heuchelte gekonnt Mitgefühl, schenkte Herrn Schnebel noch einmal nach und freute sich diebisch darüber, dass ihr eigenes Haus über vierhunderttausend Mark gekostet hatte. »Aber nun habt ihr ja endlich ein Haus und wie heißt es gleich noch so schön? Besser spät als nie.«

Herr Schnebel nickte. »Das ist verdammt richtig; besser spät als nie.« Er schob sich ein Stück Gouda in den Mund, lehnte sich kauend im Sessel zurück und sagte: »Die Leute, die früher in unserem Haus gewohnt haben, kanntet ihr doch sicher ganz gut, oder?«

»Die Christiansens? Oh ja!« Petra schlug die Beine übereinander, sodass das Nylon ihrer Strumpfhosen unter dem eleganten grauen Wollrock wie elektrisiert knisterte, und ließ ihren Kognak im Schwenker kreisen. »Nette Menschen, vor allem die Angelika. Zwei unglaublich liebe Kinder. Er hat drüben in Steinbergkirche im Amt gearbeitet. Im Sommer haben wir öfter zusammen gegrillt und hin und wieder sind wir auch gemeinsam an den Strand gefahren. Wir hatten viel Spaß miteinander, nicht wahr, Schatz?«

Holger nickte, sagte aber nichts.

»Und warum sind die von hier weggezogen?«, wollte Frau Schnebel wissen. »Ich meine, sie hatten dieses schöne große Haus und die Gegend ist doch auch allerliebst . . .«

Bevor Petra ihm zuvorkommen konnte, sagte Holger: »Na ja, ich schätze, nachdem Peter Angelika mit dem Stromableser auf der Mülltonne erwischt hat, hing da drüben ein bisschen der Haussegen schief. Im Spätsommer haben sie sich jedenfalls getrennt und seitdem stand das Haus zum Verkauf, weil der lieben Angelika, obwohl sie in ihrem Leben noch keinen Tag gearbeitet hat, natürlich die Hälfte davon gehört und sie ihren Anteil ausbezahlt haben will.« Er sah, wie Petra ihm einen galligen Seitenblick zuwarf, doch er beachtete sie überhaupt nicht.

»Ja, nun, so was kommt in den besten Familien vor, schätze ich.« Schnebel seufzte mitfühlend, vernichtete den nächsten Schwenker Kognak und ließ den Blick durchs Wohnzimmer wandern, bis er auf der Leuchtpyramide im Fenster haften blieb. »Ehm, sagt mal, wo habt ihr eigentlich den ganzen Weihnachtsschmuck her? Kriegt man das Zeug einfach so im Laden oder gibt's dafür spezielle Geschäfte?«

»Das kann man alles ganz normal kaufen«, sagte Holger, der an der Unterhaltung bislang vornehmlich als stiller Zuhörer teilgenommen hatte. »Bei Karstadt in Flensburg haben die eine ziemlich gute Weihnachtsabteilung, da bekommt man eigentlich immer, was man will.«

Schnebel nahm einen Cracker. »Karstadt, hm?« Er aß den Cracker, spülte die Krümel mit einem weiteren Kognak hinunter und kratzte sich am Kopf. »Tja, dann werd ich da die Tage nach der Arbeit wohl mal vorbeischauen. Was meinst du dazu, Mutti?«

»Das mach mal, Pappi.« Seine Gattin legte ihm liebevoll eine Hand aufs Knie und sah Petra und Holger abwechselnd an. »Wisst ihr, Siegmar freut sich schon die ganze Zeit darauf, unser Haus weihnachtlich herzurichten, erst recht, seit er gesehen hat, wie toll eures aussieht.«

»Ja, da hat Holger wieder mal ganze Arbeit geleistet. Für so was hat er wirklich ein Händchen. Nicht wahr, Schatz?« Petra warf ihm ein fröhliches Lächeln zu, das ebenso verlogen war wie ihre Worte; das war alles bloß Show, um den Schnebels weiszumachen, sie hätten es mit einer rundum glücklichen Bilderbuchfamilie zu tun, gegen die selbst die Cosbys wie die Flodders wirkten.

Trotzdem spielte Holger mit. Irgendwie schaffte er es, seine Lippen zu etwas zu verziehen, das bei wohlwollender Betrachtung durchaus als Lächeln durchging, und sagte: »Man tut, was man kann.«

»Na, na, nur nicht so bescheiden, Nachbar!« Schnebel verputzte einen weiteren Käsecracker. »Deine Frau hat völlig recht; du hast das echt Klasse hingekriegt. Ich für meinen Teil wär schon heilfroh, wenn's bei uns am Ende auch nur halb so gut aussieht. Für mich bist du jedenfalls ein leuchtendes Vorbild!« Er klopfte Holger anerkennend auf die Schulter.

Holger brachte ein zweites gequältes Lächeln zustande. Doch obwohl er für Schnebels aufdringliche Art nichts übrig hatte, musste er zugeben, dass seine Schmeicheleien runter gingen wie Honig. Es tat gut zu wissen, dass da jemand war, der zu einem aufblickte. Das war vielleicht keine Basis für eine wunderbare Freundschaft, auf jeden Fall aber für eine gute Nachbarschaft.

Er wäre gern noch länger bei diesem Thema geblieben, doch Petra, der es – das wusste er – überhaupt nicht gefiel, dass er so im Mittelpunkt stand, hatte andere Pläne.

Nachdem sie das Gespräch durch eine witzige Bemerkung darüber, dass der Weihnachtsmann an Heiligabend ja eigentlich gar nicht sooo schrecklich viel zu tun hätte, da Moslems, Juden, Hindus und Buddhisten schließlich nicht mit Geschenken »beliefert« würden, wodurch sich die Zahl der »Kunden« auf gerade mal 15 Prozent der Weltbevölkerung reduziere, souverän wieder an sich gebracht hatte, konzentrierte sich die Unterhaltung anschließend auf die Schwierigkeiten bei der Zubereitung von Kokosplätzchen, und Holger versank von neuem in den Untiefen der Bedeutungslosigkeit. Allerdings tat das seiner positiven Grundstimmung keinen Abbruch, denn ein Blick aus dem Fenster auf den hell erleuchteten Tannenbaum im Vorgarten genügte, um ihm zu beweisen, dass er seine Arbeit *wirklich* gut gemacht hatte. Sein Haus war das schönste in der ganzen Straße, das schönste im ganzen Ort, ja, vielleicht sogar in ganz Angeln, und nichts, was Petra sagte oder tat, würde daran irgendwas ändern.

Nachdenklich griff er nach seinem Kognakschwenker, genoss den vollmundigen, facettenreichen Geschmack des *Remy Martin* auf der Zunge, verfolgte mit einem Ohr das Gespräch und nickte hin und wieder zustimmend, ohne wirklich zu wissen, worum es eigentlich ging; es interessierte ihn auch nicht. Er ließ die anderen einfach schnacken, guckte aus dem Fenster und genoss den Tanz der Lichter in einer leichten Nordostbrise, bis die Standuhr in der Ecke irgendwann elf schlug und Elfi Schnebel verkündete, jetzt wäre es aber wirklich Zeit für sie zu gehen, immerhin sei morgen ein Arbeitstag und Siegmar müsse früh raus. Ob es ihnen etwas ausmache?

Petra winkte lächelnd ab. »Aber keineswegs! Es ist ja wirklich schon sehr spät und ich bin morgen früh auch mit einer Freundin verabredet; wir wollen ein neues Rezept für Sachertorte ausprobieren, das ich neulich in der *Brigitte* gefunden habe. Eigentlich ist meine Sachertorte ziemlich Klasse – zumindest sagen das immer alle –, aber dieses Rezept sieht vor, statt Wasser Mandellikör für den Teig zu nehmen, und das klingt irgendwie sehr interessant.«

»Nein, wirklich? Mandellikör?« Elfi Schnebel war völlig fasziniert und während die Damen sich noch einen Moment über die revolutionäre Idee unterhielten, statt Wasser Mandellikör für den Sachertortenteig zu benutzen, brachte Holger Siegmar Schnebel zur Tür, wobei er sich beiläufig danach erkundigte, was er eigentlich beruflich so mache?

»Oh, ich schaffe bei der Städtereinigung Nord.«

Holger runzelte die Stirn. »Im Büro?«

Siegmar Schnebel schüttelte den Kopf. »Nö, ich fahr den Müllwagen.«

»Dann bist du also Müllmann?«

Bei Holgers Worten senkte sich ein dunkler Schatten über Schnebels pausbäckiges Clownsgesicht; zugleich schien seine Fröhlichkeit ein paar Grade abzukühlen. »Nein, ich bin kein *Müllmann;* sondern *Entsorgungstechniker.«* So, wie Schnebel das sagte, hörte es sich fast wie Architekt, Diplomingenieur oder Nobelpreisträger an – richtig wichtig.

»A-ha.« Obwohl Holger beim besten Willen nicht zu sagen vermochte, wo der Unterschied zwischen einem Müllmann und einem Entsorgungstechniker lag, von der Bezeichnung mal abgesehen, beließ er es dabei und verzichtete auf weitere Kommentare. Stattdessen verabschiedete er sich von seinem neuen Nachbarn, wünschte ihm und seiner Gemahlin eine gute Nacht und beeilte sich, hoch ins Schlafzimmer zu kommen, ehe Petra ihm für das, was er im Laufe des Abends gesagt oder möglicherweise auch nicht gesagt hatte, die Hölle heiß machen konnte. Doch obwohl sie genau wusste, dass er noch nicht schlief, als sie sich fünf Minuten später ebenfalls ins Bett legte, und ungeachtet des Umstands, dass sie das sonst auch nicht davon abhielt, ihm ordentlich den Kopf zu waschen, ließ sie ihn in Ruhe. Das blieb auch in den nächsten Tagen so. Aus unerfindlichen Gründen hielt Petra sich mit ihren Schmähreden und Beleidigungen zurück, sodass Holger nach einer Weile zu mutmaßen begann, sie habe vor, ihn mit Hilfe ihres Liebhabers aus dem Weg zu räumen, um die Lebensversicherung zu kassieren, und ließ ihn sich erst mal in Sicherheit wähnen, aber selbst die Aussicht auf einen heimtückischen Giftanschlag oder einen Föhn, der in die Wanne fiel, während er gerade badete, konnte seine gute Laune nicht dämpfen; im Gegenteil. Selten zuvor hatte er sich so darauf gefreut, abends endlich nach Hause zu kommen, wie in dieser ersten Dezemberwoche. Man könnte sagen, dass Holger für seine Verhältnisse so glücklich war, wie er es nur sein konnte.

Dann jedoch geschah etwas, mit dem er niemals gerechnet hätte, etwas, das die Grundfesten seiner so mühsam aufrechterhaltenen Welt erschütterte wie die Trompeten die Mauern von Jericho und ihm ohne jegliche Vorwarnung auch den letzten kläglichen Rest Stolz und Selbstvertrauen nahm, der ihm nach fünfzehn Jahren Ehe noch geblieben war.

Die ganze Woche hatte Holger mit dem Gedanken gespielt, nach Feierabend beim Bäcker vorbeizuschauen und Birgit, die Backwarenfachverkäuferin, zu fragen, ob sie vielleicht Lust hätte, mit ihm Essen zu gehen oder ins Kino, doch erst am Donnerstag hatte er genug Mut beisammen, seinen Plan in die Tat umzusetzen. Seit dem Wochenende hatte er mit wachsender Verzweiflung darüber nachgegrübelt, wie es sich am besten anstellen ließ, sie einzuladen, ohne dass es wie eine plumpe Anmache wirkte, und heute Mittag, als er bei Pola-Pola und einer Karaffe Plavac bei seinem Haus-und-Hof-Kroaten saß, war ihm schließlich eingefallen, dass er sich doch einfach danach erkundigen konnte, ob sie sich schon sein frisch dekoriertes Heim angesehen hatte, und falls ja, wie es ihr gefiele. War das Gespräch erst mal im Gange, würde es wesentlich leichter sein, den ersten Schritt zu tun, und mit ein bisschen Glück machte Birgit dann den zweiten.

Als er um kurz vor halb fünf in den Knopper Weg einbog, war seine Stimmung so gut wie lange nicht mehr, doch sobald sein

Haus in Sicht kam, ging es ihm noch tausendmal besser. Lieber Gott, wie er diesen Moment liebte, in dem er um die Kurve kam und vor ihm Stück für Stück das strahlend hell erleuchtete Haus auftauchte, funkelnd und glitzernd wie eine gewaltige, über und über mit Diamanten verzierte Puppenstube!

Fröhlich vor sich hin summend, fuhr Holger an den anderen Häusern vorbei und konnte es kaum erwarten, hoch zum Bäcker zu kommen. Er war so in Gedanken versunken, dass er bereits in seiner Auffahrt stand, ehe ihm klar wurde, dass irgendetwas nicht stimmte. Im ersten Moment vermochte er nicht zu sagen, was es war, das ihm komisch vorkam, bis er mit der Aktentasche unterm Arm aus dem Wagen stieg – und aus dem Augenwinkel ein wahres Lichtermeer auf der anderen Straßenseite registrierte, obwohl dort eigentlich nur trostloses Zwielicht dräuen sollte.

Ungläubig wandte er den Kopf und kniff die Augen zu schmalen Schlitzen zusammen, zum einen, um dem grellen Licht zu entgehen, das ihm in den Pupillen schmerzte, und zum anderen, weil er nicht sicher war, ob er wirklich sah, was er zu sehen *glaubte.* Ihm schoss durch den Kopf, dass er das alles nur träumte, dass er in diesem Moment eigentlich friedlich in seinem Bett schlummerte und das hier nichts weiter war als ein böser Traum, ein Albtraum, aus dem er jede Sekunde erwachen würde, doch spätestens, als durch den Nebel der Benommenheit, der ihn plötzlich umgab, Siegmar Schnebels Ruhrpottbariton an sein Ohr drang, wurde ihm mit schmerzhafter Gewissheit klar, dass dies die Realität war.

Die grausame, schreckliche Realität ...

»Na, was sagst du dazu, Nachbar? Sieht doch schon ganz ordentlich aus, oder?« Schnebel kam über die Straße, blieb neben Holger stehen und verschränkte zufrieden die Arme vor der Brust. Der Stolz leuchtete ihm schier aus den Augen und selbst wenn es Holger in der Seele wehtat, das zuzugeben, hatte er auch allen Grund dazu, denn er hatte ganze Arbeit geleistet.

Sein Haus sah wirklich atemberaubend aus.

Obwohl man deutlich sah, dass er sich an Holgers »Werk« orientiert hatte, was die Lichterketten am Zaun und an der Dachrinne oder die Leuchtpyramiden in den Fenstern anging, hatte er es dennoch geschafft, dem Ganzen seinen ureigenen Stempel aufzudrücken. So waren zum Beispiel alle Büsche und Sträucher im Vorgarten mit winzigen Glühbirnen versehen, wie Dutzende und Aberdutzende von Glühwürmchen, während jedes Fenster an der Vorderfront von einer Lichterkette umgeben war, deren bunter Schein den Schnee abwechselnd rot, blau, grün und golden färbte. Doch das Eindrucksvollste war zweifellos der lebensgroße Weihnachtsmann mit dem weißen Rauschebart und dem roten, glühbirnenbesetzten Mantel, der oben auf dem Dach gerade dabei war, sich mit einem dicken Sack voller Geschenke in den Schornstein zu zwängen. Man musste schon zweimal hingucken, um zu erkennen, dass es sich dabei bloß um eine Puppe handelte.

»Und?« Schnebel stieß Holger in seiner kumpelhaften Art den Ellbogen in die Seite, doch Holger kam es vor, als hätte sein Nachbar ihm einen Schwinger direkt in die Magengrube verpasst. »Gefällt's dir? Ist doch ziemlich gut geworden, oder?«

Holger stand da wie versteinert, als wäre er auf einmal am ganzen Körper gelähmt; bloß seine Beine fühlten sich seltsam weich und nachgiebig an, wie warmes Gummi. Er hatte einen Kloß im Hals, groß wie ein Taubenei, und schluckte krampfhaft, um seine Kehle frei zu bekommen. »Äh, ja, das ist wirklich ... schön ...« Das letzte Wort würgte er hervor wie einen Brocken verdorbenes Fleisch.

»Kann sich sehen lassen, was? Tja, ich hab mir auch alle Mühe gegeben!« Holger fiel auf, dass Herr Schnebel dieselbe gelassene Erhabenheit ausstrahlte wie er, als er am Samstag sein Haus geschmückt hatte. War das wirklich erst fünf Tage her? Ihm schien es, als wären seitdem Jahrzehnte vergangen.

Plötzlich fühlte er sich entsetzlich elend.

»Und guck dir das hier mal an! Das musst du dir unbedingt ansehen! Ist das nicht der Brüller?« Ohne Holgers Antwort abzuwarten, zerrte Schnebel ihn am Ärmel über die Straße, den Plattenweg zwischen den glitzernden Glühwürmchen-Büschen hinauf und zur Haustür, die in Brusthöhe vom rotnasigen Plastikgesicht eines weiteren Weihnachtsmanns geziert wurde. Als Schnebel seine Hand hob, um zu klingeln, erwachte der Weihnachtsmann unvermittelt zum Leben, rollte mit den Augen, als hätte er den einen oder anderen Punsch zu viel genossen, wackelte mit seiner Mütze und verkündete mit lauter, blecherner Stimme: *»Hohoho! Fröhliche Weihnachten, Kumpel!«*

»Ist das nicht Klasse?« Schnebel kringelte sich vor Vergnügen. »Das Ding hat einen eingebauten Bewegungsmelder und wenn jemand nach der Klingel greift: *Hohoho, Kumpel!«* Er führte sein Spielzeug stolz ein zweites Mal vor und wandte sich dann grinsend Holger zu. »Toll, eh? Hat mich hundert Mäuse gekostet, das Ding, aber das ist es wert, was?« Wie um die Richtigkeit seiner Worte zu bestätigen, ließ Schnebel den Weihnachtsmann sein Sprüchlein ein drittes Mal aufsagen.

»Ja, ganz toll«, murmelte Holger resigniert. Ihm war, als hätte ihm jemand ein langes, rostiges Tranchiermesser in die Leistengegend gerammt und ruckartig mehrmals umgedreht. Alle Gedanken an Birgit, die Backwarenfachverkäuferin, Abendessen bei Kerzenschein und das, was danach hätte kommen können, war vergessen. Sein Verstand war wie leer gefegt. Er konnte bloß noch an eins denken: Daran, dass Petra doch Recht gehabt hatte.

Er konnte *wirklich* nichts richtig machen.

Er war ein Verlierer.

Schnebels Stimme drang nur gedämpft, wie durch eine Wand aus Watte, zu ihm durch, als er sagte: »Weißt du, Nachbar, in einem bist du mir aber trotzdem immer noch voraus.«

Irgendwie gelang es Holger, ihn anzusehen und gleichzeitig dem schier unbändigen Drang zu widerstehen, ihm die geballte Faust ins Gesicht zu schlagen. »Ach, ja?« Er konnte sich beim besten Willen nicht vorstellen, was das sein sollte; so, wie er das sah, hatte Schnebel ihn auf der ganzen Linie übertroffen.

»Jaaa«, bestätigte Schnebel lang gezogen. »Du hast 'ne Tanne im Vorgarten; ich bloß dieses erbärmliche Gemüse.« Er deutete auf die schmächtigen, festlich geschmückten Sträucher.

Obwohl er zugeben musste, dass das tatsächlich ein gewisser Pluspunkt war, reichte dieser Umstand dennoch nicht aus, um Holger nennenswert aufzuheitern. Zu tief saß die Erkenntnis, dass er nun auch noch das Letzte verloren hatte, das ihm in seinem Leben etwas bedeutete. In diesem Moment der Schande wünschte er sich nichts sehnlicher, als dass sich der Boden auftun und ihn mit Haut und Haaren verschlingen würde, aber wenn er in den letzten fünfzehn Jahren eins gelernt hatte, dann, dass seine Wünsche niemanden interessierten. Und so war es auch diesmal.

Statt des sich auftuenden Erdreichs war da bloß Schnebel, der von seiner Niedergeschlagenheit nichts mitzubekommen schien; möglicherweise war er aber auch nur ein begnadeter Schauspieler und verstand es, seinen Triumph für sich zu behalten. Was auch immer, als er Holger zurück zur Straße begleitete, legte er ihm in seiner jovialen Art den Arm um die Schultern, stieß einen langen Seufzer aus und meinte: »Tja, man kann eben nicht alles haben, was, Nachbar?«

»Nein, wohl nicht«, stimmte Holger kleinlaut zu. Ihm war entsetzlich übel. Ohne ein weiteres Wort löste er sich aus Schnebels Umarmung und trottete mit hängenden Schultern, wie ein geprügelter Hund, von dannen. Wäre er imstande gewesen, den Schwanz einzuziehen, hätte er zweifellos auch das getan. Er spürte Schnebels verwirrten Blick im Rücken, so deutlich wie eine körperliche Berührung, und zwang sich, nur auf seine Schuhspitzen zu sehen. Kraftlos schlurfte er hoch zur Haustür, schloss auf, ließ die Tür hinter sich ins Schloss fallen und ging die Treppe in den ersten Stock hinauf. Ohne nach links und rechts zu schauen oder auf Petras Rufe aus dem Wohnzimmer zu achten, die ihn fröhlich darauf aufmerksam machte, dass er anscheinend seinen Meister gefunden hatte, schleppte er sich den Flur entlang ins Bad, riegelte hinter sich zu, sank auf dem Toilettensitz zusammen wie ein Häufchen Elend und weinte bitterlich.

Die nächste Zeit war für Holger ein einziger, nicht enden wollender Albtraum, aus dem es kein Erwachen gab. Nach dem Höhenflug der letzten Tage ging es nun im Sturzflug abwärts, mitten hinein in eine gepflegte Depression, die sich selbst mit der massiven Unterstützung seiner alten Freunde *Johnny Walker* und *Jack Daniels* nicht in den Griff kriegen ließ. Sein Dasein war auch vor dieser Katastrophe schon alles andere als paradiesisch gewesen, doch jetzt hatte er überhaupt nichts mehr, wofür es sich zu leben lohnte. Er wollte nur noch seine Ruhe haben und mehr als einmal ertappte er sich bei dem Gedanken, warum kein durchgeknallter Serienkiller vorbeikam, um ihn von seinem Elend zu erlösen. Er musste sich zwingen, morgens aufzustehen, sich zu waschen, anzuziehen und zur Arbeit zu fahren, und jeden Morgen, wenn er die Auffahrt runterfuhr und an Schnebels prachtvoll geschmücktem Haus vorbeikam, war ihm, als würde sich sein Magen im Kreis um seinen Hintern drehen, immer rundherum. Bevor er abends nach Hause fuhr, gewöhnte er sich an, zwei Musaril einzuwerfen und sie mit einem ordentlichen Schluck Whisky hinunterzuspülen, um seine Nerven zu beruhigen, wenn auch ohne nennenswerten Erfolg. Jedes Mal, wenn er den Knopper Weg hochkam, war es, als nähere er sich dem Ort seiner größten Qual. Schon wenn er in die Straße einbog, brach ihm der kalte Schweiß aus, und je näher er seinem Zuhause kam, desto stärker wurde das Gefühl, harte, unsichtbare Klauen würden mit brachialer Gewalt seine Eingeweide durchkneten. Er bekam hämmernde Kopfschmerzen, Krämpfe und Atembeschwerden, so dass er stets heilfroh war, wenn die Eingangstür endlich hinter ihm ins Schloss krachte und der strahlende Lichterglanz von gegenüber ihm nicht mehr in den Augen brannte, als hätte jemand Säure hineingeträufelt. Er war so niedergeschlagen, dass er sich nicht einmal dazu durchringen konnte, in die Garage zu gehen, sich ein Seil zu schnappen und sich aufzuhängen; selbst Tote versprühten mehr Lebensfreude.

Das zeigte sich nicht nur an seiner seelischen, sondern zunehmend auch an seiner körperlichen Verfassung: Innerhalb einer

Woche nahm er vierzehn Pfund ab, er bekam Haarausfall, Sodbrennen und Dauerdurchfall, und obwohl Schlaf das Einzige war, was ihm zumindest vorübergehend ein wenig Ruhe schenkte, konnte er in den meisten Nächten kein Auge zutun, denn sobald Morpheus ihn in seinem Reich willkommen hieß, fingen die Träume an; Albträume voller Lichterketten und Leuchtsterne und Sternschnuppen und Weihnachtsmänner, unter deren weiten roten Kapuzen das Gesicht von Siegmar Schnebel hervorgrinste und aus denen er jedes Mal mit einem heiseren Schrei auf den Lippen erwachte, um anschließend für den Rest der Nacht nur noch minutenlang vor sich hin zu dösen. Die Ringe unter seinen Augen waren dunkel wie Teerpappe. Wenn er in den Spiegel sah, glaubte er, seinen eigenen Vater vor sich zu haben, deshalb ließ er es irgendwann bleiben. Er hatte auch so schon genug Probleme und eins davon war Petra.

Selbstverständlich bot die Katastrophe ihr eine breite Angriffsfläche für Gehässigkeiten und als hätte sie in den letzten Tagen bloß den Mund gehalten, um Kraft zu schöpfen, legte sie jetzt richtig los. Ihr Wortschwall an Gemeinheiten begann, sobald er abends von der Arbeit nach Hause kam, und endete, wenn sie gegen elf Uhr einschlief; wäre sie nicht so eine Langschläferin gewesen, hätte sie mit ihrer Tirade vermutlich in dem Moment angefangen, wenn sie morgens die Augen aufschlug, doch zu diesem Zeitpunkt war Holger längst aus dem Haus, erleichtert, dass zumindest dieser Kelch an ihm vorüberging. Jedenfalls bestätigten diese düsteren Tage voller Trauer und Resignation noch einmal eindrucksvoll das, wovon er schon seit Jahren überzeugt war: Wenn dieses Mistaas eines Tages über den Jordan schipperte, würde man ihr Mundwerk extra totschlagen müssen.

Vor Jahren hatte Holger eine Fernsehreportage gesehen, in der es um außerkörperliche Erfahrungen ging. Eine Frau, die bei einem Verkehrsunfall schwer verletzt worden war, hatte berichtet, dass sie unmittelbar nach dem Zusammenstoß ihres Golfs mit einem LKW zwar gleich wieder zu sich gekommen war, jedoch nicht in ihrem Wagen, der – in sich zusammengeschoben wie eine Ziehharmonika – halb unter den Anhänger des Lasters gerutscht war, sondern außerhalb des Wracks. Sie schwebte über ihrem Auto und konnte sich selbst zusammengesunken und mit blutender Stirn hinter dem Lenkrad kauern sehen. Sie nahm alles wahr, was um sie herum geschah – wie der betrunkene Trucker aus dem Führerhaus des LKWs kletterte und sich auf seine eigenen Schuhe erbrach, wie ein Mercedesfahrer anhielt und zu ihrem Wagen lief, um nach ihr zu sehen, wie ein paar Minuten später ein Krankenwagen mit heulender Sirene und blinkendem Blaulicht heranraste –, nur eben nicht von ihrem Platz hinter dem Steuer aus, sondern so, als würde sie die Szene von oben betrachten, als wäre sie nur ein unbeteiligter Beobachter, der mit alldem im Grunde überhaupt nichts zu tun hatte.

Genauso fühlte sich Holger – als wäre er nicht ganz er selbst; als würde er sich selbst dabei beobachten, wie er morgens ins Bad ging, um sich zu waschen, wie er über die verschneite Alte Flensburger Landstraße zur Arbeit fuhr, wie er mittags allein an einem Fensterplatz im *Balkan-Grill* in der Nähe seiner Firma saß, auf das rege, weihnachtliche Treiben auf dem Holm hinabschaute und sich ein Glas Plavac nach dem anderen gönnte. Er sah, wie er abends aus dem Büro heimkam, bemüht, das Haus auf der anderen Straßenseite gar nicht zu beachten, wie er seine Tasche in der Diele auf der Kommode liegen ließ und als Erstes ins Wohnzimmer ging, um sich einen *Remy Martin* einzuschenken, damit sein Alkoholblutspiegel auf einem konstanten Niveau blieb. Manchmal fragte er sich, ob wirklich er dieser Typ war, den er da beobachtete, dieser vergrämte Enddreißiger mit den eingezogenen Schultern, der zentnerschwere, unsichtbare Gewichte durch die Gegend zu schleppen schien, und wie um alles in der Welt es, falls er tatsächlich dieser Bursche war, soweit hatte kommen können. Hin und wieder dachte er auch darüber nach, Petra und seinen Töchtern einen letzten Gefallen zu tun und diesem Jammertal, das er sein Leben nannte, endlich ein Ende zu bereiten; ein bisschen guten Willen, ein, zwei Flaschen

Scotch und einen stabilen Brückenpfeiler vorausgesetzt, konnte das doch nicht so schwierig sein. Die meiste Zeit jedoch fragte er sich vor allem eins: Womit um alles in der Welt hatte er es verdient, dass Gott ihn so strafte?

Nachts, wenn er im Badezimmer auf dem runtergeklappten Toilettensitz saß, *Carlsberg* aus der Dose trank und aus dem Fenster auf den Garten hinter dem Haus hinabsah, stellte er ihm diese Frage manchmal, doch obwohl Gott in letzter Zeit geradezu geschwätzig geworden war und mit Bundespräsidenten, Schauspielern und sogar Fußballtrainern sprach, bekam Holger keine Antwort. Vielleicht, weil er gerade keine Sprechstunde hatte, vermutlich aber einfach bloß deshalb, weil der da oben ihn kurzerhand aus seinem Adressbuch gestrichen hatte.

Holger war vollkommen auf sich allein gestellt.

Obwohl er sich alle Mühe gab, sich in Gesellschaft nicht anmerken zu lassen, wie fertig er war, dauerte es nicht lange, bis ihn sein Chef darauf ansprach, ob irgendetwas mit ihm nicht stimme. Das war am Tag nach Nikolaus. Holger hatte seine morgendliche Kaffeepause dazu genutzt, um sich im Büro auf dem Herrenklo zwei Piccolo hinter die Binde zu gießen, und gerade, als er die Kabine verließ, die leeren Flaschen in den Taschen seines Jacketts, und sich ein *Fisherman's* in den Mund schob, um den Geruch zu übertünchen, kam Gunnar Paulsen herein.

Herr Paulsen war einige Jahre älter als er, ein adretter, korrekter und überaus umgänglicher Mensch, der sich um ein freundschaftliches Verhältnis zu all seinen Mitarbeitern bemühte und nie laut oder gar ausfallend wurde, selbst wenn man den größten Mist verzapfte. Er pflegte stets zu sagen: *Dies ist keine Firma, sondern eine Familie; eine große, glückliche Familie. Und ich bin der Vater, derjenige, dessen Aufgabe es ist, diese Familie zusammenzuhalten und dafür zu sorgen, dass es allen Familienmitgliedern gut geht, denn nur, wenn es Ihnen gut geht, wenn es jedem Einzelnen gut geht, geht es der ganzen Familie gut. Deshalb sind Ihre Probleme auch meine Probleme. Ihre Sorgen sind meine Sorgen.* Und als Herr Paulsen an jenem Morgen nach Nikolaus die Toilette betrat und Holger am

Waschbecken stehen sah, das Gesicht blass und hager, den Kopf leicht nach vorn gebeugt, als müsse er sich gleich übergeben, schien ihm bewusst zu werden, dass ein Mitglied dieser großen, glücklichen Familie nicht ganz auf der Höhe war. Und da die Probleme der Familienmitglieder schließlich auch seine Probleme waren, sprach er Holger unumwunden darauf an, als er am Pissoir stand, seinen Willi auspackte und den Morgenkaffee entsorgte.

»Was ist los mit Ihnen, Holger?«

Holger zuckte so heftig zusammen, dass er beinahe seine Eukalyptusmentholpastille verschluckte. Er war derart in Gedanken versunken, dass er überhaupt nicht mitbekommen hatte, wie sein Chef hereingekommen war. Jetzt wandte er ruckartig den Kopf und starrte Herrn Paulsen so schuldbewusst an, als hätte man ihn beim Masturbieren erwischt. »Häh?« war alles, was er zu Stande brachte.

»Sie scheinen in letzter Zeit ein bisschen neben sich zu stehen«, erklärte Gunnar Paulsen, während er pinkelte. »Das kennt man von Ihnen gar nicht; dass Sie so unkonzentriert sind und überhaupt nicht richtig bei der Sache. Ich habe schon seit einigen Tagen das Gefühl, dass Ihnen irgendetwas zu schaffen macht. Haben Sie Sorgen, Holger? Kann ich Ihnen irgendwie helfen? Sie wissen ja: Ihre Sorgen sind auch meine Sorgen!«

Holger starrte seinen Chef benommen an. In seinem Kopf drehten sich die Gedanken wie Kinder auf einem Karussell, was zum einen an dem Sekt lag, den er gerade getrunken hatte, und zum anderen an Paulsens herbem Aftershave, in dem er heute Morgen gebadet zu haben schien. Einen aberwitzigen Moment lang wollte er Herrn Paulsen die Wahrheit sagen; wollte ihm sagen: *Tut mir leid, Chef, dass ich in letzter Zeit nicht ganz fit bin, aber mein Nachbar, dieser verdammte Mistkerl, hat eine viel schönere Weihnachtsbeleuchtung an seinem Haus als ich, und das macht mich wirklich fertig.* Die Worte lagen ihm schon auf der Zunge; dann besann er sich aber eines Besseren und sagte stattdessen: »Äh, ich hab letzte Woche erfahren, dass meine Frau es hinter meinem

Rücken mit einem anderen treibt, und ich fürchte, ich komme damit nicht besonders gut klar.« Er musste sich die Kehle frei räuspern, bevor er weitersprechen konnte, danach jedoch klang seine Stimme überraschend normal. »Tut mir Leid. Ich wusste nicht, dass man es mir so deutlich anmerkt.«

Herr Paulsen runzelte die Stirn. »Ihre Frau betrügt Sie?«

Holger nickte. »Mit dem Briefträger.« Das stimmte nicht ganz; in Wahrheit ließ Petra sich vom Filialleiter der örtlichen Sparkasse bespringen, einem glattgebügelten Yuppie namens Henrik Meyer, der seine Freizeit gerecht zwischen Fitnesstreff, Sonnenstudio und *H & M* aufteilte, doch Gunnar Paulsen musste schließlich nicht alles wissen.

Sein Chef schnalzte mitfühlend mit der Zunge; die sorgsam gezwirbelten Spitzen seines Kaiser-Wilhelm-Barts wippten. »Oh Mann, das ist natürlich bitter. Kein Wunder, dass Sie schlecht drauf sind.«

Er beendete das Kaffeerecycling, schüttelte den letzten Tropfen ab und nestelte an seinem Hosenstall herum. »Und dann auch noch ausgerechnet mit dem Briefträger. Mein lieber Junge, das ist erniedrigend ...« Nachdem er seinen anthrazitfarbenen Dreiteiler zurechtgezupft hatte, stellte er sich ans Waschbecken neben Holger und wusch sich die Hände, wobei er im Spiegel Holgers Blick suchte. »Hören Sie, ich weiß, dass so was einem ganz schön an die Nieren gehen kann, aber lassen Sie mich Ihnen eins sagen, so von Mann zu Mann: Es ist nicht Ihre Schuld. Sie haben nichts verkehrt gemacht. Ich war selbst zweimal verheiratet und wenn ich dabei eine Sache gelernt habe – mal abgesehen davon, dass man vor der Hochzeit unbedingt notariell Gütertrennung und Unterhaltsverzicht vereinbaren sollte, wenn man nicht bis aufs Hemd geschröpft werden will –, dann, dass Frauen von Natur aus Miststücke sind, gleichgültig, wie gut Sie sie behandeln. Und sie sind alle gleich. Egal, wie nett sie zu Anfang auch sein mögen, egal, wie sehr sie Ihnen beteuern, dass Sie der einzige Mann auf der Welt sind, den sie je lieben werden, oder dass sie Kerle mit Schmerbauch erotisch finden, letzten

Endes treten Sie einem immer in die Eier. So sind sie nun mal. Sie können nicht anders. Es ist wie eine Krankheit; sie müssen einfach jeden Mann ruinieren, der das Pech hat, ihnen über den Weg zu laufen. Also, nehmen Sie sich die Sache nicht zu sehr zu Herzen, sondern fragen Sie sich stattdessen lieber eins.

»Ob ich sie noch liebe?«, sagte Holger.

Herr Paulsen schüttelte den Kopf. »Nein.« Er drehte das Wasser aus und trocknete sich mit einem Papiertuch die Hände ab. »Um *Liebe* geht's hier nicht. *Liebe* ist was für Teenager und Kitschromanautorinnen. Nein, mein Freund, es geht nur um eins.«

Holger sah ihn neugierig an. »Und um was?«

»Ob Ihre Frau so gut bläst, dass es eine Schande wäre, sie trotz ihrer Fremdgeherei in die Wüste zu schicken, oder nicht. Falls nicht, bräuchte ich an Ihrer Stelle nicht großartig zu überlegen, was zu tun ist. Frauen, die schlecht blasen, gibt's nämlich wie Sand am Meer. Glauben Sie mir, ich weiß, wovon ich rede.« Mit diesen Worten knüllte er das Papiertuch zusammen, warf es in den Mülleimer, klopfte Holger ermutigend auf die Schulter und ließ seinen Mitarbeiter in der festen Überzeugung zurück, ihm den rechten Weg gewiesen zu haben. Einen Moment später fiel die Klotür hinter ihm zu und Holger blinzelte, nicht sicher, ob er wirklich verstanden hatte, was Gunnar Paulsen ihm mit seiner kleinen Ansprache sagen wollte, und ob er das mit dem Blasen wörtlich gemeint hatte oder bloß als Metapher. Was auch immer, jedenfalls machte das Gespräch mit seinem Chef Holger deutlich, dass er irgendwas ändern musste, wenn er zusätzlich zu all dem Ärger, der ihm sowieso schon an den Hacken klebte, nicht auch noch seinen Job aufs Spiel setzen wollte, denn so freundlich und mitfühlend Herr Paulsen auch war, er würde in Bezug auf Holger und seine derzeitigen mangelhaften Leistungen nicht ewig ein Auge zudrücken, ob es seine Frau nun mit dem Briefträger, dem Sparkassenleiter oder dem gesamten Team des TSV Sterup trieb.

Aber was? Was sollte er tun?

Die Rettung nahte schließlich in Form einer Werbeanzeige auf der vorletzten Seite des *Flensburger Tageblatts*, gleich neben dem Kasten mit den frischen Toten. Er entdeckte sie rein zufällig, als er zwei Tage nach seinem Gespräch mit Paulsen in seinem Büro saß und so tat, als würde er arbeiten, in Wahrheit jedoch die Zeitung las, um die Zeit von der Frühstücks- bis zur Mittagspause zu überbrücken. Er hatte seit zwei Stunden nichts mehr getrunken und allmählich sickerte das trostlose Grau der Realität in seinen alkoholgeschwängerten Verstand durch. Um sich abzulenken, blätterte er durch die Seiten der unauffällig auf der Platte seines Schreibtischs ausgebreiteten Zeitung, studierte ohne sonderliches Interesse die Meldungen des Tages *(Altkanzler Kohl bei Signiertour für sein »Tagebuch 2002« mit Eiern beworfen; VW streicht trotz Spitzengewinn im laufenden Geschäftsjahr 25 000 Arbeitsplätze; Großbrand in Flensburger Eroscenter)* und überlegte, was er nachher zum Mittagessen trinken sollte. Normalerweise war er kein Freund harter Alkoholika, doch in den vergangenen Wochen waren *Jack Daniels*, *Jim Beam* und *Johnny Walker* ziemlich gute Kumpels von ihm geworden – nicht, weil Holger Whisky besonders mochte, sondern weil ein Glas davon dieselbe Wirkung hatte wie eine ganze Flasche Chianti. Es ging nicht mehr um Geschmack, so wie früher, als er Wein ausschließlich als Genussmittel betrachtet hatte, als Nektar der Götter, den man in aller Ruhe und mit Wonne konsumierte; alles, was zählte, war, so schnell wie möglich blau zu werden, damit das unsichtbare Gewicht auf seinen Schultern ein bisschen leichter wurde. Und zu diesem hehren Zweck waren Jack, Jim & Co. eindeutig besser geeignet als Dornfelder oder Spätburgunder.

Gedankenverloren ließ er den Blick über die Spalten der Zeitung gleiten, während draußen vor dem Fenster der Schnee wirbelte, und gelangte schließlich zu den Todesanzeigen. Im Gegensatz zu Petra, die jeden Morgen als Erstes nachsah, wer nun wieder ins Gras gebissen hatte, in der Hoffnung, dass jemand darunter war, den sie nicht leiden konnte, vermied er es für gewöhnlich die Todesanzeigen durchzusehen (er wusste nicht, warum; es war einfach so), doch heute tat er es. Mit dem Finger fuhr er die vielleicht zwanzig Zeilen lange Spalte ab und murmelte halblaut die Jahrgänge der Verblichenen vor sich hin. »1959. 1954. 1963. 1952 . . .« Zwar befanden sich auch ein paar ältere Semester darunter, aber die meisten waren ungefähr in seinem Alter gewesen, als der Sensenmann sie holte; um die vierzig. Krebs, nahm er an, Herzinfarkte, vielleicht der eine oder andere Autounfall. Doch was auch immer diese Menschen dahingerafft haben mochte, eins war sicher: Sie waren mit Sicherheit nicht freiwillig aus dem Leben geschieden.

Unwillkürlich fragte Holger sich, ob man als Selbstmörder überhaupt in der Zeitung erwähnt wurde, wenn man abtrat, so wie die Kirchen sich früher weigerten, Menschen, die sich selbst das Leben genommen hatten, in der geheiligten Erde des Friedhofs zu begraben. Dieser Frage hing er immer noch nach, als sein Blick mehr zufällig auf eine unscheinbare, mit zwei weihnachtlichen Sternschnuppen geschmückte Anzeige links auf der Doppelseite fiel, die augenblicklich seine Aufmerksamkeit erregte.

FEIERN SIE WEIHNACHTEN WIE NOCH NIE –
MIT FESTBELEUCHTUNG VON FLEXILIGHT!
PROFESSIONELLE WEIHNACHTSILLUMINATION
FÜR JEDEN ANLASS!
BESUCHEN SIE UNS – WIR BERATEN SIE GERN!

Darunter waren eine Adresse in der Duburger Straße und eine Telefonnummer angegeben.

Holger hatte noch nie von einer Firma namens *Flexilight* gehört und vermochte auch nicht zu sagen, wo sich dieser Laden in der Duburger Straße befinden mochte, die er eigentlich ganz gut kannte (er war ganz in der Nähe aufgewachsen, in Klues), doch irgendetwas an der Anzeige brachte in seinem Kopf ein Glöckchen zum Klingeln, das erst zögerlich und leise vor sich hin bimmelte, ehe es mit jedem Mal, dass Holger den Anzeigentext las, lauter wurde und sich schließlich in das ohrenbetäubende Heulen einer Alarmsirene verwandelte.

Plötzlich wusste er, was er tun musste, um sein Seelenheil wiederzugewinnen, und diese Erkenntnis zauberte ein kleines, feines Lächeln auf sein Gesicht; das erste Lächeln seit jenem verhängnisvollen Augenblick, als Siegmar Schnebel ihn so brutal in den Abgrund gestoßen hatte. Mit einem Schlag waren all sein Kummer und seine Resignation wie fortgeblasen, als hätten sie nie existiert. Was blieb, war eine Frage, auf die er eigentlich schon viel eher hätte kommen müssen.

Warum um alles in der Welt schmückte er sein Haus nicht einfach noch mehr, damit es wieder schöner war als Schnebels? Warum fügte er sich wie ein zum Schafott Verurteilter in sein Schicksal, wenn er die Möglichkeit hatte, dagegen anzugehen?

Nun, da ihm die Erlösung mit der Klarheit einer religiösen Offenbarung vor Augen stand, schien es Holger unbegreiflich, wieso er erst jetzt auf diese Idee kam. Es lag doch auf der Hand. Vielleicht war Schnebels Haus im Augenblick das schönste in der Straße, aber wer zum Geier sagte, dass das so bleiben musste?

Holger hatte einen über Jahre gewonnenen Ruf zu verlieren, den dieser Zugereiste ihm einfach so mir nichts, dir nichts streitig machen wollte, aber das würde er nicht zulassen. Nein, verdammt! Er sah diese ganze Angelegenheit jetzt mit vollkommen anderen Augen.

Siegmar Schnebel hatte ihm den Krieg erklärt.

Und Holger war bereit den Kampf aufzunehmen.

Die Firma *Flexilight* residierte in einem großen Hinterhof in der Duburger Straße, gegenüber des neuen Arbeitsamtes, das seit einigen Jahren auf dem Platz dräute, wo früher die alte Kaserne gewesen war. Zunächst hatte Holger Schwierigkeiten, den Laden zu finden, doch dann entdeckte er in der Einfahrt zwischen einer Schlachterei und einem Blumenladen an der Mauer ein unscheinbares Schild mit der Aufschrift: FLEXILIGHT-LICHTWERBUNG. Er stellte den Wagen vor der Schlachterei ab, raffte den Mantel enger um die Schultern, um sich vor Schnee und Kälte zu schützen, und folgte der Einfahrt ein wenig unsicher nach hinten in den Hinterhof. Rings um ihn herum ragten die Rückseiten von Wohnhäusern in den wolkenverhangenen Mittagshimmel. Hinter einigen Fenstern brannte Licht, das wie Fäden aus Helligkeit in den Kessel des Hofs hinabtropfte. Der Schein einer Leuchtreklame auf dem Dach eines eingeschossigen Anbaus am gegenüberliegenden Ende des Hofs – FLEXILIGHT – färbte den Schnee giftgrün, wie Abfälle aus einem Chemiewerk. Vor dem Anbau parkten zwei Wagen, einer davon ein Van mit dem geschwungenen Firmenschriftzug auf der Seite. Ein Stückchen weiter links befanden sich zwei Garagen, die direkt mit dem Anbau verbunden waren; wahrscheinlich befand sich dort die Werkstatt.

Er blieb vor dem Schaufenster stehen, das viel versprechend mit großen Sternschnuppen, Engeln und Glocken verziert war, und versuchte, einen Blick ins Innere des Baus zu erhaschen, um zu sehen, ob es sich überhaupt lohnte reinzugehen, doch abgesehen von der grellbunten Fensterdekoration wirkten die Geschäftsräume trist und schienen – zumindest, soweit er das beurteilen konnte – obendrein verlassen zu sein. Einen Moment lang fürchtete er, den Weg hierher umsonst gemacht zu haben, und die altbekannte Niedergeschlagenheit, die ihn wochenlang fest in ihrem Griff gehalten hatte, regte sich in irgendeiner dunklen Ecke seines Verstandes wie eine Würgeschlange, die allmählich aus ihrer Winterstarre erwacht. Doch als er nach der Klinke griff, glitt die Tür problemlos nach innen auf und ein metallisches *Ding-Dong!* kündigte seine Ankunft an.

Als er eintrat, sah die junge Frau hinter dem Kassentresen von der Zeitschrift auf, die sie gerade las, und bedachte ihn mit einem geschäftsmäßigen Lächeln, das zwei Reihen perfekter, strahlend weißer *Blendax*-Zähne sehen ließ. »Hi. Ich bin Carla«, stellte sie sich vor. »Kann ich irgendwas für Sie tun?«

Holger schloss die Tür hinter sich und trat vor. Nach der Kälte draußen war es hier drinnen angenehm warm, fast zu warm. »Tja, auf genau diese Frage hätte ich eigentlich auch gern eine

Antwort.« Er steckte die Hände in die Taschen, während auf den Schultern des Mantels Schnee schmolz, und schaute sich um, doch abgesehen von ein paar Plakaten an den Wänden, die für Leuchtreklamen in allen möglichen und unmöglichen Formen warben, und einer Tür im Hintergrund gab es nicht besonders viel zu sehen.

Vor dem Tresen blieb er stehen und obwohl er nicht zu sagen vermochte, warum, merkte er, dass er ziemlich nervös war, als würde er hier irgendwas Verbotenes oder Anstößiges tun, wie in der Apotheke Kondome zu kaufen oder im Supermarkt an der Ecke, wo einen jeder kannte, das neue *Penthouse.* »Also, es geht darum, dass ich in der Zeitung Ihre Anzeige gesehen habe, und jetzt würde ich ganz gern wissen, wie so was konkret aussieht; Ihre Weihnachtsbeleuchtung, meine ich.«

»Privat oder geschäftlich?«, fragte Carla.

»Wie, bitte?« Holger verstand nicht recht.

»Wollen Sie damit Ihr Haus oder Ihren Laden schmücken?«

»Oh. Mein Haus. Ich hab keinen Laden.« Und obgleich es dafür eigentlich keinen Anlass gab, fügte er hinzu: »Wissen Sie, ich will, dass mein Zuhause dieses Jahr zu Weihnachten besonders schön aussieht, richtig strahlend, und ich hoffe, Sie können mir dabei helfen.«

»Wir werden unser Bestes tun«, sagte Carla und reichte ihm über den Tresen hinweg einen Plastikschnellhefter. »Das ist unser aktuelles Weihnachtsangebot. Vielleicht finden Sie ja etwas, das Ihnen zusagt?«

Holger schlug den Hefter auf. Die Seiten waren in zwei Spalten unterteilt; links befand sich ein Foto des jeweiligen Artikels, während rechts nähere Angaben dazu standen. Während er durch die Angebote blätterte und beim Anblick all der Engel, Weihnachtsmänner, Mistelzweige und Kirchenglocken unweigerlich in Verzückung geriet, zählte Carla ihm die Vorteile der *Flexilight*-Produkte auf, doch er hörte sie kaum. Er hatte nur Augen für die Bilder in dem Ordner. Er hatte so etwas schon häufig in der Stadt gesehen, auf dem Holm, wo die Fassaden der großen Kaufhäuser mit solchen überdimensionalen Leuchtbildern geschmückt waren, aber er konnte sich beim besten Willen nicht entsinnen, dass ihm jemals ein Privathaus untergekommen wäre, das mit so einer Weihnachtsbeleuchtung aufwarten konnte. Automatisch stellte er sich vor, wie sein Haus damit aussehen würde, und allein die Vorstellung reichte aus, dass es ihm den Atem verschlug. Auf einmal war er fast geneigt zu glauben, dass Gott ihn trotz ihrer Querelen im Grunde doch ganz gut leiden konnte.

Carlas Stimme drang wie aus einer anderen Dimension an sein Ohr. »Alle Produkte unseres Hauses sind Unikate«, erklärte sie ihm in der leierhaften Weise von jemandem, der etwas auswendig gelernt hat, das ihn eigentlich gar nicht interessiert. »Jedes Lichtbild ist einzigartig und wird von unseren Mitarbeitern in unserer Werkstatt nach Ihren Maßgaben von Hand gefertigt. Die Profile unserer Produkte bestehen aus leichtem, nicht rostendem Aluminium, das Sie bei Wind und Wetter einsetzen und jahrelang wieder verwenden können. Die Wattzahl, die Farbe und die Art der Leuchtkörper können Sie ebenfalls selbst bestimmen. Alle Kunststoffelemente sind farbecht und schwer entflammbar. Wir liefern sämtliche Artikel standardmäßig mit einem zwei Meter langen Anschlusskabel aus, das auf Wunsch auf bis zu fünfzig Meter verlängert werden kann. Alle Preise verstehen sich inklusive Mehrwertsteuer und Montage; wenn Sie die Produkte selbst anbringen möchten, gewähren wir Ihnen einen Rabatt von zehn Prozent vom Gesamtpreis.« Sie strich sich eine verirrte Strähne ihres karmesinrot gefärbten Haars aus der Stirn, ehe sie fragte: »Und? Sehen Sie etwas, das Ihnen gefällt?«

Als Holger von dem Schnellhefter aufschaute, leuchteten seine Augen so wie an jenem lange zurückliegenden Samstag im November, an dem er sein Haus geschmückt hatte. »Na und ob.« Er wedelte mit dem Hefter vor Carlas Nase herum. »Wie schnell kann ich die Sachen bekommen?«

»Grundsätzlich haben wir eine Lieferzeit von drei bis vier Tagen«, klärte Carla ihn auf. »Wenn es sehr eilt, geht es aber auch schon mal schneller.«

»Wunderbar.« Holger griff in die Innentasche des Mantels, holte seinen Kugelschreiber hervor und begann die Seiten im Hefter erneut durchzublättern; diesmal jedoch versah er alles, was ihn interessierte, mit genauen Maßangaben und einem blauen Kreuz – und er machte *eine Menge* Kreuze.

Carla beäugte sein Tun mit Skepsis, sagte jedoch nichts. Als er schließlich fertig war und ihr den Ordner aushändigte, sagte er: »Ich möchte so schnell wie möglich alles haben, was ich angekreuzt habe. Denken Sie, Sie schaffen das bis Anfang der Woche? Montag womöglich?«

»Alles?«, fragte Carla ein wenig ungläubig. Sie blätterte durch die vollgekritzelten Seiten. »Tja, ich schätze schon. Das ist allerdings 'ne ziemliche Menge Zeug, das Sie da wollen. Sie wissen schon, dass das nicht ganz billig wird, oder?«

Er nickte. Er hatte die Preise neben den Artikeln gesehen; unter zweihundert Mark lief da gar nichts. »Machen Sie sich darüber keine Gedanken. Ich weiß, was ich tue.« Und das, bei Gott, tat er tatsächlich.

Carla schien davon allerdings nicht restlos überzeugt. Erst, als Holger sie bat, die Posten zusammenzurechnen, damit er gleich bezahlen könne, wurde ihr klar, dass er es ernst meinte. Dann jedoch wurde ihr Lächeln schlagartig um mehrere Zentimeter breiter und sie fragte zuvorkommend: »Zahlen Sie bar oder mit Kreditkarte?«

»Mit Karte«, sagte Holger, fischte seine Mastercard aus der Brieftasche und legte sie vor der jungen Frau auf den Tresen. »Und keine Sorge, dass der Rechnungsbetrag vielleicht zu hoch ausfällt: Ich hab einen Kreditrahmen von zehntausend Mark.«

Die folgenden Tage waren für Holger erfüllt vom süßlichen Geschmack der Vorfreude, auch wenn sich das Wochenende, das zwischen seinem Besuch bei *Flexilight* und dem Montag lag, an dem er seine Bestellung abholen konnte, wie ein Gummiband dehnte. Zäh wie Sirup tropften die Minuten dahin, summierten sich zu endlosen Stunden und dann zu Tagen, die kein Ende zu nehmen schienen. Ständig ertappte er sich dabei, wie er auf die Uhr schaute, nur um festzustellen, dass seit dem letzten Mal keine Viertelstunde vergangen war. Das kannte er zwar schon – immerhin war er nicht erst seit gestern mit Petra verheiratet –, doch dieses Mal war es ganz besonders schlimm. Er versuchte sich abzulenken, indem er die Garage und den Dachboden aufräumte (etwas, das er seit Jahren nicht mehr getan hatte), sich im Fernsehen jeden Quark ansah, der ihm auch nur halbwegs interessant erschien (darunter solche TV-Highlights wie *Forsthaus Falkenau,* die *Lindenstraße* und die Sportschau am Samstagabend), und sogar mit voller Absicht einen Streit vom Zaun brach, nur um die Zeit totzuschlagen. Helfen tat das aber alles nicht viel; Einstein hatte wirklich recht mit seiner Aussage, dass alles relativ ist, denn Zeit war es auf jeden Fall; war man mit einer heißen Frau zusammen oder tat etwas, woran man wirklich Freude hatte, vergingen die Stunden wie im Flug. Legte man hingegen seine Hand auf eine heiße Herdplatte, schienen selbst Sekunden sich zu Äonen zu dehnen. Holger konnte die Warterei jedenfalls bloß schlecht ertragen.

Das einzig uneingeschränkt Positive in diesen Tagen war, dass es ihm nichts mehr ausmachte, Siegmar Schnebels Haus zu betrachten; im Gegenteil. Mehrmals stand er im Wohnzimmer am Fenster, musterte das hell erleuchtete Gebäude auf der anderen Straßenseite und stellte sich vor, was sein Nachbar für ein Gesicht machen würde, wenn er am Montag von der Arbeit nach Hause kam und feststellen musste, dass seine fünf Minuten Ruhm vorüber waren. Er konnte Schnebel förmlich vor sich sehen, wie er fröhlich vor sich hin summend den Knopper Weg hochkam und den Wagen vor seinem Haus mitten auf der Fahrbahn ruckartig zum Stehen brachte, als er erkannte, dass er nicht länger der König der Welt war. Er konnte hören, wie Schnebels Gesumme sich in ein Stöhnen verwandelte, sah, wie sein Unterkiefer vor Überraschung nach unten klappte, und die Aussicht darauf wirkte wie Balsam für seine geschundene Seele.

Vorfreude war *wahrhaftig* die schönste Freude ...

Ärgerlicherweise hatte die Sache einen winzigen Haken: Holger hatte nicht die geringste Ahnung, wie er die knapp siebentausend Mark berappen sollte, die ihn dieser Spaß kostete, doch darüber machte er sich jetzt keine großartigen Gedanken. Erst mal ging das Ganze auf seine Kreditkarte, und das hieß, dass er bis Mitte Januar Zeit hatte, sich etwas einfallen zu lassen. Bis dahin war er relativ sicher, auch vor Petra, die ihm den Kopf abreißen würde, wenn sie rausbekam, was er getan hatte, immerhin waren siebentausend Mark keine Kleinigkeit, zumal Petra sowieso jede Mark als Verschwendung betrachtete, die nicht für ihr persönliches Wohl oder das ihrer Töchter ausgegeben wurde. Vermutlich musste er einen Kleinkredit aufnehmen oder das Haus mit einer zusätzlichen Hypothek belasten, um die Sache wieder ins Reine zu bringen, und das ohne dass seine Frau etwas davon mitbekam. Außerdem war es wichtig, dass er sich eine glaubwürdige Erklärung dafür einfallen lassen musste, woher die Weihnachtsbeleuchtung kam, denn selbst wenn er sagte, die Sachen von *Flexilight* hätten »nur« fünfhundert Mark gekostet, wäre das immer zu viel. Am Besten war es zu sagen, er hätte das ganze Zeug für lau bekommen, aber von wem, und – vor allem – warum?

Holger verbrachte das ganze Wochenende damit, über diese Dinge nachzugrübeln – zumindest, wenn er nicht gerade dabei war, sich auszumalen, wie das Haus aussehen würde, sobald er mit dem Schmücken fertig war.

Dann kam endlich der Montag und sämtliche Zweifel und Grübeleien waren in dem Moment, als das Klingeln des Weckers ihn aus dem Schlaf riss, schlagartig vergessen. Heute würde ein guter Tag werden. Gott der Herr liebte ihn wieder. Was konnte da noch schief gehen?

Ins Büro fuhr Holger gar nicht erst. Stattdessen rief er gegen acht von zu Hause aus in der Firma an – sorgsam darauf bedacht, dass Petra davon nichts mitbekam – und meldete sich krank; er habe Kopf- und Gliederschmerzen, erklärte er Nadja Westermann, Paulsens Sekretärin, und er habe Durchfall und

Erbrechen. Vermutlich hätte er sich einen grippalen Infekt eingefangen, doch die Sache sei bereits wieder am Abklingen, und er wäre ziemlich sicher, morgen schon wieder auf dem Damm zu sein. Danach schnappte er sich wie gewöhnlich seine Tasche, fuhr zur üblichen Zeit von zu Hause los, damit sein Hausdrachen keinen Verdacht schöpfte, und genehmigte sich bei *McDrive* im Industriegebiet erst einmal ein Frühstück, bestehend aus einem wabbeligen Formeiburger, Schinkenspeck und schwarzem Kaffee, bevor er um Punkt halb elf Uhr bei *Flexilight* in der Duburger Straße auf der Matte stand, so, wie er es am Donnerstag mit Carla vereinbart hatte. Insgeheim rechnete er damit, dass es irgendwelche Komplikationen gab; dass sie nicht rechtzeitig mit der Bestellung fertig geworden waren, dass der Betrieb letzte Nacht abgebrannt war und nur noch rauchende Trümmer übrig waren, irgend so was. Doch als er mit dem Volvo auf den Hof fuhr, stand der Anbau noch, und auch sonst hätte er sich keine Gedanken machen müssen.

Alles war perfekt. Kein Grund zur Panik.

Zwei Mitarbeiter von *Flexilight* halfen ihm, die teilweise über einen Meter großen Lichtbilder in den Kombi zu verladen; sie brauchten die komplette Ladefläche und die Rückbank, um alles zu verstauen. Als sie damit fertig waren, kam Carla nach draußen und bedankte sich noch einmal dafür, dass er die Dienste von *Flexilight* in Anspruch genommen hatte. Fünf Minuten später war Holger auf dem Rückweg nach Sterup, da er jedoch erneut zu früh dran war (diesmal, damit seine Ausrede glaubwürdig wirkte), hielt er von neuem bei *McDrive* und aß dort zu Mittag: zwei Hamburger Royal ohne Tomaten und Salat, einen Chefsalat mit Jogurtdressing und eine mittlere Portion Chicken McNuggets mit Currysauce. In Gedanken war er die ganze Zeit damit beschäftigt, die Glocken und Engel und Elfen und Rentiere an seinem Haus anzubringen, sich genau auszumalen, wo was hängen sollte, damit es besonders gut zur Geltung kam. Außerdem ging er mehrmals die Ausreden durch, die er sich für Petra zurechtgelegt hatte, um die Weihnachtsbeleuchtung und seine frühe Heimkehr zu erklären.

Heute war ein echter Glückstag für mich, Schatz, würde er zu seiner Frau sagen. *Stell dir vor: Als ich im Büro ankam, wartete Herr Paulsen schon auf mich. Im ersten Moment dachte ich, es gäbe irgendwelche Probleme, aber dann meinte er, er wüsste ja, dass ich so ein Faible für Weihnachtsdekorationen habe, und beim Ausmisten seiner Garage hätte er am Wochenende das eine oder andere gefunden, das ich vielleicht gebrauchen könnte. Also guck ich mir den Kram an, den er in seinem Anhänger mithatte, und ich sage dir, ich dachte, er will mich veräppeln, weil das so viel Zeug war, und noch dazu fast neu. Ich hab ihn gefragt, was er dafür haben will, immerhin wäre das doch mit Sicherheit 'ne Stange wert, aber er meinte, er wäre heilfroh, wenn das Zeug wegkommt und wenn ich's nicht wolle, würde er es nach Feierabend bei Feldhaus abgeben. Tja, da hab ich mich dann nicht mehr lange bitten lassen und mir geschnappt, was in den Wagen gepasst hat. Und als wäre das noch nicht genug, meinte er dann auch noch, dass die Firma heute ab Mittag bis morgen dichtmachen würde, wegen einer Brandschutzübung oder so, die heute Nachmittag in dem Gebäude stattfindet. Klasse, oder? Nicht nur, dass wir diese schöne neue Weihnachtsbeleuchtung haben, jetzt kann ich sie sogar noch in aller Ruhe anbringen ...*

Okay, die Geschichte mochte nicht gerade preisverdächtig sein, aber Holger fand, dass sie ganz in Ordnung war, zumal Petra Herrn Paulsen niemals persönlich getroffen hatte. Sie konnte nicht wissen, dass sein Chef zu den Menschen gehörte, die nichts im Leben »einfach so« verschenkten, genau wie alle anderen reichen Leute, denen er bislang begegnet war. Doch es würde reichen, damit sie die Füße still hielt; wenigstens hoffte er das, denn falls Petra ihm die Sache nicht abnahm, hatte er ein echtes Problem.

Er war so in Gedanken versunken, dass er, als es gegen zwölf schließlich Zeit wurde, sich auf den Heimweg zu machen, in Husby beinahe einem anderen Wagen die Vorfahrt genommen hätte. Er konnte sich auf nichts anderes konzentrieren als darauf, es diesem Penner Schnebel zu zeigen, sodass es im Grunde einem kleinen Wunder gleichkam, dass er es heil bis nach Sterup schaffte. Doch sobald er erst mal zu Hause war, liefen die Dinge wie am Schnürchen, völlig problemlos. Petra schluckte seine Erklärungen ohne nachzuhaken; ihr einziger nennenswerter Kommentar war, Herr Paulsen hätte statt dieser dämlichen Weihnachtsbeleuchtung lieber 'ne Gehaltserhöhung rüberwachsen lassen sollen, damit wäre ihnen mehr geholfen. Abgesehen davon ließ sie ihn jedoch in Frieden, sodass er sich in aller Ruhe darum kümmern konnte, das Haus in neuem Glanz erstrahlen zu lassen.

Er begann damit, in den Freiräumen zwischen den Fenstern mit den Leuchtpyramiden die Engel anzubringen, die man bei *Flexilight* nach seinen Maßen hergestellt hatte. Jeder der Engel war einen knappen Meter hoch und bestand aus vier Dutzend Glühbirnen, die von einem Aluminiumrahmen in Form gehalten wurden. Holger befestigte die Engel an derWand, schraubte die Birnen ein und verlegte die Kabel zu der Steckerleiste, über die auch die übrige Weihnachtsbeleuchtung reguliert wurde, bevor er mit den Glocken weitermachte, die abwechselnd an- und ausgingen und sich zu beiden Seiten der Haustür ausgesprochen gut machten. Er brachte ein Dutzend weiterer Lichterketten am Dachsims und an der Garage an und platzierte im Giebel über der Eingangstür ein riesiges, aus winzigen bunten Leuchtkerzen bestehendes Bildnis der Drei Weisen aus dem Morgenland, die auf ihren Kamelen im Schein eines rotgelbgrün blinkenden Sonnenaufgangs zu einem Stall ritten, vor dem eine Krippe stand. Zuletzt stieg er aufs Dach hoch, zog mit Hilfe eines Seils vorsichtig die riesige, einen mal zwei Meter messende Sternschnuppe nach oben, die das Glanzstück dieses eindrucksvollen Ensembles darstellte, und verankerte das Gerüst mit Schrauben, Dübeln und Draht so am Schornstein, dass der Wind es nicht runterreißen konnte. Er musste die Leiter dreimal hoch- und runtersteigen, bis er sämtliche Glühbirnen in die Sternschnuppe geschraubt hatte; alles in allem zählte er dreihundertsiebzehn Birnen.

Als das geschafft war, kletterte er nach unten in den Vorgarten, strich sich schnaubend durch das schweißfeuchte Haar und begutachtete sein Werk einen Moment unschlüssig, ehe er nach der Steckerleiste griff und entschlossen den Schalter umlegte.

Flosch!

Es war, als hätte man die Flutlichtanlage in einem Stadion eingeschaltet. Zweitausend Glühbirnen begannen gleichzeitig zu leuchten und tauchten den Vorgarten von einer Sekunde zur anderen in blendende Helligkeit. Schlagartig wurde die ganze Welt strahlend weiß – so strahlend weiß, dass Holger die Hände vors Gesicht riss, um seine Augen zu schützen, aber es war schon zu spät. Das grelle Licht stach in seine Pupillen wie Messer.

Holger stöhnte auf; er hatte keine Ahnung, dass Helligkeit so wehtun konnte. Alles, was er zu sehen vermochte, war weiße Leere, egal, wohin er blickte; es war, als hätte er an einem klaren, heißen Sommertag ohne Sonnenbrille geradewegs in die Sonne geschaut. Hilflos taumelte er hin und her und einen entsetzlichen Moment lang war er sicher, dass er jetzt blind war, so, wie man im Mittelalter Ketzer mit glühendem Metall geblendet hatte, um sie ihres Augenlichts zu berauben. Doch dann schlichen sich langsam dunkle Schatten in das Weiß vor seinen Augen und sein Blick klärte sich nach und nach wieder. Er wandte sich vom Haus ab, um nicht gleich wieder geblendet zu werden, und wartete, bis seine Augen sich an die Helligkeit gewöhnt hatten. Dann schaute er das Haus von neuem an, und das, was er sah, war so strahlend, so wunderschön, so durch und durch erhebend, dass Holger schier der Atem stockte. Vor Jahren hatte er in einer Zeitschrift Bilder von Antoni Gaudís berühmter, weihnachtlich geschmückter Kathedrale »La Sagrada Familia« in Barcelona gesehen und der Anblick der vier über hundert Meter hohen, über und über mit Glühbirnen bedeckten gotischen Spitztürme, die wie Lanzen aus Licht in den Himmel ragten, hatte ihn wie ein Stich ins Herz getroffen. Hier war es genauso, nur, dass er dieses Kunstwerk selbst geschaffen hatte, mit seinen eigenen Händen, und das machte es irgendwie noch bewegender.

Niemals zuvor hatte er etwas so Schönes gesehen.

Gefangen in einem Zustand zwischen Euphorie, Befriedigung und Gefühlsduselei stand Holger da und starrte das Haus an. Die Anzeige von *Flexilight* hatte beim besten Willen nicht zu viel versprochen; mit den Produktionen dieser Firma konnte man *wirklich* Weihnachten feiern wie noch nie zuvor ...

Als er aus dem Augenwinkel ein Paar Scheinwerfer ausmachte, die den Knopper Weg hochkamen, drehte er sich halb zur Straße um. Schnebels Passat rollte durch den locker fallenden Vorhang aus Schnee die Straße entlang und der Ausdruck seines breiten Pfannkuchengesichts hinter der Frontscheibe sprach Bände, doch Schnebel versuchte genau wie Holger zwei Wochen zuvor, sich nichts anmerken zu lassen, als wäre dies ein letzter Triumph, den er seinem Gegner nicht auch noch zugestehen wollte. Stattdessen brachte er den Wagen neben Holger zum Stehen, kurbelte das Seitenfenster herunter und zwang sich zu einem – wenn auch gequälten – Lächeln.

»Moin, Moin, Nachbar. Wie ich sehe, hast du noch mal letzte Hand an euer Häuschen gelegt. Stimmte wohl noch nicht so ganz mit der Weihnachtsdeko, was?« Doch in Wahrheit sagte er etwas ganz anderes; in Wahrheit sagte er: *Du blöder Arsch, kannst du dich nicht einfach damit zufrieden geben, dass ich besser bin als du?*

»So ist es«, bestätigte Holger. Er schob die Hände in die Taschen und wippte auf den Absätzen vor und zurück. »Und? Was hältst du davon?« Ebenso gut hätte er sagen können: *Na, gibst du dich endlich geschlagen, Arschloch?*

»Tja, also ...« Als müsste er sich erst noch ein Urteil darüber bilden, sah Schnebel zum Haus hinüber, das in dieser eigentümlichen, melancholischen Atmosphäre zwischen Dämmerung und Nacht auf der gegenüberliegenden Straßenseite aufragte, von den Grundmauern bis zum Giebel eine einzige strahlende Herrlichkeit, und rang nach den richtigen Worten, doch man brauchte kein Genie zu sein, um zu erkennen, dass es ihm im wahrsten Sinne des Wortes die Sprache verschlagen hatte, und als er schließlich sprach, klangen seine Worte gepresst, so, als hätte er Probleme, sie überhaupt zu artikulieren. »Also, das ist wirklich ... wirklich großartig. Ich meine, vorher sah das Haus ja schon spitzenmäßig aus, mit all den Lichterketten und den Leuchtpyramiden und all dem, aber das hier ...« Er schnalzte mit der Zunge. »Tja, also, das hier ist einfach überwältigend.«

»Findest du wirklich?«, fragte Holger scheinheilig.

Schnebel nickte zerknirscht und die Gewissheit, dass er tatsächlich dieser Meinung war, ließ Holger lächeln.

»Freut mich, dass es dir so gut gefällt.«

»Ja, ähm ...« Schnebel stockte. Holger guckte ihn an und konnte so deutlich in seinen Gedanken lesen wie in einem Buch. Er wollte wissen, woher Holger die Engel und die Glocken und die große Sternschnuppe auf dem Dach hatte, doch obwohl ihm die Frage bereits auf der Zunge lag, stellte er sie nicht. Stattdessen warf er einen Blick auf die Uhr am Armaturenbrett und stieß einen verwunderten Laut aus. »Oh, Junge, schon zehn nach fünf. Wusste gar nicht, dass ich so spät dran bin. Dieser verdammte Schnee unterwegs kann einem ganz schön zu schaffen machen, was?« Die Frage war rein rhetorisch; ohne eine Antwort abzuwarten, plapperte Schnebel weiter. »Elfi wartet garantiert schon auf mich. Wir wollten nämlich noch zu *Spar* nach Sörup, das eine oder andere einkaufen, und die machen um halb sieben zu, also ... Man sieht sich, okay?« Damit klopfte er mit der flachen Hand zweimal gegen die Tür, kurbelte das Fenster hoch und bog in seine Auffahrt ein. Als er einen Moment später aus dem Wagen stieg, winkte er Holger noch einmal flüchtig zu und eilte anschließend den Plattenweg zum Haus entlang, als wäre der Leibhaftige persönlich hinter ihm her.

Holger wartete, bis die Tür hinter Schnebel mit einem vernehmlichen Krachen ins Schloss fiel, und ging dann nach einem letzten, zufriedenen Blick auf sein strahlend hell erleuchtetes Haus ebenfalls hinein. Doch erst, als um sieben im Zweiten die

Abendnachrichten anfingen, ohne dass Schnebel oder seine Frau Anstalten gemacht hätten, noch zum Einkaufen zu fahren, war er wirklich sicher, dass er gewonnen hatte.

Schnebel wusste jetzt, wo der Hammer hing. Er hatte diesem Arschloch mit solcher Wucht in die Eier getreten, dass ihm die Klöten noch an Heiligabend klingeln würden wie Kirchenglocken.

Unwillkürlich musste Holger lächeln.

Gott, was für ein großartiges Gefühl!

Diesmal währte Holgers Euphorie geschlagene drei Tage; drei Tage, in denen er sich ganz dem Triumphgefühl des Sieges hingab und jeden Abend mit demselben Hochgefühl von der Arbeit nach Hause kam wie in all den Jahren zuvor, ehe Schnebel mit seinem Weihnachtsmann und seinem dämlichen *Hohoho*-Türklopfer hier aufgekreuzt war. Er konnte die Sternschnuppe auf dem Dach bereits ausmachen, wenn er hinter Sörup den Berg runterkam und nach Sterup reinfuhr, wie das Licht eines Leuchtturms, der ihn in dunkler, stürmischer Nacht sicher nach Hause geleitete. Das war es, was er in den letzten Wochen so vermisst hatte; das Gefühl, dass es einen Ort gab, an den er gehörte.

Eigentlich war er davon überzeugt gewesen, dass die Sache mit Schnebel nach dieser Aktion ein für alle Mal vom Tisch war, doch wie es schien, war sein Nachbar ebenso wenig dazu bereit, sich kampflos in sein Schicksal zu ergeben wie er selbst. Im Gegenteil. Schnebel nahm den Fehdehandschuh auf, den Holger ihm hingeworfen hatte, und holte zum Gegenschlag aus. Und er schlug *kräftig* zu – so kräftig, dass es Holger beinahe aus den Schuhen hob, als er am Donnerstag vor dem dritten Advent etwas später als sonst von der Arbeit nach Hause kam. Den ganzen Nachmittag über hatte er sich auf den Anblick seines Hauses gefreut, das alles andere in der Straße überstrahlte und selbst den Nordstern vor Neid erblassen ließ, aber schon, als er an der Hundepension vorbeikam, wusste er, dass etwas nicht in Ordnung war. Der Lichtschein am Himmel über dem Knopper Weg war merklich heller als in den vergangenen Tagen und da er nicht annahm, dass die Wattzahl der Straßenlaternen sich über Nacht verdreifacht hatte, konnte das eigentlich nur eins bedeuten.

»Oh, dieser verfluchte Mistkerl!« Holger hieb mit der flachen Hand so hart auf den äußeren Lenkradring, dass seine Finger schmerzten. Sofort meldeten sich seine Magenkrämpfe zurück, die seit Montagnachmittag wie weggeblasen gewesen waren. »Dieser elende Hurensohn!«

Ohne auf den zunehmend dichter werdenden Schneefall oder die Gefahren der verschneiten Straße zu achten, trat Holger das Gaspedal bis zum Bodenblech durch und jagte mit einem Tempo, das man bei diesen Straßenverhältnissen bloß als selbstmörderisch bezeichnen konnte, den Hügel hinab. Rechts huschte schemenhaft der Umriss des Ortsschildes vorbei. Er jagte an Klaus Andersens Landmaschinenbetrieb vorbei, bog dahinter in den Knopper Weg ein und raste durch das Spalier der Einfamilienhäuser auf den hinteren Teil der Straße zu. Unwillkürlich wappnete er sich innerlich gegen das, was er in ein paar Sekunden zu sehen bekommen würde, und dennoch traf ihn das, was sich seinen entgeisterten Blicken darbot, sobald er über die Kreuzung war, wie ein kräftiger Schwinger mitten in die Magengrube.

»Oh, dieser Mistkerl«, knurrte Holger wieder, während er vom Gas ging und langsamer die Straße entlangrollte. »Dieser verdammte kleine Wichser . . .«

Das Haus der Schnebels glomm wie ein Kronleuchter in der Abenddämmerung, so hell, dass Holger es nicht ansehen konnte, ohne zu blinzeln. Schnebel hatte die Anzahl der Lichterketten am Haus und im Garten kräftig aufgestockt. Jeder Ast, jeder einzelne Zweig und jeder Stamm der Sträucher und Bäume in seinem Vorgarten war über und über mit Glühbirnen bedeckt. An allen freien Flächen der Vorderfront funkelten und blinkten hunderte von Lampen und selbst die Weihnachtsgartenzwerge, die mit ihren Porzellansäcken voller Geschenke inmitten der Sträucher standen, hielten Sturmlaternen in der Hand, deren Schein den Schnee funkeln ließ wie die Oberfläche eines Sees an einem schönen Tag. Zwischen dem Carport und den parallel dazu gelegenen Obstbäumen am rechten Grundstücksrand waren mehrere Stahlseile gespannt, an denen riesige Weihnachtsdekos hingen, genau wie in der Eingangsstraße in der Stadt: rote Glocken, gelbe Sterne, grüne Mistelzweige und, ganz vorn an der Straße, ein riesiges FROHE WEIHNACHTEN. Der Clou jedoch war eindeutig die überdimensionale Krippe nebst Josef, Maria, den Heiligen Drei Königen, einem Esel, einem Pferd und einer Ziege in Originalgröße, die, angestrahlt von einem Dutzend Scheinwerfern, gleich hinter dem Zaun thronte.

Holger hatte keine Ahnung, wo Schnebel all das Zeug herhatte oder wie er als *Entsorgungstechniker* sich das alles leisten konnte – die Riesenkrippe war mit Sicherheit nicht billig gewesen –, aber das war auch nicht wichtig. Wichtig war nur, dass Schnebel sich offenbar mit ihm anlegen wollte, und diesmal brauchte er nicht wochenlang darüber nachzugrübeln, was jetzt zu tun war.

Einen Fluch zwischen den Zähnen verbeißend, gab Holger wieder Gas, riss das Lenkrad ruckartig nach links, zog die Handbremse an und vollführte eine erstklassige 180°-Wende, wie James Bond in seinen besten Zeiten. Schnee spritzte unter den Reifen hervor. Für einen Moment sah es so aus, als würde er auf der spiegelglatten Straße die Kontrolle über das Fahrzeug verlieren und in seinen eigenen Jägerzaun krachen, doch dann scherte der Volvo schlitternd in die Fahrtrichtung ein, und der Wagen machte einen Satz nach vorne wie ein angreifender Tiger. Dann brauste Holger mit Vollgas den Knopper Weg hinab. Die Uhr am Armaturenbrett verkündete, dass es kurz vor halb sechs war. Zu *Flexilight* würde er es in dem Schneegestöber nicht mehr rechtzeitig schaffen (die machten um sechs dicht), zumal es da ja auch immer ein paar Tage dauerte, bis die bestellten Artikel fertig waren, aber Karstadt hatte bis um halb acht geöffnet, und die hatten eigentlich immer einiges Brauchbares im Sortiment.

So auch in diesem Jahr.

Wie ein Irrwisch fegte Holger eine gute Dreiviertelstunde später, angespornt von wohl bekannten Weihnachtshits wie »Oh, du Fröhliche« und »Es ist ein Ros entsprungen«, durch die Weihnachtsabteilung im Erdgeschoss des Kaufhauses und ärgerte sich darüber, dass es hier keine Einkaufswagen gab, denn schleppen konnte er das ganze Zeug nicht, das er mitnehmen wollte, zumindest nicht alles gleichzeitig. Er musste drei- oder viermal zur Kasse marschieren, um die Kartons mit den Lichterketten (alle, die da waren, im Ganzen zweiundvierzig Stück) hinzubringen. Außerdem erwarb er einen anderthalb Meter großen Plastikschneemann mit schwarzem Plastikzylinder und orangeroter Plastikmöhrennase, der über einen eingebauten Bewegungsmelder verfügte und fröhlich *Merry Christmas!* rief, sobald sich jemand näherte; dagegen sah Schnebels Türklopfer ziemlich alt aus. Er zahlte mit seiner Mastercard und betete darum, dass sein ohnehin schon arg strapazierter Kreditrahmen diesen einen Einkauf noch aushalten würde – er tat es. Ein pickeliger, nach Achselschweiß müffelnder Azubi half ihm, die Kartons anschließend aufs Dach zu schaffen, wo Holger den Volvo abgestellt hatte. Fünf Minuten später war er auf dem Weg zurück nach Sterup, den Kofferraum voll von Lichterketten und auf dem Rücksitz den Plastikschneemann, der unförmig wie ein Wal in den Sicherheitsgurten hing.

Trotz des Schneetreibens und der – milde ausgedrückt – chaotischen Straßenverhältnisse, die laut RSH bereits zu zwei Dutzend Unfällen überall im Lande geführt hatten, schaffte Holger es in neuer Rekordzeit nach Hause. Ohne sich damit aufzuhalten, reinzugehen und Petra sein Zuspätkommen zu erklären (vermutlich war sie sowieso froh darüber oder sie hatte noch gar nicht gemerkt, dass er nicht da war), lud er die Kartons in der Garage aus und begann die Lichterketten parallel zueinander, mit kaum zehn Zentimetern Abstand, auf dem Schrägdach fest zu tackern, so dass nach und nach eine einzige leuchtende Fläche entstand. Anschließend versah er die bereits mit Leuchtpyramiden (von innen) und Lichterketten (von außen) geschmückten Fenster mit einer Serie Fensterbildern aus gebogenen bunten Leuchtstofffröhren, die in mehreren Akten die Weihnachtsgeschichte erzählten, angefangen mit der Suche von Maria und Josef nach einer Unterkunft für die Nacht, über den Stern von Bethlehem und den Auftritt des Engels des Herrn, der den Hirten auf dem Felde die frohe Kunde brachte, dass heute für sie der Heiland geboren ward, bis hin zu den Heiligen Drei Königen, die dem Kind in der Krippe Myrre, Gold und Weihrauch darbrachten. Zu guter Letzt stellte er den Plastikschneemann im Vorgarten auf und schaltete ihn ein, woraufhin die orange Mohrrübennase zu leuchten begann und er jedes Mal zu einem freundlichen *Merry Christmas!* anhob, wenn Holger beim Verlegen der Kabel zufällig in seine Nähe kam.

Dann stand Holger vor seinem Haus, das mindestens so hell erleuchtet war wie die Startbahn eines Flughafens, nahm sein Werk in Augenschein und nickte zufrieden, doch bereits als er sich auf der Fußmatte den Schnee von den Schuhen trat und aus dem Augenwinkel sah, wie sich die Wohnzimmergardine im Haus gegenüber verstohlen bewegte, wusste er, dass das hier nicht das Ende des Krieges war, sondern lediglich eine gewonnene Schlacht. Er war sicher, dass Schnebels Reaktion nicht lange auf sich warten lassen würde.

Und er hatte Recht.

Als er am nächsten Tag aus dem Büro nach Hause kam, hatte Schnebel die Zahl der über seinen Garten gespannten Stahlkabel von fünf auf zehn erhöht, und an jedem Kabel hingen riesige, grellbunte Sterne und Mistelzweige und Weihnachtsmänner. Jedes einzelne Fenster der Vorderfront war mit einem Wirrwarr winziger roter und blauer und grüner und gelber Lämpchen versehen, die von innen mit Saugnäpfen direkt auf der Scheibe angebracht waren, und der Weihnachtsmann auf dem Dach hatte Gesellschaft von zwei nicht minder lebensgroßen Rentieren bekommen, die einen über und über mit Glühbirnen besetzten Schlitten zogen. Sogar um die Geweihe der Viecher waren Lichterketten geschlungen, sodass sie ein wenig aussahen wie das tierische Äquivalent von Robert Redford in *Der elektrische Reiter.* Möglicherweise konnte man nicht behaupten, dass das Haus durch diese »Nachbesserungen« der Weihnachtsdekoration hübscher wurde, eindrucksvoll war das Ganze aber auf jeden Fall.

Holger konterte damit, dass er links und rechts neben dem Plattenweg, der durch den Vorgarten zur Haustür führte, mit Plastiktannenzweigen weihnachtlich dekorierte Messinglaternen aus dem Baumarkt aufstellte und in die Lücken zwischen den Lichterketten auf dem Dach dreißig weitere tackerte. Mit der Kreditkarte war da allerdings nichts mehr zu machen – als er seinen überquellenden Einkaufswagen bei OBI zur Kasse schob und die Kassiererin die Karte in das Lesegerät schob, wurde die Transaktion verweigert: Kreditrahmen ausgeschöpft. Also stieg er auf seine EC-Karte um und ließ die Summe direkt von seinem Girokonto abbuchen. Damit ging er zwar das Risiko ein, dass die Sache vorzeitig aufflog (Petra brauchte nur am Automaten Kontoauszüge holen, um ihm auf die Schliche zu kommen), doch er vermied es bewusst, sich darüber Gedanken zu machen. Wenn das passieren sollte, war er sowieso nicht imstande, es zu verhindern. Also konnte er die Dinge ebenso gut laufen lassen und hoffen, dass er damit durchkam – und dass das Geld auf dem Konto reichen würde, um die Sache, die er angefangen hatte, auch siegreich zu Ende zu bringen, denn von nun an ging es Schlag auf Schlag. Sobald einer von ihnen an seinem Haus irgendetwas Neues anbrachte, zog der andere spätestens am nächsten Tag nach und versuchte, seinen Nachbarn nach Möglichkeit noch zu übertreffen. Als Schnebel am Montag vor Weihnachten beispielsweise aus Tannengrün geflochtene und mit Glühbirnen bestückte Girlanden an den Pfählen seines Carports anbrachte, versah Holger das Garagentor mit einem lebensgroßen Leuchtstoffröhrenweihnachtsmann, der mit einer goldenen Glocke bimmelte, und schaffte sich außerdem einen Fußabtreter mit dem Gesicht des Weihnachtsmanns darauf an, der einem ein frohes Fest wünschte, wenn man sich auf seiner pausbäckigen Visage die Schuhe abtrat, was Schnebel wiederum zum Anlass nahm, seinen Garten mit einer ganzen Herde äsender Plastikrentiere zu schmücken und sich einen Wetterhahn in Form eines winkenden Nikolaus anzuschaffen. Holger hielt mit weiteren Lichterketten überall am Haus, an der Garage und am Zaun dagegen und hielt mit einem lebensgroßen Weihnachtsmann in voller Montur (roter Mantel, weißer Bart, Zipfelmütze und auf dem Rücken ein dicker Jutesack) dagegen, der, illuminiert von einem halben Dutzend leistungsfähiger Strahler, an Petras Rosenspalier die Fassade erklomm. Es verging kein Tag, an dem nicht einer von ihnen auf der Leiter stand und hier oder dort Lichterketten, Lampen, Girlanden oder Leuchtbilder anbrachte, und obwohl sie beide ganz genau wussten, dass es am Ende nur einen Sieger geben konnte, begegneten sie sich weiterhin mit ausgesuchter Höflichkeit. Sie grüßten sich, wenn sie in ihren Autos aneinander vorbei nach Flensburg oder zu Vierck nach Sörup fuhren, um Nachschub zu besorgen, sie unterhielten sich über Nichtigkeiten und lobten sich gegenseitig für ihre ausgefallenen Dekorationsideen, doch jedem Wort, jedem Blick, jedem einzelnen verkrampften Lächeln haftete das bittere Odeur des Krieges an.

Die Schlacht war in vollem Gange.

Irgendwann versuchte Holger gar nicht mehr, Erklärungen für die Herkunft all des Zeugs zu finden, das er anschleppte, sondern schob einfach alles dem großzügigen Herrn Paulsen in die Schuhe, der offenbar über ein ganzes Warenlager an überflüssiger Weihnachtsdekoration verfügte. Über die Kosten für all das dachte er überhaupt nicht nach, vielleicht, weil er wusste, dass er so oder so geliefert war. Er hatte den Kreditrahmen seiner Mastercard komplett ausgeschöpft, der Dispokredit bei der Bank war ebenfalls hoffnungslos überzogen und als er eines

Abends zufällig am Stromzähler vorbeikam, als er sich aus dem Keller eine Flasche Weißherbst holen wollte, stellte er fest, dass sich der Zeiger dreimal so schnell drehte wie der Sekundenzeiger seiner Armbanduhr. Aber das kümmerte ihn nicht. Zu diesem Zeitpunkt hatte er die Grenze, jenseits der es kein Zurück mehr gab, längst überschritten. Stattdessen drehten sich seine Gedanken nur um eins: Siegmar Schnebel zu zeigen, dass er der Beste war, egal, um welchen Preis.

Und der Preis hierfür war hoch; verdammt hoch, wie sich zeigte, denn es dauerte nicht lange, bis er auch von seinem Girokonto kein Geld mehr bekam. Am Mittwoch vor Weihnachten nahm er deshalb mit dem Haus als Sicherheit einen Kleinkredit in Höhe von zehntausend Mark auf, rückzahlbar innerhalb von vier Jahren mit dreihundert Märkern monatlich – für eine Wohnungseinrichtung, die er seinen Töchtern zu Weihnachten schenken wollte, wie er dem Bankmenschen in der Hauptfiliale der Sparkasse in Flensburg erklärte. Mit dieser Finanzspritze war er schließlich wieder so liquide, dass er fünf Tage vor Heiligabend zu seinem letzten großen Coup ausholen konnte. Er hatte sich die Sache gründlich überlegt und seiner Meinung nach gab es nichts, was Siegmar Schnebel tun konnte, um das, was er im Sinn hatte, noch irgendwie zu toppen.

Mit dieser Aktion würde er ihm den Gnadenstoß versetzen.

Garantiert.

In den letzten Tagen hatte Holger im Büro ein halbes Dutzend Zeichnungen angefertigt, um zu sehen, wie sich sein ehrgeiziges Vorhaben am besten realisieren ließ. Jetzt wurde es Zeit, seinen Plan in die Tat umzusetzen und dem Papier Taten folgen zu lassen. Sein erster Schritt bestand darin, sich für den Nachmittag des nächsten Tages frei zu nehmen. Anschließend genügten ein Telefonanruf und ein Fax, um die Sache zum Laufen zu bringen.

Danach ging alles sehr schnell. Am Dienstagnachmittag fuhren vier Angestellte von *Flexilight* mit einem Lieferwagen und einem Laster vor dem Haus im Knopper Weg vor. Auf der Ladefläche des LKWs stand ein riesenhafter, mit Glühbirnen geschmückter Kufenschlitten, vor den sechs nicht minder große Rentiere gespannt waren, die den Schlitten in Windeseile durch die Lüfte trugen, während der Weihnachtsmann auf dem Bock seine Peitsche schwang, so golden und glänzend wie das Lasso von Wonder Woman. Die Jungs von *Flexilight* hatten den Schlitten nebst Zubehör nach Holgers Maßgaben innerhalb von vierundzwanzig Stunden angefertigt und waren jetzt hier, um das Glanzstück von Holgers Dekorationswut fachgerecht zu montieren.

Sie begannen damit, an den Grenzen des Grundstücks zwei Meter tiefe Löcher auszuheben, in denen anschließend vier fünf Meter hohe, armdicke Eisenpfosten verankert wurden. Die hart gefrorene Erde bereitete ihnen anfangs einige Probleme, doch als die Pfosten erst mal standen, ging alles relativ zügig vonstatten. Jeweils zwei Pfosten waren über Kreuz durch ein Stahlseil miteinander verbunden, an dem die Rentiere, der Schlitten und der Weihnachtsmann befestigt wurden, ehe die *Flexilight*-Mitarbeiter die Konstruktion mit Hilfe mehrerer Winden Stück für Stück in die Höhe wuchteten, bis der fast eine Tonne schwere Schlitten vier Meter über dem Vorgarten schwebte. Es sah aus, als würde der Weihnachtsmann zur Landung auf dem Schornstein ansetzen, um seine Geschenke abzuliefern. Rudolfs rote Nase leuchtete in der Dunkelheit hoch über dem Garten wie ein Signalfeuer und musste noch kilometerweit zu sehen sein.

Holger konnte die Augen nicht von seinem Meisterwerk wenden. Er war vollauf zufrieden damit. Auf dem Papier hatte das alles schon atemberaubend ausgesehen, aber die Realität übertraf selbst seine kühnsten Erwartungen. Das hier war *wirklich* nicht zu toppen, selbst bei objektiver Betrachtung nicht, und er war gespannt wie ein Flitzebogen, wie Schnebel darauf reagieren würde, doch als Holger am nächsten Tag von der Arbeit heimkam, fand er Schnebels Weihnachtsdekoration unverändert, und auch am Donnerstag war drüben auf der anderen Straßenseite noch immer alles beim Alten, sodass er nach dem rasanten Wettstreit der letzten Tage allmählich zu dem Schluss gelangte, dass er Schnebel endgültig das Genick gebrochen hatte, entweder, weil er nicht wusste, wie er den Schlitten übertreffen sollte, oder weil ihn schlicht und einfach das Geld im Stich gelassen hatte. Was auch immer es sein mochte, das Schnebel letztlich in die Knie zwang, Holger war froh, dass es vorbei war – nicht, weil er fürchtete, sich finanziell vollends zu Grunde zu richten oder dass Petra ihn umbrachte, sobald sie erfuhr, dass sie bis über beide Ohren verschuldet waren, sondern weil er mit seinen Ideen am Ende war. So oder so, sie hatten das Ende der Fahnenstange erreicht.

Dann kam der Freitag und damit Schnebels letzte Chance, das Blatt noch einmal zu seinen Gunsten zu wenden. Nach der Ruhe der letzten Tage rechnete Holger zwar nicht damit, dass sein Nachbar sich noch einmal aufrappeln würde – zweifellos hatte Schnebel genug damit zu tun, seine Eier zu kühlen, statt sich irgendwelchen Hirngespinsten darüber hinzugeben, wie er Holger in letzter Minute doch noch in die Schranken weisen konnte –, aber er war trotzdem auf alles gefasst.

Auf alles – abgesehen von dem, was dann geschah.

Der Tag, der die Entscheidung brachte, war der 22. Dezember, Freitag. Es war Holgers letzter Arbeitstag vor Weihnachten und einer der besten Tage, die er seit langem erlebt hatte, was nicht zuletzt darin begründet lag, dass heute Nachmittag die alljährliche Weihnachtsfeier seiner Firma stattfand. Das an sich wäre zwar noch kein Grund zu Freudentänzen gewesen, da auf Veranstaltungen dieser Art oft genug lähmende Langeweile herrschte. Doch offenbar war ihm Frau Fortuna nach einer langen, entbehrungsreichen Durststrecke endlich wieder hold. Anders konnte er es sich beim besten Willen nicht erklären, dass Gunnar Paulsen ihm bei einem kurzen Plausch unter vier Augen offenbart hatte, dass er im Januar zum Chefbuchhalter aufsteigen würde, mit besserem Gehalt, mehr Urlaub und einem eigenen Dienstwagen, und als wäre das noch nicht genug, um das Hochgefühl, das ihn seit zwei Tagen erfüllte, auf die Spitze zu treiben, setzte Nadja Westermann, die Sekretärin des Chefs, seinem Glück die Krone auf, indem sie bei einer Begegnung an der Schale mit der Christbowle ziemlich deutlich durchblicken ließ, dass sie ihn überaus niedlich fand und nichts dagegen hätte, mit ihm ein paar Runden zu reiten – er unten, sie oben, ganz wie es ihm beliebte; man müsste bloß einen gemeinsamen Termin finden. Holger hatte also allen Grund, sich gut zu fühlen, als er an diesem Abend gegen halb acht, zwei Stunden später als gewöhnlich, das Ortsschild von Sterup hinter sich ließ. Ausgelassen sang er den Song mit, den sie gerade im Radio brachten – »Sledge Hammer« von Peter Gabriel, einer der Favoriten seiner Jugend –, trommelte im Rhythmus auf dem Lenkrad herum und folgte den Lichtkegeln der Scheinwerfer durch die Dunkelheit. Er lächelte, als er daran dachte, wie Nadja – die süße kleine Nadja mit ihren großen blauen Augen und den festen, wohlproportionierten Brüsten, die sich unter dem cremefarbenen Stoff ihrer Bluse abzeichneten wie ein stummes Versprechen – beim Bowlenachschenken wie zufällig seine Hand berührt hatte, und genau wie in dem Moment, als ihre Finger seine berührten, durchlief ihn auch jetzt ein wohliger Schauer. Es war ein großartiges Gefühl von jemandem begehrt zu werden. Zum ersten Mal seit vielen, vielen Jahren hatte er wieder das Gefühl, zu leben, ein Mann zu sein, mit allem, was dazugehörte.

Dann bog er in den Knopper Weg ein und die Erinnerung an Nadja und Herrn Paulsen und die Weihnachtsfeier und all das Schöne, das ihm heute zuteil geworden war, zerplatzte wie ein Glas, das auf den Küchenboden fiel. Instinktiv trat er auf die Bremse, so heftig, dass der Wagen ihm unter dem Hintern wegbrach, doch selbst, als der Volvo mit der Fahrerseite gegen den von den Räumfahrzeugen am Straßenrand aufgetürmten Schnee prallte und schlingernd und ruckend zum Stehen kam, war er noch immer davon überzeugt, dass er sich das alles nur einbildete; dass ihm seine von zu viel Weihnachtsbowle und Testosteron überreizten Sinne etwas vorgaukelten, das in Wahrheit gar nicht da war, aber spätestens, als er sich so fest in den Arm kniff, dass er vor Schmerz aufstöhnte, wurde ihm klar, dass dies hier kein Albtraum war, aus dem er gleich erwachen würde; das hier war die Realität und vor der gab es kein Entrinnen.

Niemals.

Fassungslos starrte Holger zu Schnebels Haus hinüber.

In Schnebels Vorgarten stand ein Tannenbaum.

Das an sich wäre beim besten Willen kein Grund zum Verzweifeln gewesen, immerhin hatte er selbst eine ziemlich stattliche Tanne im Vorgarten stehen. Doch dieser Baum war riesig, ein regelrechtes Monstrum, doppelt so hoch wie das Haus und mit Astwerk, so gewaltig, dass sein Schatten beinahe bis zu Holgers Haustür auf der anderen Straßenseite reichte.

Holger hatte so etwas zwar schon gesehen, auf Fotos über Hongkong, New York oder Frankfurt, wo diese Riesentannen auf großen öffentlichen Plätzen standen, doch im Vorgarten eines Privathauses, der allerhöchstens hundertfünfzig Quadratmeter maß, noch nie, und er nahm an, dass er damit nicht allein war.

Fassungslos saß er hinter dem Steuer des Volvo, während Peter Gabriel unbeirrt weitersang, und starrte die Tanne mit offenem Mund an. Er musste den Kopf in den Nacken legen, um ihre volle Größe ausmachen zu können.

Die Tanne maß mindestens acht Meter und ragte so hoch in den Himmel empor, dass die Spitze geradewegs zwischen den Sternen zu verschwinden schien. Und als wäre das noch nicht schlimm genug gewesen, war der Baum von unten bis oben mit hunderten, ja, tausenden Glühbirnen bedeckt. Jeder einzelne Zweig war mit Lichterketten geschmückt; es sah aus, als hätte sich ein Bataillon Leuchtkäfer auf der Tanne niedergelassen. Der Weihnachtsbaum glitzerte und strahlte so grell, dass er selbst den Sternen am Firmament Konkurrenz zu machen schien.

Holger wagte sich nicht einmal vorzustellen, was für einen Aufwand Schnebel betrieben haben musste, um die Tanne dort hinzustellen. Man brauchte garantiert einen Tieflader, um den Baum hierher zu transportieren, und einen Bagger, um ein Loch in der Größe auszuheben, die nötig war, damit man die Tanne samt Wurzelballen eingraben konnte, und dann noch einen Kran, um das Ungetüm aufzurichten. Das war mit Sicherheit nicht billig gewesen, zumal allein die unzähligen Lichterketten schon ein kleines Vermögen gekostet haben mussten. Woher um alles in der Welt hatte Schnebel so viel Geld? Doch im Grunde spielte das gar keine Rolle; *nichts* spielte mehr eine Rolle, denn heute war der Freitag vor Weihnachten, es war kurz nach halb sieben und es gab keine Möglichkeit mehr, das Ruder noch einmal herumzureißen, nicht mit allem Geld der Welt, von dem er zu allem Überfluss sowieso nichts besaß, denn die Aktion mit dem Schlitten hatte seinen Kredit komplett verschlungen. Er war blank wie eine Kirchenmaus; er hatte noch knapp dreißig Mark in der Brieftasche und damit würde er nicht besonders weit kommen, selbst wenn er morgen früh noch mal in die Stadt fuhr, um bei Karstadt oder Brinkmann oder wo auch immer noch ein paar Lichterketten zu besorgen, ganz zu schweigen davon, dass er sich das ebenso gut sparen konnte, denn was waren ein paar erbärmliche Lichterketten schon gegen dieses Monstrum von Tannenbaum? Er hatte wirklich geglaubt, die Sache mit dem Schlitten sei nicht zu toppen; jetzt musste er feststellen, dass er sich geirrt hatte. *Das hier* ließ sich nicht mehr steigern, zumindest nicht mit den beschränkten Mitteln und in der kurzen Zeit, die Holger zur Verfügung standen. Und das bedeutete, dass die Sache endgültig gelaufen war.

Aus.

Ende.

Finito.

Der Zug war ein für alle Mal abgefahren.

Schnebel hatte ihn sauber abgeledert.

Diese bittere Erkenntnis traf Holger wie ein Keulenhieb. Sein Magen revoltierte. Er spürte, wie die Christbowle sauer und brennend wie Salzsäure seine Speiseröhre hochstieg, und schluckte ein paar Mal krampfhaft, um sie unten zu behalten. Einen endlosen Moment lang rührte er sich nicht. Dann krallte er die Hände so fest um das Lenkrad, dass die Knöchel weiß hervortraten, wie die Bäuche toter Fische, die am Strand in der Sonne verfaulten, und die Zornesader an seiner Schläfe zuckte wie die Hälften eines durchtrennten Regenwurms. »Oh nein«, flüsterte er mit zusammengebissenen Zähnen. »Oh nein, du Wichser, so nicht ...«

Plötzlich hatte er es sehr eilig.

Er trat die Kupplung durch, gab Gas, dass der Schnee in einer weißen Fontäne unter den halb durchdrehenden Reifen hervorschoss, und jagte seine Auffahrt rauf, um den Wagen einen Zentimeter vor der verschlossenen Garagentür in einer Wolke aus Schnee und Abgasen zum Stehen zu bringen, während Peter Gabriel weiterhin davon sang, wie gern er doch ein Vorschlaghammer sein wollte, doch niemand hörte ihm mehr zu, zumindest nicht Holger.

»Na warte, Freundchen«, flüsterte der mit Blick in den Rückspiegel, in dem sich nur ein kleiner Teil des riesigen, hell beleuchteten Tannenbaums abzeichnete. *»Na warte ...«*

Holger riss die Wagentür auf, stürmte wutentbrannt den Plattenweg zum Haus entlang und fummelte hastig nach seinem Schlüssel. Er ließ die Tür hinter sich so hart ins Schloss fallen, dass die Fensterscheiben links und rechts im Rahmen klirrten, feuerte seine Aktentasche achtlos in die Ecke und stürmte die Treppe in den ersten Stock hinauf, ohne sich den Mantel oder die Schuhe auszuziehen. An jedem anderen Tag wäre dieser Frevel ihn teuer zu stehen gekommen, doch Petra, das wusste er, war heute Abend bei der dicken Helga Hinrichsen zur weihnachtlichen Tupper-Party, und die Mädchen kamen nie vor neun, halb zehn heim, so dass er das Haus ganz für sich hatte.

Immer drei Stufen auf einmal nehmend, lief Holger die Treppe hoch, eilte zur Abstellkammer am Ende des Flurs, riss die Tür auf und tastete nach dem Lichtschalter.

Das Luftgewehr lag auf dem obersten Regal, im selben Karton, in dem er es vor einigen Jahren gekauft hatte, als die Gegend von einer regelrechten Spatzenplage heimgesucht wurde und die gefiederten kleinen Aasgeier Petras Gemüsegarten ein ums andere Mal um sämtliches Saatgut gebracht hatten. Seit damals hatte er das Gewehr nicht mehr benutzt, doch nun war die Zeit gekommen, es wieder hervorzuholen, um sich damit einer anderen, noch schlimmeren Plage zu entledigen.

Holger schnappte sich den Karton, legte ihn nebenan im Schlafzimmer aufs Bett und warf durch das Fenster einen Blick auf das Haus auf der anderen Straßenseite, auf die riesige, gleißend helle Tanne, bevor er das Gewehr wutschnaubend aus der Packung zerrte, die Dose mit den Diabolos aufschraubte, den Lauf der Waffe aufklappte und eines der unscheinbaren kleinen Bleigeschosse hineinschob. In irgendeiner entlegenen Ecke seines Verstandes wisperte eine Stimme, dass das, was er hier tat, vollkommen schwachsinnig war und absolut kindisch, doch sie war leise und nicht besonders hartnäckig, sodass es Holger keinerlei Schwierigkeiten bereitete, sie einfach zu überhören.

Er klappte den Lauf wieder hoch, ging mit dem Luftgewehr zum Fenster und öffnete es; ein eisiger Windstoß drang herein und bauschte die Vorhänge, doch Holger nahm es kaum wahr. Er kniete sich vor dem Fenster auf den Boden, entsicherte die Waffe und legte an. »Kimme und Korn«, murmelte er, während er konzentriert den Kolben in die Mulde zwischen Schulter und Hals drückte, wie er es als Kind von seinem Vater gelernt hatte, und eine der Glühbirnen der Lichterkette anvisierte, mit der Schnebel seinen Gartenzaun geschmückt hatte. »Kimme und Korn, Kimme und Korn, Kimme und Korn . . .«

Mit angehaltenem Atem zog er den Abzug durch.

Plopp!

Holger spürte den Rückstoß kaum und auch der Schuss selbst war so leise, dass er eher an das Entkorken einer Weinflasche als an das Abfeuern eines Gewehrs erinnerte, doch er hatte nicht besonders gut gezielt.

Das Geschoss schwirrte wirkungslos in die Büsche davon.

Fluchend griff er nach der Dose mit den Diabolos, klappte den Lauf runter, schob ein zweites Geschoss hinein, lockerte kurz seine Schultern und legte das Gewehr dann erneut an.

»Kimme und Korn«, knurrte er wieder, während er dieselbe Glühbirne wie eben sorgsam ins Visier nahm. Er versuchte seinen Atem so flach wie möglich zu halten, damit die Mündung nicht auf und ab hüpfte, und krümmte langsam den Zeigefinger um den Abzug.

Plopp!

Diesmal traf das Projektil sein Ziel.

Die Glühbirne zerplatzte in einem Sprühregen winzig kleiner Glassplitter. Im selben Moment begannen die übrigen Lampen der Lichterkette unruhig zu flackern, um eine Sekunde später ganz zu verlöschen.

Schlagartig wurde der Zaun in Dunkelheit getaucht.

»Bingo!« Holger kicherte. Er spürte, wie ihn eine Woge der Genugtuung durchströmte. Sofort fühlte er sich besser. Schnell lud er das Luftgewehr nach und legte von neuem an. »Kimme und Korn«, immer wieder, »Kimme und Korn . . .«

Plopp!

Die nächste Lichterkette hauchte flackernd ihr Leben aus.

»Na, wer sagt's denn?« Holger grinste übers ganze Gesicht. »So sieht die Sache doch schon viel besser aus . . .«

Er lud das Luftgewehr zum vierten Mal und schoss erneut. Wieder verwandelte das kleine Bleigeschoss eine Glühbirne in Glaskonfetti und sorgte dafür, dass die riesige Sternschnuppe auf dem Dach abrupt erlosch.

Noch ein Schuss und noch ein Treffer.

Dann nahm er den Tannenbaum ins Visier.

Innerhalb von dreißig Sekunden zerplatzten vier Birnen.

Das war zu viel.

Im Haus gegenüber brannten sämtliche Sicherungen durch. Ohne Vorwarnung gingen alle Lichter aus, so, als hätte jemand den Stecker einer Puppenstube rausgezogen. Von einem Moment zum anderen breitete die Nacht ihre schwarzen

Schwingen über das Grundstück gegenüber; selbst die Lampe am Klingelschild gab den Geist auf. Innerhalb eines Sekundenbruchteils verlor das Haus seinen gesamten Glanz und wurde ebenso unscheinbar wie all die anderen Gebäude in der Straße, das der Johannsens ausgenommen.

»*Jaaa!* Jackpot, Baby!« Holger konnte sein Glück kaum fassen. Er sprang auf, hüpfte umher wie Rumpelstilzchen und führte lachend einen Freudentanz auf, bis auf der anderen Straßenseite die Haustür geöffnet wurde und jemand mit einer Taschenlampe nach draußen kam, um nachzusehen, was zur Hölle eigentlich los war.

Instinktiv ließ Holger sich zu Boden fallen. Er robbte mit dem Gewehr in Händen zum Fenster hinüber, wie ein Soldat, der sich einer feindlichen Stellung nähert, kauerte sich davor hin und spähte vorsichtig über das Fensterbrett.

Siegmar Schnebel stand in seinem Vorgarten, leuchtete mit der Lampe hierhin und dorthin und konnte sich anscheinend überhaupt nicht erklären, was passiert war. Hilflos stand er vor seiner Monstertanne und überprüfte fluchend eine nach der anderen die Glühbirnen an den unteren Zweigen auf der Suche nach dem Übeltäter, der den Kurzschluss ausgelöst haben mochte. Als er dabei auf die Überreste einer zerschossenen Birne stieß, nahm seine Verwirrung noch mehr zu. Mit spitzen Fingern schraubte er die kaputte Glühbirne aus der Windung, drehte sie im Schein der Taschenlampe unsicher hin und her und stapfte schließlich durch den Schnee zurück zur Haustür. Sein Atem wehte hinter ihm her wie Zigarettenrauch.

Holger ließ seinen übergewichtigen Nachbarn nicht aus den Augen. Er hatte Schnebels Hinterteil genau im Visier. »Kimme und Korn«, murmelte er wieder. »Kimme und Korn, du Wichser, Kimme und Korn, Kimme und Korn . . .«

Sein Finger am Abzug zuckte. Er malte sich aus, was für eine Befriedigung es sein würde, diesem Bastard mit seiner Kartoffelnase, seiner Blindenbrille und seinem aufdringlichen Gehabe eine Ladung Blei in den Hintern zu jagen, und musste unwillkürlich lächeln, als er sich vorstellte, wie die Ärzte Schnebel das Geschoss ohne Narkose aus dem Allerwertesten holten.

Eigentlich hatte der Mistkerl es so verdient.

Trotzdem ließ Holger ihn gehen, als Schnebel einen Moment später im Innern des Hauses verschwand. Etwa eine Minute lang geschah nichts. Dann gingen die Lichter im Haus und im Garten wieder an, und Holger feuerte zum siebten Mal.

Plopp!

Sofort senkte sich wieder Dunkelheit über das Gebäude.

Holger prustete vor Vergnügen. Aus irgendeinem Grund kam ihm ein altes Sprichwort in den Sinn, das besagte, dass man Rache am besten kalt genoss, aber das war Blödsinn; es machte viel mehr Spaß, wenn es dabei richtig heiß herging.

Mit dem Gewehr in Händen kauerte er am Fenster wie der Scharfschütze einer Antiterroreinheit und wartete gespannt darauf, was nun geschehen würde.

Er musste sich nicht lange in Geduld üben.

Nur Sekunden später wurde auf der anderen Straßenseite die Haustür geöffnet und Schnebel stampfte von neuem in den Schnee hinaus, doch diesmal galt seine Aufmerksamkeit nicht den zerdepperten Birnen, sondern dem Haus gegenüber. Holger hatte keine Ahnung, wieso, aber Schnebels Blick ruhte unbeirrt auf seinem Zuhause, als wüsste er genau, was gespielt wurde und wer für diesen Ärger verantwortlich war.

Holger beeilte sich, den Kopf einzuziehen, ehe sein Nachbar ihn entdecken konnte, presste sich unter dem Fensterbrett an die Wand und unterdrückte nur mit Mühe einen Lachkrampf, der ihn zu überwältigen drohte.

Lieber Himmel, was für ein Blödmann!

Er hätte diesem Arschloch doch in seinen fetten Hintern schießen sollen ...

Diesmal konnte er ein überdrehtes Kichern nicht verhindern. Er legte hastig die Hände vor den Mund, um weitere Lachsalven zu ersticken, ermahnte sich zur Ruhe und wartete zwei Minuten, bevor er das Gewehr zur Seite legte, sich langsam an der Wand nach oben schob – und hastig wieder auf Tauchstation ging, als er feststellte, dass Schnebel direkt zum Schlafzimmerfenster hochschaute. Ihm war, als hätten sie sich einen Moment lang geradewegs in die Augen geschaut, wie Cowboys bei einem Duell, bevor sie ihre Revolver aus den Hüftholstern zogen und einer von ihnen den Löffel abgab, aber dann sagte Holger sich, dass es hier im Zimmer viel zu dunkel war, als dass Schnebel irgendetwas hätte erkennen können, und sein rasender Puls beruhigte sich wieder.

Dennoch war er vorsichtig genug, geschlagene zehn Minuten in Deckung zu bleiben, ehe er es das nächste Mal wagte, aus seinem Versteck hervorzulugen, bereit, den Kopf sofort wieder einzuziehen, sollte es erforderlich sein.

Diesmal jedoch war die Luft rein.

Schnebel, die Ratte, hatte sich längst wieder in seinem Bau verkrochen und war anscheinend eifrig damit beschäftigt, die Stromversorgung seines Domizils wieder herzustellen, denn noch war das Haus auf der anderen Straßenseite in schneeumwirbelte Dunkelheit getaucht. Das änderte sich allerdings bereits einen Moment später, als alle Lichter im und am Haus gleichzeitig wieder aufflammten; schlagartig war es draußen so hell, als würde in Schnebels Vorgarten ein UFO landen.

Sofort legte Holger das Gewehr von neuem an, um Schnebel zum dritten Mal das Licht auszuknipsen, doch da tauchte das feiste Antlitz seines Nachbarn plötzlich im Wohnzimmerfenster auf, und wie zuvor schien er geradewegs in Holgers Richtung zu gucken. Das brachte Holger schließlich wieder zu Sinnen, denn das Risiko, in flagranti ertappt zu werden, wie er mit einem Luftgewehr die Weihnachtsbeleuchtung seines Nachbarn ausschoss, wollte er nicht eingehen; nicht, weil er sich vor den rechtlichen Konsequenzen fürchtete, sondern da er genau wusste, dass niemand Verständnis dafür haben würde, *warum* er es getan hatte.

So unauffällig wie möglich ging er wieder auf Tauchstation und wartete, bis Schnebel seinen Posten aufgegeben hatte, ehe er rasch das Schlafzimmerfenster schloss, die Vorhänge vorzog und das Rollo nach unten zog. Dann ließ er sich rittlings aufs Bett fallen, starrte einen Moment lang stumm zur Decke empor und brach schließlich in unbändiges Gelächter aus. Er lachte so laut und so lange, bis ihm das Zwerchfell wehtat und Tränen über seine Wangen liefen. Er versuchte aufzuhören, aber es gelang ihm nicht. Er konnte einfach nicht anders. Er lachte und lachte und lachte, doch es war nicht Schadenfreude, die ihn dazu trieb, sondern reine, unverfälschte Verzweiflung.

Insgeheim hatte Holger Johannsen die ganze Zeit gewusst, dass er am Abgrund stand.

Und gerade war er über den Rand getreten.

Für Holger begann die schlimmste Zeit seines Lebens, und das sollte bei ihm wirklich was heißen. Schuld daran waren nicht nur Siegmar Schnebel und seine Monstertanne, sondern auch Petra, der er an den Feiertagen schutzlos ausgeliefert war. Sie sahen sich die ganze Zeit und aus leidvoller Erfahrung wusste er, dass es mit jedem Tag, den er daheim verbrachte, schlimmer werden würde, da es keine Phasen der Trennung gab, in denen seine Frau sich nach ihren Wutausbrüchen wieder akklimatisieren konnte, wie es der Fall war, wenn er normal zur Arbeit ging. Erschwerend kam hinzu, dass Heiligabend in diesem Jahr auf einen Sonntag – den vierten Advent – fiel, was bedeutete, dass Holger die grausame Willkür seiner Gattin geschlagene vier Tage ertragen musste. Er versuchte, sich auf das Schlimmste vorzubereiten, indem er Samstagmorgen im Werkzeugschrank in der Garage in aller Eile von seinem letzten Geld einen ansehnlichen Vorrat an alkoholischen Trostspendern anlegte, doch auch der Suff, das hatte er in den vergangenen Wochen mehr als einmal am eigenen Leib erfahren, brachte bloß zeitweiliges Vergessen und Petra gab sich alle Mühe, ihm die Tatsache, dass es für ihn keine Erlösung gab – zumindest nicht in diesem Leben –, nachhaltig vor Augen zu führen.

Einziger Lichtblick in diesen finsteren Tagen war der Samstagnachmittag, an dem traditionell der Weihnachtsbaum im Wohnzimmer aufgestellt und geschmückt wurde, und wie immer fiel diese Aufgabe auch diesmal Holger zu, der sich voller Eifer daran machte, den Baum mit Lametta und Kerzen und Christbaumkugeln herzurichten, als könne er auf diese Weise seine Schmach übertünchen, die jeder Blick aus dem Fenster ihm so deutlich vor Augen führte wie ein Stachel, der sich bei jedem seiner Schritte in sein Fleisch bohrte. Doch alle Mühe war vergebens. Zum zweiten Mal innerhalb eines Monats musste Holger sich der schrecklichen Gewissheit stellen, dass er verloren hatte. Er war von einem dahergelaufenen Süddeutschen auf die Plätze verwiesen worden, und dieses Wissen saß so tief, dass aller Kognak der Welt nicht ausgereicht hätte, um ihm wieder Frieden zu schenken.

Holger hieß die Depression, die ihn nach seiner Heimkehr Freitagabend befiel wie ein heimtückisches Fieber, willkommen wie einen alten Freund. Mit einem Mal war wieder alles so wie vor jenem Morgen, in dem er in der Zeitung die Werbeanzeige von *Flexilight* gefunden und beschlossen hatte, den Kampf gegen Schnebel aufzunehmen. Die Magenkrämpfe, die Schwindelanfälle, die Kopfschmerzen, die mitunter so stark waren, dass Holger das Gefühl hatte, in seinem Schädel steckte ein gehässiges kleines Männchen, das mit einer Spitzhacke auf sein Gehirn einhieb ...

Es war wieder alles beim Alten.

Nur eins hatte sich verändert: Er versuchte nicht mehr, gegen seine Schwermut anzugehen oder sich zu fragen, was er in seinem Leben falsch gemacht haben mochte, dass Gott ihn so strafte. Er fand sich einfach damit ab, dass die Dinge waren, wie sie waren (er war ein Verlierer, Punktum), und ließ sich mit ausgebreiteten Armen in den Abgrund fallen. Alles, was er noch hoffen konnte, war, dass der Aufprall nicht allzu lange auf sich warten lassen würde.

Wie wohl die meisten Familien pflegten auch die Johannsens

gewisse Weihnachtstraditionen, die sich Jahr für Jahr ebenso wiederholten wie die Filme im Fernsehen oder die Ansprachen des Bundeskanzlers. Beispielsweise gab es an Heiligabend stets dasselbe Essen – zum Mittag Kartoffelsalat und Bockwürstchen, zum Kaffee Berliner und später am Abend Lachsschnittchen mit Dill-Senf-Sauce –, nachmittags wurde eine Partie *Mensch ärgere dich nicht!* darum gespielt, wer bereits ein Geschenk auspacken durfte, und nach der Bescherung fuhren sie immer nach Kappeln zu Petras Eltern, um sich dort zwei Stunden lang bei Whisky und Trüffeln zu Tode zu langweilen. Und noch eins war in jedem Jahr gleich: Sobald sich Petra und die Mädchen nachmittags auf den Weg zum Weihnachtsgottesdienst machten – das einzige Mal im Jahr, dass sie eine Kirche von innen sahen –, fing Holger an, sich zu betrinken, um den Rest des Abends auf keinen Fall nüchtern über sich ergehen lassen zu müssen.

Auch in diesem Jahr blieb Holger dieser Tradition treu, zumal er diesmal noch mehr Grund hatte, am Boden zerstört zu sein, als sonst. Gegen vier Uhr stand er am Wohnzimmerfenster und sah zu, wie der Volvo aus der Auffahrt rückwärts auf die Straße zurücksetzte. Sobald die Rücklichter außer Sicht verschwanden, ging er zur Minibar, entkorkte eine Flasche *Cabernet Sauvignon*, schenkte sich ein Glas Rotwein ein und setzte sich damit vor den Fernseher. Im Ersten Programm gaben die Muppets Charles Dickens' berühmte Weihnachtsgeschichte zum Besten, im Zweiten zeigten sie die Live-Übertragung eines Weihnachtskonzerts aus der Dresdner Frauenkirche, im Dritten kam die x-te Wiederholung des tschechischen Märkenklassikers *Drei Haselnüsse für Aschenbrödel* und bei den Privaten bekam man die übliche Festtagsbesinnlichkeit in Form von wüsten Schießereien, Massenkarambolagen und nackten, vollbusigen Blondinen zu sehen, die sich mit Weihnachtsmannmütze auf dem Kopf irgendwo am Strand in der Sonne aalten. Kurzum: Es war dasselbe erbärmliche Programm, das seit Menschengedenken alle Jahre wieder an Heiligabend über die Mattscheibe flimmerte.

Holger zappte hin und her, bis er schließlich bei den Muppets hängen blieb, lehnte sich im Sessel zurück und nippte an dem Wein. Draußen vor dem Fenster war es taghell. Der Vorgarten glich einer einzigen riesigen Weihnachtspyramide. Und doch war alles vergebens gewesen.

Holger seufzte.

Manchmal war das Leben einfach beschissen.

Während die Geister der vergangenen, der gegenwärtigen und der zukünftigen Weihnacht auf der Mattscheibe versuchten, aus dem herzlosen Ebenezer Scrooge einen netten, mitfühlenden Menschen zu machen, gab Holger sich dem Genuss des *Cabernet* hin und sagte sich, dass dieser Geizkragen Scrooge eigentlich gar kein sooo übler Kerl sein konnte, denn, um mit den Worten des unsterblichen W. C. Fields zu sprechen, ein Mensch, der Hunde und kleine Kinder hasst, kann nicht ganz schlecht sein.

Als die Sendung zu Ende war, stellte er das Glas auf den Beistelltisch, schaltete die Glotze aus und ging im Zwielicht, das von draußen hereinfiel, hinüber zur Stereoanlage. Die CDs waren auf dem Regal darüber aufgereiht. Holger sah die Rücken durch, bis er eine CD mit klassischer Weihnachtsmusik fand, legte sie in den Player und drehte die Lautstärke hoch. Dann trat er mit dem Weinglas in der Hand ans Fenster, sah in den sanft wirbelnden Schnee hinaus und lauschte Schuberts Version des »Ave Maria«, vorgetragen von Lisa Otto und Mirella Freni. Während die Eröffnungsklänge des Stücks leicht wie Federn durch den Raum schwebten, verfolgte Holger, wie die Flocken ihr unvergleichliches Ballett aufführten, und lauschte der Musik, die sich immer höher emporschwang, immer höher, wie ein Vogel, den man nach Jahren der Gefangenschaft aus seinem Käfig entließ und der Holger auf seinen goldenen Schwingen in Sphären mitnahm, die er sonst nur aus Träumen kannte. Von der Musik umhüllt wie von einem wärmenden Mantel, spürte er, wie der Ärger der letzten Tage allmählich von ihm abfiel, und unwillkürlich wünschte er sich, es könnte immer so sein.

Entspannt lehnte er sich neben dem Fenster an die Wand,

trank einen Schluck und schloss seine Augen. Obwohl es ihm selbst nicht bewusst war, lächelte er.

»In dulci jubilo«, murmelte er gedankenverloren.

In süßem Jubel ...

Im nächsten Moment gab es draußen einen ohrenbetäubenden Knall; es hörte sich an, als wäre direkt neben dem Haus eine Granate eingeschlagen.

Erschrocken riss Holger die Augen auf. Zuerst dachte er, ein Flugzeug wäre auf das Haus gestürzt, doch dann fiel sein Blick aus dem Fenster in den Vorgarten, und seine Kinnlade klappte herunter, als hätte jemand den Sicherungsstift aus seinem Kiefer gezogen. Vor Schreck fiel ihm das Glas aus der Hand und zersplitterte auf dem Boden; Rotwein spritzte auf alle Seiten davon und färbte den Teppich blutig.

Schlagartig war es mit der Ruhe und Gelassenheit dahin. Mit einem einzigen langen Satz war er aus dem Wohnzimmer, lief durch die Diele und riss die Haustür auf. Eine kräftige Bö von Nordosten blies ihm Schnee ins Gesicht, doch Holger spürte weder die Kälte, die mit feinen eisigen Nadeln durch sein Jackett drang, noch die Hitzewallungen der Aufregung, die sein Gesicht puterrot anlaufen ließen. Fassungslos starrte er das Chaos in seinem Vorgarten an.

Ihm bot sich ein Bild der Verwüstung. Der Jägerzaun war rechts neben der Pforte auf einer Länge von fünf oder sechs Metern nur noch Sägespäne und Trümmer; abgerissene Holzlatten lagen kreuz und quer im Schnee verstreut. Milliarden winziger Glassplitter funkelten im Schnee wie zerstoßene Diamanten. Eine schwarze Doppelspur aufgepflügter Erde, wo einst Rasen gewesen war, führte von der Straße durch den Schnee bis kurz vor die große Tanne, wo der metallicgrüne Passat von Siegmar Schnebel nach einem wilden Ritt durch Petras Blumenrabatten zum Stehen gekommen war. Unter den Hinterreifen lugte etwas Weißes hervor, das sonderbare, unartikulierte Laute von sich gab. Im ersten Moment glaubte Holger, Schnebel hätte irgendjemanden überfahren, der nun, vor Schmerzen halb wahnsinnig, verzweifelt nach Hilfe rief, doch dann bemerkte er, dass der Plastikschneemann verschwunden war, und mit einem Mal klang das Gekrächze, das unter dem Wagen hervordrang, gar nicht mehr so unverständlich; im Gegenteil. Plötzlich hörte es sich sogar erschreckend vertraut an ...

»Mrrrryy Chrrrmsss ...«, krächzte die Stimme blechern und seltsam verzerrt. »Mrrrryy Chrrrmsss ... Mrrrryy Chrrrmsss ... Mrrrryy Chrrrmsss ...«

Holger stand da wie gelähmt. Er konnte die Augen nicht von den kläglichen Überresten des sprechenden Schneemanns wenden, der von den Reifen des Passat regelrecht zerschreddert worden war; überall im Schnee lagen weiße, schwarze, grüne und rote Plastikteile. Es kam einem Wunder gleich, dass der Apparat überhaupt noch irgendwelche Laute von sich geben konnte.

Es dauerte einen Moment, bis Holger begriff, was passiert war. Dann richtete sich sein eisiger Blick auf Schnebel, der hinter dem Steuer seines Wagens saß und sich alle Mühe gab, benommen auszusehen, obwohl weder er noch das Auto beim Crash mit dem Zaun den geringsten Kratzer davongetragen hatten.

»Du gottverdammtes Arschloch!«, brüllte Holger und lief um den Wagen herum zur Fahrertür. Er trat auf ein Stück Plastik, das sich bei näherer Betrachtung als Mohrrübennase entpuppte, und sofort kochten all die mühsam unterdrückte Wut und der Zorn in ihm hoch wie Magma in einem Vulkan unmittelbar vor der Eruption. »Du hast meinen Schneemann überfahren, du Schwein!« Irgendwie schien ihm das tausendmal schwerer zu wiegen als der demolierte Zaun. »Du hast meinen Schneemann *umgebracht*!«

Er riss die Wagentür auf und wollte Schnebel beim Kragen packen, um ihn aus dem Passat zu zerren und ihn für den Schneemann und alles andere, was er ihm in den letzten Wochen angetan hatte, grün und blau zu prügeln, doch der Bärtige hob abwehrend die Hände.

»Hey, hey, ganz ruhig, Nachbar!«, rief er beschwichtigend.

»Kein Grund, gleich auszurasten, ja? Das kann man alles auch in Ruhe regeln!«

»Kein Grund, gleich auszurasten?«, echote Holger. Er war so außer sich, dass seine Stimme ganz schrill klang. *»Kein Grund, gleich auszurasten?* Du hast meinen Schneemann überfahren, du blödes Arschloch, und zwar mit voller Absicht!«

»Absicht? Schwachsinn!« Siegmar Schnebel ließ sich von Holgers Wutausbruch nicht aus der Ruhe bringen. »Ich bin mit dem Wagen ins Rutschen gekommen, als ich gerade in meine Einfahrt einbiegen wollte. Ich hab versucht, gegenzusteuern; offenbar ein bisschen zu heftig, denn das Nächste, woran ich mich erinnere, ist, dass die Tanne auf mich zukam, und da bin ich voll in die Eisen gestiegen.« Ohne Hast stieg er aus dem Auto, ließ den Blick über das Schlamassel schweifen, das er angerichtet hatte, und pfiff leise durch die Zähne. »Junge, Junge, das tut mir tierisch Leid. Der schöne Zaun und dann der Schneemann ...« Er schaffte es tatsächlich, betroffen zu wirken. »Aber keine Sorge, Nachbar, ja? Ich hab 'ne gute Haftpflichtversicherung. Die kommen für den Schaden auf. Gar kein Thema.«

»Das will ich auch hoffen«, knurrte Holger. Er musste sich zwingen, diesem hinterhältigen Mistkerl nicht geradewegs an die Gurgel zu springen. Er verspürte den schier unbändigen Drang, Schnebel wehzutun, ihm in die Familienjuwelen zu treten und zuzugucken, wie er sich vor Schmerzen im Schnee krümmte. Doch irgendwie schaffte er es, an sich zu halten.

Für Schnebel hingegen schien das alles kein Problem zu sein; nichts, über das sich ein *Entsorgungstechniker* Gedanken machen müsste. Er klatschte in die Hände. »Tja, wie schon gesagt: Tut mir aufrichtig Leid wegen des Schlamassels. War wirklich keine böse Absicht.« Er sah hinüber zur Straße; der festgefahrene Schnee auf der Fahrbahn glänzte im Schein der weihnachtlichen Flutlichtbeleuchtung wie mit Diamantstaub bestäubt. »Eigentlich sollte man hingehen und diese blöde Schnepfe von Bürgermeisterin bis aufs letzte Hemd verklagen; ich meine, wofür bezahlen wir denn Steuern ohne Ende, wenn diese Sesselfurzer es nicht mal schaffen, dafür zu sorgen, dass die Straßen ordentlich gestreut sind? Arschlöcher, alle zusammen!«

Damit war die Sache für Schnebel erledigt. Ohne das Chaos, das er angerichtet hatte, noch eines Blickes zu würdigen, ging er zu seinem Wagen zurück, stieg ein und ließ den Motor an, der mit einem willigen Brummen zum Leben erwachte. Abgaswolken waberten aus dem Auspuff.

Holger stand noch immer da wie erstarrt. Durch die offene Haustür hörte er gedämpft, wie das »Ave Maria« verklang und dafür die Weihnachtskantate Nr. 1 von Alessandro Stradella einsetzte. Normalerweise mochte er das Stück sehr, doch seine Aufnahmefähigkeit war in diesem Augenblick aufs Wesentlichste beschränkt, als würde er durch einen Tunnel schauen. Alles, wozu Holger imstande war, bestand darin, stumm dazustehen und zuzusehen, wie Schnebel sich am Fahrerfenster des Passat zu schaffen machte.

»Also, nichts für ungut, ja?«, rief er Holger durch das runtergekurbelte Fenster zu. »Grüß deine Lieben von mir. Und frohe Weihnachten noch für 'n Rest, Nachbar!« Damit legte er den Rückwärtsgang ein, setzte ein Stückchen zurück – und überrollte die Überreste des Schneemanns ein zweites Mal.

Das gab dem schon schwer angeschlagenen Plastikkameraden endgültig den Rest; mit einem letzten gequälten »Mrrrryy Chrrrmsssssss . . .« hauchte er sein mechanisches Leben aus.

Das war der Moment, in dem bei Holger Johannsen die Sicherung durchbrannte. Irgendetwas in seinem Kopf machte einfach *Zssch*, wie heißes Fett in einer Pfanne, und plötzlich hielt ihn nichts mehr an seinem Platz.

»Oh, nein, mein Junge«, knurrte er, während er verfolgte, wie der Passat über die kläglichen Überbleibsel des Jägerzauns zurück auf die Straße rumpelte. Seine Stimme klang gefährlich leise. »Das hättest du nicht tun sollen. Wirklich, Mann, das war ein *böser Fehler . . .*«

Er ließ die Trümmer des Schneemanns liegen, wirbelte auf dem Absatz herum und lief durch den Schnee zur Garage, ohne

Schnebel weiter im Auge zu behalten. Das war auch nicht nötig. Dies war Heiligabend und man brauchte kein besonderes Genie zu sein, um zu wissen, wo Schnebel sich die nächsten Stunden über aufhalten würde.

Die Seitentür der Garage war verschlossen. Hastig fischte er in den Untiefen seiner Hosentaschen nach dem Schlüsselbund, fuhrwerkte am Schloss herum, bis er den richtigen Schlüssel im dritten Anlauf fand, und stürmte hinein. Normalerweise hatte das nach Benzin, Schmieröl und Staub duftende Zwielicht der Garage eine beruhigende Wirkung auf ihn, doch diesmal fachte es seinen Zorn nur noch mehr an.

Unablässig vor sich hin murmelnd, schaltete er das Licht ein, riss die Tür des Schranks neben der Werkbank auf und wühlte in den Ablagefächern herum, bis er schließlich fand, was er suchte.

Die Kettensäge lag im zweiten Fach von unten, zusammen mit der elektrischen Heckenschere, einem Set Schraubenzieher und einem alten Rasenmähermotor, aus dem er vor zehn Jahren, ehe ihm klar geworden war, dass es *tatsächlich* einen Unterschied zwischen Töchtern und Söhnen gab, eigentlich eine Seifenkiste bauen wollte. Er hatte die Säge das letzte Mal vor zwei Jahren gebraucht, um die Eiche hinten im Garten zu fällen, die mit der Zeit so groß geworden war, dass sie der Terrasse mittags die ganze Sonne raubte; zumindest war Petra dieser Meinung gewesen. Jetzt nahm er die *Stihl*-Säge aus dem Schrank, legte sie auf die Werkbank und wickelte sie aus dem Öltuch, in das sie zum Schutz vor Staub und Schmutz eingepackt war.

Die *Stihl* war gut gepflegt. Das fast einen halben Meter lange Sägeblatt mit der umlaufenden Sägekette glänzte im Schein der Deckenlampe wie ein stummes Versprechen.

Holger hielt sich nicht damit auf zu überprüfen, ob sich genug Benzin im Tank befand. Er hielt die Kettensäge einfach mit einer Hand am Griff hoch, löste den Sicherungsschalter, packte mit der anderen Hand das Starterkabel und zog mit einem kräftigen Ruck daran.

Er benötigte keinen zweiten Versuch.

Mit einem zornigen *Wrrrrrrrrrrr!* erwachte die Kettensäge zum Leben. Die *Stihl* brummte und zitterte wie ein lebendiges Wesen, begierig darauf, den einzigen Zweck zu erfüllen, für den sie gebaut worden war: zu sägen.

Das Vibrieren der *Stihl,* das sich von seinen Händen in Wellen durch seinen ganzen Körper ausbreitete, war seltsam elektrisierend. Irgendwie vermittelte die Säge ihm ein Gefühl von *Macht,* von Erhabenheit. Natürlich war es nicht so wie an jenem ewig zurückliegenden letzten Novembersamstag, als er den Schalter umlegte und zusah, wie sich das Haus vom Boden bis zum Dach in ein einziges strahlendes Halleluja verwandelte, aber es fühlte sich verdammt gut an.

Plötzlich war Holger wieder jemand.

Er spielte mit dem Gashebel herum, bis die Säge rund lief. Dann verließ er die Garage und eilte, die Schneide der *Stihl* wie ein Schwert in die Luft haltend, die Auffahrt hinunter. Beiläufig registrierte er, dass Schnebels Wagen in seiner Einfahrt stand und dass sich hinter den hell erleuchteten Wohnzimmerfenstern im Erdgeschoss des Hauses auf der anderen Straßenseite mehrere Gestalten bewegten, die ihn vermutlich kommen sahen, doch das scherte ihn nicht. Ihm war nun alles egal. Er hatte alles verloren, was er liebte; jetzt war es an der Zeit, dass er diese unerfreuliche Erfahrung mit jemandem teilte.

Mit wild hinter ihm herflatternden Jackettschößen stürmte er über die Straße. Einmal rutschte er auf dem festgefahrenen Schnee fast aus, doch im letzten Moment gelang es ihm, sich zu fangen, ohne sich mit der Säge um lebenswichtige Körperteile zu bringen. Im nächsten Moment sprang er mit einem Satz über den Zaun, ohne sich um die Sträucher zu kümmern, die er dabei umtrampelte, und riss im Laufen die Kettensäge hoch über den Kopf. Tausende und Abertausende von Lichtern spiegelten sich in Holgers wilden, weit aufgerissenen Augen, als er stolpernd zum Stehen kam, die Beine spreizte, um einen besseren Stand zu haben, und so laut er konnte brüllte: *»Dies ist die Zeit der Raaacheeeee!«*

Dann senkte er die Kettensäge.

Wrrrrrrrrrrrrr!

Gierig fraßen sich die blitzenden Sägezähne in den Stamm der riesigen Tanne in Schnebels Vorgarten. Borke, Holzsplitter und Sägespäne spritzten zu allen Seiten davon. Der Geruch von Holz und Benzin schwängerte die Luft. Die Säge bockte und zuckte in Holgers Händen, als wolle sie sich aus seinem Griff losreißen, doch Holger hielt eisern dagegen, und mit jedem Zentimeter, den sich die Zähne tiefer in den Stamm des Baumes arbeiteten, fühlte er sich besser. Das hungrige Dröhnen der *Stihl* klang wie Musik in seinen Ohren, schöner als das »Ave Maria«, sogar schöner als das Harfenspiel von Engeln. Es war schlichtweg berauschend; so, als würde man nach einem guten Joint Sex mit einer heißen Frau haben, bloß viel besser.

Zur Hölle, das hätte er schon viel früher tun sollen!

Als er zur Hälfte durch den Stamm war, überkam Holger ein regelrechtes Hochgefühl. Sein Puls raste; das Blut rauschte nur so durch seine Adern. Lachend stemmte er sich gegen die Säge, um sie noch weiter in das Holz zu treiben, und genoss die schier grenzenlose Macht, die ihm die *Stihl* verlieh. Mit einem Mal verstand er diese ganzen Waffenfanatiker drüben in Amerika, die an ihren Wagen Aufkleber hatten, auf denen stand: MEINE PISTOLE BEKOMMT NUR, WER SIE MIR AUS DEN TOTEN FINGERN WINDET! Das hier mochte vielleicht keine Uzi sein, aber im Prinzip ging es um genau dasselbe.

Kontrolle.

Überlegenheit.

Dominanz ...

Holger war so in seine Aufgabe vertieft, dass er bloß am Rande mitbekam, wie hinter ihm die Haustür aufgerissen wurde und Siegmar Schnebel, gefolgt vom Rest seiner Sippe, nach draußen in den Vorgarten stürmte; das Dröhnen der Kettensäge musste sie alarmiert haben.

Als Schnebel erkannte, was vorging, schien er im ersten Moment seinen Augen nicht zu trauen. Der schiere Unglaube spiegelte sich in seinen pausbäckigen Zügen. Drei, vier, fünf Sekunden rührte er sich nicht, als wäre er mitten in der Bewegung zur Salzsäule erstarrt. Dann lief ein Ruck durch seine massige Gestalt und er stürmte durch den kniehohen Schnee auf Holger zu.

»Verdammt noch mal, bist du jetzt *völlig* durchgeknallt?«

Holger reagierte nicht. Schneeflocken und Sägespäne wirbelten um seinen Kopf. Er musste einen zweiten kantigen Schnitt ansetzen, damit das tonnenschwere Gewicht der nach unten drückenden Tanne die Klinge der *Stihl* nicht einklemmte, doch die fünf Pferdestärken der Säge sorgten dafür, dass sich die Sägezähne so problemlos in das Holz fraßen wie ein Messer durch warme Margarine gleitet. Nur noch fünfzehn, zwanzig Zentimeter, dann war es geschafft ...

Schnebel packte ihn an der Schulter und versuchte, ihn von der Tanne wegzuzerren, doch Holger widersetzte sich ihm. Er nahm eine Hand von der Säge und schlug mit der freien Linken blindlings auf seinen Nachbarn ein. »Lass mich in Ruhe, du Penner! Nimm deine Drecksfinger von mir!« Mehr zufällig traf er Schnebel direkt auf die Nase; es hörte sich an, als träte man auf Schnecken oder große Käfer. Sofort schoss ein Schwall Blut aus Schnebels Nasenlöchern, besudelte Holgers Hand und tropfte rot und warm in den Schnee.

Irgendwo im Hintergrund schrie Elfi Schnebel auf.

»Gott*verdammte* Scheiße!«, brüllte Schnebel. Mit spitzen Fingern tastete er an seiner Nase herum; seine gesamte untere Gesichtshälfte sah aus, als wäre sie über und über mit Ketchup beschmiert. »Du hast mir die Nase gebrochen!«

»Komm her und ich schneide sie dir ab!« Mit einem Ruck riss Holger die Sägezähne aus dem fast durchgesägten Stamm, der in der Mitte nur noch von einem armdicken Stück Holz gehalten wurde. Er richtete die rotierende Schneide drohend auf Schnebel, der keine drei Schritte entfernt stand. »Dann tut's garantiert nicht mehr weh!«

Schnebel starrte abwechselnd Holger, die Kettensäge und

sein eigenes Blut an, das den Schnee zu seinen Füßen dunkel färbte. Man konnte förmlich sehen, wie es hinter seiner Stirn arbeitete. Dann schien er zu dem Schluss zu kommen, dass es seiner Gesundheit zuträglicher war, sich nicht mit einem Typen anzulegen, der eine Kettensäge schwang und offensichtlich nicht mehr ganz klar im Oberstübchen war, und er hob abwehrend die Hände. »Alles klar, Nachbar. Ganz ruhig, ja? Niemand tut dir was. Du willst die Scheißtanne fällen? Na, dann fäll sie doch! Säg sie ab! Na los! Das Mistding hat mir sowieso nicht gefallen!«

Das war der Moment, in dem hinter ihnen auf der Straße ein Wagen hielt und eine wohlvertraute Stimme rief: *»Holger?!* Was um alles in der Welt ist hier los? Was hat das zu bedeuten?«

Automatisch wandte Holger den Kopf.

Darauf hatte Schnebel nur gewartet. Er nutzte die Gunst des Augenblicks und stürzte sich mit einem Wutschrei auf Holger. Der sah seinen Nachbarn aus dem Augenwinkel auf sich zukommen wie einen Kastenteufel und versuchte noch die Kettensäge in Position zu bringen, um diesen verfluchten Mistkerl einen Kopf kürzer zu machen, aber er war zu langsam.

Schnebel prallte mit voller Wucht gegen ihn.

Holger schrie auf. Die Säge rutschte ihm aus den Fingern, flog durch die Luft und landete fünf Meter entfernt neben der hell erleuchteten Riesenkrippe, direkt zu Füßen Josefs. Doch davon bekam Holger kaum etwas mit. Er hatte alle Hände voll damit zu tun, sich Schnebel vom Hals zu halten, der wie ein Dreschflegel auf ihn einschlug. Seine Fäuste schienen überall gleichzeitig zu sein. Holger spürte, wie er an einem halben Dutzend Stellen getroffen wurde. Er versuchte seine Arme hochzureißen, um die Hiebe abzuwehren, jedoch ohne großen Erfolg. Also trat er die Flucht nach vorn an und ging selbst zum Angriff über. Vage konnte er die Gesichter von Petra und den Mädchen hinter den Scheiben des Volvo ausmachen, und wie durch eine Wand aus Watte hörte er, wie seine Frau nach ihm rief – *»Holger!? Holger, hör sofort auf damit! Was um alles in der Welt tust du da? Hol-*

ger?!« –, doch er hatte nur Augen für Schnebel. Mit einem schrillen Wutschrei, dem bloß noch wenig Menschliches anhaftete, warf er sich nach vorn, stieß gegen Schnebel, vollführte einige unfreiwillige Tanzschritte rückwärts und krachte zusammen mit Schnebel mit voller Wucht gegen den fast durchgesägten Stamm der Tanne.

Das war zu viel. Das kaum armdicke Holzstück, das die ganze Last des Baumes trug, zerbarst mit einem dumpfen Knall, wie ein Holzscheit, das im Kamin explodierte, und die Tanne nebst Festbeleuchtung senkte sich langsam, ganz langsam nach vorne; zumindest kam es Holger unendlich langsam vor, der in inniger Umklammerung mit Schnebel neben dem Baum stand und ungläubig zusah, wie die Tanne sich immer weiter nach vorn neigte, immer weiter, Stück für Stück, bis sie schließlich Übergewicht bekam und umknickte wie ein Grashalm bei einer kräftigen Brise.

»Heilige Maria, Mutter Gottes«, keuchte Schnebel atemlos. Er ließ von Holger ab und taumelte benommen einige Schritte beiseite, den Blick starr auf die umstürzende Tanne gerichtet. Er hatte gerade noch Zeit für ein zweites »Heilige Maria . . .«, dann krachte die Spitze des riesigen, hell erleuchteten Baums mit einem ohrenbetäubenden Knall direkt auf den Volvo, und die Augen der drei Gesichter hinter den Scheiben wurden groß vor Überraschung.

Die Wucht des Aufschlags war so stark, dass der Volvo förmlich *zusammengequetscht* wurde, wie in der Schrottpresse. Innerhalb von Sekundenbruchteilen breitete sich der enorme Druck des Aufpralls vom Dach durch die Karosserie zu den unteren Regionen des Autos aus, und obwohl das Ganze nicht viel länger als ein Blinzeln dauerte, bekam Holger das alles so deutlich mit, als würde er sich einen Film in Zeitlupe anschauen.

Fassungslos wurde er Zeuge, wie sämtliche Fenster des Wagens sich unmerklich nach außen bogen, um dann in einem Sprühregen von Sicherheitsglas zu explodieren. Blech verbog sich kreischend, als das Dach auf ganzer Länge einriss. Kofferraumdeckel und Motorhaube ploppten hoch. Glassplitter von Scheinwerfern und Rückleuchten spritzten umher. Beinahe gleichzeitig schossen alle vier Radkappen davon und fielen scheppernd in den Schnee. Die Hinterreifen platzten mit dem dumpfen Knall entweichender Druckluft. Als sich die gesamte Karosserie von oben nach unten wie eine Ziehharmonika verzog, wurde der Tankdeckel wie der Korken einer unter Überdruck stehenden Sektflasche weggeschossen, um über dreißig Meter entfernt auf der anderen Straßenseite zielsicher in Holgers Schlafzimmerfenster zu landen. Bleifrei schwappte aus dem Tank, lief in einem steten Rinnsal am verbeulten Heck des Wagens hinab in den Schnee und bildete dort eine kleine blassrosa Pfütze, während die Lichter an der Tanne eins nach dem anderen erloschen, entweder, weil die Birnen implodierten, oder weil die Kabel der unzähligen Lichterketten mittendrin abrissen und der Strom die Lampen nicht mehr erreichte. Dafür fand eines der unkontrolliert durch die Luft wirbelnden Kabel ein anderes Ziel: die Benzinlache neben dem Hinterrad des Volvo. Später glaubte Holger sich daran zu erinnern, den winzigen Funken gesehen zu haben, der vom blanken Draht des Kabels auf den Treibstoff übersprang, doch das, was darauf folgte, bekam nicht nur er mit, sondern der gesamte Knopper Weg, wenn nicht gar ganz Angeln.

Innerhalb eines einzigen kurzen Lidschlags kroch das Feuer von der unscheinbaren kleinen Pfütze im Schnee am Blech des Wagens hoch und in den Tank, als sei es ein lebendiges Wesen. Das war der Moment, in dem Holger hörte, wie jemand mit sich überschlagender Stimme seinen Namen brüllte, doch er nahm es kaum wahr; alles schien so unwirklich. Dann wurde er grob an der Schulter gepackt und in den Schnee gerissen, und das Nächste, woran er sich entsann, war, dass es sich anfühlte, als strichen heiße Finger über seinen Rücken. Dann ging der Tank hoch und eine unsichtbare Faust traf ihn mit solcher Wucht vor die Brust, dass er wie eine Stoffpuppe ein Dutzend Meter weit durch die Luft geschleudert wurde, ehe er unsanft in der Auffahrt landete, während überall um ihn her brennende Metall- und Plastikteile vom Himmel regneten, aber auch das bekam er nur verschwommen mit. Sein ganzer Körper schmerzte und alles, was er hörte, war ein schrilles Pfeifen in seinen Ohren. Sein Kopf dröhnte so sehr, dass er nicht einmal seine eigenen Gedanken verstand, und irgendetwas schien mit seinem rechten Bein nicht zu stimmen. Stöhnend wälzte er sich im Schnee auf den Rücken, rieb sich benommen die Augen und öffnete sie schließlich blinzelnd.

Der Himmel über ihm schien in Flammen zu stehen. Funken tanzten zu einer unhörbaren Melodie durch die hell erleuchtete Nacht wie Schwärme brennender Glühwürmchen. Es war so heiß, dass Holger der Schweiß in Strömen übers Gesicht rann. Mühsam richtete er sich auf und schaute zur Straße, doch alles, was er sah, waren das lichterloh brennende Wrack des Volvo, die armlangen Feuerzungen, die aus den Fensteröffnungen leckten, die Rauchsäule, die sich über dem Auto in den Himmel erhob, und dahinter die durch Feuer und Rauch verzerrten Silhouetten seiner Nachbarn, die nach draußen gelaufen waren, um zu sehen, was der Krach zu bedeuten hatte. Dann entschied derjenige, wer auch immer in den verwinkelten Korridoren des Schicksals für solche Dinge wie Ohnmachtsanfälle und Gehirnerschütterungen zuständig ist, dass Holger ein für alle Mal genug gelitten hatte, und Bewusstlosigkeit senkte sich über ihn wie eine warme, schwarze Decke, um ihm süßes Vergessen zu schenken.

Holger war dankbar dafür.

Die Beerdigung seiner Frau und seiner Töchter fand zwischen den Feiertagen statt, genauer gesagt: Am Donnerstag vor Silvester. Die kleine St.-Laurentius-Kirche im Ortskern von Sterup war gerammelt voll; jeder, der auch nur entfernt mit den Johannsens bekannt war, hatte sich eingefunden, um Petra, Aline und Jasmin die letzte Ehre zu erweisen, die dem aus schlichtem rotem Backstein erbauten Gotteshaus in diesem Jahr nach dem Weihnachtsgottesdienst nun schon zum zweiten Mal einen Besuch abstatteten, wenn auch nicht ganz freiwillig. Die halbe Schüler- und die gesamte Lehrerschaft der Heinrich-Andresen-Schule drängelten sich auf den Bänken, ebenso wie Dutzende Nachbarn, Freunde, Bekannte und Verwandte, von denen Holger die meisten seit Jahren nicht gesehen hatte; sogar ein paar Elendstouristen von außerhalb waren da, die vermutlich aus der Zeitung von der Tragödie erfahren hatten und gekommen waren, um einen mitleidigen Blick auf den leidgeprüften Mann zu werfen, der auf so grauenvolle Weise all jener Menschen beraubt worden war, die er geliebt hatte, und das ausgerechnet an Heiligabend. Sogar die Schnebels waren gekommen, wie Holger feststellte, als sie durch den Mittelgang nach vorne kamen, um vor den drei im Mittelschiff aufgebahrten, von einem wahren Blumenmeer umgebenen Särgen einen Kranz niederzulegen. Etwa eine halbe Minute standen sie mit gesenkten Häuptern vor den Särgen und nahmen still Abschied, ehe sie sich zwei Reihen hinter Holger niederließen, der traditionell ganz vorne, auf der ersten Bank, saß, direkt unter der Kanzel, wo er nun ganz allein ausharrte, während sich die Menschen hinter ihm in den Sitzreihen zusammendrängten wie Schwarze im Laderaum eines Sklavenschiffs. Im Vorbeigehen nickte Schnebel Holger zu, der den Gruß stumm erwiderte. Seine Nase sah eigentlich schon wieder ganz gut aus. Dafür hatte er den rechten Arm in Gips und trug ein Stützkorsett um den Hals. Beides hatte er sich bei seinem heldenhaften Versuch zugezogen, Holger vor der Explosion zu retten, der ihm abgesehen von diesen Blessuren außerdem eine Titelgeschichte im *Flensburger Tageblatt*, eine zehnzeilige Erwähnung in der *Bild* unter der Überschrift WEIHNACHTSHELD SIGGI S. und eine Einladung zu *Vera am Mittag* eingebracht hatte; Thema der Sendung: »Mein Nachbar – mein Todfeind.«

Als Holger Schnebel am ersten Weihnachtstag zufällig auf dem Flur vor seinem Krankenzimmer in der St.-Margarethen-Klinik in Kappeln über den Weg gelaufen war, wo sie beide zwei Tage zur Beobachtung bleiben mussten, um sicherzustellen, dass ihnen wirklich nichts Ernstes fehlte, hatte er es irgendwie fertig gebracht, Siegmar Schnebel dafür zu danken, dass er ihm das Leben gerettet hatte; zumindest war das die Auffassung der Sachverständigen, die den Unfall im Auftrag der Versicherung untersuchten. Ohne Schnebel, so sagten sie, wäre er jetzt ebenso tot wie seine Lieben, statt »nur« über ein gebrochenes Bein und eine mittelschwere Gehirnerschütterung zu klagen. Aber falls ihm das ein kleiner Trost wäre: Alles sei so schnell gegangen, dass weder Petra noch die Mädchen bewusst mitbekommen hatten, wie ihnen überhaupt geschah. In weniger als zwei Sekunden sei alles vorbei, erklärten sie ihm so mitfühlend, wie man es von Menschen dieser Berufsgruppe nur erwarten kann; sie hätten mit Sicherheit nicht gelitten.

Damit sagten sie Holger allerdings nichts besonders Neues. Wäre es anders gewesen, davon war er überzeugt, hätte Petra es sich garantiert nicht nehmen lassen, ihm noch einen letzten Gruß mit auf den Weg zu geben, etwas in der Art wie: »Wir sehen uns in der Hölle, du Wichser« oder »Glaub ja nicht, dass du mich so leicht loswirst, Arschloch!«

Doch zumindest in diesem Punkt hätte sie sich geirrt. Er *war* sie so leicht losgeworden; vielleicht nicht mit böser Absicht oder gar Vorsatz, aber letzten Endes kam es auch hierbei – wie bei allen Dingen im Leben – ausschließlich auf das Ergebnis an, auf das, was unterm Strich rauskam.

In diesem Fall Erlösung.

Schweigend saß Holger da, während hinter ihm immer mehr Trauergäste in die kleine Kirche strömten, faltete die Hände im Schoß, neben sich die Krücken, die er zum Gehen brauchte, und wartete darauf, dass der Trauergottesdienst begann. Als es endlich so weit war und die Organistin zu »Befiehl du deine Wege«, Strophe 1–2 und 12, anhob, stimmten vierhundert Seelen in das Lied mit ein. Nur Holger blieb stumm, starrte auf die drei Särge, die, flankiert von Dutzenden Kerzenständern, vor dem Taufbecken standen, und verzog keine Miene, bis die Musik nach einer Weile verklang und der Pfarrer vortrat, um mit tiefer, Vertrauen erweckender Stimme das Eingangsgebet zu sprechen, doch auch davon bekam er kaum etwas mit. Erst als die Trauergemeinde fünf Minuten später das nächste Lied hinter sich gebracht hatte und der Pfarrer in dem andächtigen Schweigen, das auf die Musik folgte, mit seiner Predigt begann, klärte sich sein Verstand so weit, dass er imstande war, den Worten des Geistlichen zu folgen.

»Ich weiß«, leitete der Pfarrer seine Andacht ein, die Hände vor dem Bauch gefaltet, »dass es Dinge auf der Welt gibt, die viele von euch an der Existenz Gottes, unseres Herrn, zweifeln lassen; Dinge wie Kriege, Naturkatastrophen, Morde oder die unbeschreibliche Tragödie, die sich unlängst hier in euer aller Mitte zugetragen hat. Wenn man von solchen Unglücksfällen hört, fragt man sich unwillkürlich, wie Gott so etwas Schreckliches zulassen kann; wie er zulassen kann, dass Männer ihre Frauen und Kinder ihre Eltern verlieren; wie er zulassen kann, dass überhaupt *irgendjemand* einen geliebten Menschen verliert. Das ist die Frage, um die sich in letzter Konsequenz alles dreht: Warum müssen Menschen, die uns nahe stehen, sterben? Warum hat Gott in seiner unendlichen Güte und Weisheit keine perfekte Welt erschaffen, eine Welt ohne Krebs und Aids und Atombomben, eine Welt, in der niemand hungern muss und Frieden nicht nur ein Wort ist. Warum nur lässt er uns so leiden, wenn er uns angeblich so liebt?« Der Pfarrer ließ den Blick über die versammelte Trauergemeinde schweifen; seine tiefe, maskuline Altmännerstimme hallte von den Wänden wider wie Echos von Berghängen. »Wir neigen dazu, Dinge, die wir nicht verstehen, als sinnlos zu erachten, und selbst wenn wir diese Dinge hinnehmen, weil wir wissen, dass es nicht in unserer Macht liegt, sie zu ändern, zweifeln wir doch an ihrer Richtigkeit. Wir zweifeln daran, ob es richtig ist, dass Gott diese Dinge geschehen lässt. Wir zweifeln daran, dass es richtig ist, dass er einem rechtschaffenen Mann wie Holger Johannsen einfach so mir nichts, dir nichts all die Menschen raubt, die ihm lieb und teuer waren, und vielleicht lässt uns dies alles manchmal sogar daran zweifeln, dass es überhaupt einen Herrgott gibt, der über uns wacht. Doch im Grunde unseres Herzens wissen wir alle, dass Gott existiert, und er liebt uns. Er liebt uns so, dass er seinen eigenen Sohn für uns geopfert hat. Gott liebt uns, uns alle, und alles, was er tut, tut er allein zu unserem Besten, selbst wenn wir nicht immer imstande sein mögen, das nachzuvollziehen.«

Damit sprach er Holger aus der Seele. In den letzten paar Tagen, vor allem während der Zeit im Krankenhaus, hatte er selbst viel über dieses Thema nachgedacht; darüber, ob es wirklich einen Gott gab, und falls ja, warum er dann manche Dinge zuließ, obwohl er in seiner Allmacht wusste, dass er seine Schäfchen damit ins Unglück stürzte; und damit meinte Holger weder Weltkriege noch Aids oder Hodenkrebs, sondern vor allem anderen die heilige Institution der Ehe, die mit Gottes Segen und sogar in seinem eigenen »Haus« geschlossen wurde. Konnte man da nicht erwarten, dass er sich irgendwie äußerte, wenn der Pfarrer zu der Stelle kam, an der es hieß: *Wenn irgendjemand einen Grund weiß, warum diese beiden Liebenden nicht in den heiligen Bund der Ehe treten sollten, dann möge er jetzt sprechen oder für immer schweigen?* Zu diesem Zeitpunkt wusste Gott doch längst, dass die Sache in die Hose gehen würde. Warum also ließ er nicht einfach einen Blitz vom Himmel fahren oder einen Donnerschlag ertönen, um das Elend zu beenden, ehe es richtig anfing?

Aber selbst, wenn Gott nicht existierte, wenn der Mensch tatsächlich vom Affen abstammte und Adam nie seine Rippe für Eva gab, hatte die »Tragödie« Holgers Glauben in gewisser Hinsicht gestärkt, denn *dass* es eine höhere, übergeordnete Macht gab, der das Wohl der Menschen am Herzen lag, daran gab es keinen Zweifel. Und noch eins war ihm klar geworden: Selbst wenn der Weihnachtsmann einem meistens nur Socken, Krawatten und Rasierwasser bescherte, sollte man nie aufhören, an ihn zu glauben, denn manchmal, wenn man sich nur lange und stark genug etwas wünschte, bekam man es eines Tages tatsächlich, egal, was es war.

So wie Holger Johannsen.

Als der Pfarrer seine Predigt kurz darauf mit dem Hinweis beendete, dass Gottes Wege unergründlich seien und alles auf Erden einem höheren Zweck diene, schlug die Organistin auf der Galerie die ersten Akkorde von »Du Herrgott, voller Gnaden« an, und Holger stimmte mit der übrigen Trauergemeinde voller Inbrunst in das Lied ein.

Dank an Matina Bewarder für das Überlassen dieser Idee.

Der dreizehnte Weihnachtstag

Isaac Asimov

Dieses Jahr waren wir froh, als Weihnachten vorbei war.

Es war ein grimmiger Heiligabend gewesen und ich blieb diese Nacht wach, so lange ich konnte, und lauschte halb nach Bomben. Und auch am Weihnachtstag blieben Mom und ich bis um Mitternacht wach. Dann rief Dad an und sagte: »Schon gut. Es ist vorbei. Nichts ist passiert. Ich werde so bald wie möglich wieder zu Hause sein.«

Mom und ich tanzten herum, als wäre Sankt Nikolaus persönlich erschienen, und eine Stunde später kam Dad heim und ich ging zu Bett und schlief prächtig.

Wissen Sie, bei uns daheim ist es ganz besonders. Dad ist Detektiv und heutzutage, mit Bombenanschlägen und Terroristen, kann das verdammt haarig werden. Als am 20. Dezember Warnungen im Hauptquartier eingingen, dass es am Weihnachtstag zu einem Bombenanschlag im sowjetischen Büro der Vereinten Nationen kommen würde, musste man das durchaus ernst nehmen.

Die ganze Truppe wurde in Alarmbereitschaft versetzt und sogar das FBI wurde eingeschaltet. Die Sowjets hatten zwar ihren eigenen Sicherheitsdienst, aber mit dem war Dad nicht zufrieden.

Am Tag vor Weihnachten war es am schlimmsten.

»Wenn jemand wahnsinnig genug ist, dass er eine Bombe legen will, und wenn es ihn nicht kümmert, dass er hinterher möglicherweise gefasst wird, dann wird er es wahrscheinlich schaffen, ganz gleich, welche Sicherheitsvorkehrungen wir treffen.« Dads Stimme war so hart, wie wir sie selten hörten.

»Ich vermute, man kann nicht herausbekommen, wer es ist«, sagte Mom.

Dad schüttelte den Kopf. »Die Briefe wurden aus Zeitungsausschnitten zusammengesetzt und auf Papier geklebt, keine Fingerabdrücke, nur Schmutzspuren. Gewöhnliches Material, das wir nicht zurückverfolgen können, und mehr Spuren werden wir kaum bekommen. Was können wir tun?«

»Es muss jemand sein, der die Russen nicht mag«, sagte Mom.

Dad sagte: »Das bringt uns nicht viel weiter. Die Sowjets behaupten natürlich, dass es sich um eine zionistische Verschwörung handelt, also müssen wir die Jüdische Verteidigungsliga im Auge behalten.«

»Mann, Dad«, sagte ich, »das ist blanker Unsinn. Die Juden würden sich nicht gerade Weihnachten auswählen, oder? Für sie bedeutet das nichts und für die Sowjetunion auch nicht. Die sind offiziell atheistisch.«

»Das kann man den Russen nicht beibringen«, sagte Dad. »Und nun schlage ich vor, dass wir zu Bett gehen, denn morgen könnte ein schlimmer Tag werden. Weihnachten oder nicht.«

Damit verließ er uns. Er war das ganze Weihnachtsfest über weg, und das war verdammt ungemütlich. Wir machten nicht einmal die Geschenke auf, sondern hörten dauernd nur die neuesten Nachrichten im Radio.

Als Dad um Mitternacht anrief und nichts passiert war, konnten wir wieder freier atmen, aber ich vergaß trotzdem, meine Geschenke zu öffnen.

Das holte ich erst am Morgen des sechsundzwanzigsten nach. Wir verlegten Heiligabend auf *diesen* Tag. Dad hatte den Tag frei und Mom bereitete den Truthahn mit einem Tag Verspätung zu. Erst nach dem Essen unterhielten wir uns darüber.

Mom sagte: »Ich vermute, die Person, wer immer es gewesen sein mag, konnte die Sicherheitssperren nicht durchdringen und die Bombe ins Büro schaffen.«

Dad lächelte, als wüsste er Moms Loyalität zu schätzen. »Ich glaube nicht, dass man eine Abschirmung so dicht machen kann«, sagte er, »aber was macht das schon? Es gab keine Bombe. Vielleicht war es ein Bluff. Die Stadt wurde ein wenig aufgeschreckt und die Sowjets bei den Vereinten Nationen hatten einige schlaflose Nächte. Für den Bombenleger könnte das den gleichen Effekt bedeuten, als hätte er sie gezündet.«

»Wenn er es an den Weihnachtstagen nicht tun konnte«, sagte ich, »wird er es vielleicht ein andermal nachholen. Vielleicht sagte er nur Heiligabend, damit jeder sich darauf konzentrierte, und nun, nachdem jeder beruhigt ist . . .«

Dad stieß mich sanft in die Seite. »Du machst mir vielleicht Spaß, Larry . . . Nein, das glaube ich nicht. Echte Bombenleger genießen das Gefühl der Macht. Wenn sie sagen, etwas wird zu einem bestimmten Zeitpunkt hochgehen, dann trifft das auch ein, denn für sie ist das kein Spaß.«

Ich war immer noch argwöhnisch, aber die Tage verstrichen und es gab keine Bombenexplosion, und allmählich kehrte alles zum normalen Leben zurück. Das FBI und sogar die Sowjets schienen den Vorfall vergessen zu haben, wenn man Dad glauben konnte.

Am 2. Januar waren die Ferien zu Ende und ich musste wieder zur Schule. Wir fingen an, für unsere Weihnachtsfeier zu üben. Selbstverständlich nannten wir sie nicht so, da wir in der Schule aufgrund der Trennung von Kirche und Staat keine religiösen Feierlichkeiten haben durften. Wir machten einfach eine Art Singspiel aus dem Lied »The Twelve Days of Christmas«, das gar nichts mit Religion zu tun hat – nur mit Geschenken.

Wir waren zwölf Kinder, jedes sang eine bestimmte Strophe, wenn es an die Reihe kam, und in den Refrain stimmten wir dann alle gemeinsam ein. Ich war Nummer fünf und sang »five gold rings«, weil ich immer noch einen Knabensopran hatte und die hohen Töne recht angenehm singen konnte, wenn ich das einmal bemerken darf.

Einige Kinder wussten nicht, weshalb das Weihnachtsfest zwölf Tage dauert, aber ich erklärte ihnen, dass der 6. Januar, als die Heiligen Drei Könige mit Geschenken für das Christuskind kamen, der zwölfte Tag ist, wenn man am Weihnachtstag mit eins zu zählen anfängt. Selbstverständlich führten wir unser Spiel am 6. Januar vor und luden so viele Eltern ins Auditorium ein, wie nur kommen wollten.

Dad bekam ein paar Stunden frei und saß mit Mom im Publikum. Er bereitete sich darauf vor, zum letzten Mal zu hören, wie sein Sohn die hohen Töne sang, denn im nächsten Jahr würde ich in den Stimmbruch kommen.

Haben Sie jemals während einer Vorführung einen Einfall gehabt und mussten die Vorführung um jeden Preis fortsetzen?

Wir waren erst beim zweiten Tag mit seinen »two turtledoves«, als ich dachte: »Mein Gott, es ist der *dreizehnte* Weihnachtstag.« Die ganze Welt erbebte um mich herum und ich konnte nichts anderes tun als auf der Bühne bleiben und von fünf goldenen Ringen singen.

Ich glaubte, sie würden nie bis zu diesen »twelve drummers drumming« kommen. Mir war, als hätte ich statt Unterwäsche Juckpulver angezogen. Ich konnte nicht still stehen. Dann, als die letzte Note verklungen war und sie immer noch applaudierten, stahl ich mich fort, sprang von der Bühne herunter und rannte den Korridor hinauf, wobei ich immerzu »Dad!« rief.

Er sah verblüfft auf, aber ich stürzte mich auf ihn, und ich glaube, ich sprach so schnell, dass er kaum ein Wort verstand.

Ich sagte: »Dad, Weihnacht wird nicht überall am selben Tag gefeiert. Es könnte einer der Russen selbst sein. Offiziell sind sie atheistisch, aber vielleicht ist einer von ihnen religiös und möchte die Bombe aus diesem Grund hochgehen lassen. Aber er ist Mitglied der russisch-orthodoxen Kirche und die richtet sich nicht nach unserem Kalender.«

»Was?«, sagte Dad und sah mich an, als würde er nicht ein Wort von dem verstehen, was ich sagte.

»Das *stimmt,* Dad. Ich habe darüber gelesen. Die russisch-orthodoxe Kirche rechnet immer noch nach dem julianischen Kalender, den der Westen bereits vor Jahrhunderten zugunsten des gregorianischen aufgegeben hat. Der julianische Kalender hinkt dem unseren dreizehn Tage hinterher. Ihr orthodoxes Weihnachtsfest ist an *ihrem* 25. Dezember, und das ist für *uns* der 7. Januar. Und das ist *morgen.*

Einfach so wollte er mir nicht glauben. Er sah im Lexikon nach; dann rief er bei jemandem an, der russisch-orthodox war.

Es gelang ihm, das Büro wieder zum Einsatz zu bewegen. Sie redeten mit den Sowjets und als die Sowjets anfingen, das Gerede von den Zionisten sein zu lassen und in ihren eigenen Reihen zu suchen, fanden sie den Mann. Ich weiß nicht, was sie mit ihm gemacht haben, aber am dreizehnten Weihnachtstag gab es jedenfalls keine Bombenexplosion.

Das Büro wollte mir hinterher ein neues Fahrrad kaufen, aber das lehnte ich ab. Ich hatte nur meine Pflicht getan.

Quellenverzeichnis

Isaac Asimov: »Der dreizehnte Weihnachtstag« (The Thirteenth Day of Christmas), Copyright © 1977 by Isaac Asimov. Aus dem Englischen übersetzt von Joachim Körber. (Veröffentlicht mit der Genehmigung der Paul & Peter Fritz AG, Zürich.)

Robert Bloch: »Stille Nacht, grausame Nacht« (The Night Before Christmas), Copyright © by Robert Bloch. (Veröffentlicht mit der Genehmigung Nr. 63744 der Paul & Peter Fritz AG, Zürich.)

Agatha Christie: »Ein diplomatischer Zwischenfall« (The Adventure of the Christmas Pudding), aus: Agatha Christie EIN DIPLOMATISCHER ZWISCHENFALL, Copyright © 1924 by Agatha Christie. Scherz Verlag, Bern, München, Wien. Aus dem Englischen übersetzt von M. Berger.

John Collier: »Weihnachten wieder hier« (Back for Christmas), aus: John Collier BLÜTEN DER NACHT – Gesammelte Erzählungen, Copyright © 1970 by Rowohlt Verlag GmbH, Reinbek. Aus dem Englischen übersetzt von Susanna Rademacher.

Emile Erckmann/Alexandre Chatrian: »Die Uhr des Obermeisters« (La montre du doyen), aus: Emile Erckmann/Alexandre Chatrian DAS EULENOHR, Copyright © der deutschen Übersetzung Suhrkamp Verlag, Frankfurt am Main. Aus dem Französischen übersetzt von Hilde Linnert.

Frances Fyfield: »Kalt und tief« (Cold and Deep), aus: Lutz-W. Wolff (Hg.) BÖSE WEIHNACHTEN, Copyright © 2001 by Frances Fyfield, Copyright © 1993 der deutschen Übersetzung

Wir danken den genannten Rechtsinhabern für die Genehmigung zum Abdruck der Auszüge aus den oben genannten Werken.